FATAL FRENZY – LIEBE MICH JETZT

FATAL SERIE 9

MARIE FORCE

ÜBER DAS BUCH

Während der Tag der Amtseinführung ihres Mannes Vizepräsident Nick Cappuano seine Schatten vorauswirft, kämpft Mordermittlerin Sam Holland noch immer mit den Nachwirkungen ihrer traumatischen Entführung und ist von der Arbeit freigestellt. Beunruhigenderweise hat sie es anders als sonst nicht eilig, in den Job zurückzukehren. Auch in anderer Hinsicht gibt ihr Verhalten Anlass zur Sorge, vor allem als sie sich sogar freiwillig mit ihrem Mitarbeiterstab im Weißen Haus trifft.

Die Geiselnahme seiner Frau sowie der Mord an einem weiteren Beamten bescheren Nick Albträume, und er setzt alles daran, um seine Frau zu schützen. Doch während zur Amtseinführung immer mehr Besucher in die Hauptstadt strömen, treibt ein brutaler ein Messerstecher sein Unwesen. Als der Fall immer weitere Kreise zieht, ist es an Sam, sich ihren dunkelsten Ängsten zu stellen und ihre innere Stärke wiederzufinden ... bevor es zu spät ist.

Originaltitel: Fatal Frenzy © 2015 HTJB, Inc.

Copyright für die deutsche Übersetzung: © 2020 Oliver Hoffmann

Lektorat: Ute-Christine Geiler, Birte Lilienthal, Agentur Libelli GmbH

Deutsche Erstausgabe

ISBN: 978-1952793110

Übersetzt von Oliver Hoffmann
Cover: Kristina Brinton
Buchdesign und Satz: E-book Formatting Fairies

1

____

„Ich möchte nicht hier sein." Umgeben von den vertrauten gelbbraunen Schalbetonwänden fühlte sich Sam eingesperrt und panisch. Selbst von dem allgegenwärtigen Geruch nach angebranntem Kaffee, der unauslöschlich mit dem Metropolitan Police Department verbunden war, drehte sich ihr der Magen um. Sie musste hier raus. Sofort.

„Sam."

Sie sah Dr. Trulo an, der sie mit seinen ruhigen grauen Augen eindringlich musterte. Seit man sie das letzte Mal gezwungen hatte, Zeit mit ihm zu verbringen – nachdem der kleine Quentin Johnson in der Crack-Küche seines Vaters durch ihre Leute getötet worden war –, war sein Haar schütter geworden.

„Ja?"

„Solange Sie nicht darüber reden, kann ich Sie nicht diensttauglich schreiben."

„Was gibt es denn da zu reden? Das war eine Riesendummheit, und ich habe dafür bezahlt. War es richtig, allein da hinzugehen? Nein. Das weiß ich. Ich habe es auch damals schon gewusst, aber ich hatte keinen Grund zu der Annahme, Marissa Springer würde sich in eine mordlüsterne Wahnsinnige verwandeln oder könnte mit Stahl unter einer Decke stecken. Für mich war sie eine trauernde Mutter, eine unzufriedene Ehefrau und eine

Informationsquelle." Sam zuckte die Achseln. „So. Ich habe darüber geredet. Sind wir dann fertig?"

Dr. Trulo starrte sie weiter an, ohne zu blinzeln. Wie machte er das? Musste das nicht jeder Mensch ab und zu mal tun? Vielleicht gehörte die Fähigkeit zum lidschlaglosen Starren ja zu den Einstellungsvoraussetzungen für Polizeipsychiater.

Sam rutschte unruhig auf ihrem Stuhl umher, schlug die Beine übereinander und verschränkte die Arme. „Was soll ich denn noch sagen?"

„Ich möchte hören, wie das mit Stahl war. Wie Sie während der Entführung klargekommen sind. Was Sie jetzt darüber denken. Wie Sie schlafen. Sie können mir zunächst mal erzählen, wie es war, von einem früheren Vorgesetzten in Klingendraht eingewickelt zu werden."

„Schmerzhaft."

Endlich blinzelte Trulo und seufzte tief. „Vielleicht sollten wir einen neuen Termin für nächste Woche vereinbaren."

„Nächste Woche bin ich schon ziemlich verplant. Die Amtseinführung und so."

„Ihnen ist aber schon klar, dass Ihr Team verzweifelt versucht, den Verantwortlichen für eine Serie von Messerattacken zu finden?"

Zum ersten Mal hatte sie einen Anflug von Schuldgefühlen, weil sie ihre direkten Kollegen im Stich ließ. „Das ist mir bewusst." Nach einer Reihe gewagter, scheinbar zufälliger Überfälle, bei denen es zwei Todesopfer und zwei Schwerverletzte gegeben hatte, waren alle nervös. Sam bedauerte es, diesmal nicht helfen zu können, doch sie konnte nicht jeden Mörder fassen, der in dieser Stadt sein Unwesen trieb.

„Möchten Sie wieder arbeiten, Sam?"

„Ja! Klar. Was ist das denn für eine Frage?" Ihr Herz raste, weil er ihren momentanen Ängsten ihre Arbeit, ihre Sicherheit und den Verlust ihrer berühmten Magie betreffend so nahe gekommen war. Sie würde diese Magie wiederfinden. Irgendwann. Ganz bestimmt. Oder etwa nicht? Wer war sie denn bitte ohne?

„Das war eine ernst gemeinte Frage. Sie sind lange genug Teil dieses Zirkus, um zu wissen, dass man entweder mitspielt oder auf der Ersatzbank sitzt. Ich kann Sie nicht diensttauglich schreiben, solange ich nicht sicher bin, dass Sie das Trauma des Erlebten verarbeitet haben und mental, körperlich und emotional imstande sind, Ihren Beruf wieder auszuüben."

Wenn man Sam in die Ecke drängte, schaltete sie auf stur, so auch jetzt. „Wie kann ich Ihnen das beweisen?"

„Sie müssen darüber reden."

„Was ist, wenn ich nicht darüber reden will? Wenn dadurch alles nur noch schlimmer wird?"

„Haben Sie denn überhaupt schon mit jemandem gesprochen? Mit Ihrem Mann? Ihren Freunden, Ihren Kollegen, Ihrem Vater, Ihren Schwestern? Mit irgendwem?"

„Ja", antwortete sie und wand sich wieder auf ihrem Stuhl. Sie hasste das Gefühl, dass sie ihm genauso wenig etwas vormachen konnte wie Nick. Ihr Mann hatte sie in letzter Zeit mit Adleraugen beobachtet – bis sie irgendwann angefangen hatte, ihrem sie liebenden Gatten zum ersten Mal bewusst aus dem Weg zu gehen.

Sam wusste, damit würde sie nicht mehr sehr lange durchkommen, und auch Trulo würde nicht lockerlassen. „Ich würde gern gehen."

„Niemand zwingt Sie, hier zu sein."

Sie warf ihm ihren besten „Das glauben Sie doch selbst nicht"-Blick zu. Meinte er wirklich, irgendein Polizist käme freiwillig zu ihm? „Hallo, das ist ein Wiedereingliederungsgespräch. Als ob ich da eine Wahl hätte!"

„Sam, Sie wissen, was ich meine. Sie geben das Tempo vor. Melden Sie sich, wenn Sie so weit sind. Ich bin immer für Sie erreichbar."

Sam spürte den Lockruf der Freiheit und erhob sich.

„Aber bevor Sie aufbrechen ..."

Enttäuscht ließ sie sich wieder auf den unbequemen Stuhl mit der harten Rückenlehne sinken.

„Möchte ich noch eine Sache loswerden." Trulo räusperte sich und schien sich zu zwingen, sie anzusehen. Was sollte das? „Ich habe den Bericht über die Ereignisse im Haus der Springers gelesen und möchte nur sagen ... Ich mache das hier schon sehr lange, und was Ihnen passiert ist, das ist, nun ja, schlimm, Sam. Wirklich schlimm. Es ist keine Schande, zuzugeben, dass einen das traumatisiert, dass man vielleicht keine Lust mehr auf seinen Job hat, dass ..."

„Nein." Sam sprang auf. „Sparen Sie sich die Sprüche. Es geht mir gut. Das Einzige, worauf ich keine Lust habe, ist dieser Termin. Manche Leute haben nicht das Bedürfnis, sich ihre Probleme in einem kuscheligen Büro von der Seele zu reden, in dem es angeblich sicher ist, über alles zu sprechen. Wir sind nirgends sicher. Das ist die Lektion, die ich gelernt habe."

„Na also", sagte er mit der Andeutung eines zufriedenen Grinsens, die sie auf die Palme brachte. „Rufen Sie mich an, wenn Sie bereit sind, darüber zu sprechen, warum Sie sich nirgends sicher fühlen."

Wütend auf ihn und sich selbst stürmte Sam aus seinem Büro und schlug die Tür hinter sich zu. Captain Malone vereitelte ihr weiteres schnelles Entkommen, indem er sie am Arm packte und in sein Büro zog, wo sie seine Hand abschüttelte. „Sie brauchen mal einen Auffrischungskurs in Verhaltenstraining, wenn Sie glauben, Sie könnten Ihre Beamtinnen so behandeln."

„Beschweren Sie sich doch."

„Was wollen Sie?"

„Ich freue mich auch, Sie zu sehen. Ihr Charme hat uns hier sehr gefehlt."

Sam verdrehte die Augen. Charme. Ja, klar. „Kann ich Ihnen irgendwie helfen?"

„Setzen Sie sich."

„Ich stehe lieber."

„Das war kein Vorschlag."

Da er so selten auf seine Vorgesetztenposition pochte, ließ sie sich auf den Stuhl fallen, auf den er deutete, verschränkte die Arme und stellte weiter auf stur.

„Wie geht es Ihnen?"

„Prima, und Ihnen?"

„Mir fehlt eine meiner besten Beamtinnen, deswegen ist hier alles ein bisschen stressig, vor allem, weil jemand durch die Gegend läuft und Leute mit einem Jagdmesser absticht. Aber wir kommen schon klar."

Sie weigerte sich, Schuldgefühle zuzulassen, weil sie nicht im

Dienst war. Ihr Team war hervorragend ausgebildet und würde den Fall lösen. Wie immer. „Das höre ich gern."

„Wie läuft's mit Trulo?"

„Das dürfen Sie nicht fragen."

„Ein weiterer Punkt für Ihre Beschwerde über mich."

„Ich habe bisher alle Termine wahrgenommen. Wollen Sie hören, worüber wir geredet haben? Dauert nicht lange. Höchstens sechzig Sekunden."

Seufzend nahm Malone ebenfalls Platz. „Sie sind also unkooperativ."

„Das habe ich nicht gesagt."

„Wollen Sie nicht wieder arbeiten?"

Sam zuckte die Achseln. „Momentan genieße ich irgendwie meine Freizeit. Es macht mir Spaß, meinen Sohn in die Schule zu bringen – auch wenn der Secret Service ständig dazwischenfunkt –, meinen Vater zum Arzt zu fahren, die Nähe meines Mannes zu genießen und zu putzen."

Malone richtete sich mit entsetzt aufgerissenen Augen auf. „Sie *putzen*? Was zum Teufel ist mit Ihnen los, Sam? Sie putzen seit Neuestem lieber, als Mörder zu jagen? Uns war gar nicht bewusst, dass es so schlimm ist."

„Uns? Wer ist ‚uns'?"

„Wir alle! Alle fragen sich, was zum Teufel mit Ihnen los ist und warum Sie nicht wieder zur Arbeit kommen wollen. Immer wenn sonst etwas Verrücktes passiert ist, mussten wir Sie praktisch an Ihr Sofa fesseln. Aber diesmal nicht. Diesmal ist alles anders."

Sam musste sich bemühen, nicht wieder nervös auf ihrem Stuhl hin und her zu rutschen, während Malone sie anstarrte und offensichtlich auf Antworten wartete, die sie ihm einfach nicht geben konnte. Sie wusste nicht, warum sie keine Lust hatte, wieder Verbrecher dingfest zu machen. Warum sie sich innerlich wie tot fühlte oder sich fragte, ob sie sich je wieder auf ihre Instinkte würde verlassen können, nachdem sie sie einmal so katastrophal im Stich gelassen hatten. Doch erst wenn sie die Antworten kannte, auf die alle so verzweifelt warteten, würde man sie wieder arbeiten lassen. Also hatte sie beschlossen, die unerwartete freie Zeit zu genießen. Was sollte sie auch sonst tun?

„Sam, ich bin's." Er war seit dem Tag, an dem man sie zum
Detective befördert hatte, ihr Mentor und Freund. „Bitte reden Sie
mit mir. Sagen Sie mir, was Ihnen durch den Kopf geht."

Seine Fürsorge ließ nun doch Schuldgefühle in ihr aufsteigen,
weil sie wusste, dass sie ihm – und anderen – solche Sorgen
bereitete.

Als sie stumm blieb, erklärte er: „Sie sollen wissen, dass ... wir
alle, beim Chief angefangen, bei dieser Sache mit Stahl kein gutes
Bild abgegeben haben. Wir hätten ahnen müssen, wie weit er zu
gehen bereit war."

Sam erhob sich. „Ich muss los. War schön, Sie zu sehen."

„Sam, warten Sie."

Ehe er um seinen Schreibtisch herum war, hatte sie das Büro
verlassen und eilte Richtung Gerichtsmedizin und damit zum
nächstgelegenen Ausgang. Sie stürmte in den eisigen Januartag
hinaus und atmete die kalte Luft tief ein. Ihr Blick glitt über den
Parkplatz, suchte nach Feinden. Nach vierzehn Dienstjahren hatte
sie mehr als genug davon. Jetzt wusste sie, dass diese sich nicht
scheuten, sie anzugreifen, zu versuchen, sie fertigzumachen. Sie
hatte gelernt, vorsichtiger und ängstlicher zu sein als je zuvor.

Als Nick das Amt des Vizepräsidenten angenommen hatte,
hatte er Personenschutz durch den Secret Service für sie
abgelehnt, damit sie ihren geliebten Beruf weiter ausüben konnte.
Dass sie jetzt tatsächlich darüber nachdachte, Bodyguards zu
beantragen, zeigte, wie tief Stahls Aktion sie erschüttert hatte.

Sie stieg in ihr Auto und fuhr nach Hause. Nur an dem Ort, wo
Nicks und Scottys Personenschützer ein Auge auf sie hatten, fühlte
sie sich zurzeit sicher. Das Haus war wie eine Festung, und das war
ihr ganz recht so. Dort kam niemand an sie heran.

SAM BOG IN DIE NINTH STREET EIN, WO DER SECRET-SERVICE-
Beamte am Kontrollpunkt sie durchwinkte. Sie parkte vor dem
Haus und war überrascht, Nicks schwarzen BMW ebenfalls am
Straßenrand stehen zu sehen. Was hatte der denn hier zu suchen?
Ihr Mann hatte ihr erzählt, er habe ihn verkauft, da er nicht mehr
selbst fahren durfte.

Sie schnappte sich ihre Handtasche, stieg aus und ging die Rampe zu dem Haus hinauf, wo sie mit Nick und Scotty wohnte. An der Tür grüßte sie ein Beamter und ließ sie ein. „Danke", sagte sie.

„War mir ein Vergnügen, Mrs Cappuano."

Noch vor kurzer Zeit hätte Sam den Beamten gebeten, sie „Lieutenant Holland" zu nennen, doch sie hatte sich daran gewöhnt, von den Personenschützern ihrer Familie mit ihrem Ehenamen angesprochen zu werden. Es machte ihr nicht mehr so viel aus wie früher. In den zehn Monaten seit ihrer Hochzeit war ein wenig von Lieutenant Holland Mrs Cappuano gewichen.

Nick kam in einem schicken dunkelgrauen Anzug mit einer cranberryroten Krawatte, die sie sehr gern an ihm sah, aus der Küche. Wie immer seit ihrer ersten Begegnung vor all den Jahren raubte er ihr den Atem, einfach nur indem er den Raum betrat.

„Hey, Babe. Wie war der Termin mit Trulo?"

„Ach, du kennst das ja." Sie warf ihren Mantel und ihre Handtasche aufs Sofa, was ihr ein Stirnrunzeln ihres peniblen Ehemannes eintrug. Spöttisch äffte sie den Psychiater nach: „‚Erzählen Sie mir, was passiert ist. Erklären Sie mir, wie Sie sich fühlen. Sprechen Sie über das, was geschehen ist. Bla, bla, bla.' Ich weiß dann immer nicht, was die von mir erwarten. Es ist passiert, ich hab's überlebt, und er sitzt. Ende der Durchsage."

Nick küsste sie auf die Stirn und musterte sie kurz, registrierte jedes Detail an ihr mit seinen wunderschönen haselnussbraunen Augen, die sie und den Unsinn, den sie redete, auf Anhieb durchschauten. „Du weißt, was die von dir wollen, Samantha, und je eher du es ihnen gibst, desto schneller darfst du wieder arbeiten."

Der Secret Service hatte das Wohnzimmer diskret geräumt, was Sam Gelegenheit gab, mit der Fingerspitze über die Seidenkrawatte und bis zum Hosenbund zu streichen. Sie freute sich über die Erkenntnis, dass er später als üblich zum Büro aufbrach, weil er hatte da sein wollen, wenn sie nach Hause kam. „Vielleicht will ich ja gar nicht wieder arbeiten. Vielleicht spiele ich lieber eine Weile die Vizepräsidentengattin und kümmere mich um meinen Vizepräsidenten, wann immer es nötig ist."

Er schluckte. „Äh, wer bist du, und was hast du mit meiner Frau angestellt?"

Zum ersten Mal seit Stunden lachte Sam.

„Nein, im Ernst. Du wärst lieber Vizepräsidentengattin als Polizistin?" Er legte ihr die Hand auf die Stirn. „Kein Fieber, trotzdem sollten wir vielleicht vorsichtshalber Harry anrufen."

„Lass das." Sie schlug seine Hand weg. „Was ist falsch daran, mir eine kleine Pause vom Hamsterrad zu gönnen?"

„Jeder anderen Frau würde ich antworten: Gar nichts. Aber weil du es bist, macht mir allein die Frage Sorgen. Vielleicht erschreckt sie mich sogar. Du liebst das Hamsterrad. Ja, du lebst regelrecht dafür. Zumindest war das so, bis Stahl durchgedreht ist. Seither bist du nicht mehr wiederzuerkennen, Babe. Das ist uns allen aufgefallen."

Sam war nicht überrascht, dass er ihr Verhalten wie immer hervorragend deuten konnte und sich anders als Trulo nicht mit Plattitüden abspeisen ließ. „Ich knabbere an ein paar Dingen im Zusammenhang mit der Entführung, meinem Job und meiner Zukunft." So weit hatte sie sich seit jenem schrecklichen Tag noch niemandem anvertraut. „Ich brauche nur etwas Zeit. Solange ich nicht im Dienst bin, kann ich es mir doch auch gut gehen lassen, oder?"

„Ich denke schon. Aber dieser neue Putzfimmel und so ... Du treibst uns irgendwie alle in den Wahnsinn."

Sie legte lächelnd die Arme um ihn, schmiegte sich an ihn und atmete seinen vertrauten Duft ein. „Dann lass ich das mit dem Putzen wieder."

Er zog sie an sich. „Gott sei Dank."

„Wieso steht da draußen dein Auto? Ich dachte, du hättest es verkauft."

„Ja, das war gelogen."

Sie hob den Kopf von seiner Brust, um ihm einen bösen Ehegattinnenblick zuzuwerfen. „Gelogen? Jetzt bin ich aber gespannt."

„Als wir den Personenschutz durch den Secret Service für dich abgelehnt haben, habe ich das nicht ohne gewisse Befürchtungen getan – und das war vor der Sache mit Stahl. Deshalb habe ich beschlossen ... Ach, komm einfach mit. Ich zeige es dir." Er half ihr in den Mantel und führte sie dann an der Hand zur Tür.

Der diensthabende Beamte hielt sie auf. „Gehen Sie, Sir?"

„Wir wollen nur kurz raus."

Der Beamte sprach in das Mikro an dem Kabel, das zu dem Knopf in seinem Ohr führte. „Teufelskerl und Politesse sind unterwegs."

„Politesse?", wiederholte Sam mit einem Blick zu Nick. „Na toll, ich werde wieder mal ausschließlich auf meinen Beruf reduziert, und das auch noch falsch."

„Habe ich vergessen zu erwähnen, dass uns Codenamen zugeteilt worden sind? Ich finde, es hätte schlimmer kommen können."

„Das sagst du. Politesse? Echt? Wieso bist du ‚Teufelskerl' und ich nur ‚Politesse'? Kann man sich darüber irgendwo beschweren?"

Der Agent nahm die Hand vor den Mund und lachte lautlos.

„Das ist nicht witzig! Ich habe einen Ruf zu verlieren. Eine Politesse schreibt Strafzettel und notiert Falschparker. Ich bin ein hartgesottener Bulle."

„Ich werde es weitergeben", versprach der Beamte feierlich, musste sich allerdings unverkennbar ein Lachen verbeißen.

Sam warf ihm einen finsteren Blick zu. „Tun Sie das."

„Sie dürfen gehen, Mr Vice President, Mrs Cappuano."

Mit einem weiteren bösen Blick ließ sie sich von Nick nach draußen führen.

„Ich kann dir gar nicht sagen, wie sehr ich es hasse, um Erlaubnis fragen zu müssen, wenn ich mein eigenes Haus verlassen möchte", beschwerte er sich.

„Das war doch von vornherein klar."

„Es geht mir trotzdem auf die Eier."

„Apropos …"

„Nicht hier. Nicht jetzt."

„Woher weißt du, was ich sagen wollte?"

Er bedachte sie bloß mit einem bedeutungsvollen Seitenblick, zog einen Schlüsselanhänger aus der Tasche und entriegelte den BMW. „Steig ein", bat er und hielt ihr die Beifahrertür auf.

„Äh, okay. Ich dachte, du darfst nicht mehr selbst fahren?"

„Wir fahren nicht weg.“

„Ich mache nicht am helllichten Tag im Auto mit dir rum, während deine versammelten Personenschützer zuschauen.“

„Das beruhigt mich“, lachte er. „Jetzt schwing deinen knackigen Hintern ins Auto.“

Sam glitt auf den weichen Sitz und atmete den vertrauten Geruch von Leder und Aftershave ein, der sie immer an ihre ersten gemeinsamen Tage erinnern würde. Seither hatten sie viel Zeit in diesem Auto verbracht, und sie hatte sich nur schweren Herzens davon getrennt, nachdem er Vizepräsident geworden war.

Er nahm auf dem Fahrersitz Platz und schloss die Tür.

Sie beugte sich über die Mittelkonsole. „Jetzt gehöre ich ganz dir, Teufelskerl. Was hast du mit mir vor?“

Er schenkte ihr das unwiderstehliche Grinsen, bei dem sie jedes Mal schwach wurde, und antwortete: „Jetzt zeige ich dir die gesamte Spezialausstattung unseres neuen, gepanzerten, kugelsicheren Autos.“

2

Nicks Sorge um Sams Sicherheit hatte zu den schlimmsten Schlafstörungen geführt, die er je erlebt hatte, und das wollte etwas heißen, da er praktisch schon sein gesamtes Erwachsenenleben lang darunter litt. In den Wochen nach Sams Entführung durch Stahl hatte er kaum ein Auge zumachen können, sondern zugeschaut, wie sie sich herumwälzte, geplagt von Albträumen, an die sie sich am nächsten Tag angeblich nicht mehr erinnerte.

Er war sich sicher, das war gelogen. Sie erinnerte sich an die Träume und an jede Minute, die sie mit Stahl und Marissa Springer in diesem verfluchten Keller zugebracht hatte. Dieser Tag hatte sie verändert, und selbst jetzt, Wochen danach, hatten sie ihn beide noch nicht verarbeitet.

Sam nahm das vertraute Fahrzeug mit den subtilen, aber sehr wesentlichen Veränderungen genau in Augenschein.

„Das Auto ist jetzt ganz ähnlich ausgestattet wie meine Limousine und die von Nelson – kugelsichere Scheiben und Reifen, Panzerung und ein Panikknopf, der direkt mit dem Metro PD, dem Secret Service und dem FBI verbunden ist", erklärte Nick. „Unter dem Rücksitz findest du Lebensmittel für drei Tage, Schutzanzüge, eine Sauerstoffflasche, Hygieneartikel und alles, was man braucht, um sich zu verstecken."

„Das ist dein Ernst."

„Mein voller Ernst.“

„Wann hast du das veranlasst?“

„Nachdem wir den Personenschutz des Secret Service für dich abgelehnt hatten, habe ich angefangen, mich nach Alternativen umzusehen.“

„Also vor Stahl.“

„Ja.“ Er starrte geradeaus durch die Windschutzscheibe und kämpfte gegen die Wut an, die ihn jedes Mal packte, wenn er daran dachte, was sie in diesem Keller durchgestanden hatte. Nick hatte den Polizeibericht gelesen, und wenn er überhaupt Schlaf fand, verfolgte ihn das bis in seine Träume. „Ich hätte das schon früher tun sollen. Ich hätte ...“

Sam packte seinen Unterarm. „Nick, nicht einmal du mit all deinen Superkräften hättest das vorausahnen können.“

Er versuchte, seine Wut abzuschütteln, denn die half ihr jetzt nicht. „Warte, das ist noch nicht alles.“ Er drückte einen Knopf an der Mittelkonsole, und ein Tablet samt Tastatur klappte heraus. „Dabei hat mir Freddie geholfen. Das ist das neue Tablet, das jeder Polizist im Einsatz bei sich tragen muss – deins ist jetzt samt Bluetooth-Tastatur hier im Auto eingebaut, denn Freddie und ich waren uns einig, dass du mit dem virtuellen Keyboard nicht klarkommen würdest.“

„Freddie und du, ihr wart euch also einig, ja?“

„Mhm. Hiervon weiß er allerdings noch nichts.“ Nick schaltete die Autostereoanlage ein, und Sams Lieblingslied, „Livin’ on a Prayer“, ertönte. „Die Playlist besteht ausschließlich aus Bon Jovi.“

„Ehrlich? O mein Gott! Freddie wird es hassen!“

„Und du?“

„Ich liebe es“, seufzte sie und schenkte ihm das zärtliche Lächeln, das er so mochte. „Das ... ist wunderbar, Nick. Vielen Dank.“

„Dieses Auto hat nicht bloß ein eingebautes Ladegerät für dein Uralt-Handy, sondern verfügt zudem über die neueste GPS-Technologie. Du wirst nie wieder vom Radar verschwinden. Ich werde dich immer finden können.“ Er zückte sein Smartphone und hielt es so, dass sie das Display sehen konnte. „Diese App kann mir jederzeit genau die Position des Autos anzeigen.“ Er blickte sie an und zwang sich, ihr die Wahrheit zu sagen, obwohl er das Nächste gerne für sich behalten hätte. „Ich weiß, es missfällt dir, dass ich immer weiß, wo du dich aufhältst, aber ich ertrage den Gedanken nicht, je wieder auch nur für eine Minute nicht zu wissen, wo du gerade bist.“

„Vor einem Monat hätte ich noch verlangt, dass du diesen ganzen Mist umgehend wieder ausbaust. Jetzt bin ich froh, dass du mich finden kannst, falls das nötig sein sollte.“

Damit hatte er nicht gerechnet, und die Aussage bewies, wie traumatisiert sie nach wie vor war. „Wirklich?“

„Ja, wirklich.“ Seufzend setzte sie sich zurück und legte den Kopf an die lederne Rückenlehne. „Weißt du, ich gehe es im Kopf ein ums andere Mal durch. Wie konnte ich so dumm sein, direkt in eine Falle zu laufen? Ich bilde mir eigentlich ein, ein ganz gutes Gespür für so etwas zu haben, doch diesmal ...“

„Woher hättest du das denn wissen sollen? Du warst schon dort gewesen, hattest mit Marissa geredet, sie zu dem Fall befragt. Woran hättest du merken sollen, dass sie mit diesem Drecksack Stahl unter einer Decke steckte?“

„Ja, das war vermutlich unmöglich. Ich habe nur trotzdem das Gefühl, mein sechster Sinn hätte sich melden müssen. Hat er aber nicht. Ich bin dort reinmarschiert wie ins Haus jeder anderen Zeugin. Weißt du noch, wie sauer ich war, als Freddie bei Reese angeschossen wurde, weil er allein unterwegs war? Ich habe denselben Fehler gemacht.“

„Das war eine ganz andere Situation. Zum einen hatte Reese seine Familie getötet, und Freddie hat sein Haus im Auge behalten, in der Hoffnung, er würde zurückkommen. Er ist da rein, obwohl er wusste, dass er es mit einem verzweifelten Mörder zu tun haben könnte, und das war dumm. Du bist zu den Springers gefahren, um mit einer Frau zu reden, mit der du dich eine Stunde zuvor ganz normal unterhalten hattest. Inwiefern ist das vergleichbar?“

„Es herrschte Personalknappheit. Ich bin allein reingegangen. Niemand hat gewusst, wo ich war. Man lernt am ersten Tag bei der Polizei, sich immer abzumelden und Verstärkung zu rufen. Ich hätte es besser wissen müssen.“

„Du stellst im Nachhinein dein Handeln infrage. Weil du jetzt weißt, was passiert ist, nachdem du das Haus betreten hast. Aber in Anbetracht der Informationen, die dir bei deiner Ankunft zur Verfügung standen, hattest du keinen Grund zu der Annahme, dass du dir Sorgen machen müsstest."

Aus den Boxen erklang als Nächstes „Make a Memory", einer von Nicks Lieblingssongs aus dem Menü von Bon-Jovi-Stücken, mit denen sie ihn stetig gefüttert hatte, seit er in ihr Leben getreten war. „Ich liebe dieses Lied. Dabei muss ich immer daran denken, wie es war, als wir frisch zusammen waren und ich dich dabei ertappt habe, wie du ‚Der Kongress für Dummies' gelesen hast, während dieses Stück durchs Haus dröhnte."

Sie lächelte ihn an, doch die Sorge in ihren hellblauen Augen entging ihm nicht. Es war für ihn unübersehbar, dass sie zutiefst verstört war und versuchte, das vor ihrer Umwelt zu verbergen.

Er nahm ihre Hand und drängte: „Du musst mit jemandem darüber reden, Sam."

„Ich rede doch mit dir."

„Das freut mich auch ungemein. Aber du brauchst qualifizierte Begleitung durch deine posttraumatische Belastungsstörung. Ich soll dir von Harry ausrichten, du kannst ihn anrufen, wenn du es satthast, bei eurem Polizeipsychologen zu mauern."

„Woher weiß er denn, dass ich das tue?"

Nick schaute sie vorwurfsvoll an. „Wir alle wissen, dass du das tust."

„Kann ich dich etwas fragen? Und versprichst du, meine Frage ernst zu nehmen und wahrheitsgemäß zu antworten?"

„Natürlich, Sam. Was möchtest du wissen?"

„Wie fändest du es, wenn ich mich auf unbestimmte Zeit beurlauben lasse, um mich darauf zu konzentrieren, die Vizepräsidentengattin zu spielen? Sei ehrlich."

Für einen Moment konnte Nick keinen klaren Gedanken fassen, so schockiert war er über diese Frage. Er hatte sich zuvor schon Sorgen um sie gemacht, doch jetzt war er regelrecht versteinert. Wenn sie solche Ideen hatte, stimmte wirklich etwas ganz und gar nicht. „Samantha, du machst mir gerade furchtbare Angst."

„Wieso? Weil ich über Veränderungen nachdenke?"

„Weil dir das überhaupt nicht ähnlichsieht. Du würdest es

hassen, rund um die Uhr Vizepräsidentengattin zu spielen. Du bist Mordermittlerin. Mit Leib und Seele. Das macht dich aus."

„Aber was ist, wenn mir der Sinn nach Veränderung steht? Darf ich denn immer nur Polizistin sein?"

„Du kannst sein, was du willst, doch du darfst keine lebensverändernden Entscheidungen treffen, solange du noch unter dem Eindruck der Geschehnisse in diesem Keller stehst. Dies ist nicht der richtige Zeitpunkt für dieses Gespräch. Lass es uns in zwei oder drei Monaten führen, wenn Gras über die Sache gewachsen ist und du nicht jeden Morgen als Erstes an Klingendraht denkst."

Sie betrachtete ihre im Schoß gefalteten Hände. „Das Auto ist großartig. Ich kann gar nicht glauben, dass du das alles organisiert hast. Das trägt viel dazu bei, dass ich mich wieder sicher fühle."

„Sam, genau das möchte ich erreichen. Koste es, was es wolle. Dafür würde ich alles tun."

„Ich denke darüber nach, Personenschutz zu beantragen."

„Okay ..." Wow, das traf ihn hart.

„Nur vorsichtshalber, du weißt schon."

„Ja, Baby. Ich weiß. Aber du musst nichts übers Knie brechen. Ich bin sicher, das Department drängt dich, wieder zur Arbeit zu kommen, trotzdem besteht kein Grund zur Eile. Der Job läuft dir nicht weg, und Gonzo kann sich bis zu deiner Rückkehr um alles kümmern." Er hielt ihr einen Schlüsselbund vor die Nase. „Der rote Knopf am Schlüsselanhänger hat dieselbe Funktion wie der im Auto. Er alarmiert die Polizei, den Secret Service und das FBI und übermittelt allen dreien gleichzeitig deinen Standort."

Sie nahm die Schlüssel entgegen. „Du hast wirklich an alles gedacht."

„Das hoffe ich zumindest. Wenn ich sonst noch etwas dafür tun kann, dass du dich sicherer fühlst, musst du es bloß sagen, und dann schauen wir, was wir tun können."

„Wo genau kriegt man denn kugelsichere Reifen und Panzerung fürs Auto her?"

„Ich habe einige Gefallen eingefordert und ein paar Telefongespräche geführt." Im Gegensatz zum Präsidenten hatte Nick die Ochsentour hinter sich und hatte von daher in allen

Bereichen der Regierung Freunde. Er hatte ohne Zögern all seine Verbindungen genutzt, um das für sie auf die Beine zu stellen.

„Das muss doch ein Vermögen gekostet haben."

„Nie war Geld besser angelegt."

„Kann man die Fenster so einstellen, dass ich zwar hinaus-, aber niemand hereinsehen kann?"

Er warf ihr einen Blick zu, der sagte: „Hältst du mich für einen Anfänger?", und drückte einen Knopf am Armaturenbrett, der sie für die Außenwelt unsichtbar werden ließ.

„Hervorragend, und jetzt kommen Sie her, und machen Sie mit Ihrer Frau rum, Mr Vice President."

„Mit dem größten Vergnügen, Mrs C."

DIE NACHRICHT, DASS DER CHIEF IHN SEHEN WOLLTE, KAM VON dessen Sekretärin über Gonzo, der in Sams Abwesenheit vorübergehend Leiter der Mordkommission war. Sie hatten Überstunden gemacht und in dem Messerstecherfall ermittelt, waren aber nicht wirklich weitergekommen.

„Du sollst um vier zum Chief", hatte Gonzo gesagt, und damit hatte Detective Freddie Cruz drei lange Stunden Zeit dafür gehabt, sich zu fragen, was ihn da wohl erwartete. Natürlich wusste er genau, worum es ging. Auf diesen Anruf hatte er seit der Nacht gewartet, in der er den Typen zusammengeschlagen hatte, der Elin verletzt hatte. Er hatte damit seine Karriere auf dumme, riskante und überhaupt kreuzdämliche Weise aufs Spiel gesetzt – und er würde sich jederzeit wieder so verhalten, ohne auch nur eine Sekunde zu zögern.

Er wippte nervös mit einem Bein, während er im Vorzimmer des Chiefs darauf wartete, hineingerufen zu werden. Seit Gonzo ihm den Termin übermittelt hatte, hatte Freddie mit dem Gedanken gespielt, Sam anzurufen, um ihre Meinung einzuholen, aber er hatte sie nicht stören wollen, solange sie außer Dienst war. Andererseits hätte er vor diesem Treffen wirklich gerne mit ihr gesprochen.

„Detective Cruz?", wandte sich Helen an ihn. „Sie können jetzt rein."

„Oh, äh, danke." Er war bisher selten ohne Sam im Büro des Chiefs gewesen, deshalb wusste er nicht, ob er einfach eintreten oder vorher anklopfen sollte. Sicherheitshalber entschied er sich für Letzteres.

„Herein!"

Freddie öffnete die Tür und betrat das Allerheiligste des Chiefs. Außer Farnsworth waren Deputy Chief Conklin, Captain Malone, Wilson, der neue Leiter der Abteilung Interne Ermittlungen, sowie Jessica Townsend, die juristische Beraterin der Polizei, anwesend. Heilige Scheiße ...

Farnsworth wies auf den letzten freien Stuhl in dem Halbkreis vor seinem Tisch. „Nehmen Sie Platz, Detective."

Als Freddie saß, sah er Malone an und hoffte, aus dem Blickkontakt ablesen zu können, was hier lief, doch der Captain starrte die Wand hinter dem Chief an.

„Wir sitzen hier zusammen, um über die Ereignisse des ersten Januar zu sprechen. Damals hat Detective Cruz einen gewissen Andre Elliott, der zuvor wegen eines tätlichen Angriffs auf eine Frau in einem Fitnessstudio in der 16th Street festgenommen worden war, in der Untersuchungshaft aufgesucht."

Freddie hatte seit Wochen damit gerechnet, genau das zu hören zu bekommen, gleichzeitig aber irgendwie gehofft, der Kelch werde an ihm vorübergehen. Doch das Glück hatte er nicht.

Von einem Blatt Papier in seiner Hand las Farnsworth ab: „Mr Elliott behauptet, während seiner Untersuchungshaft in einer der Arrestzellen des MPD habe ihn Detective Cruz besucht und tätlich angegriffen, was zu Verletzungen im Unterleib und im Gesicht geführt habe." Farnsworth sah Freddie an. „Wissen Sie etwas darüber?"

Freddie hatte keine Ahnung, was er sagen sollte. Bei der Wahrheit bleiben oder leugnen? Sein Wort stand gegen Elliotts. Indem er seinen Kapuzenpulli über die Kamera gehängt hatte, hatte er dafür gesorgt, dass er nicht gefilmt wurde. Sergeant Delany, der in jener Nacht Dienst gehabt hatte, hatte weggeschaut, nachdem Freddie ihm erzählt hatte, was Elliott Elin angetan hatte.

„Detective Cruz?"

„Ehe Sie antworten, Detective", warf Wilson ein, „sollte ich Sie vielleicht daran erinnern, dass Sie Rechte haben, unter anderem das auf einen Anwalt, falls Sie einen wünschen."

„Stehe ich denn unter Anklage?", fragte Freddie.

„Im Moment nicht", entgegnete Wilson. „Aber wir behalten uns das Recht vor, Anzeige gegen Sie zu erstatten, wenn wir die Angelegenheit nicht intern klären können."

Freddie richtete die Augen auf die Wand hinter dem Chief und musste unweigerlich an die Knochenbrüche in Elins Gesicht denken, die massiven Hämatome, die sich erst jetzt langsam gelb verfärbten, die Wochen, in denen sie aufgrund der Schmerzen nicht hatte arbeiten können. Ja, er hatte getan, was man ihm vorwarf, und er würde jederzeit wieder so handeln. Allerdings wäre es wohl nicht klug, das in diesem Rahmen zu äußern.

„Lassen Sie es mich Ihnen leicht machen, Detective", übernahm Farnsworth wieder das Wort. „Elliott verlangt dienstrechtliche Konsequenzen, sonst erstattet er Anzeige."

Freddie zwang sich, dem ruhigen Blick des Chiefs zu begegnen. „Was für dienstrechtliche Konsequenzen?"

„Mindestens eine einwöchige unbezahlte Suspendierung."

Scheiße, dachte Freddie, *eine Woche ohne Verdienst wird nicht schön, aber ein Prozess wäre weit schlimmer, vor allem, weil der, den Melissa Woodmansee gegen uns angestrengt hat, immer noch nicht entschieden ist.* In den wenigen Sekunden, die er sich Zeit ließ, um seine Möglichkeiten gegeneinander abzuwägen, dachte er an Sam und daran, wie hart sie gearbeitet hatte, um ihr Team zu einem der besten der gesamten Washingtoner Polizei zu machen. Ein weiterer Prozess konnte ihnen beiden die Karriere ruinieren.

„Elliott kann nicht beweisen, dass ich ihn angerührt habe", erklärte Freddie.

„Lieutenant Archelotta hat uns in der Woche nach dem angeblichen Vorfall auf eine Lücke in den Überwachungsaufnahmen aus jener Nacht hingewiesen. Er hatte den Eindruck, jemand hätte etwas über die Kamera gehängt, und als dieses Objekt wieder entfernt wurde, lag Elliott auf dem Boden, hielt sich die massiv geprellten Hoden und blutete aus Nase und Mund."

Okay, das machte keinen guten Eindruck, führte ihm jedoch nur noch deutlicher vor Augen, was er zu tun hatte. „Ich nehme die Suspendierung." Sie kam zum schlechtesten denkbaren Zeitpunkt, denn Sam war dienstuntauglich, und in der Stadt lief ein Irrer mit einem Messer herum, aber er hatte keine andere Wahl.

„Das wird außerdem zu einem Eintrag in Ihrer Personalakte führen, der Ihrer weiteren Karriere im Weg stehen könnte", informierte ihn Malone.

„Das ist mir durchaus bewusst." Er konnte damit leben, es nie weiter als bis zum Detective zu bringen. Solange er den Job, den er liebte, nicht verlor, war ihm alles recht.

„Es versteht sich wohl von selbst, Detective", übernahm der Chief erneut das Wort, „dass wir es nicht dulden können, dass Beamte derlei Dinge auf eigene Faust regeln. Es widerspricht allem, woran wir als Behörde glauben, wenn Mitglieder unseres Teams, vor allem Beamte ab Ihrer Besoldungsstufe, das Gesetz in die eigenen Hände nehmen."

„Das ist mir durchaus bewusst", wiederholte Freddie und meinte es auch so. Schon auf dem Weg zu Elliott war ihm klar gewesen, was es für Konsequenzen haben könnte, ihm einen Denkzettel zu verpassen. Doch nicht einmal angesichts der Suspendierung tat es ihm leid, die Frau, die er liebte, gerächt zu haben. „Sonst noch etwas?"

„Geben Sie mir Ihre Waffe und Ihre Dienstmarke", verlangte Malone und streckte die Hand aus.

Es fiel Freddie schwerer als erwartet, dem Captain seine Pistole und die geliebte goldfarbene Marke auszuhändigen.

„Haben Sie irgendwelche Fragen, Detective?", erkundigte sich Farnsworth.

„Was wird man Elliott sagen, und wird die Öffentlichkeit von meiner Suspendierung erfahren?"

„Er wird unterrichtet werden, dass wir dienstrechtlich gegen Sie vorgegangen sind, aber wir werden weder ihm noch den Medien irgendwelche Details mitteilen. Wir behandeln das als interne Personalangelegenheit. Die stellvertretende Staatsanwältin Faith Miller hat Elliott einen Deal vorgeschlagen: Er wird Stillschweigen bewahren, und dafür lässt sie die Anklage wegen Verabredung zu einer Straftat gegen ihn fallen. Er wird sich nur für den Angriff auf Ms Svendsen verantworten müssen."

Freddies Gedanken überschlugen sich. Stahl hatte Elliott dafür bezahlt, dass er Elin verletzte, damit Freddie mit dieser persönlichen Angelegenheit befasst und damit aus dem Weg war, wenn der korrupte Ex-Bulle seinen Angriff auf Sam ausführte. Es schmerzte ihn sehr, zu hören, dass Elliott für seine Komplizenschaft mit Stahl nicht belangt werden würde.

„Das bedeutet nicht, dass die Medien keinen Wind von der Sache bekommen werden", fügte Malone hinzu. „Nur, dass sie es nicht von uns hören werden."

„Ihnen ist hoffentlich klar, dass wir aufgrund einer Entscheidung, die Sie getroffen haben, Detective, gerechtfertigte Anklagepunkte gegen Elliott fallen lassen müssen", betonte Farnsworth unverkennbar verärgert.

„Jawohl, Sir." Er war nicht stolz auf das, was er getan hatte, und war auch nur ungern der Anlass für das Missfallen des Chiefs, doch er würde sich niemals für die Aktion gegen Elliott entschuldigen. Dieser Deal war das Beste, worauf er unter den gegebenen Umständen hoffen durfte. Er ging davon aus, dass Elliott klug genug sein würde, um sich an seine Abmachung mit der stellvertretenden Staatsanwältin zu halten, und die Anzeige wegen Körperverletzung reichte aus, um dafür zu sorgen, dass er für eine Weile sitzen würde. Zumindest wenn alles so lief wie erwartet.

Cruz erhob sich auf wackligen Beinen. „Danke."

„Detective", ergriff Malone erneut das Wort. „Sie haben eine steile Karriere vor sich, aber Sie müssen Ihre Emotionen in den Griff kriegen. Es wäre mir gar nicht recht, wenn Sie sich Ihre Laufbahn selbst versauen würden."

„Jawohl", antwortete Freddie und schluckte. „Sir. Danke." Er verließ das Büro fluchtartig und hob erst wieder den Kopf, als er das Großraumbüro der Ermittler erreicht hatte. An seinem Schreibtisch fuhr er den Rechner herunter und schnappte sich seine Schlüssel.

„Oh, hey", begrüßte ihn Gonzo. „Da bist du ja wieder. Wie ist es gelaufen?"

Freddie richtete den Blick auf die noch immer nicht vollkommen verheilte Schusswunde an Gonzos Hals, die ihn daran erinnerte, dass alles viel schlimmer hätte kommen können. „Ich bin ohne Lohnfortzahlung suspendiert.“

Gonzo blieb vor Schreck der Mund offen stehen. „Was zur Hölle …?“

Freddie schwieg.

„Wegen der Sache mit Elliott. Über die du nicht reden willst. Jetzt ist sie dir auf die Füße gefallen.“

„So in der Art.“

„Verdammt, Cruz. Das ist echt das Letzte, was ich brauche, jetzt, wo Sam dienstuntauglich ist.“

„Ich weiß. Tut mir leid, wenn ich dir zusätzlichen Stress bereite.“

„Aber es tut dir nicht leid, wie du in dieser Situation reagiert hast.“

„Nein.“

„Ich hoffe, das war es wert.“

Freddie dachte daran, was Elliotts Faust in Elins hübschem Gesicht angerichtet hatte. Was Freddie mit dem Kerl gemacht hatte, war das absolut Mindeste, was er verdient hatte. „Auf jeden Fall.“

„Ich weiß nicht, ob mir diese neue, harte Seite an Freddie Cruz gefällt. So was sieht dir überhaupt nicht ähnlich.“

„Ich habe nicht vor, es zur Gewohnheit werden zu lassen, Sergeant“, versprach Freddie, der seinen engen Freund sonst nicht mit seinem Dienstgrad ansprach.

„Das hoffe ich schwer. Wie lange bist du suspendiert?“

„Eine Woche.“

„Heilige Scheiße.“

„Wenn du mich brauchst, ruf einfach an. Mein gesamter Papierkram ist auf dem neuesten Stand. Melde dich, wenn ich bei den Ermittlungen helfen kann.“

„Mach ich. Hast du in letzter Zeit mal mit Sam gesprochen?“, fragte Gonzo.

„Ab und zu. Du?“

„Dito. Kommt sie dir auch irgendwie komisch vor?“

Freddie nickte. „Ich schätze, das ist unter den Umständen normal.“

„Ja, vermutlich.“

Was zwischen den beiden ungesagt blieb, war, dass es gar nicht zu ihrem Lieutenant, ihrer guten Freundin, passte, nicht zum Dienst zu erscheinen, ohne dass eine schwere Verletzung sie daran hinderte – vor allem, wo gerade eine neue Ermittlung in die heiße Phase ging. Sogar mit einer schweren Verletzung hätte man sie normalerweise zu Hause anbinden müssen.

„Sie kommt schon wieder", brummte Freddie zuversichtlicher, als er sich fühlte. „Wenn sie so weit ist."

„Ich hoffe es. Schau lieber, dass du hier weg bist, bevor sich das mit der Suspendierung rumspricht. Dann möchtest du nämlich nicht mehr hier sein."

„Nein, wirklich nicht. Ich ruf dich an."

Freddie verließ das Büro und nahm den Ausgang durch die Gerichtsmedizin, weil er hoffte, so unbemerkt verschwinden zu können. Das einzig Positive an der Suspendierung war eine ganze freie Woche, die er mit Elin verbringen konnte, da sie noch immer krankgeschrieben war. Während er den Wagen in Richtung ihrer gemeinsamen Wohnung im Vorort Woodley Park lenkte, hatte er die Idee, mit ihr zusammen wegzufahren, jetzt, wo sich die Gelegenheit dazu bot, für eine Woche aus der Stadt zu verschwinden.

Doch vorher musste er mit Sam reden. Er wählte ihre Nummer und hoffte, sie würde abnehmen. Die letzten paar Male, die er sie angerufen hatte, hatte sie das nicht getan und auch nicht auf seine Nachrichten auf dem Anrufbeantworter oder per SMS reagiert.

„Hey", meldete sie sich atemlos. „Was gibt's?"

„Oh, hey." Er hatte eigentlich damit gerechnet, wieder eine Nachricht auf ihrer Mailbox hinterlassen zu müssen.

„Genau mit dir wollte ich reden."

Verdammt! Hatte sie bereits von seiner Suspendierung erfahren? Hatten ihre Vorgesetzten sie konsultiert, ehe sie das Urteil gefällt hatten? „Worüber?"

„Nick hat mir heute unser neues Auto gezeigt und gesagt, du seist ihm eine große Hilfe beim Einbau dieses fürchterlichen Tablets gewesen. Danke dafür."

„Kein Problem. Ich weise dich gern ein, sobald du wieder zur Arbeit kommst."

„Oh, ja, toll", erwiderte sie mit vorhersehbarem Sarkasmus. „Ich kann's kaum erwarten."

„Ich rufe an, weil man mich für eine Woche suspendiert hat."

„Was? Wofür denn, zur Hölle? Oh, verdammt, wegen Elliott, oder?"

„Ja. Im Austausch dafür, dass er über meinen Besuch Stillschweigen wahrt, lassen sie die Anklage wegen Verabredung zu einer Straftat fallen."

Sie schwieg so lange, dass Freddie unruhig auf seinem Sitz herumzurutschen begann.

„Hör zu, Sam ..."

„Nein, jetzt hörst *du* mir mal zu. Was du getan hast, war unter deiner Würde. Du hast diesen Typen in die Hände gespielt."

„Woher hätte ich denn wissen sollen, dass sie das alles so geplant hatten? Ich wusste nur, dass meine Freundin gebrochene Gesichtsknochen hat. Er hat ihr *mehrere Knochen* im Gesicht gebrochen, Sam."

„Ich weiß, und du hattest jedes Recht, wütend zu sein. Aber du hattest *kein* Recht, seine Zelle zu betreten und ihn zusammenzuschlagen. Absolut keins."

„Wie würdest du reagieren, wenn jemand Nick das antäte, was der Kerl mit Elin gemacht hat? Würdest du einfach ruhig dasitzen und den Täter damit durchkommen lassen?"

Sie seufzte laut. „Ich verstehe, warum du es getan hast, doch das darf auf keinen Fall wieder passieren. Farnsworth hat eine sehr niedrige Toleranzschwelle, was Polizeibrutalität betrifft, und ein weiteres Mal lässt er dir so eine Aktion nicht durchgehen."

„Er lässt mir ja gar nichts durchgehen. Ich kriege eine Woche lang kein Gehalt." Die Erinnerung an diese Tatsache ließ ihn seine Reisepläne noch einmal überdenken.

„Die hätten dich wieder auf Streife schicken können. Sie lassen es dir sehr wohl durchgehen. Du kannst dich glücklich schätzen, dass die Sanktionen nicht härter ausgefallen sind."

„Ich bereue es nicht", erklärte er. „Ich würde es jederzeit wieder tun."

„Dann werde ich persönlich deine Sachen packen und dich in den nächsten Streifenwagen setzen."

Er lächelte über ihre heftige Reaktion, denn er hatte nichts anderes von ihr erwartet. „Apropos Sachenpacken: Ich überlege gerade, ob ich meine unverhoffte Freizeit nicht für einen kleinen Ausflug mit Elin nutzen soll. Es sei denn, dir fällt etwas ein, was dagegenspräche."

„Ich wüsste nicht, was, solange du keine Bilder auf Instagram postest, auf denen du einen bunten Cocktail mit Schirmchen in der Hand hast."

„Ich bin überrascht, dass du Instagram kennst."

„Leck mich."

„So verlockend dieses Angebot auch ist, ich fahre lieber heim und lecke mein eigenes Mädchen."

„Du bist eklig."

„Die Leute machen sich Sorgen um dich, Sam. Sie fragen sich, wann du wohl wiederkommst und so."

„Alle warten darauf, dass ich Trulo in den Hintern krieche, aber das können sie vergessen. Ich genieße meine Auszeit irgendwie."

„Wirklich? Ist das dein Ernst?"

„Warum fällt es euch allen nur so schwer, das zu glauben?"

„Äh, liegt das nicht auf der Hand?"

„Du weißt schon, dass ich so etwas wie ein Privatleben habe, oder?"

„Ja, ich glaube sogar, seit einer Weile ist das gesamte Land bestens über dein Privatleben informiert."

„Sehr witzig."

„Es sieht dir bloß überhaupt nicht ähnlich, dir Gründe für eine Verlängerung deines Urlaubsscheins aus den Fingern zu saugen."

„Das tu ich ja gar nicht. Erzählt man sich das?"

„Niemand hat auch nur ein Wort in dieser Richtung geäußert. Wenn es jemand denkt, ist er schlau genug, es in meiner Gegenwart oder vor jemand anderem aus unserem Team nicht laut zu sagen."

„Selbst wenn – was kümmert mich das Geschwätz der Leute? Wenigstens kann ich nach dem, was mir dieser Dreckskerl angetan hat, noch herumlaufen, atmen, reden und auch sonst weitgehend alles."

Das Wort „weitgehend" beunruhigte Freddie. „Wir sind

allesamt sehr dankbar, dass du noch herumläufst, atmest und redest."

„Oh, danke, Cruz. Ich bin gerührt."

Er lachte schnaubend. „So, jetzt ist aber mal Schluss. Wir hören uns in einer Woche. Versuch, dich in meiner Abwesenheit aus allem Ärger herauszuhalten."

„Ich bin nicht derjenige, der suspendiert wurde."

„Touché, Lieutenant."

„Genieß die Zeit, Freddie. Du hast eine Pause verdient, und dieser Mist auf der Arbeit geht auch vorbei. Nimm's locker."

„Danke. Bis bald." Er schob sein Handy in die Tasche und parkte vor dem Gebäude, in dem er mit Elin wohnte. Auf dem Weg die Treppe zu ihrer Wohnung im zweiten Stock hinauf nahm er immer zwei Stufen auf einmal, dann zückte er seinen Schlüssel.

Ehe er ihn ins Schloss stecken konnte, öffnete sich die Tür. „Was machst du denn hier?"

Elin trug einen Bademantel, und ihr weißblondes Haar war nachlässig zu einem Dutt zusammengefasst. Obgleich man die blauen Flecken noch deutlich sah, war sie wunderschön, und bei ihrem Anblick blieb Freddie wie immer fast das Herz stehen. Er musste ihr einiges erzählen, etwa dass Elliott in die Sache mit Stahl verwickelt gewesen war. Sie war seit seinem Angriff auf sie so fragil gewesen, dass er ihr nur die nötigsten Informationen gegeben hatte. Von seinem nächtlichen Besuch in Elliotts Zelle hatte sie keine Ahnung.

Er legte die Arme um sie und hob sie hoch.

„Was machst du denn? Warum bist du nicht bei der Arbeit?"

„Ich habe eine Woche frei."

„Wie das?"

„Es ist wenig zu tun, und sie haben jemanden gesucht, der sich eine Weile freinimmt. Ich habe jede Menge Resturlaub, und da habe ich mich freiwillig gemeldet." Glücklicherweise hatte sie keine Nachrichten geschaut und noch nichts von den Messerattacken gehört, sonst hätte sie ihm seine Geschichte von wegen „wenig zu tun" niemals abgekauft.

„Eine ganze Woche?", fragte sie mit mehr Begeisterung, als sie in letzter Zeit wegen irgendetwas an den Tag gelegt hatte.

„Ja. Was hältst du von einem Kurzurlaub?"

„Wohin denn?"

„Wohin du willst."

Sie berührte ihre Hämatome. „Ich weiß nicht ... Mein Gesicht ..."

„Ist wunderhübsch."

„Aber noch voller blauer Flecken."

„Ja, und? Wir zwei fahren irgendwohin, wo uns niemand kennt, entspannen uns und haben Spaß. Komm schon. Wie oft haben wir die Gelegenheit, für eine Woche einfach von hier zu verschwinden?" Er legte die Hände auf ihre Wangen und strich mit den Daumen ganz zart über ihre immer noch verfärbte Haut. „Wir steigen ins Auto und fahren einfach los. Wohin, können wir uns auch unterwegs noch überlegen."

„Aber nicht mit deinem Auto."

Lachend küsste er sie. „Mein armer, viel geschmähter Mustang. Er ist so missverstanden."

„Ich verstehe ihn absolut richtig."

„Gut, nehmen wir deins. Ist das ein Ja?" Irgendwann während des gemeinsamen Urlaubs würde er einen Weg finden müssen, ihr zu erzählen, was er ihr bisher vorenthalten hatte. Doch heute ging es darum, sie zum ersten Mal seit zwei Wochen aus der Wohnung herauszulocken.

„Ja, Freddie. Lass uns wegfahren."

3

Nachdem Sam Nick mit dem Versprechen, sich später angemessen für das Auto zu bedanken, zur Arbeit geschickt hatte, erhielt sie einen Anruf von ihrer Assistentin Shelby, die mit heftiger Morgenübelkeit zu kämpfen hatte.

„Es tut mir so leid, Sam", schluchzte Shelby. „Bezahl mich einfach nicht für diese Woche."

„Sei nicht albern. Betrachte dich als krankgeschrieben."

„Ich würde mich schuldig fühlen, wenn du mich dafür bezahlst, dass ich mich abwechselnd übergebe und schlafe."

„Ist Avery bei dir?"

„Ja, es war heute so schlimm, dass er sich den Tag freigenommen hat."

„Ich hoffe, es geht dir bald besser."

„Das hoffe ich auch. Ich ruf dich morgen an."

„Nimm dir die ganze Woche frei. Ich bin zu Hause und komme schon klar. Ruh dich aus, bis du dich nachhaltig besser fühlst."

„Bist du dir sicher?"

„Hundertprozentig."

„Vielen Dank, Sam. Das ist eine Riesenerleichterung. Ich kann mich kaum bewegen, wäre dir also wirklich keine große Hilfe."

„Was sagt der Arzt?"

„Alles völlig normal, aber ich muss aufpassen, dass ich genug trinke. Und dabei behaupten immer alle, schwanger zu sein sei so wunderbar."

Für Sam klang eine Schwangerschaft tatsächlich wunderbar, doch sie weigerte sich, den unvernünftigen Neid, den sie jedes Mal empfand, wenn jemand in ihrer Umgebung ein Kind erwartete, die Oberhand gewinnen zu lassen. „Halt durch, und lass mich regelmäßig wissen, wie es dir geht."

„Werde ich. Wie geht es *dir* denn?"

„Gut. Tatsächlich täglich besser. Wir hören uns, ja?"

„Auf jeden Fall. Tschüss, Sam."

Sam unterbrach die Verbindung und goss sich eine zweite Tasse Kaffee ein, wozu sie nur selten kam. Sie war nicht stolz darauf, wie sie empfand, aber sie konnte ihre Gefühle auch nicht unterdrücken, vor allem, da ihre letzte Schwangerschaft ziemlich genau ein Jahr zurücklag. Nach ein paar Monaten, in denen sie verhütet hatte, hatte sie ziemlich viel Zeit gehabt, wieder schwanger zu werden. Es war jedoch einfach nicht passiert. Was sicher nicht daran lag, dass sie es nicht versucht hätten.

Das zu begreifen fiel ihr sehr schwer, zumal sie bereits einmal von Nick schwanger gewesen war. Warum geschah es kein zweites Mal? Ihr Seufzen verriet, wie tief die Frustration über ihre vergeblichen Versuche saß. Nach ihrer letzten Fehlgeburt waren sich alle Ärzte einig gewesen: Wenn sie einmal schwanger gewesen war, konnte sie es auch wieder werden.

Nick hatte über eine Fruchtbarkeitsbehandlung nachgedacht, aber das hatte sie mit ihrem ersten Ehemann bereits einmal durchgemacht. Die Nebeneffekte dieser Behandlungen waren ihr einfach zu heftig, zumal es ja keine Erfolgsgarantie gab.

„Du musst dich irgendwie ablenken", sagte sie sich. Auf dem Küchentresen lag die handgeschriebene Karte, die sie nach der Entführung durch Stahl von ihrer neuen Stabschefin im Weißen Haus erhalten hatte. Sie nahm sie und las die freundliche Nachricht zum zehnten Mal.

Mrs Cappuano,

hiermit wünschen wir Ihnen von ganzem Herzen eine rasche Genesung. Wir denken an Sie und hoffen, dass Sie sich bald besser fühlen. Wenn ich Ihnen irgendwie behilflich sein kann, zögern Sie nicht, sich zu melden.

Mit freundlichen Grüßen
Lilia Van Nostrand

Sie hatte ihre Durchwahl im Weißen Haus daruntergeschrieben. Sam starrte die Nummer eine volle Minute lang an, dann wählte sie sie.

„Lilia hier", antwortete die frische, professionell klingende Stimme, die Sam bereits bei ihrem letzten, bisher einzigen Gespräch mit der Frau aufgefallen war.

„Äh, ja, Sam Hol… äh, Cappuano hier."

„Oh! Mrs Cappuano! Wie schön, von Ihnen zu hören."

Sam zuckte zusammen und hielt das Telefon ein Stück von ihrem Ohr weg. „Ich, äh, ich wollte mich für Ihre Nachricht und den Blumenstrauß bedanken. Das war sehr nett."

„Gern geschehen. Ich hoffe, Sie befinden sich auf dem Wege der Besserung."

„Ja."

„Das freut mich. Kann ich Ihnen irgendwie behilflich sein?"

„Da ich krankgeschrieben bin, dachte ich, wir könnten vielleicht das Treffen nachholen, das Sie vor einer Weile vorgeschlagen haben."

„Wie wäre es mit heute um zwei?"

„Wow, Sie fackeln nicht lange, was?"

„Nein."

„Ich frage das ja nur ungern, aber wie komme ich zu Ihnen? Bisher war ich immer mit Nick, äh, Vizepräsident Cappuano im Weißen Haus." Sie musste sich immer noch jedes Mal ein Kichern verkneifen, wenn sie ihn so nannte. Ihr Mann, der Vizepräsident der Vereinigten Staaten.

„Ich schicke Ihnen einen Wagen. Sind Sie zu Hause?"

„Ja."

„Hervorragend. Wenn es Ihnen recht ist, lasse ich Sie um halb zwei abholen."

„Das ist prima. Bis gleich."

„Wir freuen uns auf Sie."

Mit dem Handy in der Hand lief Sam nach oben, um zu duschen und zu entscheiden, was sie zu dem Treffen mit ihrem Stab im Weißen Haus anziehen wollte. Die Schnittwunden von dem Klingendraht waren weitgehend verheilt, doch aufgrund einiger Schorfreste an den Beinen entschied sie sich für eine schwarze Hose und einen roten Blazer, zu denen sie eine der Seidenblusen trug, die eine Freundin von Shelby ihr besorgt hatte.

Eine komplette Garderobe zu ersetzen brauchte Zeit, und nachdem ihre einstige Freundin Melissa sich mit einer Machete am Inhalt ihres Kleiderschranks abreagiert hatte, besaß Sam bloß noch halb so viele Klamotten wie zuvor. Sie legte sich die Kette mit dem diamantbesetzten Anhänger in Schlüsselform um, die Nick ihr zur Hochzeit geschenkt hatte, und zog ihre Ringe an, die sie nur trug, wenn sie nicht im Dienst war. Ein Paar silberne Kreolen und ein Armreif komplettierten ihr Outfit. Dann schlüpfte sie in ihre schwarzen, hochhackigen Stiefeletten, musterte sich kritisch im Spiegel und kam zu dem Schluss, dass sie weder Nick noch sich selbst in dieser Aufmachung blamieren würde.

Bis zum Eintreffen des Wagens hatte sie noch eine halbe Stunde Zeit, also ging sie nach unten, setzte sich aufs Sofa und befasste sich mit den Atemübungen, die ihr ihre Schwester Tracy nach der Entführung beigebracht hatte. Sie hatte festgestellt, dass Atemübungen und Meditation ihr halfen, Ruhe zu finden und ihre Angstzustände in den Griff zu kriegen.

Die Leute behaupteten ständig, sie sei irgendwie nicht sie selbst. Sam verstand die Sorge ihrer Mitmenschen, war sich jedoch nicht sicher, wie sie nach diesem Erlebnis anders sein sollte, als sie im Moment war. Im Keller der Springers hatte sich etwas in ihr verändert, und sie würde eine Weile brauchen, um herauszufinden, wer sie jetzt war. Für den Moment würde sie einfach weiter atmen.

Gonzo saß an Sams Schreibtisch und sah die Berichte durch, die die Ermittler der dritten Schicht, die an dem Messerstecherfall arbeiteten, ihm hingelegt hatten. Er las die Aussage eines Opfers, das das Glück gehabt hatte, den Angriff zu überleben.

William Enright war nach einem abendlichen Treffen mit Kollegen durch eine ruhige Seitenstraße in der Gegend um die Gallaudet University nach Hause gegangen, als der Angreifer sich ihm von hinten genähert, ihn am Arm umgedreht und ihm in den

Unterleib gestochen hatte. Zum Glück war das Opfer geistesgegenwärtig genug gewesen, um Gegenwehr zu leisten und um Hilfe zu rufen, hatte allerdings neben der lebensgefährlichen Stichwunde im Unterleib schwere Abwehrverletzungen an Armen und Händen davongetragen.

Seine Beschreibung eines großen, muskulösen Mannes mit tief in die Stirn gezogenem Hut entsprach der eines anderen Opfers, das unter ähnlichen Umständen am anderen Ende der Stadt, in Glover Park, angegriffen worden war.

„Klopf, klopf", meldete sich Captain Malone von der offenen Tür her.

„Hey, Captain! Immer herein."

„Gewöhnen Sie sich hier langsam ein?"

„Auf keinen Fall. Sie könnte ja auch jeden Augenblick zurückkommen."

„Deswegen bin ich hier. Ich habe sie heute Morgen getroffen, und ich glaube, das wird nicht so bald passieren."

„Wo sind Sie ihr begegnet?"

„Sie hatte einen Termin bei Trulo."

„Und dann hat sie nicht einmal bei uns im Großraumbüro vorbeigeschaut, damit wir sie ins Bild setzen? Das sieht ihr gar nicht ähnlich."

„Nichts von alldem sieht ihr ähnlich. Ich hatte gehofft, Sie hätten vielleicht eine Erklärung dafür."

„Leider nein. Sie nimmt meine Anrufe nicht an, und wenn sie mir eine SMS schreibt, dann kryptisch und knapp."

„Wir werden uns vielleicht damit abfinden müssen, dass sie gar nicht zurückkommt."

„Nein", widersprach Gonzo schockiert und erstaunt, dass der Captain so etwas laut aussprach. „Damit werde ich mich auf keinen Fall abfinden. Natürlich kommt sie wieder. Für alles andere ist sie viel zu sehr mit diesem Job verheiratet."

„Ich weiß nicht … Durch Nicks neues Amt hat sie im Moment einiges um die Ohren. Vielleicht war diese Sache mit Stahl eine Art Weckruf, der ihr klargemacht hat, dass sie nicht wirklich neun Leben hat und auf ihr eines besser aufpassen muss."

„Das glauben Sie doch selbst nicht."

„Sie haben den Bericht gelesen. Sie haben gehört, was sie

erlebt hat. Sam hat stundenlang damit gerechnet, dass er sie jeden Augenblick töten würde, während er sie geschlagen und gefoltert hat. Wer würde denn nach so etwas wieder zur Arbeit zurückkehren wollen?"

„Sam Holland. Definitiv. Für sie ist Aufgeben keine Option."

„Nein, ist es nicht, aber am Ende des Tages ist sie genauso nur ein Mensch wie wir alle, und diesmal hat es sie schwer erwischt."

„Genau wie mich vor Kurzem." Er deutete auf die noch immer schlimm aussehende Wunde an seinem Hals, die ihn täglich daran erinnerte, dass sein Leben auf Messers Schneide gestanden hatte. „Ich bin auch wieder da. Verdammt, ich bin sogar zurückgekommen, bevor ich es offiziell durfte."

„Ich möchte in keiner Weise schmälern, was Sie durchgemacht haben. Aber das war etwas anderes, Gonzo. Er hat sie *gefoltert*. Das stellt etwas mit Menschen an."

„Im Gegensatz zu der Erfahrung, während einer Schießerei mit einem mordlustigen Psychopathen beinahe zu verbluten, während man an seine Verlobte, seinen Sohn und seine Familie denkt und damit rechnet, all diese Menschen nie wiederzusehen?"

„Schon gut", seufzte Malone. „Das sollte nicht zu einem Wettbewerb ausarten, wen es schlimmer getroffen hat. Ich hoffe, das ist Ihnen klar."

„Ja, und ich verstehe auch, was Sie meinen. Was er getan hat ... Ich glaube, für das, was er ihr angetan hat, würden wir ihn alle gern in die Finger kriegen."

„In der Tat. Im Moment haben Sie hier allerdings das Sagen, und ich bin für Sie da, wenn Sie etwas brauchen. Wir wissen zu schätzen, wie Sie sich engagieren, trotzdem zögern Sie bitte nicht, sich im Bedarfsfall um Hilfe an mich zu wenden."

„In Ordnung. Danke, Captain."

„Wie weit sind wir mit unserem Messerhelden?"

„Genauso weit wie gestern um diese Zeit. Wir ermitteln, gehen Hinweisen und Spuren nach. Ich habe gerade die Aussage eines weiteren Opfers gelesen." Gonzo reichte dem Captain den Ausdruck, und dieser überflog ihn rasch.

„Der Typ folgt immer dem gleichen Muster. Er greift von hinten an und zielt auf die Halsschlagader oder, wenn das Opfer sich wehrt, auf den Bauch."

„Korrekt. Die, die überlebt haben, hatten das Glück, dass er keine größeren Blutgefäße oder inneren Organe getroffen hat. In Dr. McNamaras Bericht steht, dass die beiden Todesopfer sehr schnell verblutet sind. Beide waren tot, ehe der Notarzt eingetroffen ist."

„Verbindungen zwischen den Opfern?"

„Bisher keine. Wir arbeiten daran, und uns fehlen zwei unserer besten Detectives."

„Ich weiß. Trotzdem müssen wir der Presse irgendwelche Fortschritte bei unseren Ermittlungen präsentieren."

„Wir haben fast nichts."

„Nennen wir ihnen die Fakten und lassen sie wissen, dass wir allen Hinweisen nachgehen. Vielleicht kommen dann weitere Tipps aus der Bevölkerung."

„Sie werden wegen Personalmangels Überstunden für das Team genehmigen müssen."

„Darum kümmere ich mich. Besorgen Sie mir einen Verdächtigen. Aber jetzt steht erst mal die Pressekonferenz an."

„Jawohl, Sir."

„Reichen Ihnen dreißig Minuten Vorbereitungszeit?"

Gonzo nickte.

„Sehr gut. Ich gehe mit Ihnen da raus."

„Okay."

Malone verließ das Büro, und als Gonzo wieder allein war, fragte er sich, was zum Teufel er den Medien über eine Ermittlung erzählen sollte, die bisher nichts erbracht hatte. Er ging ein weiteres Mal seine Notizen durch, rief sich ins Gedächtnis, was sie bisher wussten, und tippte ein paar kurze Anmerkungen zusammen, darunter auch die Bitte um die Mithilfe der Bevölkerung.

Außerdem kopierte er das Phantombild, das sie mithilfe eines der Opfer erstellt hatten und das die ungefähre Größe des Angreifers, seinen Körperbau und die Jacke zeigte, die er getragen hatte. Dass er danach bis zur Pressekonferenz noch fünfzehn Minuten Zeit hatte, nutzte er, um zu Hause anzurufen.

Seine Verlobte Christina klang atemlos, als sie beim dritten Klingeln ranging. „Hey."

„Hi. Was treibst du?"

„Ich mache Yoga, solange Alex schläft.“

Gonzo stöhnte. „Pflanz mir nicht diese Bilder in den Kopf, wenn wir uns erst in ein paar Stunden sehen.“

Lachend bat sie um Entschuldigung. „Erst in ein paar Stunden, ja?“

„Leider ja. Cruz ist suspendiert worden, allerdings ist das streng geheim.“

„Suspendiert? Warum?“

„Ich erzähl's dir später, aber jetzt habe ich noch weniger Leute als zuvor. Wir haben das Gefühl, als würde uns dieser Messertyp bewusst verspotten.“

„Du klingst frustriert und überfordert.“

„Ich bin beides. Wir müssen unsere Pläne schon wieder vertagen. Es tut mir so leid.“

„Das ist doch kein Problem, Tommy. Ich laufe dir schließlich nicht weg. Wenn wir das nächste Mal ein freies Wochenende haben, hauen wir ab und ziehen es durch.“

„Unsere Hochzeit soll aber kein Punkt unter vielen auf einer endlosen To-do-Liste sein.“

Bei ihrem leisen Lachen wünschte er sich, zu Hause bei ihr zu sein, statt für absehbare Zeit hier festzusitzen. „Lachst du mich aus?“, fragte er.

„Vielleicht ein kleines bisschen. Mach dich mal locker, Tommy. Wir heiraten, sobald wir einen Zeitpunkt finden, zu dem es uns möglich ist, ausschließlich aneinander und an Alex zu denken.“

„Danke, dass du immer so verständnisvoll bist. Man muss schon ein besonderer Mensch sein, um mit einem Bullen verheiratet zu sein.“

„Ich will einfach bloß mit *dir* verheiratet sein. Von mir aus könntest du auch als Müllmann arbeiten.“

„Im Augenblick erscheint mir die Aussicht, bei der Müllabfuhr tätig zu werden, ziemlich verlockend.“

„Im Prinzip ist das alles doch eine großartige Chance für dich! Wenn ihr unter deiner Leitung diesen Typen schnappt, bedeutet das einen Karrieresprung.“

„Stimmt, allerdings nur, wenn wir ihn wirklich drankriegen.“

„Ihr schafft das. Daran hege ich keinen Zweifel.“

„Ich liebe dich, Christina. Am liebsten würde ich dich auf der Stelle heiraten."

„Tommy, ich liebe dich auch und empfinde ganz genauso. Aber ich würde ewig warten, wenn es sein muss, also lass dich von unseren Plänen nicht zusätzlich stressen, wo du jetzt schon so viel um die Ohren hast."

„Mach in ein paar Minuten den Fernseher an. Dein Verlobter muss eine Pressekonferenz geben."

„Wir werden sie uns ansehen."

„Ich komme heim, so schnell ich kann."

„Wir freuen uns auf dich."

Nach einem Gespräch mit ihr fühlte sich Gonzo immer besser. Ohne sie hätte er die chaotischen Ereignisse der letzten paar Monate niemals so gut überstanden. Zuerst war er angeschossen worden und dann in Verdacht geraten, die Mutter seines Sohnes getötet zu haben. Gonzo erschauerte bei dem Gedanken an den schrecklichen Tag, an dem man Loris Leiche in ihrem Auto gefunden hatte und alle mit dem Zeigefinger auf ihn gedeutet hatten.

Stahl hatte wie ein genialer Dirigent alles orchestriert, hatte mit kühl kalkulierter Berechnung und exakter Planung Rache genommen. Cruz hatte ihm in die Hände gespielt, indem er den Mann angegriffen hatte, der Elin geschlagen hatte. Sam hatte sich zu sicher gefühlt und deshalb allein Marissa Springers Haus betreten. Der Vorfall hatte sie alle hart getroffen, besonders aber Sam.

Gonzo hatte bisher niemandem anvertraut, dass er allmählich tatsächlich davon ausging, dass sie nicht zurückkommen würde. Warum sollte sie sich ohne Not dem ganzen Mist aussetzen, der ihnen in ihrem Beruf jeden Tag um die Ohren flog? Ihr Ehemann war der verdammte Vizepräsident der Vereinigten Staaten. Warum sollte sie da einen Beruf ausüben, bei dem sie ständig in Gefahr schwebte?

Doch der Gedanke, ohne sie arbeiten zu müssen, war einer, den er noch nicht zur Gänze zulassen konnte. In diesem Team würde ohne ihre Führung eine völlig andere Atmosphäre herrschen. Wenn sich nicht einer der derzeitigen Lieutenants um die Stelle bewarb, würde er ihr Nachfolger werden.

Angesichts all dessen, was in seinem Privatleben vor sich ging, war Gonzo nicht ganz sicher, ob er beruflich tatsächlich mehr Verantwortung übernehmen wollte. Aber wenn man ihn praktisch in diese Rolle drängte, hatte er möglicherweise gar keine andere Wahl. So liefen diese Dinge bei der Polizei. Jemand stieg aus irgendeinem Grund aus, und sein Stellvertreter hatte plötzlich den Staffelstab in der Hand, ob er dafür bereit war oder nicht.

Sein Partner Detective Arnold klopfte an die Tür. „Malone sagt, es ist alles bereit für die Pressekonferenz."

„Okay."

Gonzo schnappte sich seine Notizen und eine Flasche Wasser und begab sich zum Haupteingang des Polizeigebäudes, wo die Reporter das ganze Jahr über auf Informationen lauerten. Egal ob es wie an diesem Tag eiskalt oder im Sommer glühend heiß war, sie warteten dort jeden Tag darauf, dass ihnen jemand einen Knochen hinwarf.

Sam war sehr gut darin, ihnen einen Haufen heiße Luft zu verkaufen. Er hoffte, dass ihm das auch einigermaßen gelingen würde.

„Bereit?", erkundigte sich Malone, als er sich am Haupteingang mit Gonzo traf.

„Nein, aber bringen wir es hinter uns."

Als sie in die beißende Kälte hinaustraten, drängten ihnen die Reporter entgegen und hatten ihn und Malone rasch umringt.

„Zurücktreten! Machen Sie alle mal ein bisschen Platz", rief Malone.

Sie zogen sich ein paar Zentimeter zurück, begannen dabei jedoch, aus vollem Hals Fragen zu brüllen, die sich auf die Messerangriffe bezogen, wollten wissen, wann Sam ihren Dienst wieder antreten würde, was in Sachen Stahl lief und mehr.

Gonzo spulte ab, was sie bisher über die Messerangriffe wussten, und gab den wartenden Pressevertretern auch ein Update über den Gesundheitszustand der überlebenden Opfer, die beide noch im Krankenhaus lagen. Er verteilte die Kopien, die er gemacht hatte, und bat um Unterstützung dabei, die Öffentlichkeit um Mithilfe zu bitten.

„Haben Sie irgendwelche Verbindungen zwischen den Opfern gefunden?", wollte ein Reporter wissen.

„Noch nicht. Bis auf Weiteres gehen wir davon aus, dass der Täter sie zufällig auswählt. Wir bitten die Bürger, wachsam zu bleiben und ihre Umgebung im Auge zu behalten, wenn sie in der Stadt unterwegs sind."

„Wann ist mit Lieutenant Hollands Rückkehr zu rechnen?", fragte Darren Tabor.

Gonzo bat Malone mit einem Blick, die Frage zu beantworten.

„Interne Personalangelegenheiten kommentieren wir nicht", verkündete Malone.

„Aber sie kommt wieder, oder?", hakte Tabor nach.

Malone funkelte den nervigen Reporter an. „Interne Personalangelegenheiten kommentieren wir nicht."

„Können Sie etwas zum Stand der Dinge im Fall Stahl sagen?", erkundigte sich jemand anders.

„Der Termin für seinen Prozess steht, und er sitzt ohne die Möglichkeit, Kaution zu stellen, in Jessup."

„Warum dort und nicht hier?"

„Aufgrund von möglichen Interessenkonflikten in diesem Fall", antwortete Malone, „haben wir um Erlaubnis gebeten, ihn in ein Gefängnis außerhalb unserer Jurisdiktion zu verlegen, und das Gericht hat dem Antrag stattgegeben."

„Captain, wie ist die Stimmung bei der Polizei hinsichtlich des Falles Stahl?"

Dass der Captain erstarrte, verriet Gonzo, was er bei der Frage empfand. „Was glauben Sie denn? Wir versuchen immer noch, die Tatsache zu verarbeiten, dass einer unserer Kollegen, ein Mann, mit dem wir viele Jahre lang eng zusammengearbeitet haben, nicht nur Lieutenant Holland, sondern auch den anderen Opfern seiner sinnlosen Verbrechen so etwas antun konnte."

„Die letzten Monate waren hart für das MPD", bemerkte eine der wasserstoffblonden Fernsehreporterinnen. „Gibt es Anzeichen dafür, dass der Chief in Pension gehen oder sein Amt niederlegen könnte, um Platz für eine neue Führung zu machen?"

„Unsere bestehende Führung ist durchaus in der Lage, jede Krise zu meistern. Das war's für heute. Danke für Ihre Zeit." Er packte Gonzo am Arm und zerrte ihn praktisch durch die Tür. „Verfluchte Geier. Aber sich dann wundern, dass wir keinerlei Lust verspüren, uns mit der Presse zu unterhalten."

„Der Chief geht doch nicht in Pension, oder?", fragte Gonzo.

„Nicht, dass ich wüsste, und davon hätte ich gehört."

„Haben Sie je darüber nachgedacht ..." Kaum hatte Gonzo die Worte ausgesprochen, da bereute er sie schon.

Malone warf ihm einen fragenden Blick zu. „Worüber?"

Gonzo seufzte und sah zu seinem Captain auf. „Wann zu viel wirklich zu viel wird."

„Wie meinen Sie das?"

„Diese Sache mit Sam und Stahl ... Was, wenn sie ausgereicht hat, sie für immer von hier zu vertreiben? Der Chief muss inzwischen ebenfalls an einem Punkt sein, wo er denkt, das Leben sei zu kurz für diesen Scheiß."

„Denken *Sie* das, Sergeant?"

„Nein! Ich mache mir Sorgen um die beiden."

„Die letzten paar Monate hier waren hart. Das leugnet niemand. Auch für Sie. Sie sind nicht nur beinahe erschossen worden, überdies wurde die Mutter Ihres Kindes ermordet, und Sie waren kurzzeitig verdächtig. Dazu kommt noch, was mit Sam passiert ist und was wir alle für sie und für diese Bestie, die ihr das angetan hat, empfinden. Nach alldem hätte jeder eine Sinnkrise."

„Ich habe keine Krise. Darum geht es nicht."

„Worum dann?"

„Ich weiß es nicht. Ach, egal."

Ohne zu blinzeln, hielt Malone den Blickkontakt aufrecht und ließ ihn so wissen, dass er mit dieser Antwort nicht zufrieden war.

„Kommt sie wieder?", fragte Gonzo schließlich.

Malone stützte die Hände in die Hüften und schüttelte den Kopf. „Ich weiß es wirklich nicht. Eigentlich hatte ich damit gerechnet, dass sie inzwischen längst wieder im Dienst sein würde."

„Ich auch."

„Sie mauert gegenüber Trulo, obwohl ihr klar ist, dass sie ihn zufriedenstellen muss, wenn sie wieder arbeiten will. Das verrät mir, dass sie es nicht eilig hat, zurückzukommen."

„Oder sie ist einfach noch nicht bereit, über die ganze Sache zu reden."

„Auch das wäre möglich."

„Ich bin also nicht der Einzige, der sich Sorgen macht."

„Ganz bestimmt nicht. Das Thema kam sogar heute Morgen bei einem Meeting der leitenden Beamten zur Sprache."

Gonzo war sich nicht sicher, ob er es als tröstlich empfinden sollte, dass sich seine Vorgesetzten ebenfalls Sorgen machten, oder eher als das Gegenteil.

„Hören Sie, arbeiten Sie einfach weiter", bat ihn Malone. „Es ist nicht unbemerkt geblieben, wie sehr Sie sich reinknien, obwohl Sie sich noch nicht einmal richtig von Ihrer Verletzung erholt haben."

„Ich versuch's."

„Wenn Sie mich brauchen – Sie wissen, wo Sie mich finden. Zögern Sie nicht, sich an mich zu wenden, wenn Sie irgendwelche Unterstützung brauchen."

„Danke, Captain. Ich lasse Sie mal weiterarbeiten."

Malone nickte und entfernte sich in Richtung seines Büros, während Gonzo ins Großraumbüro zurückkehrte, um sich über den Stand der Ermittlungen zu informieren. Je schneller sie diesen Messerstecher fanden, desto eher konnte er sich um die Hochzeit mit der Liebe seines Lebens kümmern.

4

———————

Der „Wagen", mit dem Lilia Sam abholen ließ, war ein schwarzer SUV mit getönten Scheiben. Hinter dem Steuer und auf dem Beifahrersitz saß je ein Beamter des Secret Service. Seit sie vorgefahren waren und Sam zügig aus dem Haus ins Auto geführt hatten, hatten sie praktisch kein Wort gesprochen.

Sam fragte sich, ob die beiden sie nicht mochten, weil sie den der Vizepräsidentengattin zustehenden Personenschutz abgelehnt hatte. Sparte ihnen das nicht Arbeit? Das Teufelchen in ihr hätte gerne nachgefragt, aber dann traute sie sich nicht. Diese gesamte Situation war für Nick und sie neu, und sie wollte ihm keinen Stress bereiten. Oder zumindest nicht noch mehr.

Sie kamen an die Tore des Weißen Hauses, wo der diensthabende Beamte sie durchwinkte. Der Wagen blieb vor einem der vielen Eingänge stehen, und der Fahrer sprang heraus, um ihr die Tür aufzuhalten. Eine junge Frau mit dunklem Bob erwartete sie schon. Sie trug ein blassrosa Kostüm, das Sam sofort an Shelby erinnerte, dazu eine Perlenkette und flache Schuhe. Ihre großen, dunklen Augen blickten ernst, doch ihre Lippen verzogen sich zu einem freundlichen Lächeln.

„Mrs Cappuano", begrüßte sie Sam und reichte ihr die Hand. „Ich bin Lilia und freue mich sehr, Sie endlich persönlich kennenzulernen."

„*Sie* sind Lilia?"

Offenbar verblüfft von Sams Frage versicherte sie: „Aber ja! Höchstpersönlich."

„Ich hatte eine Frau über sechzig mit blaustichig gefärbtem Haar und einem Lineal in der Hand erwartet, die entschlossen ist, mir mit allen Mitteln Manieren beizubringen."

„Waren Sie zufälligerweise auf einer katholischen Schule?"

„Kurz. Da habe ich allerdings nicht gut hingepasst."

Lilia lachte, und Sam beschloss, sie nicht direkt zu hassen. Tatsächlich hielt sie es für möglich, dass sie die junge Frau am Ende sogar mögen würde.

„Hier entlang", sagte Lilia und führte Sam ins Weiße Haus. „Lassen Sie sich von mir Ihr Büro zeigen."

„Ich habe ein Büro? Im verdammten Amtssitz des Präsidenten?"

„Ma'am, Sie sind die Gattin des Vizepräsidenten der Vereinigten Staaten. Ja, Sie haben ein Büro."

„Wenn Sie mich noch einmal ‚Ma'am' nennen, kriegen Sie Ärger mit mir."

Lilia schürzte die Lippen, vermutlich, um nicht laut loszulachen. „In Ordnung." Sie räusperte sich und war sofort wieder ganz Profi. „Normalerweise befindet sich das Büro der Gattin des Vizepräsidenten in dessen Residenz, aber da Sie diese nicht nutzen, hat man Ihnen hier Räumlichkeiten zugewiesen."

Die „Räumlichkeiten" erwiesen sich als Zimmerflucht, zu der ein ziemlich großes Büro für sie gehörte. „Wow", staunte Sam, als sie sich den Raum ansah, den ein wunderschöner dunkler Holzschreibtisch mit passenden Regalen zierte, dazu ein Sideboard mit einer Vase voll frischer Schnittblumen, ein Teppich mit dem Präsidentensiegel und an den Wänden Porträts anderer Frauen, die ihn als Büro genutzt hatten. Außerdem gab es eine Sitzgruppe, die aus einem Sofa und zwei Sesseln vor einem Kamin bestand, in dem in Erwartung ihrer Ankunft ein Feuer fröhlich vor sich hin knisterte. Zum ersten Mal seit Nicks Beförderung wurde Sam schlagartig klar, dass sie tatsächlich mit dem Vizepräsidenten der Vereinigten Staaten verheiratet war.

Es hatte nicht ausgereicht, zu sehen, wie Nick im Plenarsaal des Repräsentantenhauses seinen Amtseid leistete. Es hatte nicht ausgereicht, dass ihr Haus plötzlich voller Secret-Service-

Mitarbeiter war. Doch das hier ... ein richtiges Büro im Weißen Haus ... Offizieller ging es kaum.

„Wir hoffen, es gefällt Ihnen", sagte Lilia. „Wir waren nicht sicher, was für Möbel Sie mögen."

Sam lachte schnaubend. „Wenn Sie mein Büro beim Metro PD kennen würden, wüssten Sie, dass ich keinen Geschmack habe, was Büromöbel betrifft, aber die hier sind wundervoll." Sie strich mit der Hand über das glatte Furnier des Schreibtisches und dachte an das alte Metallding, an dem sie bei der Arbeit saß. Im Gegensatz zu ihrem Schreibtisch im Hauptquartier, bei dem die Schubladen durchweg klemmten, öffneten sich die dieses Möbelstücks hier zweifellos alle völlig ordnungsgemäß.

„Möchten Sie den Rest Ihres Stabs kennenlernen?"

„Klar." Während sie darauf wartete, dass Lilia mit dem Rest der Truppe wiederkam, schnupperte Sam an den Blumen auf dem Sideboard. Als es hinter ihr plötzlich hektisch wurde, drehte sie sich um und begrüßte die drei Frauen, die mit Lilia ihr Büro betraten. Sie waren alle jung, attraktiv und lächelten freundlich.

„Das sind Andrea, Ihre Kommunikationschefin und Sprecherin, Mackenzie, die sich um Ihre Termine und Ihre Reiseplanung kümmert, und Keira, unsere Politikspezialistin."

Sam schüttelte ihnen allen die Hand. „Schön, Sie kennenzulernen."

„Wir freuen uns so, Ihre Bekanntschaft zu machen", strahlte Andrea. Sie war groß, wohlproportioniert, blond und hatte haselnussbraune Augen und ein gewinnendes Lächeln. Andrea trug eine taillierte Bluse zu einem Bleistiftrock, der ihren Hammerkörper betonte.

„Es, äh, es tut mir leid, dass ich erst jetzt komme. Ich hatte, äh, ziemlich viel um die Ohren."

„Wir waren alle entsetzt, als wir gehört haben, was Ihnen widerfahren ist", ließ sich Mackenzie vernehmen.

„Danke, auch für die Blumen und die Karte. Das war sehr nett von Ihnen."

„Wollen wir uns nicht setzen?", schlug Lilia vor und deutete auf die Sitzgruppe.

Als alle Platz genommen hatten, trat ein Mann mit einem Tablett ein und servierte Kaffee und süße Teilchen. Sam rechnete damit, dass die vier sich darauf stürzen würden, aber dann begriff sie, dass sie ihr den Vortritt ließen. Diese Frauen waren ganz anders als die Polizisten, mit denen sie sonst zusammenarbeitete und die die gesamte Platte in unter einer Minute vertilgt hätten. „Bitte, greifen Sie zu.“

Während sich alle Kaffee eingossen und sich Gebäckstücke nahmen, fuhr Sam fort: „Womit haben Sie sich die Zeit vertrieben, während ich mich rargemacht habe?“

„Wir haben Anfragen zu Ihrer Person beantwortet und den Stab der Gattin des Präsidenten bei einer Reihe von Initiativen unterstützt“, erklärte Lilia und zählte dann eine lange Liste von Projekten auf, bei denen sich Mrs Nelson persönlich engagierte. „Natürlich haben Sie für uns oberste Priorität, und wir freuen uns darauf, zu hören, in welchem Bereich Sie tätig werden möchten.“

Sam verstand kein Wort. In welchem Bereich sie tätig werden wollte? „Ich verstehe nicht recht, was Sie meinen. Wenn ich nicht gerade krankgeschrieben bin, hält mich der Beruf, äh, *mein* Beruf, ganz schön auf Trab.“

„Wir bewundern Ihre Arbeit sehr, Mrs Cappuano“, versicherte ihr Keira.

„Danke, aber bitte nennen Sie mich Sam.“

Alle sahen Lilia an. „Ich glaube, hinter verschlossenen Türen ist das in Ordnung, es wäre jedoch unangemessen, wenn wir Sie in der Öffentlichkeit so anreden würden.“

„Na schön. Aber hier im Büro bin ich Sam, okay?“

Alle nickten zustimmend, auch wenn ihnen diese wenig formelle Anrede nicht recht zuzusagen schien.

„Als Gattin des Vizepräsidenten“, fuhr Lilia schließlich fort, „verfügen Sie praktisch von Amts wegen über eine Plattform dafür, die öffentliche Aufmerksamkeit auf Themen und Probleme zu lenken, die Ihnen wichtig sind. Beispielsweise ist Mrs Nelsons Sohn Captain bei der Armee, weswegen sie sich besonders für Organisationen engagiert, die die Familien von Armeeangehörigen und Veteranen unterstützen. Sie fördert außerdem diverse Künstler und hat sich im gesamten Land für Lese- und Alphabetisierungsprogramme für Grundschüler eingesetzt.“

Von dieser ungeheuren Liste eingeschüchtert, staunte Sam: „Wow, sie hat ja alle Hände voll zu tun.“

„Sie ist eine sehr aktive Präsidentengattin“, stimmte Lilia zu.

„Gibt es denn Themen, die Sie interessieren, die Ihnen am Herzen liegen und die Sie ins Licht der Öffentlichkeit rücken möchten?“, fragte Mackenzie. Sie hatte langes, rötlich braunes Haar, braune Augen und eine blasse Haut, die zweifellos Sonnencreme mit Lichtschutzfaktor 100 erforderte.

„Ich, äh ...“ Wie persönlich sollte das alles werden? Wollte sie sich für Dinge einsetzen, die sie unmittelbar betrafen, oder lieber etwas wählen, das mit ihr nicht so direkt zu tun hatte? Nein, wenn sie sich schon darauf einließ und sich auf diese Weise engagierte, dann wollte sie nicht scheinheilig wirken. „Rückenmarksverletzungen und die Forschung dazu.“

„Das ist super“, freute sich Keira. Sie war zierlich, hatte milchkaffeefarbene Haut, langes, dunkles Haar und ein Lächeln, das ihre braunen Augen erstrahlen ließ.

„Mein Vater ist querschnittsgelähmt.“

„Ja, das wissen wir“, sagte Lilia. „Wir sollten Ihnen vielleicht verraten, dass wir so ziemlich alles über Sie wissen.“

„Ach du liebe Güte“, antwortete Sam und verzog das Gesicht zu einer komischen Grimasse. „Das ist irgendwie beängstigend. Es überrascht Sie vielleicht trotzdem, dass ich außerdem Lernbehinderungen, ungewollte Kinderlosigkeit, Adoption und Unterstützung für die Exekutive auf meine Liste setzen möchte.“

„Das klingt alles gut, doch bevor wir das alles offiziell in Ihrem Namen publik machen, muss ich Sie auf das vorbereiten, worauf Sie sich da einlassen“, bremste Andrea. „Vor allem muss ich wissen, ob Sie bereit sind, öffentlich über die Rolle zu sprechen, die diese Themen in Ihrem eigenen Leben gespielt haben.“

„Öffentlich?“, wiederholte Sam kieksend.

Andrea lächelte. „Wenn wir der Welt mitteilen, dass diese Punkte Sie interessieren, werden Sie sich vor Anfragen, bei Veranstaltungen zu erscheinen und zu sprechen, die Schirmherrinnenschaft für Spendensammlungen zu übernehmen und das Aushängeschild Ihrer speziellen Interessen für die nächsten vier Jahre und vielleicht sogar noch darüber hinaus zu sein, nicht mehr retten können. Sie haben die

Möglichkeit, das Augenmerk der Öffentlichkeit auf all diese Belange zu lenken."

„Was heißt das konkret?", hakte Sam nach.

„Aufmerksamkeit, Geld, Beachtung", erwiderte Andrea. „Sie können dafür sorgen, dass das gesamte Land über diese Themen spricht. Sie und der Vizepräsident sind das beliebteste Paar aller Zeiten in diesem Amt. Ihre Umfragewerte gehen durch die Decke." Sie schwenkte einen Stapel Papier. „Dies sind die Interviewanfragen und Einladungen der letzten Woche. Na ja, eher der zweiten Wochenhälfte. Die Medien im gesamten Land reißen sich um Sie und Ihren Mann. Wir können uns hier kaum retten."

„Ist das außergewöhnlich?"

„Es ist mehr als außergewöhnlich, dass der Vizepräsident und seine Gattin ebenso großes öffentliches Interesse genießen wie der Präsident und seine Gemahlin, wenn nicht mehr", entgegnete Andrea.

„Mehr?", wiederholte Sam. „Als die Nelsons?"

„*Viel* mehr." Andrea reichte Sam den Stapel Papier. „Sie können sie gern durchsehen und mich wissen lassen, ob Sie etwas davon wahrnehmen möchten."

Lilia drückte Sam mehrere Visitenkarten in die Hand. „Darauf stehen unsere Mailadressen und Handynummern. Wir sind rund um die Uhr für Sie erreichbar."

„Haben Sie kein Privatleben?", erkundigte sich Sam ungläubig.

„Für die nächsten vier Jahre gehört unser Leben Ihnen", entgegnete Lilia, ohne mit der Wimper zu zucken.

„Das ist alles ein bisschen, äh, ich glaube, man könnte sagen, *überwältigend*."

„Das war nicht unsere Absicht", versicherte ihr Mackenzie. „Aber wir freuen uns sehr über die Chance, mit Ihnen zusammenzuarbeiten, von Ihnen zu lernen und Ihnen zu helfen, Ihre neue Rolle optimal zu nutzen. Wir stehen zu Ihrer Verfügung."

„Das ist sehr nett von Ihnen, danke."

„Es stehen ein paar ziemlich dringende Dinge an", erklärte Andrea. „Zum Beispiel Ihr Lebenslauf für die Website des Weißen Hauses, ein Termin mit dem Regierungsfotografen, damit er Ihr offizielles Porträt aufnehmen kann, und die Planung der Amtseinführung.“

Sam holte tief Luft und seufzte. Sie würde das hinkriegen, oder? Natürlich. Sie verdiente ihren Lebensunterhalt mit der Jagd auf Mörder. Was waren dagegen ein Lebenslauf und ein Foto?

ALS IHR STAB – SIE FAND ES IMMER NOCH SURREAL, DASS SIE IM Weißen Haus einen „Stab“ hatte – mit ihr fertig war, war es fast fünf und draußen bereits dunkel. „Könnte ich kurz mit dem Vizepräsidenten sprechen?“

„Natürlich“, antwortete Lilia. „Ich erkundige mich, ob er Zeit hat, und wenn ja, bringe ich Sie rüber.“

Nachdem sie Sam in ihrem Büro allein gelassen hatte, nahm die die Papiere, die ihr Andrea gegeben hatte, setzte sich an den Schreibtisch und fühlte sich plötzlich seltsam offiziell. Sie ging die Interviewanfragen einiger der größten Zeitschriften der Welt durch – *Vanity Fair*, *Cosmopolitan*, *Town & Country*, *Vogue* und *Working Mother*, um nur einige zu nennen.

„Ich dachte erst, das müsse ein Missverständnis sein.“

Beim Klang seiner tiefen Stimme lächelte Sam, ohne den Blick zu heben.

„Als man mir sagte, meine Frau wolle mich sprechen, dachte ich: Meine Frau? Hier? Seit wann können Schweine fliegen? Schneit es jetzt auch schon in der Wüste?“

„Hahaha“, erwiderte sie und lächelte ihn an, als er ihr Büro betrat und die Tür hinter sich schloss. „Wenn du die Tür schließt, wird mein Stab vermutlich wilde Spekulationen anstellen.“

„Die können sich ruhig gleich an unsere Art, die Dinge zu tun, gewöhnen.“

„Auch wieder wahr. Wie wäre es mit einer angemessenen Begrüßung für deine Frau?“

Er durchquerte den Raum, trat hinter ihren Schreibtisch, beugte sich vor und stützte sich mit den Händen auf die Armlehnen ihres Stuhls. „Wie sähe denn so eine angemessene Begrüßung aus?“

Sam legte ihm die Hände in den Nacken und zog ihn zu sich

herunter, um ihm zu zeigen, was sie meinte. Sobald sich ihre Lippen berührten, verblasste alles andere, und es gab nur noch ihn. Wie er das jedes Mal schaffte, war eines der größten und unergründlichsten Geheimnisse ihres Lebens.

Als er sich mehrere Minuten später wieder aufrichtete, waren seine Wangen gerötet und seine Lippen feucht von ihren Küssen. „Ich vermute, es gibt Regeln zum Thema Knutschen im Weißen Haus.“

„Du bist Vizepräsident. Du musst diese archaischen Regeln ändern.“

„Darum kümmere ich mich auf der Stelle. Was tust du hier, Babe?“

„Ich versuche, eine gute Ehefrau und Vizepräsidentengattin zu sein.“

„Du bist eine wunderbare Ehefrau und eine großartige Vizepräsidentengattin.“

„Sagte der Mann, der offenbar blind vor Liebe war. Wie du sehr wohl weißt, bin ich beides nicht.“

„Warum denkst du das? Du bist mir eine wunderbare Ehefrau und Scotty eine tolle Mutter. Wir möchten jedenfalls nicht tauschen.“

„Das ist süß von dir.“

„Ich bin keineswegs süß. Du bist die einzige Frau, die zu heiraten ich je auch nur ansatzweise Lust hatte. Verrät das nicht eine Menge darüber, wie besonders du bist?“

„Vermutlich schon.“

„Wie bist du hergekommen?“

„Lilia hat mir einen Wagen geschickt. Das war auch gut so, denn ich hätte keine Ahnung gehabt, wo ich hinmuss. Die sind alle sehr nett“, fügte sie hinzu und deutete auf ihr Vorzimmer.

„Was ist denn das hier?“, wollte er wissen und deutete auf die Papierstapel auf ihrem Schreibtisch.

„Bitten um Interviews. Offenbar bin ich sehr gefragt.“

„Das gilt für uns beide.“ Er streckte die Hand aus, und als sie sie ergriff, zog er sie hoch und führte sie zum Sofa. Als er neben ihr saß, wandte er sich ihr zu. „Sag mir, was wirklich los ist, Samantha.“

„Was meinst du damit?“

„Das", antwortete er und machte eine vage Geste mit dem Arm, die den gesamten Raum einschloss, „bist nicht du."

„Vielleicht ist das die neue Samantha."

„Mir gefiel die alte ganz gut, die lautstark von mir verlangt hat, dass ich etwas gegen die Frau aus dem Weißen Haus unternehme, die Termine zu vereinbaren versuchte, von denen sie nichts wissen wollte."

„Ich soll dich in deinem neuen Amt also nicht unterstützen?"

„Das hier ist weit mehr als Unterstützung. Es ist vorsichtig ausgedrückt überraschend, dass du hier erscheinst, ohne dass man dich gegen deinen massiven Widerstand von daheim wegzerrt."

„Daheim war mir langweilig."

„Dann geh wieder arbeiten, aber tu nicht mir zuliebe so etwas. Das erwarte ich nicht von dir."

„Ich weiß, nur hat sie angerufen, und als ich verletzt war, haben sie Blumen geschickt, und heute waren sie echt nett zu mir. Sie haben mir erklärt, wie ich meine – *unsere* – Popularität nutzen kann, um Themen, die mir wichtig sind, in den Mittelpunkt des öffentlichen Interesses zu rücken. Es hört sich gar nicht so schlecht an, dass ich ein Bewusstsein für die Probleme von Menschen mit Rückenmarksverletzungen, Lernbehinderungen und ungewollter Kinderlosigkeit werde schaffen können, genau wie für die offenen Fragen in den Bereichen Exekutive und Adoption."

„Du wärst eine hervorragende Repräsentantin für jedes dieser Problemfelder, doch weißt du, was das bedeuten würde? Diese Repräsentantinnenrolle?"

„Öffentliche Auftritte. Das haben sie mir gesagt."

Er nickte und fügte hinzu: „Unter anderem, darunter auch Interviews mit Printmedien und im Fernsehen, bei denen man dir neugierige Fragen über deinen persönlichen Bezug zu diesen Themen stellen würde. Ich möchte nur, dass dir klar ist, worauf du dich einlässt."

„Das verstehe ich, aber ich habe schon lange darüber nachgedacht, wie wir unsere neue Rolle nutzen könnten. Wenn es zu einer besseren finanziellen Ausstattung von Forschungsprojekten und besseren Behandlungsmethoden führt, dass ich ein paar Reden über Rückenmarksverletzungen halte und Interviews zu diesem Thema gebe, dann werde ich das tun. Warum auch nicht?"

„Äh ... Weil du dich unter normalen Umständen lieber bei lebendigem Leib mit Pinzetten häuten lassen würdest, als freiwillig mit der Presse zu reden."

Da sie dem nicht widersprechen konnte, versuchte sie es erst gar nicht. „Gefalle ich dir so besser? Wenn ich rumzicke und mich darüber beschwere, wie sehr mich dein neues Amt stresst?"

„Offen gestanden ja. Es sieht dir nicht ähnlich, das brave Hausmütterchen zu spielen. So ist meine Frau nicht."

„Nun", erwiderte sie und senkte den Blick, als ihr plötzlich unerwartete Tränen in die Augen traten. „Tut mir leid, dass ich nicht bin, was du willst."

„Samantha! O mein Gott! Wie kannst du sagen, du wärest nicht, was ich will? Ich will dich wie verrückt und mit jeder Faser meines Körpers. Ständig. Was ich nicht will, ist, dass du dich verstellst, um mich oder jemand anderen glücklich zu machen."

„Ich bin mir nicht mehr sicher, wo ich hingehöre", flüsterte sie. „Immer wenn ich zu Hause bin, habe ich das Gefühl, ich müsste etwas anderes tun." Sie wischte eine Träne weg, die ihr über die Wange rann. Dass sie in letzter Zeit so nah am Wasser gebaut war, vermittelte ihr den Eindruck, ihre Emotionen nicht im Griff zu haben, schwach zu sein. Das hatte sie Stahl zu verdanken. „Deshalb bin ich hergekommen. Ich dachte, ich finde hier vielleicht etwas zu tun, bis ich mir sicher bin, was ich in Sachen Job unternehmen möchte."

„Wenn du wirklich hier sein willst, wenn du all diese Dinge tatsächlich tun willst, dann nur zu. Aber bitte bloß, wenn du es für *dich* tust."

„Ich mag sie", sagte sie etwas zusammenhanglos. Sie meinte ihren Stab. „Alle vier waren sehr freundlich, haben mich mit offenen Armen empfangen und mir die Augen für einige Möglichkeiten geöffnet, die mir dein Amt bietet. Manches davon interessiert mich. Manches nicht."

„Solange du es aus den richtigen Gründen tust, freue ich mich sehr, wenn du dich hier engagierst. Sobald du allerdings wieder arbeiten gehen möchtest, solltest du das tun. Lass dich daran nicht von irgendwelchen eingebildeten Verpflichtungen mir oder meinem Amt gegenüber hindern."

„Okay", versprach sie, wie immer dankbar für seine vorbehaltlose Unterstützung und Liebe. „Danke für dein Verständnis."

„Ich versuche im Augenblick noch, es zu verstehen, Sam. Mir ist nicht klar, warum du nicht sofort und unter allen Umständen wieder arbeiten willst. Jeder, der dich einigermaßen kennt, macht sich deswegen Sorgen."

Weil, dachte sie, *ich dazu über meine Erlebnisse in Marissa Springers Keller sprechen müsste. Darüber, wie es sich angefühlt hat, den sicheren Tod vor Augen zu haben, davon auszugehen, dass ich dich, Scotty und meine Familie nie wiedersehen würde. Wie kann ich zugeben, dass ich lieber eine aktive Vizepräsidentengattin bin, als darüber sprechen zu müssen?*

„Sam?"

Sie zwang sich, ihm direkt in die wunderschönen haselnussbraunen Augen zu schauen. „Ich bin einfach noch nicht so weit."

„Okay, Babe." Er schlang die Arme um sie. „Deine Entscheidung. Was hältst du davon, wenn wir nach Hause fahren, mit unserem Sohn zu Abend essen und uns unters Dach zurückziehen, sobald er im Bett ist?"

„Es gibt nichts auf der Welt, was ich lieber täte."

5

———

Sie war ganz dicht bei ihm, presste sich an ihn, während er sie liebte, und doch war sie irgendwie losgelöst von ihm, von ihrem Sohn, von ihrer Familie und ihren Freunden, genau wie damals vor fast einem Jahr, nach ihrer Fehlgeburt. Er erkannte die Zeichen, wusste diesmal sofort, was los war, und machte sich unendliche Sorgen um sie.

Die Sam, die er kannte und liebte, hätte dem Weißen Haus niemals von sich aus einen Besuch abgestattet. Sie putzte nicht jeden Quadratzentimeter des Hauses und räumte nicht penibel auf. Sie bot nicht mitten in der Woche an, auf die Kinder ihrer Schwester aufzupassen. Sie kochte keine aufwendigen Menüs und bereitete ganz sicher keine Marinarasoße von Grund auf selbst zu. Sie verweigerte ihm nicht wochenlang den Sex und zuckte nicht jedes Mal zurück, wenn er sie berührte.

Sie täuschte auch keine Orgasmen vor. Dass sie das jetzt tat, verriet ihm, dass es schlimmer stand, als er gedacht hatte. *Verflucht.* Sie schauspielerte großartig, stöhnte und bearbeitete ihn mit ihren inneren Muskeln, bis er sich nicht mehr zurückhalten konnte.

Danach lag er keuchend auf ihr und versuchte, sich einen Reim auf all die Dinge zu machen, die für ihn nicht zusammenpassten. Er hatte genügend echte Orgasmen von ihr erlebt, um einen vorgetäuschten zu erkennen. Aber warum? Sollte er etwas dazu sagen oder es unter den Tisch fallen lassen? Er öffnete die Augen und sah sie an. Sie hatte die Augen geschlossen und den Kopf zur Seite gedreht, was eine Distanz zwischen ihnen schuf, die ihm Angst einjagte.

Sie hatten es nicht bis auf den Dachboden geschafft. Scotty hatte Probleme mit den Hausaufgaben gehabt und war spät ins Bett gegangen, Nick hatte ihm bis zum Schluss geholfen. Bis dahin war Sam bereits im Bett gewesen.

Er küsste sie auf die Wange, schmiegte sich an ihren Hals und wartete, wie sie reagieren würde.

Ohne die Augen zu öffnen, lächelte sie und legte die Arme um ihn.

„Alles okay, Babe?"

„Mhm."

Nick war zwar keineswegs überzeugt, zog sich aber aus ihr zurück und stand auf. Er ging ins Bad, wusch sich und stand dann lange grübelnd da. Was sollte er tun? Bei ihr war er nur selten so unsicher, und deshalb erfüllte ihn dieses Gefühl mit tiefer Unruhe.

Er spritzte sich Wasser ins Gesicht und beschloss, am nächsten Morgen Harry anzurufen. Nick brauchte professionellen Rat, und sein Freund war Arzt und hatte beim Militär Erfahrungen mit posttraumatischen Belastungsstörungen gesammelt, die er später bei der ehrenamtlichen Arbeit mit verletzten Veteranen noch vertieft hatte. Als Nick ins Bett kam, schlief Sam schon oder tat zumindest so.

Nick lag lange wach, starrte an die Decke und machte sich Sorgen um sie, um Scottys Probleme mit Mathe und über das mangelnde Interesse des Präsidenten an einer wie auch immer gearteten Arbeitsbeziehung zu ihm. Seit Sams Entführung durch Stahl hatte seine Schlaflosigkeit einen neuen Höhepunkt erreicht. Als er an jenem Tag vor dem Haus der Springers gestanden und auf die Stürmung durch das Sondereinsatzkommando gewartet hatte, war er sich sicher gewesen, dass sie diesmal zu spät kommen würden.

Wie viele Leben konnte seine sexy Polizistin eigentlich haben? Irgendwann würde ihr Glück sie im Stich lassen. Dieser Gedanke bereitete ihm ebenfalls größte Sorgen und hielt ihn Nacht für

Nacht wach, bis er so erschöpft war, dass er tagsüber wie ein Zombie auf Autopilot unterwegs war.

Diese Erschöpfung hatte ihn seine Intuition gekostet. Er verstand Sam nicht mehr instinktiv, so wie bisher. Die Ironie dieser Tatsache entging ihm nicht – er, den stets jede Menge Befürchtungen wegen ihrer Sicherheit geplagt hatten, würde alles dafür geben, dass sie dorthin zurückkehrte, wo sie hingehörte: an die Spitze der Mordkommission des MPD, konzentriert und fokussiert wie früher.

Die Post-Stahl-Sam war nicht dieselbe Person, die jenes Haus betreten hatte, in der Erwartung, Marissa Springer noch einmal zu befragen und dann ganz normal ihren Tagesablauf fortzusetzen. Diese neue Sam war zerbrechlich und verschlossen, zwei Worte, die ihm unter normalen Umständen niemals zu ihr eingefallen wären.

Es musste sich etwas ändern, und zwar bald, ehe sie sich zu weit von ihm und dem Leben, das sie vor der brutalen Misshandlung so sehr geliebt hatte, entfernte.

Nick kam die ganze Nacht nicht zur Ruhe und quälte sich irgendwann aus dem Bett, um Scotty, der zur Schule musste, zu wecken, während Sam weiterschlief. Nachdem er so spät ins Bett gegangen war, war Scotty außergewöhnlich unleidlich, und der Morgen war konfliktgeladener als sonst.

„Ich weiß nicht, warum du sauer auf mich bist", platzte Scotty beim Frühstück heraus.

Dass er so niedergeschlagen klang, versetzte Nick einen Stich. „Tut mir leid, mein Junge. Ich bin müde und gestresst, aber das sollte ich nicht an dir auslassen."

„Machst du dir Sorgen um Mom?"

„Ja." Er sah den Jungen mit der scharfen Auffassungsgabe an. „Du auch?"

Scotty nickte. „Seit dieser Sache ist sie echt seltsam. Sie hat mein Zimmer aufgeräumt."

„Irgendjemand muss es ja tun", scherzte Nick, um das Gespräch aufzulockern.

„Aber warum sie? Du bist total pingelig und eindeutig in der analen Phase stecken geblieben, nicht sie."

Der letzte Satz seines Sohnes war ein wörtliches Zitat von

seiner Frau gewesen. „He, diese Bemerkung kommt mir bekannt vor."

Scotty lachte, und Nick fühlte sich gleich besser. „Was willst du dagegen tun?"

Sein erster Impuls war, Scotty vor dem abzuschirmen, was mit Sam los war, doch ihr Sohn war zu scharfsinnig und intelligent, um ihm das abzukaufen. Scotty war jetzt dreizehn und war in letzter Zeit praktisch vor ihren Augen erwachsen geworden. „Ich werde heute mit Harry reden, vielleicht hat der eine Idee."

„Erzählst du mir später, was er gesagt hat?"

„Ja. Mach dir keine zu großen Sorgen. Am wichtigsten ist, dass sie am Leben ist. Alles andere wird sich finden."

„Stimmt. Trotzdem wünschte ich, sie würde wieder arbeiten gehen. Dann würde sie sich besser fühlen. Sie liebt ihren Job."

„Genau. Wenn sie so weit ist, wird sie das auch tun. Bis dahin müssen wir sie unterstützen und sie tun lassen, was ihr hilft, mit dem fertigzuwerden, was ihr passiert ist." Nick sah auf die Uhr. „Und jetzt putz dir die Zähne, und hol deinen Rucksack. In fünf Minuten brechen deine Personenschützer auf."

„Nicht ohne mich", meinte Scotty mit einem Grinsen.

Nick konnte gar nicht anders, als es zu erwidern. „Los jetzt, du Frechdachs."

Nachdem Scotty mit seinen Leibwächtern aufgebrochen war, lief Nick nach oben, um zu duschen und sich für die Arbeit fertig zu machen. Als er sah, dass Sam noch schlief, bog er rasch zu seinem Arbeitszimmer ab, um Harry anzurufen. Je schneller sie der Sache auf den Grund gingen, desto eher würde sich hier alles wieder normalisieren.

„Ruft mich da tatsächlich der Vizepräsident der Vereinigten Staaten an?", meldete sich Harry nach dem zweiten Klingeln.

Nick lächelte über den erwartbaren Spruch. Seine Freunde zogen ihn seit seinem Amtsantritt unablässig auf. „Höchstpersönlich."

„Womit habe ich diese ungeheure Ehre verdient?"

„Du musst mir einen Gefallen tun."

„Klar, alter Freund", versprach Harry, der sofort ernst wurde. „Jederzeit."

„Du musst mit Sam reden."

„Worüber?"

„Über die Sache mit Stahl. Mit ihr stimmt etwas nicht, und es gelingt mir ums Verrecken nicht, sie dazu zu bringen, mit mir darüber zu sprechen. Auch der Polizeipsychologe hat kein Glück."

Harrys tiefes Seufzen drang aus dem Hörer. „Was meinst du mit ‚Mit ihr stimmt etwas nicht'?"

„Sie putzt ständig, räumt hier alles auf, und das sieht ihr so gar nicht ähnlich. Gestern hat sie sich freiwillig im Weißen Haus mit ihrem Stab getroffen, obwohl sie vor ein paar Wochen noch von mir verlangt hat, ihr diese Besprechungen zu ersparen. Sie hat es nicht besonders eilig damit, wieder zur Arbeit zurückzukehren, und sie täuscht Dinge vor. *Wichtige* Dinge."

„Oje ..."

„Ja, genau. Wie gesagt, das sieht ihr alles überhaupt nicht ähnlich. Glaubt sie, ich merke das nicht?"

„Ähm, äh, bitte versichere mir, dass das eine rhetorische Frage war."

„Was soll ich nur machen, Harry? So habe ich sie noch nie erlebt, nicht einmal, nachdem man sie fast in die Luft gesprengt hätte, Gangster sie gejagt und sie mit der Pistole niedergeknüppelt haben und was weiß ich noch alles. Diesmal ist es irgendwie so, als hätte sie sich aus ihrem wahren Leben verabschiedet."

„Wie schläft sie?"

„Besser als ich."

„Die Insomnie ist also wieder da?"

„Schlimmer denn je. Ich weiß schon nicht mehr, wann ich das letzte Mal überhaupt ein Auge zugemacht habe."

„Mein Gott, Nick. Lass mich dir etwas dagegen verschreiben."

„Von dem Zeug bin ich am nächsten Tag immer völlig kaputt."

„Ach, und welche Auswirkungen hat der Schlafmangel auf deine Produktivität?"

„Ich komme schon klar. Womit ich nicht klarkomme, ist, Sam allein mit ihren inneren Dämonen kämpfen zu sehen. *Das* bringt mich um."

∼

Nicks Stimme hatte Sam geweckt. Jetzt stand sie vor dem früheren Schlafzimmer, das sie zum Arbeitszimmer umfunktioniert hatten, nachdem der Secret Service sich das untere unter den Nagel gerissen hatte. Sie belauschte Nick dabei, wie er offen über seinen Kummer sprach, und hörte außerdem, dass er vor Sorge um sie nicht schlief.

Sam zuckte zusammen, als sie ihn Harry – zumindest hoffte sie, dass der Arzt sein Gesprächspartner war – anvertrauen hörte, dass sie ihm einen Orgasmus vorgespielt hatte. Natürlich wusste er es. Manchmal hatte sie das Gefühl, er würde sie besser kennen als sie sich selbst.

Bei dem Gedanken, dass er ihretwegen litt, stiegen ihr brennend heiß Tränen in die Augen. Natürlich litt er, und natürlich tat er es schweigend. Er wollte sie nicht noch mehr belasten.

O Gott, wie hatte es so weit kommen können? Hier stand sie und belauschte ihren starken, unerschütterlichen Mann dabei, wie er seinem Freund seine Sorgen anvertraute. Es schmerzte sie, zu wissen, dass sie ihn dazu getrieben hatte, mit Dritten über Dinge zu sprechen, die er normalerweise nur mit ihr erörterte.

Sie holte tief Luft und betrat sein Arbeitszimmer.

Er unterbrach sich mitten im Satz. „Hey, Babe."

„Sag Harry, ich fahre heute bei ihm vorbei, wenn er einen Termin für mich hat."

„Was? Du fährst ... Oh, okay." Ohne den Blick von ihr zu wenden, wandte er sich wieder an Harry: „Sam ist gerade hereingekommen und möchte wissen, ob du heute noch einen Termin für sie hast." Nach einer kurzen Pause fragte er sie: „Kannst du um zehn in der Praxis sein?"

Sie nickte.

„Sam wird da sein. Danke, Harry." Er legte auf, erhob sich und ging um den Schreibtisch herum zu ihr. „Was hast du alles gehört?"

„Genug."

„Ich habe nicht schlecht über dich geredet, Samantha."

„Ja, ich weiß. Es tut mir leid, dass du so fertig bist. Ich habe nicht gemerkt, dass du nicht schlafen kannst, doch wenn ich dich jetzt so anschaue, sehe ich es dir an. Tut mir leid, dass ich so mit mir selbst beschäftigt war, dass ich das nicht mitbekommen hab."

„Hör auf." Er legte die Arme um sie, und sein vertrauter Geruch hüllte sie ein. „Du musst dich nicht entschuldigen. Es ist nicht deine Schuld."

„Ich kriege das wieder hin."

„Aber bitte nicht um meinetwillen, Babe. Tu es für dich."

„Wenn ich es für dich tue, ist es gleichzeitig auch für mich, weil ich den Gedanken nicht ertrage, dass meine Probleme dir den Schlaf rauben."

„Ist ja nicht das erste Mal", bemerkte er mit dem Grinsen, das ihn seit seinem Amtsantritt als Vizepräsident zum neuen Sexsymbol der Nation gemacht hatte.

Sie nahm sein Gesicht in beide Hände. „Das mit gestern Abend tut mir leid. Ich weiß nicht, warum ..."

Er küsste ihr die Worte von den Lippen, zog sie enger an sich und hob sie hoch, um sie ins Schlafzimmer zu tragen.

Da Sam die Lider nicht gesenkt hatte, sah sie den Secret-Service-Agenten, der gerade Dienstbeginn hatte, den Blick abwenden, ehe Nick mit dem Fuß die Tür zuschob. Sie lachte los.

„Was ist denn bitte so lustig?", fragte er, warf sie aufs Bett und ließ sich auf sie fallen. „Ich gebe mir gerade größte Mühe, und ich muss sagen, dein Lachen verletzt mich."

Sam prustete nur lauter. „Dieses Bild wird sich dem armen Agenten für immer in die Netzhaut gebrannt haben."

„Der musste eben noch nie einen Vizepräsidenten beschützen, der so scharf auf seine Frau war wie ich." Er küsste sie auf den Hals, und das Gefühl, das sie durchflutete, verursachte ihr eine Gänsehaut. Wie immer setzte seine Berührung sie unter Strom, doch sie bekam den Termin, den sie mit Harry vereinbart hatte, nicht aus dem Kopf.

Sie schloss die Augen und versuchte, sich auf Nick zu konzentrieren, sich von ihm von all ihren Sorgen forttragen zu lassen, und sei es bloß für ein Weilchen.

„Was ist?", fragte er sanft. „Sag mir, was du denkst."

„Ich muss ständig an meinen Termin bei Harry denken."

Nick legte den Kopf auf ihre Brust. „Meine größte Mühe hat also nicht den gewünschten Erfolg?"

„Es liegt nicht an dir. Ich hoffe, du weißt das. O Gott, es liegt ganz und gar nicht an dir."

„Ich weiß, Baby." Er küsste sie mit einer Zärtlichkeit auf die Lippen, die sie fast umbrachte. „Ein andermal?"

„Auf jeden Fall." Sie sah zu ihm auf. Sein Blick ruhte voller Liebe und Sorge auf ihr. „Könntest du mich vielleicht ..."

„Was?"

„Einfach für eine Weile festhalten?"

„Solange du willst."

„Musst du nicht ein Land regieren?"

„Das Land kann warten. Ich muss jetzt meine Frau in den Arm nehmen, das hat im Moment oberste Priorität auf meiner To-do-Liste."

AN DER TÜR DER INTENSIVSTATION DES GW DRÜCKTE GONZO DEN Rufknopf, zeigte seine Marke und wartete, dass man ihn einließ. Die Krankenschwestern waren beschäftigt, es dauerte also ein Weilchen, und er nutzte die Zeit, um sich zu überlegen, wie er um eine kurze Audienz bei einem der Patienten bitten sollte.

„Haben wir mit dem Typen nicht schon gesprochen?", fragte Detective Arnold.

„Ja."

„Was wollen wir dann hier?"

„Lieutenant Holland sagt immer, wenn wir in eine Sackgasse geraten, sollen wir einfach wieder von vorn anfangen. Genau das machen wir jetzt."

Ein Summen ertönte, und die Tür öffnete sich. „Was kann ich für Sie tun?", erkundigte sich eine erschöpft wirkende Krankenschwester.

„Wir müssen mit Mr Enright sprechen."

„Kann das nicht warten? Er hat eine schwierige Nacht hinter sich."

„Es dauert nicht lange", versprach Gonzo. „Wenn es nicht wichtig wäre, wären wir nicht hier."

Sie zögerte einen Augenblick und entschied dann: „Nur einer von Ihnen. Folgen Sie mir."

„Setz dich einen Moment", wies Gonzo Arnold an und deutete auf den Wartebereich.

Arnold runzelte die Stirn. Es passte ihm offenbar nicht, zurückbleiben zu müssen. Sein Problem. Das Letzte, wofür Gonzo jetzt Zeit hatte, war das empfindliche Ego seines Partners. Er folgte der Schwester zu dem Zimmer, in dem Enright an Schläuchen, Kabeln und Maschinen hing. Als sein Vater die Krankenschwester vor der Tür sah, sprang er von dem Stuhl neben dem Bett auf und kam auf den Gang. „Er hat Schmerzen."

„Der Patient kriegt erst in ein paar Stunden wieder Schmerzmittel."

„In ein paar Stunden? Er braucht sie jetzt."

„Ich sage dem Arzt Bescheid."

„Wer ist das?"

„Detective Sergeant Gonzales." Gonzo zeigte ihm seine Polizeimarke. „Metro PD."

„Was wollen Sie? Er wurde bereits befragt. Mein Sohn hat den anderen Detectives alles erzählt, was er weiß."

„Ich würde gern noch einmal mit ihm sprechen."

Enright senior schüttelte den Kopf. „Nicht jetzt. Es geht ihm nicht gut."

„Er ist stabil, Mr Enright", widersprach die Krankenschwester, wodurch sie auf Gonzos Sympathieskala um mehrere Punkte stieg.

„Es dauert nicht lange", versprach Gonzo.

„Also gut, maximal zehn Minuten."

Ehe der Mann seine Meinung ändern konnte, öffnete Gonzo die Zimmertür und trat ans Bett des siebenundzwanzigjährigen William Enright, der in einer Firma für Grafikdesign und Marketing namens Griffen + Smoltz in Georgetown arbeitete.

Als Enright die Augen öffnete und ihn anschaute, sah auch Gonzo die Schmerzen in seinem Blick.

William leckte sich über die trockenen, rissigen Lippen. „Wer sind Sie?" Seine Stimme war rau und fast unhörbar.

„Sergeant Gonzales, Metro PD. Ich habe ein paar Anschlussfragen, von denen ich hoffe, dass Sie sie mir beantworten können, wenn Sie sich dazu in der Lage fühlen."

„Ich habe Ihrer Kollegin doch schon alles gesagt, was ich weiß."

„Detective McBride hat mir berichtet, dass Sie sehr kooperativ waren. Ich will ehrlich zu Ihnen sein – wir kommen bei den Ermittlungen nicht weiter. In solchen Fällen ist es erfahrungsgemäß das Beste, mit einem frischen Blick noch einmal von vorn anzufangen. Mir ist bewusst, dass Sie Schreckliches erlebt haben, aber es würde uns helfen, diesen Kerl zu fassen, wenn Sie so nett wären, mir den Angriff auf Sie ein weiteres Mal zu schildern."

„Was wollen Sie wissen?"

Gonzo zog ein Notizbuch und einen Bleistift aus der Manteltasche. „Erzählen Sie mir, woran Sie sich noch erinnern, und beginnen Sie ruhig ein paar Minuten vor dem Angriff. Wo befanden Sie sich, wo waren Sie davor, wo wollten Sie hin?"

„Ich war mit Freunden in der Innenstadt unterwegs."

„Wo genau?"

„In einer Bar in der 14th Street."

„Wissen Sie noch, in welcher?"

„Ich glaube, sie hieß Desi's."

„Die kenne ich. Neu und ziemlich modern. Richtig?"

„Genau die."

„Mit wem waren Sie dort?"

William versuchte, sich bequemer hinzulegen, und zuckte zusammen.

„Du musst das jetzt nicht machen, mein Junge", mischte sich sein Vater ein, der hinter Gonzo stand.

„Ist schon gut, Dad. Ich bringe es lieber hinter mich." Gonzo antwortete er: „Mit Kollegen. Einer der Jungs heiratet nächste Woche, und wir haben ihn zur Happy Hour eingeladen. Das war ein guter Vorwand dafür, uns den Laden mal anzuschauen. Man hört in letzter Zeit ja so viel davon."

„Das Arbeitsklima in Ihrer Firma ist gut?"

„Wir verbringen sehr viel Zeit miteinander. Es sind nette Leute."

„Sind Sie allein dort aufgebrochen?"

„Ja, ich hatte am nächsten Morgen ein Basketballspiel und wollte ausgeschlafen sein. Die anderen sind für eine Absackerrunde dageblieben."

„Sie haben also die Bar verlassen und die Metro genommen?"

„Richtig. Ich bin an der Haltestelle NoMa ausgestiegen und heimwärts gegangen, und zwar ziemlich zügig, weil es eiskalt war. Plötzlich hat mich jemand am rechten Arm gepackt und zu sich umgedreht. Als Nächstes erinnere ich mich an Schmerz, einen Kampf und jede Menge Blut. Ich habe erst kapiert, dass er auf mich eingestochen hatte, als alles vorbei und er wieder weg war."

„Sind Sie sicher, dass es ein Mann war?"

„Absolut. Er war groß und sehr muskulös. Das weiß ich noch."

„Sie haben ausgesagt, er habe eine Art Maske getragen?"

„Davon gehe ich aus. Ich habe sein Gesicht zumindest nicht gesehen."

„War sonst noch jemand auf der Straße unterwegs?"

„Nicht dass ich wüsste, aber irgendjemand muss ja den Notarzt gerufen haben. Das Nächste, woran ich mich erinnere, ist, hier zu liegen."

„Hatten Sie persönliche Probleme mit irgendjemandem? Einem Mitbewohner, einer Freundin, einem Freund, einer Ex, einem Kunden, einem …"

„Einer unserer Kunden hat sich ziemlich aufgeregt, als wir uns geweigert haben, ihm die gewünschte Website zu liefern."

„Was für ein Kunde?"

„Zuerst war er echt freundlich, hat eine Website für seine T-Shirt-Firma bei uns in Auftrag gegeben, doch als wir uns genauer mit dem Projekt befasst haben, kam mir der Verdacht, dass er über diese Seite etwas ganz anderes als T-Shirts verkaufen wollte."

„Haben Sie eine Ahnung, was?"

„Nicht wirklich, aber er hat ständig seltsame Fragen über Chatrooms, Webcams und solches Zeug gestellt, und da bin ich hellhörig geworden. Ich meine, wozu braucht jemand, der T-Shirts verkauft, Webcams und Chatrooms auf seiner Webseite? Also habe ich das unserem Artdirector gegenüber erwähnt, der sich damit an die Geschäftsführung gewandt hat. Alle waren sich einig, dass das seltsam ist, und die Geschäftsbeziehung wurde beendet."

Gonzo merkte auf. Das war möglicherweise ihre erste heiße Spur. Genau deshalb musste man manchmal noch einmal von vorn anfangen. „Können Sie mir seinen Namen verraten?"

„Ein Italiener namens Giuseppe Besozzi. Witzigerweise war einer meiner Kollegen der Meinung, er tue bloß so, als stamme er aus Italien. Mein Freund hat eine Weile dort gelebt und Stein und Bein geschworen, dass der Akzent des Typen falsch war, und auch das ist mir nicht aus dem Kopf gegangen, nachdem er angefangen hatte, nach Webcams zu fragen."

„Was können Sie mir sonst über ihn sagen?"

„Unser Geschäftsführer könnte Ihnen wahrscheinlich besser Auskunft geben. Er macht die Akquise und kümmert sich dann auch später um die Kunden. Wir erledigen nur die Arbeit."

„Wusste Besozzi, dass Sie derjenige waren, der Bedenken gegen ihn geäußert hat?"

„Äh ... Ja, ich schätze schon."

„Entspricht er äußerlich der Beschreibung des Mannes, der Sie angegriffen hat?"

„Giuseppe ist groß, allerdings habe ich ihn als weniger muskulös in Erinnerung als meinen Angreifer. Aber wer weiß? Vielleicht ist er kräftiger, als er aussieht."

Gonzo notierte sich Name und Adresse der Firma sowie den Namen und die Telefonnummer des Geschäftsführers. „Das war ungeheuer hilfreich, William. Ich weiß Ihre Unterstützung zu schätzen."

„Glauben Sie tatsächlich, Giuseppe könnte hinter dem Angriff auf mich stecken?"

„Ich weiß noch nicht, doch Sie können darauf wetten, dass wir ihn uns näher anschauen werden. Sie haben mir etwas verschafft, was mir gefehlt hat – eine Spur."

„Ich hoffe, es hilft Ihnen und Sie finden den Täter. Niemand sollte so etwas durchmachen müssen."

„Das sehe ich ganz genauso, und wir werden ihn finden und zur Rechenschaft ziehen."

„Kommen Sie ruhig wieder, wenn Sie weitere Fragen haben. Ich bin immer für Sie da."

„Das weiß ich zu schätzen. Ich hoffe, Sie fühlen sich bald besser."

„Ja, das hoffe ich auch."

Auf dem Weg nach draußen schüttelte Gonzo Enrights Vater die Hand. „Danke", sagte er.

Der Mann nickte und antwortete: „Schnappen Sie den Typen."

„Wir tun, was wir können. Ich halte Sie auf dem Laufenden."

Er verließ das Zimmer und bedeutete Arnold, ihm zu folgen. Sobald er die Intensivstation verlassen hatte, rief Gonzo Malone an. „Wir brauchen einen Beamten vor Enrights Tür auf der Intensivstation im GW, für den Fall, dass der Angreifer versucht, die Sache zu Ende zu bringen", erklärte er seinem Vorgesetzten ohne Vorrede.

„Wie kommen Sie denn auf diese Idee?"

„Ich habe neue Informationen." Er berichtete Malone, was Enright ihm über seinen ehemaligen Kunden erzählt hatte, und bat ihn, Besozzis Hintergrund zu durchleuchten. „Geben Sie mir Bescheid, wenn Sie auf irgendetwas Interessantes stoßen, und besorgen Sie mir nach Möglichkeit seine hiesige Adresse."

„Bin dabei", bestätigte Malone. „Ich schicke außerdem sofort jemanden rüber ins GW. Was ist mit dem anderen Opfer?"

„Der Mann liegt ebenfalls noch im Krankenhaus, sollte also auch bewacht werden. Ich fahre jetzt zu Enrights Arbeitsstelle."

„Danach erwarte ich Ihren Bericht. Sobald ich etwas Neues zum Thema Besozzi erfahre, melde ich mich."

Gonzo ging so schnell Richtung Parkplatz, dass Arnold Mühe hatte, mit ihm Schritt zu halten.

„Wohin jetzt?", fragte er.

„Zu der Grafikdesign-Firma, bei der Enright arbeitet. Vielleicht haben wir endlich eine Spur."

Gonzo hoffte es wirklich. Er musste diesen komplizierten Fall abschließen, nicht nur um der Opfer und ihrer Familien willen, sondern auch, um endlich die Liebe seines Lebens heiraten zu können. Außerdem wollte er unbedingt Sam stolz machen, solange er sie vertrat. Nie hatte er einen besseren Anreiz gehabt, einen Fall abzuschließen.

6

Sam erreichte Harrys Praxis zehn Minuten vor ihrem Termin. Die Stunde, die sie mit Nick verbracht hatte, hatte ihr geholfen, sich zu beruhigen und zu erden, und die Erkenntnis, wie erschöpft er aussah, hatte sie noch entschlossener gemacht, die Sache mit Stahl hinter sich zu lassen und zur Normalität zurückzukehren. Beziehungsweise zu dem, was aktuell als Normalität durchging.

Harry trat aus einem der hinteren Zimmer und begleitete einen älteren Patienten zur Rezeption. Er warf Sam einen Blick zu und hob einen Finger, um ihr zu bedeuten, dass er gleich Zeit für sie haben würde.

Sie hatte Magenschmerzen, genau wie damals, als sie von Cola light abhängig gewesen war und Nick darauf bestanden hatte, dass sie einen Termin bei Harry vereinbarte. Obwohl er ihr damals geraten hatte, das geliebte Getränk komplett aufzugeben, war er ihr inzwischen ein genauso guter Freund geworden wie ihrem Mann, und wenn ihr jemand helfen konnte, einen Ausweg aus dieser Situation zu finden, dann er.

„Sam?", sagte er. „Komm doch bitte mit nach hinten."

Sie nahm ihre Handtasche und ihren Mantel und folgte ihm den langen Gang zu seinem Büro entlang. Dort schloss er die Tür und begrüßte sie mit einer Umarmung und einem Kuss auf die Wange.

Er bedeutete ihr, auf dem Sofa Platz zu nehmen, und setzte sich neben sie. „Gut siehst du aus."

„Danke. Die Hämatome verblassen endlich, Gott sei Dank rechtzeitig vor der Amtseinführung."

„Dem Herrn sei Dank auch für Kleinigkeiten", meinte er sarkastisch.

„Nicht wahr? Solange die Gattin des Vizepräsidenten präsentabel aussieht, ist alles gut."

„Ich kann es immer noch nicht so richtig fassen. Vizepräsident und Mrs Cappuano."

„Wir auch nicht."

„Ich habe gehört, du warst gestern in offizieller Mission drüben im Weißen Haus. Dabei konnte ich das gar nicht glauben. Die Sam, die ich kenne und mag, wäre da niemals freiwillig hingefahren."

Sie verdrehte die Augen. „Ich habe mich mit meinem Stab getroffen. Harry, ich habe einen Stab. Kannst du dir das vorstellen?"

„Das ist ziemlich witzig. Wenn ich mir das bildlich vorstelle, komme ich aus dem Lachen gar nicht mehr heraus."

Spielerisch stieß sie ihn mit dem Ellbogen an. „So witzig ist es auch wieder nicht."

„Eigentlich schon."

„Ja, vermutlich hast du recht." Sie strich mit den Händen über ihre Jeans und versuchte, so ihre plötzlich schwitzigen Handflächen trocken zu kriegen.

„Was ist wirklich los, Sam?"

„Oh, so einiges."

„Darf ich dir eine kurze Geschichte erzählen?"

In diesem Augenblick hätte sie zu allem Ja gesagt, nur um ihre eigene nicht erzählen zu müssen. „Klar."

„Ich weiß nicht, ob Nick dir gegenüber schon mal erwähnt hat, dass ich mein Medizinstudium bei der Armee absolviert habe und mich dafür für sechs Jahre verpflichten musste. Diese sechs Jahre fielen zufälligerweise in eine chaotische Phase der Geschichte unseres Landes. Ich war bei Einsätzen in Afghanistan und im Irak."

„Das wusste ich nicht. Darüber hat er bisher kein Wort verloren."

„Ich rede bloß selten darüber, weil es eine schwierige Phase in meinem Leben war – im Leben aller Militärangehörigen, die dort Dienst taten. Wir haben vieles gesehen. Unvergessliche Dinge. Dinge, die man nie wieder loswird, die einem noch Jahre später den Schlaf rauben."

„O Gott, Harry. Das tut mir so leid."

Er legte die Hand auf ihre. „Das muss es nicht. Ich bin dankbar, dass ich meinen Beitrag leisten konnte. Aber ich weiß, was ein Trauma in einem ansonsten vollkommen gesunden Gehirn anrichten kann. Ich weiß, wie sich Bilder festsetzen können, die man dann trotz aller Anstrengungen nie wieder loswird."

„Deshalb wollte Nick, dass ich mit dir rede."

„Richtig. Ich musste nach meiner Rückkehr ins ‚normale‘ Leben nicht nur mit meiner eigenen PTBS fertigwerden, ich habe auch viele Veteranen betreut, die mit allerlei posttraumatischen Problemen aus dem Einsatz zurückgekehrt sind. Ohne gründliche Analyse und Untersuchung kann ich nicht sicher sagen, dass du PTBS hast, doch es klingt so."

„Ich glaube es auch", gestand sie zum ersten Mal ein. „Immer wieder grüble ich über diesen Tag nach, über jeden falschen Schritt, jede Minute von dem Augenblick an, in dem ich Marissa Springers Haus zum zweiten Mal betreten habe, bis zur Erstürmung durch das Sondereinsatzkommando. Zehntausend Mal bin ich alles durchgegangen."

„Aber es ändert sich einfach nicht, richtig? Es läuft immer genau gleich ab."

„Jedes Mal", seufzte sie.

„Worüber denkst du am meisten nach?"

„Darüber, wie dumm es war, allein dorthin zurückzukehren."

„Warum sagst du das?"

„Dieser ganze Springer-Fall war von Anfang an seltsam, und an diesem Tag war alles besonders chaotisch. Cruz hatte frei, er wollte sich um Elin kümmern, nachdem jemand sie im Fitnessstudio verprügelt hatte, was, wie wir später herausgefunden haben, alles Teil des Plans war. Gonzo war noch krankgeschrieben und hatte an Loris Tod und den Verdächtigungen gegen ihn zu knabbern."

„An jenem Tag fehlten dir also zwei deiner engsten Mitarbeiter, was bedeutet, er war alles andere als ‚normal'. Habe ich recht?"

Sie nickte. „Ich habe an dem Fall gearbeitet, Spuren verfolgt, das Übliche eben. Einer von Marissas Söhnen hatte seinen Bruder und ein paar andere Jugendliche ermordet. Über dem ganzen Haus lag tiefe Trauer. Als ich zum ersten Mal dort war, waren Marissa und ihre Haushälterin Edna total freundlich. Sie haben mir erklärt, wie sie gemeinsam mit der Sache fertigzuwerden versuchten, sich Filme ansahen, Essen bestellten und sich bemühten, jeden Tag irgendwie durchzustehen. Es klang, als hätte Marissa bei Edna viel Trost gefunden, als seien sie eher Freundinnen als Arbeitgeberin und Angestellte."

Harry schwieg. Er wartete einfach geduldig und ließ ihr Zeit dafür, sich zu sammeln.

„Als Marissa Edna erschossen hat, konnte ich einfach ... nicht glauben, was da gerade geschehen war. Ich habe es nicht kommen sehen. Nicht mal ansatzweise."

„Wie auch? Hat Marissa je den Anschein erweckt, sie sei zu so etwas fähig?"

„Nein."

„Du bist die beste Polizistin, die ich kenne."

Sam wollte widersprechen, doch er hob die Hand, um sie zu unterbrechen.

„Du bist die beste Polizistin, die ich kenne, aber du bist keine Telepathin – und das warst du auch noch nie. Du lässt dich von deinen – zugegebenermaßen sehr guten – Instinkten leiten, allerdings sind die nicht unfehlbar. *Du* bist nicht unfehlbar."

„Willst du damit sagen, es war nur eine Frage der Zeit, dass so etwas passiert?"

„Ich will damit sagen, dass niemand, nicht einmal eine so exzellente Polizistin wie du, das hätte kommen sehen können. Marissa Springer, verbündet mit *Leonard Stahl*? In welchem plausiblen Szenario hätten die beiden Komplizen sein können?

Das wäre nicht einmal dem abgefahrensten Romanautor eingefallen."

Mit gesenktem Blick dachte Sam über seine Worte nach.

„Aus meiner Sicht hast du genau einen schwerwiegenden Fehler gemacht."

Sie hob den Kopf und schaute ihn an. „Nämlich?"

„Du hättest da nicht allein reingehen sollen – zumindest nicht, ohne jemandem Bescheid zu geben. Das hast du dir vorzuwerfen, und ich vermute, dafür überhäufst du dich ohnehin mehr als genug mit Vorwürfen. Den Rest hattest du nicht in der Hand. Verstehst du?"

„Schätze schon."

„Ich möchte, dass du es laut sagst. ‚Was im Keller von Marissa Springer passiert ist, war nicht meine Schuld.'"

„Harry, ich weiß nicht, ob ich das kann."

„Du musst es können, Sam. Sonst schleppst du immer weiter Schuldgefühle für etwas mit dir herum, das sich deiner Kontrolle entzogen hat. Das hindert dich daran, das Geschehene hinter dir zu lassen, dein Leben und deine Karriere wieder für dich zu beanspruchen. Außerdem raubt es deinem Mann den Schlaf."

„Ich finde es fürchterlich, dass er sich solche Sorgen um mich macht."

„Nicht nur er – auch Scotty. Alle, die dich kennen und lieben, sind in Sorge."

Sam wäre am liebsten auf der Stelle gestorben, als ihr plötzlich Tränen über die Wangen rannen. Knallharte Polizistinnen weinten nicht, verdammt noch mal, Mütter hingegen offenbar schon. Energisch wischte sie sie weg.

„Die Tränen nerven dich, ja?"

„Aber so was von! Ich bin doch kein Jammerlappen, der beim kleinsten Problem einen Heulkrampf kriegt."

„Das würde auch niemand zu behaupten wagen. Du hast ein schockierendes, traumatisches, schmerzhaftes, furchterregendes, lebensgefährliches Erlebnis hinter dir. Ich muss sagen, ich bin total erleichtert, diese Tränen zu sehen."

„Das freut mich. Ich bin trotzdem genervt."

Harry lachte. „Ich weiß."

Nach einer weiteren langen Pause begriff sie, dass er darauf wartete, dass sie weitersprach, und tat es zögernd. „Rein rational ist mir klar, dass es nicht meine Schuld war. Ganz eindeutig. Wirklich. Aber emotional ...“

„Du hast das Gefühl, du hättest nach deinen zahllosen Zusammenstößen mit Stahl diese Entwicklung der Dinge vorausahnen müssen.“

„Ja.“ Sie wischte sich weitere Tränen ab, die nicht aufhören wollten zu fließen, obgleich sie sich verzweifelt bemühte, sich in den Griff zu kriegen. „Vor allem, nachdem er mich vor meiner eigenen Haustür attackiert hatte. Doch das konnte ich wenigstens noch irgendwie verstehen. Ich hatte ihn zu diesem Zeitpunkt sehr lange genervt.“

„Soweit ich mich erinnere, hat er dafür großen Ärger bekommen, wurde suspendiert und angeklagt.“

Sie nickte. „Wie wir jetzt wissen, hat er die freie Zeit genutzt, um seine ultimative Rache an mir und meinem Team zu planen.“

„Die Schlüsselworte in diesem Satz sind ‚Wie wir jetzt wissen‘. Weder du noch sonst jemand hätte das ahnen können.“

„Wir hätten ihn nach seiner Festnahme besser im Auge behalten müssen.“

„Lag die Entscheidung bei dir? Ihn besser im Auge zu behalten?“

„Nein. Ich wollte nichts mit ihm zu tun haben. Vielmehr war ich froh, ihn bei der Arbeit nicht mehr sehen zu müssen.“

„Ein weiterer Punkt für die Liste der Dinge, die nicht deine Schuld waren. Die ist nach meiner Rechnung inzwischen schon echt lang.“ Er zählte die einzelnen Punkte an den Fingern ab. „Es war nicht deine Schuld, dass sich Stahl mit Marissa zusammengetan hat. Es war nicht deine Schuld, dass Marissa Edna erschossen hat. Es war nicht deine Schuld, dass die beiden dich als Geisel genommen, misshandelt und in Klingendraht gewickelt haben, während du ständig den Tod vor Augen hattest. Es war nicht deine Schuld, dass jemand Elin zusammengeschlagen oder dass Freddie wahrscheinlich eine Riesendummheit begangen hat, indem er sich den Typen vorgeknöpft hat, der dafür verantwortlich war.“

Sam starrte ihn ungläubig an. „Woher weißt du das? Es wurde doch gar nicht verlautbart."

„Ich kenne Freddie und weiß, was *ich* machen würde, wenn jemand einer Frau, die ich so sehr liebe wie er Elin, wehtun würde."

„Er hat wirklich idiotisch reagiert, und man hat ihn deswegen für eine Woche suspendiert."

„Freddie würde wahrscheinlich sagen, dass er es jederzeit wieder tun würde."

„Das hat er bereits gesagt, und genau das bereitet mir Sorgen."

„Sosehr er dich auch respektiert und bewundert, das ist sein Problem. Nicht deins. Er hat ganz allein beschlossen, seine Karriere und seinen Ruf aufs Spiel zu setzen. Du hättest ihn wahrscheinlich nicht einmal daran hindern können – selbst wenn du gewusst hättest, was er vorhatte. Ein weiterer Punkt, der sich deiner Kontrolle entzog."

„‚Kontrolle' scheint hier das entscheidende Wort zu sein."

„Ah, du hast es kapiert. In jeder Laufbahn passiert, unabhängig vom Berufszweig, ein- oder zweimal etwas, das man nicht kontrollieren kann und das fast immer schwerwiegende Folgen hat. Bei mir war das die junge Soldatin in Afghanistan, die im Feld eine Fehlgeburt hatte und die ich nicht retten konnte, weil sie verblutet ist, bevor wir sie ins Krankenhaus schaffen konnten. Ich konnte absolut nichts tun. Wir haben später festgestellt, dass ihre Plazenta gerissen war, eine sehr seltene Komplikation, die fast immer tödlich für Mutter und Kind ist, aber das bedeutet nicht, dass ich es fast zehn Jahre später nicht immer noch mit mir herumschleppe."

„O Gott ..."

„Das Furchtbare daran ist, dass wir nicht einmal gewusst haben, dass sie schwanger war. Sie war im siebten Monat, und man hat überhaupt nichts gesehen. Die Frau hat es verschwiegen, weil sie nicht vorzeitig nach Hause geschickt werden wollte. Sie wollte ihre Mission beenden und hätte zwei Wochen nach ihrem Tod heimkehren sollen."

„Das ist so traurig."

„Es war für uns alle schlimm, und ich habe lange gebraucht, um zu akzeptieren, dass ich es nicht hätte verhindern können. Als ich in die Staaten zurückkam, habe ich mich sogar mit ihren Eltern getroffen und ihnen genau erklärt, was passiert ist."

„Ich bin sicher, das wussten sie sehr zu schätzen."

„Vermutlich schon. Trotzdem hat es ihnen ihre Tochter und ihr Enkelkind nicht zurückgebracht."

„Was du über Kontrolle und Dinge, die ich nicht kontrollieren kann, sagst, hilft mir, meine Situation klarer zu sehen."

Er drückte ihr den Arm. „Es fällt uns schwer, uns und anderen gegenüber zuzugeben, dass wir keine Superhelden sind, selbst wenn es manchmal den Anschein hat."

Das entlockte ihr ein schwaches Lächeln. „Jetzt machst du dich auch noch über meinen Ruf lustig."

„Dein Ruf ist vortrefflich, einer, dem gerecht zu werden jeder Mensch manchmal Schwierigkeiten hätte. Du musst dir gestatten, für einen Moment genauso menschlich zu sein wie der Rest von uns, ehe du dir erneut dein Cape umlegst und wieder zur Superheldin wirst."

„Werde ich das denn?"

„Was denn?"

„Wieder zur Superheldin werden."

„Willst du es?"

„Ich glaube schon. Aber ich fürchte, dass mein Urteilsvermögen gelitten hat, nachdem das Bauchgefühl, auf das ich mich immer so sehr verlassen habe, mich in Sachen Stahl gründlich getrogen hat."

„Es gab keinerlei Hinweise für dich."

„Dieser ganze Fall, von dem Augenblick, in dem wir Brooke auf meiner Terrasse gefunden haben, über Gonzos Schussverletzung, den Mord an Lori und den Angriff auf Elin bis hin zur Erstürmung des Kellers der Springers durch das Sondereinsatzkommando ... Das war alles total verrückt. Ich habe so etwas noch nie zuvor erlebt."

„Ja, und es war insgesamt eine sehr persönliche Angelegenheit. Überleg doch mal – Brooke, Gonzo, Elin und Lori sind Menschen, die du sehr magst oder die zu Personen, die dir wichtig sind, in Beziehung standen oder stehen. Das ist auch unter den besten Umständen nicht gerade konzentrationsfördernd, und an dem betreffenden Tag herrschten alles andere als die besten Umstände."

„Alles, was du sagst, ergibt absolut Sinn."

„Du bist vermutlich die erste Frau, die das behauptet."

Sam lachte. „Das bezweifle ich."

„Du wirst das mit dem Polizeipsychologen erörtern müssen, damit er dich wieder diensttauglich schreibt, und zwar erst, wenn du tatsächlich bereit dazu bist. Bis dahin wünschte ich ehrlich, du würdest aufhören, dir die Schuld zu geben, und stattdessen Stahl seinen Anteil daran zugestehen. Gestatte dir, wirklich, wirklich sauer auf ihn zu sein, genau wie auf Marissa, weil sie sich mit ihm eingelassen hat. Sei mal etwas gnädiger mit dir selbst, ja, Sam?"

„Ich werde es versuchen. Immerhin glaube ich jetzt zu wissen, was ich tun muss. Danke, Harry."

„Stets gern zu Diensten."

„Du hättest vielleicht lieber Seelenklempner werden sollen."

„Lustig, dass du das sagst. Ich habe tatsächlich darüber nachgedacht, meine Spezialisierung zu wechseln, aber irgendwie komme ich nie dazu. Der Gedanke, wieder die Schulbank drücken zu müssen, ist ziemlich erschreckend, wenn man es schon so lange getan hat wie ich."

„Das kann ich mir vorstellen." Sie erhob sich und hängte sich ihre Handtasche über die Schulter. „Ich habe deine Zeit jetzt lange genug in Anspruch genommen. Danke noch mal, dass du mich dazwischengeschoben hast."

Er erhob sich und umarmte sie. „Kein Problem. Wenn du mich brauchst, kannst du mich Tag und Nacht anrufen. Für euch habe ich immer Zeit."

„Du bist einer von den Guten, Doc. Wir müssen echt mal ein nettes Mädchen für dich finden."

„Oje, jetzt denkst du wie meine Mutter."

„Sehen wir uns bei den Feierlichkeiten nächste Woche?"

„Die möchte ich um nichts in der Welt verpassen. Ich bin so verdammt stolz auf meinen Freund – und seine Frau."

Sam drückte seinen Arm und trat durch die Tür auf den langen Korridor, der zum Wartezimmer führte. Als Sam den voll besetzten Raum betrat, keuchte eine Frau auf.

„O mein Gott! Sie ... Sie sind Mrs Cappuano! Sie sind die Gattin des Vizepräsidenten!"

Als aller Augen im Raum sich auf sie richteten, wäre Sam am liebsten im Boden versunken. Ihr einziger Gedanke war, dass ihr Gesicht bestimmt komplett rot verheult war, nachdem sie sich bei Harry ausgeweint hatte.

„Kann ich ein Autogramm haben?", bat die Frau.

„Äh, ja klar. Warum nicht?"

Während die Frau in ihrer Handtasche nach einem Stück Papier und einem Stift suchte, stand Sam in der Gegend herum wie eine Wachsfigur. Der Blitz einer Handykamera zu ihrer Linken ließ sie herumfahren. Das bewies ihr, wie schreckhaft und nervös sie immer noch war, zwei Gefühlszustände, die sie vor dem Tag im Keller mit Stahl nicht gekannt hatte.

„Ah, hier." Die Frau hielt Sam einen Briefumschlag und einen Stift unter die Nase. „Können Sie ein paar persönliche Worte schreiben? Ich heiße Janice."

„Ja." *Nett, Sie kennenzulernen, Janice. Sam Cappuano*, schrieb sie. Beinahe hätte sie als Nachnamen stattdessen *Holland* geschrieben.

„Könnte ich auch ein personalisiertes Autogramm kriegen?", fragte die Dame neben ihr.

Um Himmels willen, dachte Sam. Laut antwortete sie mit großzügigem Lächeln: „Natürlich!" Hoffentlich sah man ihre zusammengebissenen Zähne nicht.

„Ihr Mann", schwärmte eine dritte Frau, die jüngste, mit einem anzüglichen Grinsen, „ist so was von heiß."

„Äh, danke. Finde ich auch." Sam hätte der Frau am liebsten die Augen ausgekratzt, aber irgendwie gelang es ihr, ihre Gewaltfantasien zu zügeln.

Ehe sie die Praxis verließ, gab sie sechs weiteren Leuten im Wartezimmer sowie den Arzthelferinnen Autogramme. Irgendwann kam Harry aus seinem Büro, um nachzuschauen, was los war, und machte sich mit funkelnden Augen stumm über sie lustig. Dieses Hühnchen würde sie bei ihrer nächsten Begegnung mit ihm rupfen.

Sie verließ Harrys Praxis und fuhr direkt zum Hauptquartier, wollte den nächsten Schritt sofort hinter sich bringen, ehe der Mut sie verließ. Nachdem sie vor der Gerichtsmedizin geparkt hatte, eilte sie ins Gebäude, denn der bitterkalte Januarwind drang beißend durch Mantel und Pulli. Drinnen nahm sie sich einen Moment Zeit, um ihre Frisur zu richten, und begegnete dabei auf dem Gang Dr. Lindsey McNamara.

„Hey, Doc", begrüßte sie ihre Freundin und Kollegin. „Wie läuft's im Leichenschauhaus?"

„Geschäftiger als sonst, seit dieser Messerstecher unterwegs ist. Wie geht es dir? Schön, dich zu sehen."

„Ich freu mich auch, hier zu sein."

„Arbeitest du wieder?"

„Noch nicht, aber bald."

„Gut. Du fehlst uns."

„Das höre ich gern. Danke für all die Anrufe und Besuche, für das Essen, das ihr mir vorbeigebracht habt, und für eure Unterstützung. Ich weiß das sehr zu schätzen."

„Das war ja wohl das Mindeste. Ich kann es immer noch nicht fassen." Lindsey unterbrach sich. „Aber darüber müssen wir nicht reden."

„Doch, genau das muss ich", widersprach Sam mit gequältem Lächeln. „Ich darf erst wieder arbeiten, wenn ich mit Trulo gesprochen habe. Und zu dem will ich gerade."

„Viel Glück. Du kennst das ja schon. Da sollte es kein Problem sein, ihm genau das zu erzählen, was er hören muss, damit er dich diensttauglich schreibt."

„Das ist der Plan. Ich verabschiede mich auf dem Nachhauseweg."

„Du findest mich hier."

Sam ging direkt nach oben, ohne Umweg über das Großraumbüro der Detectives, wo sie sicher aufgehalten worden wäre. Wenn sie dieses Gespräch weiter aufschob, würde sie es vielleicht nie führen, aber das musste sie. Wenn nicht um ihretwillen, dann definitiv Nick und Scotty zuliebe, die sich lange genug Sorgen um sie gemacht hatten.

Vor Trulos Büro nahm sie all ihren Mut zusammen und klopfte an. Wenn er einen Patienten hatte, würde er nicht antworten, also wartete sie.

Die Tür öffnete sich, und der Doktor wischte sich den Mund

mit einer Papierserviette ab. „Tut mir leid, Lieutenant, ich habe gerade zu Mittag gegessen. Was kann ich für Sie tun?“

Seltsamerweise machte die Vorstellung, dass sie den undurchschaubaren Arzt beim Essen erwischt hatte, ihn für sie menschlicher als bisher. „Ich bin jetzt so weit.“

Trulo starrte sie eine Weile an und sagte dann: „Kommen Sie herein.“

7

———

Freddie und Elin fuhren, bis sie in einem Städtchen namens Perdido Key in der Nähe von Pensacola, Florida, am Golf von Mexiko ankamen. Sie nahmen sich ein Zimmer in einem Hotel am Strand und gingen ans Meer hinunter. Es war zwar noch nicht warm genug zum Baden, aber doch deutlich angenehmer als zu Hause.

Freddie hatte seiner Mutter eine SMS geschickt, um ihr Bescheid zu geben, wo sie waren, das Handy allerdings im Zimmer gelassen, weil er entschlossen war, sich so weit wie möglich aus dem Alltag auszuklinken und die seltene Chance auf einen Kurzurlaub mit der Frau, die er liebte, nach Kräften zu nutzen. Sie hatten einiges zu besprechen, ehe sie sich in den Alltag zurückbegeben konnten, und es gab zweifellos unangenehmere Orte, an denen man eine Woche verbringen konnte.

„Cremst du mir den Rücken ein?", bat Elin und hielt ihm die Flasche hin.

„Mit dem größten Vergnügen."

Sie lächelte über die Antwort, mit der sie vermutlich schon gerechnet hatte. Er hielt nicht damit hinter dem Berg, dass er sie pausenlos begehrte. Sie hatten seit dem Angriff auf sie noch keinen Sex gehabt, aber das gedachte er in dieser Woche zu ändern.

Während er die Sonnenmilch in ihre glatte Haut einmassierte, dachte Freddie darüber nach, dass er sie beinahe verloren hätte. In seiner Laufbahn als Polizist hatte er mehrfach miterlebt, wie Menschen nach Schlägen ins Gesicht gestorben waren. Sie hätte beim Sturz einen Schädelbruch erleiden oder an ihrem eigenen Blut ersticken können. Es hätte in vielerlei Hinsicht deutlich schlimmer ausgehen können.

„Warum hörst du auf?", fragte sie.

„Sorry. Ich war in Gedanken."

„Worüber hast du nachgedacht?"

„Darüber, wie dankbar ich bin, dass es dir wieder gut geht – oder dass du zumindest auf dem Wege der Besserung bist. So übel das alles auch war, es hätte viel schlimmer kommen können."

„Ich weiß."

Er cremte sie zu Ende ein, reichte ihr die Flasche zurück und verrieb die Sonnenmilch, die er noch an den Händen hatte, in seinem Gesicht. Dann setzte er sich auf seinen Stuhl und versuchte, sich zu entspannen. Sie waren Hunderte von Kilometern von D. C. entfernt, doch den Stress hatten sie weiter im Gepäck. Ihm ging so viel durch den Kopf, dass er halb verrückt wurde, als er versuchte, alles vernünftig zu durchdenken. Er grübelte darüber nach, wie Stahl sie alle hinters Licht geführt hatte und dass er das Elin unbedingt erklären musste, ehe man Stahl wieder vor Gericht stellte und sich die Presse auf die Sache stürzte.

„Hey, Baby", sagte er.

„Hmm?"

„Wir müssen etwas besprechen."

„Haben wir nicht gerade zwei Tage am Stück im Auto geredet?"

„Es geht um etwas anderes, um die Arbeit und den Prozess gegen Elliott und Stahl und so. Ich wollte dir schon die ganze Zeit ein paar Dinge beichten, habe aber angesichts deiner Verletzungen und Schmerzen irgendwie nie den richtigen Zeitpunkt gefunden. Sonst hätte ich vielleicht alles nur schlimmer gemacht."

Sie setzte sich auf und sah ihn an. „Inwiefern?"

„Also, die Sache, dass Elliott im Fitnessstudio aufgetaucht ist und dich angegriffen hat ..."

„Was ist damit?"

„Das hat alles zu Stahls Plan gehört. Er hat Elliott dafür angeheuert, dich zu stalken und das Ganze an diesem Tag auf die Spitze zu treiben, weil er mich aus dem Weg haben wollte, um leichter an Sam heranzukommen.“

Elin blieb vor Entsetzen der Mund offen stehen. „Ist das ein Witz? Das war alles geplant?“

„Ja. Stahl ist völlig zu Recht davon ausgegangen, dass ich an deine Seite eilen würde, wenn ich höre, dass jemand dich angegriffen hat, sodass Sam an diesem Tag zu wenig Leute hatte und allein unterwegs war.“ Freddie griff nach ihrer Hand, die sie ihm gerne überließ. „Dann habe ich etwas getan, das ich vermutlich besser gelassen hätte, aber es tut mir nicht leid.“

„Was denn?“

„Ich habe Elliott in der Arrestzelle zusammengeschlagen.“

„Freddie! Ich habe dir gesagt, ich will das nicht. O mein Gott! Deshalb hast du eine Woche frei, nicht wahr? Du hast Ärger gekriegt.“

„Ja.“

„Freddie ... Warum hast du das getan? Du müsstest es doch besser wissen.“

„Das fragst du wirklich, nach allem, was er dir angetan hat?“

„Ja! Absolut! Er saß in Untersuchungshaft und sollte angeklagt werden. Warum hat dir das nicht gereicht?“

„Er hatte dir wehgetan. Nachdem er dich wochenlang terrorisiert hatte, hat er die Frau, die ich liebe, verletzt. Das konnte ich ihm nicht durchgehen lassen.“

„Hättest du aber sollen.“

„Habe ich aber nicht.“

„Jetzt bist du eine Woche suspendiert, vermutlich ohne Gehaltsfortzahlung, obwohl wir das Geld brauchen. Was tun wir dann hier?“ Sie deutete auf den Sand und das Meer. „Das können wir uns nicht leisten.“

„Doch. Ich habe ein bisschen Geld gespart. Das passt schon.“ Er hob eine Handvoll Sand auf und ließ ihn durch die Finger rieseln, denn er hatte Angst vor dem, was er als Nächstes mit ihr besprechen musste. „Wir haben nie darüber geredet, was Elliott noch gemacht hat.“

„Was meinst du damit?“

„Das Stalking und so. Bevor er dich geschlagen hat."

„Oh. Das."

„Ja, das. Ich krieg es einfach nicht aus dem Kopf, dass du damit nicht sofort zu mir gekommen bist, dabei hätte ich, wenn du es mir erzählt hättest, vielleicht ..." Er wollte nicht behaupten, dass er dann Stahls Plan hätte vereiteln können, Lori das Leben gerettet und verhindert hätte, dass Sam durch diese Hölle gehen musste. Das würde er Elin niemals vorwerfen.

„Das ist alles meine Schuld", flüsterte sie. „Alles, was mir, Sam und Alex' Mutter zugestoßen ist."

„Nein, ist es nicht. Nichts davon ist deine Schuld. Das meinte ich gar nicht. Aber der Gedanke, dass ein Typ dir Schwierigkeiten macht und ich nichts davon weiß ... So funktioniert das nicht mit uns. Wenn du Probleme hast, hab ich sie auch. Wenn jemand dich belästigt, belästigt er mich. Ich will nicht, dass du mir so was verschweigst."

„Tut mir leid. Ich hätte es dir erzählen sollen. Aber du warst, nachdem Gonzo angeschossen worden ist, so gestresst, und ich wollte es dir nicht noch schwerer machen."

„Genau darum geht es. Du kannst mir gar nichts schwer machen. Du bedeutest mir alles. Es kränkt mich, dass du mir so was Entscheidendes nicht anvertraut hast. So hab ich mir unsere Beziehung nicht vorgestellt."

„Ich wollte es dir ja auch sagen, und du hast recht, wir sollten keine Geheimnisse voreinander haben. Es tut mir leid, dass ich dich verletzt habe, indem ich dir das verschwiegen habe, doch ich hatte Angst vor deiner Reaktion. Zu Recht, wie sich jetzt zeigt."

„Es tut mir nicht leid, dass ich zu ihm gegangen bin."

„Was hast du mit ihm gemacht?"

„Ich habe ihm ungefähr auf die gleiche Stelle geschlagen wie er dir und ihm dann das Knie in die Eier gerammt."

„Gibt es da keine Kameras?"

„Ich habe meinen Kapuzenpulli darübergehängt."

„Freddie, das hättest du nicht tun sollen."

„Das sagen alle, aber es tut mir nicht leid."

Sie schob sich die Sonnenbrille hoch und musterte ihn mit den strahlend blauen Augen, die ihn schon bei ihrer ersten Begegnung gefesselt hatten. „Du willst, dass ich dir alles erzähle.

Doch wenn deine Reaktion so aussieht ... Willst du wirklich der Typ sein, der Leute körperlich angeht, sie verprügelt und damit die Karriere aufs Spiel setzt, für die er so hart gearbeitet hat?"

Zum ersten Mal seit seinem Angriff auf Elliott verspürte Freddie einen Anflug von Bedauern wegen seiner Tat. Wenn sie deswegen auch zukünftig nicht mit allem zu ihm kommen würde, hätte er es vermutlich besser nicht getan. „Nein, der Typ will ich nicht sein, aber du kannst nicht allen Ernstes erwarten, dass ich einfach untätig herumsitze, wenn dich jemand angreift."

„Doch, genau das erwarte ich. Begreifst du das nicht? Du hast alles nur noch schlimmer gemacht, Freddie. Jetzt hast du Ärger auf der Arbeit, und ich bin sicher, das gibt einen Eintrag in deine Personalakte, der dir bei zukünftigen Beförderungen im Weg stehen könnte. Das war es nicht wert. Begreifst du das nicht?"

„Es hat sich in dem Moment aber so angefühlt, als wäre es das wert."

„Hörst du dir eigentlich selber zu? Was ist aus dem frommen christlichen Jungen geworden, der so gläubig war, dass er erst mit fast dreißig das erste Mal Sex hatte?"

„Er hat dich getroffen, sich in dich verliebt und festgestellt, dass er für die Frau, die er liebt, töten würde."

„Selbst wenn die das gar nicht will?"

„Ja, selbst dann."

Offenbar unglücklich schüttelte sie den Kopf.

„Wie wär's damit: Wenn du versprichst, mir nie wieder etwas so Großes zu verschweigen, verspreche ich dir, nie wieder deinetwegen gewalttätig zu werden."

„Abgemacht."

Er sah zu ihr hinüber und schlug ein, als sie ihm die Hand hinstreckte. „Weißt du, was? Du solltest mich heiraten, damit diese Vereinbarung auf Lebenszeit gilt."

„War das ein Heiratsantrag?"

„Was würdest du denn sagen?"

„Mach mir einen, und finde es heraus."

Freddie hatte das Gefühl, wieder von einer Kugel getroffen worden zu sein. Der Adrenalinstoß, der durch seine Adern zuckte, fühlte sich fast genauso an wie damals, nur empfand er diesmal statt unerträglichen Schmerzes ausschließlich Freude.

Er kniete vor ihr nieder. „Elin ...“ Freddie fand keine Worte, um ihr zu erklären, was sie ihm bedeutete. Er war gezwungen, sich einen Moment lang zu sammeln, und als er das nächste Mal zu ihr aufblickte, sah er Tränen in ihren Augen schimmern. „Ich liebe dich mehr als alles andere auf der Welt, und das werde ich immer tun. Wenn du Schmerzen hast, habe ich Schmerzen. Wenn du glücklich bist, bin ich glücklich. Ich will nichts mehr, als für immer mit dir zusammen glücklich zu sein. Willst du meine Frau werden?“

„Ich dachte schon, du würdest nie fragen.“ Sie warf sich in seine Arme, stieß ihn in den warmen Sand, der ihren Sturz abfing.

„He, Vorsicht. Ich will nicht, dass du dich gleich wieder verletzt.“

„Pah, und ich will nicht vorsichtig sein. Schließlich habe ich mich gerade verlobt.“

„Ich möchte nicht pedantisch klingen, aber ‚Ich dachte schon, du würdest nie fragen‘ bedeutet Ja, oder?“

„Natürlich, du Trottel“, lachte sie, „es bedeutet Ja. Tausendmal ja.“

„Ein Mal hätte mir völlig genügt, ich nehme allerdings auch tausend.“ Er strich ihr das Haar aus dem Gesicht und zog sie dicht genug an sich, um sie zu küssen, war aber in Anbetracht ihrer Verletzungen noch vorsichtig.

„Lass uns zurück auf unser Zimmer gehen“, flüsterte sie.

„Was willst du da?“

„Dich.“

„Oh, nun, äh, na gut.“

Sie lachte über seine wenig eloquente Antwort, erhob sich und streckte ihm die linke Hand hin.

„An diesen Finger stecken wir einen Ring, sobald wir einen finden, der dir gefällt.“

„Ich brauche keinen Ring. Man hat dich gerade suspendiert. Du kannst dir gar keinen leisten.“

„Doch, brauchst du, und ich kann ihn mir leisten.“ Und wenn er dafür fünf Jahre lang einen Kredit abzahlen musste, er würde ihr den größten, schönsten Ring kaufen, den er fand. Er wollte der ganzen Welt zeigen, dass sie zu ihm gehörte – und dass sie dauerhaft vom Markt war.

„Du solltest deine Mutter anrufen."

„Werde ich. Später. Meine Verlobte will mich. Da denke ich nicht an meine Mutter."

Ihr Lachen gehörte zu seinen liebsten Geräuschen, und er hatte sie schon viel zu lange nicht mehr lachen gehört.

Auf ihrem Zimmer führte er sie direkt unter die Dusche, um den Sand abzuwaschen. Er drehte das Wasser auf und folgte ihr in die Kabine. Sie trugen beide noch ihre Badesachen. Er betete sie an, aber den Anblick seiner wunderschönen Frau im Bikini liebte er ganz besonders.

Sie schlang die Arme um ihn und legte den Kopf an seine Brust. „Ist das eben gerade wirklich passiert?"

„Ja. Ich will schon eine ganze Weile um deine Hand anhalten."

„Warum hast du es nicht getan?"

„Ich weiß nicht. Irgendwie war es nie der richtige Zeitpunkt, und dann ist so viel passiert ..."

„Das war perfekt – am Strand, im Urlaub, fern von allem anderen. Das werde ich niemals vergessen."

„Gut", sagte er. Seine Stimme war rau von Gefühlen, wie nur sie sie in ihm erwecken konnte.

Sie stellte sich auf die Zehenspitzen, um ihn zu küssen, und presste ihren sexy Körper an seinen.

Er war wochenlang so vorsichtig mit ihr gewesen, dass er sich regelrecht nach ihr verzehrte. Aber er wollte ihr auf keinen Fall wehtun, und nur deshalb unterbrach er den Kuss. „Du bist noch nicht wieder ganz gesund ..."

„Mir geht es gut. Ich will dich, Freddie. Auf der Stelle."

„Hier oder im Bett?"

„Hier. Auf der Stelle." Sie blickte zu ihm auf, während sie hinter sich griff und die Schleife ihres Bikini-Oberteils löste. Dann folgte das Unterteil, und schließlich zupfte sie am Gummiband seiner Badehose.

Wie so oft verlor er fast den Verstand, als er zusah, wie sie sich auszog. Er würde sich noch auf dem Sterbebett fragen, warum sich eine solche Göttin ausgerechnet für ihn entschieden hatte. Aber sie war *seine* Göttin, und nach der Art und Weise zu urteilen, wie sie sich jetzt an ihn schmiegte, hatte sie es ernst gemeint, als sie gesagt hatte, sie wolle ihn auf der Stelle.

Er rutschte mit dem Fuß aus und musste sich an ihr festhalten. Das Letzte, was sie jetzt brauchten, war eine neue Verletzung. „Besser doch nicht hier", meinte er. „Im Bett." Er fasste hinter sich, drehte das Wasser ab und schob sie aus der Duschkabine.

Sie trockneten sich rasch ab und eilten ins Schlafzimmer, wo die Sonne durch die Spalten in den heruntergelassenen Jalousien fiel. Es fühlte sich dekadent an, mitten am Tag miteinander ins Bett zu gehen, zumal sie eigentlich beide hätten arbeiten müssen, aber Freddie war entschlossen, diese kurze Flucht aus der Realität zu genießen. Wer wusste, wann sich eine solche Chance wieder bieten würde?

„Elin, ich kann einfach nicht glauben, dass du für immer zu mir gehören willst", flüsterte er. „Ich habe die ganze Zeit …"

„Was?"

„Darauf gewartet, dass du mir sagst, du hättest einen Besseren gefunden. Du könntest doch jeden haben …"

„Ich will aber dich. Schon seit unserer ersten Begegnung, als du mich auf deine süße linkische Art gefragt hast, was für eine Art von Sex ich mit John O'Connor hatte."

„Daran möchte ich lieber nicht erinnert werden." Dieses Verhör hatte sich in der Rückschau als die zwanzig peinlichsten Minuten seines Lebens erwiesen.

„Ich dagegen werde es nie vergessen." Mit der Fingerspitze zeichnete sie den Umriss seiner Lippen nach. „Du warst so goldig, so sexy, und das Ganze war dir so peinlich. Außerdem warst du sauer auf Sam, weil sie dir nicht zu Hilfe geeilt kam. Bei unserer Begegnung an Neujahr war ich dann so glücklich, dich zu sehen …"

„Bei unserem Wiedersehen habe ich kaum ein Wort herausgebracht. Ich erinnere mich noch, du hast eine hellblaue Weste getragen, und deine Augen waren unglaublich blau. Zum Glück hatte ich einen Trenchcoat an, denn ich hatte von der Sekunde an, in der du mit einem Tablett voller Kaffeebecher auf dem Gehsteig auf mich zukamst, eine Erektion."

Ihre warme, weiche Hand schloss sich um ihn. „Du warst unter dem Mantel hart?"

Ihre zärtliche Berührung entlockte ihm ein Stöhnen, doch er antwortete: „Und wie. Du hättest mal sehen sollen, wie ich versucht habe, die Erektion, die ich bei der ersten Befragung gekriegt habe, vor Sam zu verbergen. Das schmiert sie mir heute noch ab und zu aufs Brot."

Elin lachte und streichelte ihn, wie nur sie es bisher mit ihm getan hatte.

„Ich hatte Angst, dich anzufassen." Er umfing ihre Brust und strich mit dem Daumen über ihre gepiercte Brustwarze. „Ich hatte Angst, du könntest merken, dass ich noch Jungfrau war. Außerdem befürchtete ich, bei deiner ersten Berührung sofort zu kommen, weil ich dich so verzweifelt wollte."

Sie strich mit dem Finger über ihn, und er zuckte zusammen – sein Verlangen war fast schmerzhaft. „Du hast dich ganz gut geschlagen. Ich hatte keine Ahnung, dass es dein erstes Mal war, bis du es mir gesagt hast."

„Trotzdem bist du bei mir geblieben."

„Was hatte ich denn für eine Wahl, nachdem du dir meinetwegen eine Kugel eingefangen hattest?"

„Das war nicht deine Schuld. Ich habe deinetwegen Ärger gekriegt, nachdem du mein Handy und meinen Wecker ausgeschaltet hattest. Aber die Schussverletzung habe ich mir selbst zuzuschreiben."

„Ich danke Gott jeden Tag dafür, dass du das überlebt hast. Es wäre so schrecklich gewesen, dich gleich wieder zu verlieren." Sie erhob sich auf die Knie und setzte sich auf ihn.

Er hatte im Leben nie etwas Erotischeres gesehen als sie auf seinem Schoß, mit ihren vollen Brüsten und den unglaublich sexy gepiercten Brustwarzen, dem sportlichen Körper, dem weißblonden Haar und diesen unglaublichen Augen.

„Du solltest nicht die ganze Arbeit tun müssen, Baby. Du solltest dich passiv auf den Rücken legen und dich von mir verwöhnen lassen."

„Wann war ich denn je passiv im Bett?"

„Das stimmt, doch du bist verletzt ..."

Sie beugte sich über ihn und küsste ihn, während sie ihn in sich aufnahm und sich langsam auf ihn herabsenkte, bis er ganz in ihr war und Mühe hatte, den Orgasmus zurückzuhalten, der ihn sofort zu überwältigen drohte.

Er biss sich auf die Unterlippe und stöhnte. „Warte eine

Sekunde." Mit den Händen auf ihren Hüften verhinderte er, dass sie sich bewegte, bis er sich einigermaßen wieder unter Kontrolle hatte – zumindest für den Augenblick. Wenn er sie nackt und sexy in seinem Bett hatte, war das immer ein Kampf. Er musste sich ins Gedächtnis rufen, dass es nicht um sofortige Bedürfnisbefriedigung ging, sondern darum, so lange durchzuhalten, wie er nur konnte, damit auch sie ihren Spaß hatte.

Nach wochenlangem Sehnen wollte er sie mehr denn je. Deshalb überließ er ihr die Führung, biss sich auf die Lippen, während ihre Hüften sich immer schneller bewegten und ihre Brüste sich an seinem Oberkörper rieben.

„O Gott, Elin."

„So gut, *so, so* gut."

Es war immer so gut – nicht dass er Vergleichsmöglichkeiten gehabt hätte. Aber er war klug genug, um zu wissen, dass er mit hundert anderen Frauen schlafen könnte und doch nie das finden würde, was er mit ihr hatte. Abgesehen davon, dass er gar keine andere Frau wollte. Sie war alles, was er brauchte, und zwar uneingeschränkt.

Als er spürte, wie sich ihre inneren Muskeln zusammenzogen, wusste er, dass sie kurz vor dem Höhepunkt stand, deshalb hielt er ihre Hüften fest und stieß in sie.

Sie schrie auf, kam ein paar Sekunden vor ihm und brach dann auf ihm zusammen.

Freddie legte die Arme um sie, war unfassbar dankbar, dass sie tatsächlich bei ihm bleiben wollte. „Ich liebe dich", flüsterte er.

„Ich dich auch."

Unter normalen Umständen hätte sich Freddie über die Suspendierung von dem Job, den er so liebte, furchtbar aufgeregt. Aber er befand, es war die Suspendierung wert, zu wissen, dass der Typ, der seiner Verlobten wehgetan hatte, nie wieder in ihre Nähe kommen würde.

8

Die Büroräume von Griffen + Smoltz Design befanden sich in der M Street in Georgetown. Gonzo und Arnold erklommen die Treppe zum ersten Obergeschoss, wo die Firma über mehreren teuren Boutiquen ihren Sitz hatte. Sie traten durch eine mit dem Firmenlogo versehene Milchglas-Doppeltür in einen großen Raum, in dem es hektisch zuging. Die Angestellten waren junge Leute, die meisten trugen Jeans und Kapuzenpullis oder andere Freizeitkleidung.

An der Rezeption bat Gonzo darum, mit dem Geschäftsführer Simon Griffen sprechen zu dürfen.

„Wen soll ich anmelden?"

Sie zeigten ihre Marken. „Sergeant Gonzales und Detective Arnold, Metro PD."

„Geht es um Mr Enright?"

„Könnten wir bitte mit Mr Griffen sprechen?", wiederholte Gonzo. Er stellte hier die Fragen, nicht sie.

„Ich schaue mal, ob er abkömmlich ist."

„Das wäre überaus zuvorkommend."

Sie stürzte sich ins Getümmel des Großraumbüros, in dem mit Ausnahme einiger weniger Leute, die Einzelbüros an der gegenüberliegenden Wand hatten, alle Mitarbeiter tätig zu sein schienen. Die Empfangsdame betrat eines dieser Büros und schloss die Tür hinter sich. Gonzo bemerkte, dass alle anderen sie musterten und sich wahrscheinlich fragten, was jetzt wieder los war.

Was Enright zugestoßen war, veränderte dessen Umfeld ebenso sehr wie ihn selbst. Es nahm den Menschen um das Opfer herum einen Teil ihrer Unschuld, verunsicherte sie und machte sie nervöser, vorsichtiger, wachsamer. Gonzo hatte das während seiner Laufbahn häufig erlebt und konnte gut nachvollziehen, wie es ihnen ging, nachdem einer ihrer Kollegen brutal angegriffen worden war.

Die Empfangsdame kehrte mit einem gut aussehenden jungen Mann in Jeans und einem Hemd mit hochgekrempelten Ärmeln zurück. Er hatte hellblondes Haar und war sportlich gebaut. „Ich bin Simon Griffen." Er schüttelte ihnen beiden die Hand. „Was kann ich für Sie tun?"

„Sergeant Gonzales, Detective Arnold. Könnten wir kurz unter sechs Augen mit Ihnen sprechen?"

„Natürlich. Hier entlang." Er führte sie durch das Labyrinth der Schreibtische. Auf jedem stand mindestens ein riesiger Computerbildschirm, auf vielen auch zwei oder mehr.

Die Mitarbeiter hielten bei dem, was sie taten, inne und beobachteten, wie die Polizisten Simon in sein Büro folgten.

„Nehmen Sie Platz. Möchten Sie etwas trinken?"

„Nein, danke, wir sind nicht durstig", lehnte Gonzo ab, ehe Arnold das Angebot annehmen konnte. „Wir waren gerade bei Mr Enright im Krankenhaus."

„Wie geht es ihm heute? Ich wollte ihn nach der Arbeit besuchen."

„Er ist noch schwach, aber auf dem Wege der Besserung."

„Gott sei Dank. Das war für uns alle ein Riesenschock. Will ist so ein netter Kerl. Alle mögen ihn. Wir konnten kaum glauben, dass ihm irgendjemand was tun will."

„Er hat Probleme mit einem Kunden namens Giuseppe Besozzi erwähnt. Was können Sie uns darüber erzählen?"

„Das hat er Ihnen gesagt?", erkundigte sich Griffen sichtlich erschrocken.

„Warum fragen Sie das so?"

„Vertraulichkeit und Datenschutz sind uns sehr wichtig. Wenn sich herumspricht, dass wir mit der Polizei über einen Kunden gesprochen haben, könnte uns das die Existenz kosten."

„Was wäre, wenn einer Ihrer Kunden Ihren Mitarbeiter überfallen hat?", konterte Gonzo.

„Das glauben Sie doch nicht wirklich, oder? Diese Angriffe wirken so zufällig."

„Bisher schon. Unsere Aufgabe ist es, herauszufinden, ob sie es tatsächlich sind, und den oder die Schuldigen festzunehmen. Was können Sie uns über Besozzi mitteilen?"

Griffen holte tief Luft und schien unter der Last der Ereignisse in sich zusammenzusinken. „Ein anderer Kunde hatte uns ihm empfohlen. Er interessierte sich für eine Website für seine T-Shirt-Firma. Wir haben uns mit ihm getroffen, er wurde unser Kunde, und Will hat beim Seitendesign eng mit ihm zusammengearbeitet. Als alles beinahe fertig war, wandte sich Will an mich, weil er Bedenken wegen einiger Zusatzleistungen hatte, an denen Besozzi plötzlich Interesse zeigte."

„Was für Zusatzleistungen?", hakte Gonzo nach, obwohl er es schon wusste.

„Webcams und Chatrooms. So Zeug."

„Was will ein Typ, der mit T-Shirts handelt, mit so etwas?", erkundigte sich Arnold.

„Das hat sich Will auch gefragt. Er fand das bizarr und vermutete, Besozzi könnte in etwas Illegales verwickelt sein. Es war richtig von ihm, sich an mich zu wenden. Wir wollen keine halbseidenen Kunden. Ich habe meinen Partner zurate gezogen, und wir haben uns darauf verständigt, die Geschäftsbeziehung zu beenden. Wir haben uns mit Besozzi getroffen, ihm die Anzahlung zurückerstattet und ihn von unserer Entscheidung in Kenntnis gesetzt."

„Wie hat er das aufgenommen?", wollte Gonzo wissen.

„Schlecht. Er war wütend, doch dafür hatte ich Verständnis. Besozzi hatte monatelang mit uns gearbeitet, und die Seite hätte kurz darauf online gehen sollen. Er hat sich über die verlorene Zeit aufgeregt und wollte dauernd wissen, was das eigentlich für ein Geschäftsgebaren sei. Damit hatten wir gerechnet, allerdings war er wütender als erwartet."

„Hat er mit Vergeltung gedroht?", fragte Arnold.

„Nicht ausdrücklich, nein."

„Aber?", hakte Gonzo nach, der spürte, dass das nicht die ganze Wahrheit war.

„Er war irgendwie so wütend, dass es mir Angst gemacht hat, verstehen Sie? Auf dem Weg nach draußen hat er herumgebrüllt, geschrien und Dinge umgeworfen. Sie haben ja gesehen, wie es da draußen zugeht", antwortete er und deutete auf das Großraumbüro. „Nachdem er weg war, hätte man eine volle Minute lang eine Stecknadel fallen hören können. Mein Partner und ich haben sicherheitshalber für ein paar Tage einen Security-Dienst engagiert. Man hört schließlich immer wieder, dass Leute bewaffnet zurückkommen, um eine Rechnung zu begleichen."

„Haben Sie das für möglich gehalten?"

„Wir wussten es nicht, deshalb waren wir besonders vorsichtig."

„Hat er sich hier je wieder blicken lassen?", erkundigte sich Arnold.

Griffen schüttelte den Kopf. „Zum Glück nicht. Wir haben seither nichts mehr von ihm gehört."

„Ist das außergewöhnlich? Dass Sie einen Kunden auf diese Weise verlieren?"

„Sehr. Die Firma gibt es jetzt seit zehn Jahren, und natürlich hatten wir immer mal wieder Probleme mit Kunden. Design ist etwas sehr Subjektives. Was einem Menschen gefällt, findet der nächste furchtbar. Infolgedessen konnten wir manchmal einen Kunden nicht zufriedenstellen, und wir sind getrennter Wege gegangen. Das ist immer unschön, und wir versuchen nach Kräften, es zu verhindern. Aber bei Besozzi war das etwas anderes."

„Haben Sie seine Adresse?", fragte Gonzo.

„Ich kann sie Ihnen heraussuchen, doch verraten Sie bitte nicht, dass Sie sie von uns haben."

„Wir werden schweigen wie ein Grab."

Griffen trat an seinen Computer und klickte etwa eine Minute lang herum. Dann schrieb er die Adresse auf und reichte Gonzo den Zettel. „Glauben Sie wirklich, er könnte hinter dem Messerangriff stecken?"

„Ehrlich gesagt ist es unsere bisher beste Spur."

„Wow", meinte Griffen. „Ich kann nicht glauben, dass er so etwas getan hat."

„Nun, bisher wissen wir das ja auch noch nicht", bremste ihn Gonzo. „Sicher ist nur, dass er mit einem der Opfer Streit hatte. Wir werden mit den anderen sprechen, um Querverbindungen zu finden. Sie haben uns sehr geholfen. Wenn Ihnen noch etwas einfällt – hier ist meine Karte. Bitte rufen Sie mich jederzeit an."

„Werde ich tun. Ich hoffe, Sie fassen den Kerl, der Will das angetan hat."

„Ich auch. Wir finden allein raus." Als sie durch die Doppeltür traten, reichte Gonzo Arnold den Zettel mit Besozzis Adresse. „Ruf die Zentrale an, und sag Bescheid, dass wir diskrete Unterstützung brauchen. Keine Streifenwagen mit Blinklicht und Sirenen, und sie sollen einen Block oder so entfernt bleiben, bis sie wieder von uns hören."

Während Arnold den Anruf tätigte, telefonierte Gonzo mit Malone.

„Was gibt's, Sergeant?"

„Eine heiße Spur im Messerfall." Er berichtete dem Captain, was sie über Besozzi erfahren hatten. „Wir fahren jetzt zu ihm und haben Verstärkung angefordert."

„Glauben Sie, er ist unser Mann?"

„Jedenfalls hatte er Streit mit Enright. Mehr wissen wir bisher noch nicht. Ich schicke gleich McBride und Tyrone zu unserem anderen überlebenden Opfer, um festzustellen, ob es eine Verbindung gibt, aber ich will Besozzi schon vorher einen Besuch abstatten. Es könnte Fluchtgefahr bestehen, wenn er das Gefühl hat, wir seien ihm auf der Spur."

„Einverstanden. Ich informiere McBride und Tyrone und instruiere sie entsprechend."

„Super, danke."

„Gute Arbeit, Sergeant. Halten Sie mich auf dem Laufenden."

„Wird gemacht."

„Wir haben mehrere Streifenwagen als diskrete Unterstützung", meldete Arnold.

„Sehr gut. Schnappen wir uns diesen Typen."

KAUM HATTE SICH DIE TÜR HINTER TRULO GESCHLOSSEN, BEKAM Sam Platzangst. Sie nahm auf dem Besucherstuhl Platz, während er hinter seinen Schreibtisch zurückkehrte und sein Mittagessen wegpackte. Wieder wischte er sich den Mund mit einer Papierserviette ab und warf sie weg, ehe er sich mit erwartungsvollem Gesichtsausdruck Sam zuwandte.

Wie üblich würde er es ihr nicht leicht machen.

„Seit jenem Tag", begann sie zögernd, „habe ich praktisch ständig Angst. Ich gehe ihn immer wieder aufs Neue durch, suche nach Hinweisen, die ich übersehen habe, Warnzeichen, die mir hätten verraten können, dass ich nicht zurück zu Marissa fahren sollte, schon gar nicht allein. Minute für Minute gehe ich den Tag durch, von meinem Aufbruch zu Hause bis zu meiner Befreiung durch das Sondereinsatzkommando." Sie legte sich die Hände auf den Leib. „Meinem Bauchgefühl kann ich fast immer vertrauen. Wenn mein Instinkt mich warnt, spüre ich das dort. Immer. Aber diesmal habe ich nichts gespürt. Darüber komme ich nicht hinweg. Wie kann das sein?"

„Sie glauben also, mit Ihnen stimmt etwas nicht, weil Sie nicht geahnt haben, was passieren würde?"

„Ich frage mich, ob ich meinen Instinkt verloren habe und wie effektiv ich dann noch werde arbeiten können."

„Erzählen Sie mir von Stahl."

Na gut. Schätze, wir reden nicht weiter über meine Instinkte …
„Was ist mit ihm?"

„Sie hatten eine schwierige Beziehung zu ihm."

„Das ist noch vorsichtig ausgedrückt."

„Was glauben Sie, woran das lag?"

„Zwischen ihm und meinem Vater gab es schon böses Blut, ehe ich den Polizeiberuf überhaupt ergriffen habe, und das hat er auf mich übertragen. Er hat alles an mir gehasst, von meinem Nachnamen über die Tatsache, dass ich eine Frau bin, bis hin zu meinem für seinen Geschmack viel zu schnellen Aufstieg. Die beiden Jahre, in denen ich ihm direkt unterstellt war, waren die Hölle auf Erden. Ich hätte schwören können, dass er einige meiner Fälle sabotiert hat, damit ich schlecht dastehe, konnte es allerdings nie beweisen. Alles wurde nur noch schlimmer, als man mir die Leitung seines Teams übertrug und ihn zur Schnüffelbrigade versetzt hat."

„Was meinen Sie damit, dass es schlimmer wurde?"

„Stahl hatte mich ständig auf dem Kieker, schlich nach Dienstschluss in unserem Großraumbüro herum, als würde er nach etwas suchen, das er gegen mich verwenden konnte. In seiner Zeit bei der Abteilung Interne Ermittlungen hatte ich ein paarmal mit denen zu tun, wegen aller möglichen Vorwürfe – von der Tatsache, dass ich während der Ermittlungen im Fall O'Connor mit meinem Mann zusammengekommen bin, bis hin zu der angeblichen Verfehlung, jemanden aus meinem Team nicht zu meiner Hochzeit eingeladen zu haben. Stahl saß mir ständig im Nacken, war wie eine Klette. Ich leugne nicht, dass es mir Spaß gemacht hat, ihn zu nerven, zu provozieren. Wenn er sauer ist, nimmt sein Gesicht diesen herrlichen Rotton an. Davon konnte ich gar nicht genug kriegen."

„Sind Ihre Schwierigkeiten mit ihm beständig weiter eskaliert?"

Warum fragte er das, wo er doch die Antwort kannte? „Wir haben ihn dabei ertappt, wie er vom Hauptquartier aus mit der Presse telefoniert und Informationen über laufende Fälle weitergegeben hat. Damals hat er für die Spielchen, die er so gerne mit mir trieb, zum ersten Mal richtig Ärger bekommen."

„Wer hat ihn ertappt?"

„Lieutenant Archelotta und ich haben die Beweise gesammelt und dem Chief vorgelegt. Stahl wurde wegen der Behinderung polizeilicher Ermittlungen festgenommen und suspendiert, das volle Programm. Er hat mir die Schuld gegeben und herumgebrüllt, ich hätte ihn reingelegt. Kurz danach hat er mich direkt vor meinem Zuhause angegriffen. Ich bin vor die Tür gegangen, um die Zeitung zu holen, und er hat mich an der Kehle gepackt. Es ist mir gelungen, ihm das Knie zwischen die Beine zu rammen und ihn gegens Knie zu treten, doch ich hatte für einen Moment wirklich Angst, er würde mich auf meiner eigenen Türschwelle erwürgen, während hinter mir im Haus mein Sohn spielte."

Ihre Hände zitterten immer noch, wenn sie an diesen Vorfall

zurückdachte, was sie in den Tagen nach seiner jüngsten Aktion häufig getan hatte.

„Wie würden Sie Stahl vor den beiden Angriffen auf Sie beschreiben?"

„Ich habe ihn schon immer für einen Fiesling gehalten. Er macht sich gern wichtig, auf ganz unangenehme Weise. Nie hat er eine Gelegenheit verstreichen lassen, rangniedrigere Beamte daran zu erinnern, dass er in der Hierarchie über ihnen stand. Wenn ich ihm Bericht erstattet habe, ließ er mich gern spüren, wer von uns beiden das Sagen hatte. Hatte ich bei einem Fall eine Spur, bekam er es mit und mischte sich irgendwie ein, um mir einen Strich durch die Rechnung zu machen und sich den Fahndungserfolg am Ende selbst auf die Fahnen zu schreiben."

„Waren Sie die Einzige, mit der er Schwierigkeiten hatte?"

„Oh, keineswegs. Niemand mochte ihn. Mein Vater wird Ihnen bestätigen, dass er bei der Polizei noch nie beliebt war."

„Er hat sich also nie gut in die Gruppe eingefunden?"

„Könnte man sagen. Definitiv nicht der Typ, mit dem man nach Feierabend ein Bier trinken geht."

„Wie sieht es mit seiner mentalen Verfassung aus? Haben Sie bei ihm je eine Verhaltensstörung vermutet?"

„Ich habe mal mitbekommen, wie ihn jemand als ‚schräg' beschrieben hat. Man konnte nicht richtig greifen, was mit ihm nicht stimmte, wusste aber, dass irgendetwas mit ihm nicht in Ordnung war. Ergibt das Sinn?"

„Durchaus. Hatten Sie das Gefühl, dass er seine mit seiner Position bei der Polizei verbundene Verantwortung ernst nahm?"

„Nicht wirklich. Er schien sie mehr für seine eigenen Zwecke zu nutzen, was auch immer die gewesen sein mögen."

„Wissen Sie, was für einen Persönlichkeitstypus Sie gerade beschrieben haben?"

Sam kamen viele Beschreibungen für Leonard Stahl in den Sinn, doch sie vermutete, keine davon war das Wort, das er hören wollte. Sie schüttelte den Kopf.

„Einen Soziopathen."

Das Wort hing schwer in der Luft, und was es alles umschloss, reichte weit über dieses kleine, stickige Betonziegelbüro hinaus.

„Er ist ein Soziopath, Sam. Was er Ihnen an jenem Tag im

Keller angetan hat, ist jahrelang in ihm herangereift. Sie haben gerade darüber gesprochen, wie er sich von Beleidigungen zu körperlichen Übergriffen gesteigert hat. Innerlich hat er allen außer sich selbst die Schuld an seinen Problemen gegeben. *Sie* haben für seine Suspendierung und seine Festnahme gesorgt, nachdem er mit Reportern telefoniert hatte. Er hat sich das selbst zuzuschreiben, aber er sieht das nicht so.“

„An jenem Tag in Marissas Keller habe ich fest geglaubt, dass er mich töten würde. Vor allem, nachdem er ihr in den Bauch geschossen hatte. Meine größte Angst war allerdings, dass er versuchen könnte, mich zu vergewaltigen. Ich habe mir ständig versichert, mit allem anderen würde ich schon irgendwie fertigwerden.“

„Doch das hat er nicht?“

Sie schüttelte den Kopf. „Offenbar fand er es genauso widerlich, mich zu berühren, wie umgekehrt.“

„Hat er das gesagt?“

„Ja, irgendwann. Tatsächlich war ich erleichtert, als er mir die Beine an den Stuhl gefesselt hat. Da wusste ich, dass das nicht passieren würde.“

„Ich habe in Ihrem Bericht gelesen, dass Sie während der ganzen Tortur geschwiegen haben. Warum?“

„Das liegt doch auf der Hand. Ich wollte ihm die Befriedigung verwehren, zu wissen, dass er mich geknackt hatte. Er war es gewohnt, dass ich eine große Klappe hatte, und erwartete das auch an jenem Tag von mir. Dass ich den Mund hielt, hat ihm einen Teil des Spaßes verdorben, das habe ich deutlich gemerkt. Er wollte, dass ich um mein Leben bettle und jammere, und als ich mich geweigert habe, das zu tun, ist er stinksauer geworden.“

„Glauben Sie, er hat Ihnen deswegen noch härter zugesetzt?“

„Da bin ich mir sicher. Nachdem ich mich geweigert hatte, ihm zu antworten, hat er mir ins Gesicht geschlagen.“

„Wenn ich mir eine persönliche Bemerkung erlauben darf – ich war erstaunt, als ich dieses Detail in Ihrem Bericht gelesen habe. Ich kann mir kaum vorstellen, wie viel geistige Stärke es erfordert hat, kein Wort zu sagen, während Ihr Erzfeind Sie geschlagen und gequält hat.“

„Innerlich habe ich geschrien", gestand Sam mit einem schwachen Lächeln.

„Woran haben Sie gedacht?"

„Vor allem an Nick und unseren Sohn Scotty. An meine Familie, ganz besonders an meinen Vater ... Ich habe mir überlegt, wie es für sie wäre, mich auf diese Weise zu verlieren, und ich habe mich gefragt, ob sie wohl von der Entführung wussten und wie sie es herausgefunden hatten. Außerdem bin ich jede einzelne Minute noch mal durchgegangen, die ich bis dahin mit Nick verbracht hatte. Wenn Stahl mich tötete, wollte ich mit Gedanken an Nick im Kopf sterben. Ich war traurig, weil wir möglicherweise keine Zeit mehr miteinander würden verbringen können. Uns hatte bereits ein anderer Soziopath, der sieben Jahre lang versucht hat, uns auseinanderzubringen, so viel Zeit gekostet. Es kam mir so unfair vor. Endlich hatte ich alles, was ich mir immer gewünscht habe: Ich bin mit dem einzigen Mann verheiratet, den ich je wirklich geliebt habe, wir haben jetzt einen Sohn, und ich bin nach so vielen Enttäuschungen endlich Mutter. Der Gedanke, nicht erleben zu können, wie Scotty erwachsen wird, und nicht mit Nick alt und grau werden zu können ... Ich habe mich auch gefragt, ob mein Vater meinen Tod überleben würde."

„Jeder einzelne dieser Gedanken würde ausreichen, um eine geistig gesunde Person um den Verstand zu bringen."

„Ich bin nicht sicher, ob ich während dieser Tortur noch als geistig gesund zu bezeichnen war."

„Am Ende des Tages zählt nur, dass Sie einen Weg gefunden haben, zu überleben. Indem Sie geschwiegen haben, haben Sie es ihm schwerer gemacht, Sie zu brechen, haben sich Zeit erkauft. Die Zeit, die Ihre Kollegen gebraucht haben, um Ihr Verschwinden zu bemerken und Ihre Rettung zu organisieren. *Sie* ganz allein, Sam. Ich hoffe, Ihnen ist klar, dass Sie Ihr Überleben nur sich selbst verdanken."

„So habe ich das noch gar nicht gesehen."

„Tun Sie es denn jetzt? Begreifen Sie, worauf ich hinauswill?"

„Ich glaube schon ..."

„Hören Sie mir gut zu, Sam. Wenn Sie eingeknickt wären und ihm gegeben hätten, worauf er gewartet hat, hätte er Sie wahrscheinlich getötet, denn dann hätte er ja bekommen, was er wollte. Er hätte Sie gebrochen. Nur weil ihm das nicht gelungen ist, leben Sie noch. Nicht wegen des Sondereinsatzkommandos oder der hervorragenden Arbeit, die Sergeant Gonzales geleistet hat, indem er Alarm geschlagen und Sie aufgespürt hat. Das war sicher hilfreich, aber Sie haben allen die Zeit dafür erkauft, Sie zu retten.“

Trotz des Gefühlsaufruhrs in ihr, bei dem sich ihr die Kehle zuschnürte, und der Tränen, die ihr in den Augen brannten, setzte sie seinen Gedanken fort: „Ich habe meine Rettung also mir selbst zu verdanken, obwohl ich den schweren Fehler gemacht habe, dieses Haus allein zu betreten, und ohne jemandem Bescheid zu sagen?“

„Sie haben es sich auf jeden Fall zu verdanken, dass Sie lange genug am Leben geblieben sind, um gerettet zu werden.“

Trulo stand in dem Ruf, selbst die härtesten Brocken zum Heulen zu bringen, ehe er der Auffassung war, seiner Aufgabe adäquat nachgekommen zu sein. Sam war so sicher gewesen, dass ihm das bei ihr nicht gelingen würde, doch als er ihr vor Augen führte, dass sie sich praktisch selbst gerettet hatte, brach der Damm, und heiße Tränen flossen ihr über die Wangen.

Er reichte ihr ein Taschentuch.

Sie wischte sich das Gesicht ab und schnäuzte sich. „Ich bin nicht sicher, ob ich wieder arbeiten will.“ So. Jetzt hatte sie es laut zu jemandem gesagt, den es betraf, der die Macht hatte, zu entscheiden, ob ihre Laufbahn hier endete oder wie geplant weiterlief.

„Warum denken Sie das?“

Sie tupfte sich die Augen mit dem Taschentuch trocken und erwiderte: „In meiner Stadt tötet jemand Menschen mit einem Jagdmesser, und ich empfinde eine seltsame Distanz dazu. Als ginge mich das alles nichts an.“

„Rein technisch gesehen tut es das auch nicht. Sie sind krankgeschrieben und von daher nicht an diesem Fall beteiligt.“

„Aber sollte ich nicht zumindest ein gewisses Interesse für den Fall aufbringen, für die Fortschritte, die die Polizei macht, für das, was mein Team tut ... Sie wissen schon, das Übliche?“

„Ich glaube, das haben Sie, sonst würden Sie sich diese Fragen nicht stellen.“

„Normalerweise würde ich mit fliegenden Fahnen zur Arbeit zurückkehren, um zu helfen."

„Ja, normalerweise. Nur ist irgendetwas an dem, was in Marissa Springers Keller passiert ist, normal?"

„Nein, aber …"

„Kein Aber, Sam. Sie sind nicht ohne Grund krankgeschrieben, und so kompliziert und beunruhigend dieser Fall auch sein mag, er geht Sie nichts an. Es ist richtig, Ihre Pflichten mal eine Weile ruhen zu lassen, um sich von dem Trauma zu erholen, das Sie erlitten haben. Vielleicht zögern Sie, wieder zur Arbeit zu kommen, weil Sie noch nicht so weit sind. Haben Sie darüber mal nachgedacht?"

„Nein, eigentlich nicht. Woran merkt man denn, dass man so weit ist?"

„Ich vermute, es wird etwas Einschneidendes passieren, das Sie zum Handeln zwingt – oder eben nicht. Wenn nicht, dann haben Sie Ihre Antwort." Er nahm ein Formular von seinem Schreibtisch, schrieb etwas darauf und reichte es ihr.

„Was ist das?"

„Eine Diensttauglichkeitsbescheinigung. Das Datum können Sie selbst einsetzen. Nur wir beide werden wissen, dass Sie dieses Formular besitzen, und Sie sollten es benutzen, wenn Ihnen danach ist. Keine Minute früher."

Sam starrte das Formular an, auf dem Trulo das Wort „diensttauglich" angekreuzt hatte. Unterschrieben hatte er ebenfalls. „Das war's? Keine weiteren Sitzungen?"

„Nur wenn Ihnen nach Reden zumute ist. Meine Tür steht für Sie immer offen. Aber keine verpflichtenden Termine mehr."

Warum hatte sie das Gefühl, einen Rettungsanker zu verlieren, wo sie doch eigentlich gar nicht hatte herkommen wollen?

„Wie geht es Ihnen jetzt, Sam?"

„So genau weiß ich das nicht. Ich bin irgendwie erleichtert. Nichts für ungut, aber ich bin schlecht in solchen Dingen."

„Ach, wirklich?"

„Aaah, Sarkasmus. Ich liebe Sarkasmus."

Er lächelte. „Ich auch."

„Ich weiß sehr zu schätzen, wie viel Zeit Sie sich für mich genommen haben, obwohl ich gemauert habe. Trotzdem fühlt es sich seltsam an, diesen Prozess, oder wie auch immer Sie das nennen, jetzt abgeschlossen zu haben und noch immer nicht genau zu wissen, ob ich wieder arbeiten gehen möchte oder nicht."

„Das können nur Sie entscheiden. Es ist keine Schande, wenn Sie das Gefühl haben, einen Tapetenwechsel zu brauchen. Tatsächlich bietet Ihnen der Amtseid, den Ihr Mann diese Woche leisten wird, ja den perfekten Ausstieg. Jeder würde es verstehen, wenn Sie beschließen, sich auf Ihre Pflichten als Gattin des Vizepräsidenten zu konzentrieren, statt Mörder zu jagen."

„Die Mörderjagd ist für mich mehr als ein Beruf. Sie macht mich aus."

„Zumindest hat sie das eine Weile lang getan. Das bedeutet aber nicht, dass Sie nichts anderes tun können. Ihnen steht die ganze Welt offen. Ich bin sicher, Ihre Mitarbeiterinnen im Weißen Haus haben dahin gehend allerlei Vorschläge für sie."

„Ja. Da gibt es einiges. Jede Menge sogar."

„Vielleicht ist das einer der Gründe, warum Sie gerade Ihre berufliche Laufbahn überdenken. Möglicherweise hat das gar nicht so viel mit den Geschehnissen in diesem Keller zu tun, sondern entspringt den Veränderungen in Ihrem Privatleben."

„Daran hatte ich noch gar nicht gedacht." Für sie war die ganze Angelegenheit ausschließlich auf Stahl zurückzuführen gewesen, auf ihre eigenen Taten, die ihm die perfekte Gelegenheit geboten hatten, sich ihrer zu bemächtigen. Aber Trulo hatte durchaus recht – die Veränderungen in Nicks Leben beeinflussten natürlich auch ihres.

„Es gibt keinen festen Termin für diese Entscheidung, Sam. Lassen Sie sich Zeit. Wägen Sie alles ab. Reden Sie mit Leuten, denen Sie vertrauen und die Sie respektieren. Sie können jederzeit zurückkommen, wenn und falls Sie das möchten. Und wenn Sie sich dagegen entscheiden, ist das völlig in Ordnung. Ich sage meinen Patienten sowohl hier als auch in meiner Privatpraxis immer gern, dass jeder nur ein einziges Leben hat. Das sollte man so führen, dass es einem guttut."

Er hatte ihr zweifellos jede Menge Denkanstöße gegeben. „Noch mal danke für alles, Doc. Tut mir leid, dass ich eine so harte Nuss war."

„So schlimm war es gar nicht."

„Nicht? Mein Gott, wie enttäuschend. Sollte ich das Pech haben, ein weiteres Mal auf Ihrer Patientenliste zu landen, werde ich mir mehr Mühe geben."

„Ich hoffe, Sie in dieser Funktion nie wiederzusehen, Ihnen allerdings schon hier im Haus zu begegnen, und ich werde weiter beobachten, was Sie und Ihr Mann für dieses Land erreichen."

„Ach, na ja. Danke. Aber die eigentliche Arbeit überlasse ich ihm. Ich bin nur dabei."

„Verkaufen Sie sich nicht unter Wert. Sie beide sind ein echtes Traumpaar."

Sie erhob sich und streckte ihm die Hand hin.

Er umschloss sie mit seinen beiden Händen. „Passen Sie gut auf sich auf, Sam, und kommen Sie vorbei, wann immer ich etwas für Sie tun kann."

„Danke noch mal, Doc. Trotz allem, was ich über Sie gesagt habe, haben Sie recht." Sein Lachen folgte ihr die Treppe hinunter in die Gerichtsmedizin.

Lindsey war nirgends zu sehen, also trat Sam in die Kälte hinaus und eilte zu ihrem großartigen neuen Auto. Sie hatte Nicks BMW immer gern gefahren und freute sich, dass er jetzt ihr gehörte. Sie würde bis ans Ende ihrer Tage nicht die gesamte Sonderausstattung begreifen, doch zum Glück würde Freddie ihr bei der Bedienung helfen, falls sie zur Arbeit zurückkehrte.

Falls sie zur Arbeit zurückkehrte … Es war bizarr und beunruhigend, dass eine Frau wie sie, die eigentlich für ihre Arbeit lebte, so etwas auch nur dachte.

9

S am kämpfte sich durch den Feierabendverkehr und wurde an der Sicherheitskontrolle in der Ninth Street durchgewinkt. Im Vergleich zu ihrem Dienstfahrzeug parkte sich der BMW praktisch selbst ein. Sie ging die Rampe zum Haus ihres Vaters hoch und klopfte beim Eintreten an. „Hallo, habt ihr was an?"

„Komm rein, Sam", rief ihre Stiefmutter Celia aus der Küche.

Sam durchquerte das Wohnzimmer und gelangte in die Küche, wo Celia rasch einen Stapel Papier zusammenschob, während Sams Vater in seinem Rollstuhl saß und ihr besorgt dabei zusah.

„Was ist denn hier los?", fragte Sam.

„Nichts", erwiderte Celia fröhlich wie immer. „Ich sortiere nur ein paar Dinge."

„Was für Dinge?"

„*Persönliche* Dinge", antwortete Skip spitz.

Sam war es nicht gewohnt, von ihm so abweisend behandelt zu werden, deshalb ließ sie sich auf einen Küchenstuhl sinken und sagte: „Sorry."

„Schon gut, Süße", beruhigte Celia sie. „Du weißt ja, wie es ist. Jede kleinste Kleinigkeit bringt einen Haufen Papierkram mit sich." Sie erhob sich, beugte sich über Skip und küsste ihn auf die Stirn. „Ich geh mal hoch, ich muss telefonieren. Viel Spaß mit deiner Besucherin. Ich habe gerade frischen Kaffee gekocht, Sam, wenn du welchen möchtest."

„Danke." Sie stand auf, schenkte sich eine Tasse Kaffee ein und nahm sich Milch und Zucker.

„Sieht dir gar nicht ähnlich, so spät am Tag Kaffee zu trinken", meinte Skip. „Hindert dich das nicht am Einschlafen?"

„Manchmal. Aber draußen ist es so kalt, dass ich etwas Warmes brauche." Sie zog das unterschriebene Formular aus der Tasche, das ihr Trulo gegeben hatte, und legte es vor ihrem Vater auf den Tisch.

„Ich sehe, du hast es geschafft. Gratuliere. Hat er dich zum Weinen gebracht?"

„Ein bisschen."

„Ach, Kleines", seufzte Skip. „Ich habe so gehofft, dass du dich jemandem öffnen würdest. Trulo ist wirklich gut. Hat er dir helfen können?"

„Schätze schon. Ein bisschen."

„Du gehst also wieder arbeiten?"

„Nicht sofort."

„Warum nicht?"

Sie fuhr mit dem Finger den Tassenrand nach. „Ich bin noch nicht so weit, auch wenn ich nicht genau weiß, warum. Es ist einfach so." Sie wollte ihm die Wahrheit sagen, doch sie wusste nicht, wie. Ihm war ihre Karriere fast so wichtig wie ihr selbst.

„Okay ..."

„Was würdest du davon halten, wenn ich mich anders entscheiden würde?", fragte sie, so unschuldig sie konnte.

„Anders entscheiden, wie in ‚keine Polizistin mehr sein'?"

„Möglicherweise."

Er schwieg lange, ehe er ihr antwortete. „Hab ich dir schon mal erzählt, dass ich, nachdem Steven erschossen worden war, meinen Beruf beinah an den Nagel gehängt hätte?"

Steven Coyne, Skips erster Partner, war aus einem fahrenden Auto heraus erschossen worden, als die beiden Männer Streifenpolizisten gewesen waren. Der Fall war weiter ungeklärt.

„Nein, das wusste ich gar nicht."

„Ich habe nach seiner Ermordung zwei Monate lang nicht

gearbeitet. Es macht mich immer noch fertig ... dass er abgeknallt wurde, einfach weil er eine Polizeiuniform anhatte. Ich habe es lange nicht über mich gebracht, meine Marke zu tragen oder auch nur an den Job zu denken."

„Warum hast du wieder angefangen?"

„Ich hatte eine Familie zu ernähren. Also konnte ich entweder wieder einsteigen und weitermachen oder mit was Neuem von vorn anfangen. Ich wollte keinen anderen Job, aber damals wollte ich auch den nicht, den ich hatte."

Sam sah schockiert, dass in den Augen ihres Vaters Tränen schimmerten.

„Ich habe ihn geliebt wie einen Bruder. Wir haben uns auf der Akademie auf Anhieb gut verstanden, und diese Verbindung blieb auch in den ersten Berufsjahren bestehen. Ich hasse es, das auszusprechen, doch stell dir vor, jemand würde Freddie erschießen, bloß weil er eine Polizeiuniform trägt."

„Das kann ich mir nicht vorstellen." Der Gedanke war zu schrecklich, um ihn auch nur in Erwägung zu ziehen.

„Eben. Es war einfach furchtbar. Ich war untröstlich und unsagbar zornig. So etwas hatte ich noch nie erlebt. Ich wusste ehrlich nicht, ob ich es schaffen würde, wieder arbeiten zu gehen, die Uniform anzuziehen, ohne Steven an meiner Seite Streife zu fahren. Wie konnte ich je wieder so uneingeschränkt darauf vertrauen, dass mir ein Partner den Rücken freihalten würde? Wie konnte ein anderer Partner mir vertrauen, wo ich doch Steven im Stich gelassen hatte?"

„Inwiefern hattest du Steven im Stich gelassen?"

„Als er erschossen wurde, war ich keine zwei Meter von ihm entfernt."

„Hättest du es verhindern können?"

„Es war passiert, bevor ich überhaupt begriffen hatte, was da geschah." Als er das sagte, konnte Sam in seiner grimmigen Miene die Last der Schuld und der Trauer lesen, die er all die Jahre mit sich herumgeschleppt hatte. „Ich hätte es nicht verhindern können, aber das ändert nichts an der Tatsache, dass ich keine *zwei Meter* von ihm entfernt stand. Was für ein Polizist steht denn bitte einfach daneben, während seinem Partner so etwas passiert?

Was für ein Polizist kann sich weder an das Auto noch an den Schützen erinnern? Diese Fragen haben mich gequält. Selbstmedikation mit Jack Daniel's war der einzige Weg, wie ich schlafen konnte, ohne ständig das Bild vor Augen zu haben, wie dieser Drecksack ihm praktisch den Schädel weggeschossen hat."

„Ich wusste das mit Steven natürlich", sagte Sam. „Doch du hast nie darüber gesprochen, was es mit dir angestellt hat."

„Nein, weil ich es einfach nicht konnte. Auch nach dreißig Jahren bleibt das der schlimmste Tag meines Lebens."

„Schlimmer als der, an dem du dir selbst eine Kugel eingefangen hast?"

„Viel schlimmer." Er verzog das Gesicht und setzte hinzu: „Er hatte gerade geheiratet. Alice und er waren ganz verrückt nacheinander. Er hat von nichts anderem geredet als von ihr, bis ich ihn gebeten hab, endlich die Klappe zu halten. Und dann musste ich ihr die Nachricht von seinem Tod überbringen ..."

Sam setzte sich auf den Stuhl neben ihm und legte ihre rechte Hand auf seine, die einzige Extremität, in der er nach seiner Schussverletzung fast hundert Prozent Empfindungsvermögen behalten hatte.

„Über manche Dinge kommt man niemals hinweg, Sam. Man findet einen Weg, damit zu leben, doch man vergisst sie nie. Ich denke jeden Tag an Steven. Er ist immer bei mir, genau wie die Schuld, die Trauer und der Schmerz über sein tragisches Ende."

„Es tut mir leid, dass dir das passiert ist."

„Mir tut auch leid, war *dir* passiert ist. Aber wenn du deinen Job an den Nagel hängst, Kleines, hat dieser Hurensohn gewonnen. Dann hat er *gewonnen*."

Sie legte den Kopf an seine Schulter. „Wie hast du zu deiner alten Form zurückgefunden, nachdem du wieder angefangen hast zu arbeiten?"

„Es hat ewig gedauert. Erst nach über einem Jahr war ich halbwegs wieder ich selbst. Ich bin nie wieder wie vor diesem Tag gewesen, doch der neue Skip hat einen Weg gefunden, damit fertigzuwerden und weiterzumachen. Die Unterstützung der Kollegen hat mir sehr geholfen, und ich bin mir sicher, deine Kolleginnen und Kollegen werden dir ebenfalls helfen. Sie werden dich aufbauen, wenn du das Gefühl hast, nicht mehr weiterzukönnen. Auch meine Fälle haben mir geholfen. Es kommen immer neue, ob du willst oder nicht. Die Leute, denen wir beistehen, helfen ebenfalls. Wenn es jemand anderem richtig dreckig geht, hat man den Kopf nicht frei dafür, über seine eigenen Probleme zu grübeln. Nach einer Weile fasst man wieder Tritt und hört auf zu glauben, man werde es nicht schaffen, weil man es ja geschafft *hat*. Man schließt Fälle ab, schreibt Berichte, befragt Zeugen, verhört Verdächtige und sagt vor Gericht aus wie immer. Das Leben geht weiter. Es geht weiter und reißt uns mit."

„Was mir zugestoßen ist, lässt sich nicht mit dem Verlust eines Partners vergleichen."

„Jemand, dem du eigentlich dein Leben hättest anvertrauen können müssen, hat versucht, dich zu töten. Das ist 'ne große Sache. Und er verdient es nicht, in seiner Zelle zu hocken und zu wissen, dass er dir etwas genommen hat, was du geliebt hast. Das steht ihm nicht zu, kapiert?"

„Kapiert."

„Du gehst wieder arbeiten. Wenn es dann in ein paar Monaten immer noch nicht läuft und du nach wie vor den Job an den Nagel hängen willst, dann tu es. Dann hast du meine volle Unterstützung. Doch du wirst diesem Stück Scheiße nicht die Befriedigung verschaffen, zu glauben, *er* habe dir das genommen. Auf keinen Fall."

„Das werde ich nicht."

„Gut."

„Ich habe beschlossen, als Gattin des Vizepräsidenten eine aktivere Rolle zu spielen."

„Wirklich?" Sein schnaubendes Lachen entlockte ihr ein Lächeln. „Damit habe ich nicht gerechnet."

„Ich auch nicht, aber ich sehe das als Gelegenheit, Dinge ins öffentliche Interesse zu rücken, die mir wichtig sind: Geld für die Forschung über Rückenmarksverletzungen zu sammeln, für Adoptionsbetreuung, für Unfruchtbarkeitsbehandlungen und für die Exekutive. Solche Dinge."

„Alles wichtige Themen."

„Finde ich auch." Sie erhob sich, küsste ihn auf die Stirn und legte den Kopf an seine Schulter. „Danke für das Gespräch. Genau das habe ich gebraucht."

„Immer gern."

„Wie steht es heute mit den Schmerzen?"

„Erträglich."

„Die Nadeln helfen also?", fragte sie und verzog das Gesicht. Akupunktur war eine von mehreren Therapieformen, die die Ärzte von den National Institutes of Health gegen die Schmerzen während der Regeneration von Skips Nerven nach der Entfernung der Kugel empfohlen hatten, die drei Jahre lang in seinem Rückgrat gesteckt hatte.

„Sieht so aus."

„Wie steht's mit der Empfindungsfähigkeit?"

„Es kribbelt alles, bewegen kann ich mich allerdings nicht."

„Noch nicht. Die Ärzte haben gesagt, das könnte Monate dauern."

„Ja, es könnte aber auch gar nicht eintreten. Egal, es geht mir besser als davor, und das reicht mir."

„Für den Augenblick."

~

„WEISST DU, WAS JOHN ADAMS EINMAL ÜBER DIE Vizepräsidentschaft gesagt hat?", fragte Nick seinen Stabschef Terry O'Connor bei einer abendlichen Strategiesitzung.

„Nein, was denn?"

„Er hat behauptet, diese Position sei ‚das unbedeutendste Amt, das in der Menschheitsgeschichte jemals ersonnen worden ist'."

Terry lachte. „Dieser Ruf eilt deinem neuen Amt zweifellos voraus."

„Das möchte ich ändern. Ich will etwas tun, nicht nur herumsitzen und warten, bis man mich bittet, mich einzubringen." In den vergangenen Wochen hatte Nick viele Nächte lang wach gelegen und sich gezwungen, an etwas anderes zu denken als an die Sorgen, mit denen sich seine geliebte Frau herumplagte. „Nelsons Team steht, es begleitet ihn schon seit Jahren – in manchen Fällen seit Jahrzehnten. Ich bin der Neue, da hat er naturgemäß keine Verwendung für mich. Er hat seine Leute, und die treiben alle seine Ziele voran. Ich habe getan, wofür er mich gebraucht hat, ich habe seine Umfragewerte aus dem Keller geholt. Das Land findet seine Wahl für das Amt des Vizepräsidenten gut, und damit ist das Thema für ihn erledigt. Es gibt also eigentlich keinen Grund, warum ich nicht meine eigene Agenda formulieren und mich um Dinge kümmern sollte, die mir wichtig sind."

„Absolut keinen", stimmte Terry zu. „Woran denkst du?"

Nick hatte nach einem langen Tag die Füße auf seinen Schreibtisch gelegt, die Krawatte gelockert und warf den Football, den man ihm unlängst bei einer Spendengala geschenkt hatte, hoch und fing ihn wieder auf. „Als sich Sam mit ihrem Team getroffen hat, hat sie ihnen eine Liste von Themen gegeben, die ihr wichtig sind. Die meisten davon unterstütze ich auch. Adoption, Forschung über Rückenmarksverletzungen, ungewollte Kinderlosigkeit, Lernbehinderungen und Unterstützung der Exekutive, vor allem angesichts des aktuell schwierigen Arbeitsumfelds der Polizei."

„Alles wichtige Themen, die die Aufmerksamkeit verdienen, die ihr beide auf sie lenken könnt – und nichts davon steht auf Nelsons Liste."

Nick lächelte seinen Freund und engsten Mitarbeiter an. Er freute sich sehr, dass der Bruder seines verstorbenen besten Freundes für ihn arbeitete. Terrys Gegenwart hatte ihm geholfen, einen Teil der Leere zu füllen, die Johns Tod in Nicks Leben hinterlassen hatte. Allerdings nur einen Teil – John war einfach unersetzlich. „Genau", stimmte er zu.

„Wie möchtest du das durchziehen?"

„Sprich dich mit Lilia in Sams Büro ab und koordiniere unser Vorgehen mit ihr. Bringt uns beide in Kontakt mit Gruppen, die in den genannten Bereichen tätig sind. Das kann ich mit meiner wunderbaren Frau zusammen erledigen, du weißt ja, wie gern ich Seite an Seite mit ihr arbeite. Ich glaube, es wird ihr Engagement erleichtern, wenn ich mich um dieselben Dinge kümmere."

„Zweifellos."

„Aber nicht auf die altmodische Art und Weise."

„Wie meinst du das?"

Der Football flog Richtung Decke und landete wieder in Nicks Händen. „Ich habe lange über die Ereignisse des zurückliegenden Jahres nachgedacht. Am Anfang war ich noch Johns Stabschef, dann Senator und jetzt das hier. Jetzt habe ich endlich wieder einen klaren Kopf, und mir sind ein paar Dinge bewusst geworden."

„Da bin ich ja mal gespannt", erwiderte Terry trocken.

„Ich bin das erste Mitglied der nächsten Generation, die dieses Land regieren wird. Ich bin fünfundzwanzig Jahre jünger als Nelson und mehrere Jahrzehnte jünger als die meisten Kongressabgeordneten."

„Geht dir das jetzt erst auf?"

„Nein, doch mir ist aufgefallen, dass das eine ungeheure Chance birgt – nämlich die, die Dinge anders zu machen, auf unsere Weise statt auf ihre."

„Wie meinst du das?"

„Na ja, zum Beispiel die sozialen Medien. Wie viele hochrangige Regierungsmitglieder kümmern sich selbst um ihre Twitter- und Facebook-Accounts? Wie viele sind überhaupt auf Instagram?"

„Du möchtest also anfangen zu twittern?"

„Warum nicht?"

„Dafür hast du gut geschultes Personal."

„Das einen hervorragenden Job macht, aber wäre es nicht viel besser, wenn ich das alles selbst erledigen würde? Wenn allen klar wäre, dass jede Botschaft aus diesem Büro von mir kommt und nicht von irgendeinem Mitarbeiter?"

„Glaubst du, dafür wirst du Zeit haben?"

„Zeit habe ich mehr als genug. Nelson hat uns auf Eis gelegt, also können wir genauso gut eigene Wege gehen. Außerdem – wie lange kann es schon dauern, zweihundertachtzig Zeichen zu schreiben?"

„Diese zweihundertachtzig Zeichen können dir einen Haufen Probleme bereiten, wenn dir ein Fehler unterläuft."

Nick winkte ab. „Du kapierst nicht, worauf ich hinauswill. Ich *möchte* Probleme kriegen, Unruhe stiften und etwas bewegen. Ich möchte Menschen dazu bringen, über Dinge nachzudenken, die sie im Augenblick noch ignorieren. Ich möchte, dass die Medien über die täglichen Tweets des Vizepräsidenten berichten und sein Instagram-Profil als etwas bezeichnen, das jeder kennen muss. Ich möchte *relevant* sein.“

Terrys Stift flog über den Block auf seinem Schoß, während er sich Notizen machte. „Okay, soziale Medien. Was noch?“

„Ehe wir das Thema der sozialen Medien verlassen – Trevor soll mir ein Blog auf Tumblr einrichten, und ich will einen eigenen YouTube-Kanal. Dort muss alles gepostet werden, was ich tue – jeder öffentliche Auftritt, jede Spendengala, jede Rede und so weiter. Vielleicht auch ein paar persönliche Dinge, beispielsweise Eishockey- und Baseballspiele mit Scotty. Eben Beweise dafür, dass mein Leben sich nicht groß von dem anderer Menschen unterscheidet. Die dafür nötigen Videos kann ich mit meinem Smartphone selbst aufnehmen.“

Terry musterte ihn einen Moment skeptisch und notierte sich das. „YouTube. Verstanden.“

„Obwohl ich seit fünfzehn Jahren mehr oder weniger in Washington lebe, bin ich kein Washingtoner, verstehst du? Ich bin kein Insider.“

Terry lachte. „Wenn du kein Insider bist, wer dann?“

„Ich rede von Lowell und davon, dass ich als Kind zweier Teenager aufgewachsen bin, die Besseres zu tun hatten, als den Sohn zu erziehen, den sie ohnehin nicht gewollt hatten. Vielleicht bin ich zum Insider geworden, doch meine Ursprünge liegen so weit außerhalb des Speckgürtels der Hauptstadt, dass es schon nicht mehr witzig ist. Ich will anderen jungen Leuten da draußen, die keine Hoffnung haben, zeigen, dass es *immer* Hoffnung gibt, dass sie ihre Ziele so hoch stecken können, wie sie wollen, und einfach nicht aufgeben dürfen, bis sie sie erreichen. Manchmal kann man an Orte kommen, von den man nicht zu träumen gewagt hätte.“ Um zu unterstreichen, was er meinte, deutete er auf sein luxuriös ausgestattetes Büro im Weißen Haus.

„Willst du in Schulen gehen und mit Jugendlichen sprechen?“

„So oft wie möglich. Vor allem mit Mittel- und Oberstufenkids, die äußerlich so cool tun, innerlich aber voller Zweifel und Unsicherheit sind.“

Terry nickte zustimmend. „Das dürfte kein Problem sein."

„Ich will nicht nur wohlhabende Jugendliche. Auch solche aus den Problemvierteln. Vor allem die."

„Okay. Was noch?"

„Bring mich ins Fernsehen – Spätabend-Talkshows, die *Daily Show* und alles andere, was jüngere Zuschauer bevorzugen und was angesagt ist. Ich will sein, wo sie sind."

„Du bist buchstäblich überallhin eingeladen."

„Sag ein paar davon zu."

„Dann wirst du reisen müssen", erinnerte ihn Terry, der wusste, wie ungern Nick vor allem in letzter Zeit unterwegs war.

„Oder", grinste Nick, „die kommen zu mir, wenn sie mich so unbedingt wollen."

„Das geht natürlich auch."

„Schau mal, was du machen kannst. Ich würde allerdings nach New York fliegen, wenn ich als Gast eine Folge von *Saturday Night Live* präsentieren dürfte."

„Das kann nicht dein Ernst sein."

„Es ist mein voller Ernst. Das wäre optimal."

„Nelson würde ausflippen."

„Ein Grund mehr, es zu tun."

Terry hielt ihm einen Stapel Papier hin. „Das sind alle Interviewanfragen von Printmedien, die du seit deinem Amtsantritt erhalten hast."

„Such fünf der ausgefalleneren, weniger erwartbaren Anfragen aus, davon nehme ich dann für den Anfang drei an. Ich will nicht aufs Cover der hochgeistigen Intellektuellenzeitschriften, doch *Rolling Stone*, *Spin*, *The Fader* oder *XXL* könnte ich mir durchaus vorstellen."

„Die letzten beiden sagen mir gar nichts."

„Das sind Musikzeitschriften, die aber auch über Kultur und andere aktuelle Themen schreiben."

„Das klingt alles sehr avantgardistisch, Mr Vice President", grinste Terry.

„Genau das ist der Plan. Wenn ich schon der Vizepräsident der Generationen Y und Z bin, dann will ich auch dort stattfinden, wo die sich aufhalten. Ich möchte sie für die Regierung und Führung ihres Landes interessieren. Ich will ihre Ideen hören und sie ins

Gespräch verwickeln." Nick fing den Football mit beiden Händen. „Du hältst mich für verrückt, oder?"

„Nein. Ich glaube, du wirst den Beweis erbringen, dass John Adams vollkommen falschgelegen hat."

Nick lächelte, froh, dass Terry mit seinen Plänen einverstanden war. „Das habe ich vor."

10

Als Sam nach dem Gespräch mit ihrem Vater nach Hause ging, fuhr dort eine Kavalkade schwarzer SUVs vor. Sie erkannte Nicks Personenschützer und beschleunigte ihre Schritte, um ihn in Empfang nehmen zu können, wenn er vom Rücksitz seines Wagens aus ausstieg.

Er strahlte vor Freude, als er sie sah. Wie immer, wenn er einen Raum betrat – oder in diesem Fall einen Bürgersteig –, schlug ihr Herz bei seinem Anblick schneller.

„Was für eine schöne Überraschung, das liebende Eheweib begrüßt den siegreichen Helden, wenn er aus der Schlacht heimkehrt", grinste er spöttisch.

„Siegreicher Held? Hast du dich wieder mal selbst befördert?"

„Und ich hab gedacht, das ‚liebende Eheweib' würde auf Widerstand stoßen."

Sie stellte sich auf die Zehenspitzen und küsste ihn vor seinen Bodyguards, was eigentlich allem zuwiderlief, was sie von öffentlichen Zuneigungsbekundungen hielt. „Ich überrasche dich eben gern."

Er grinste noch breiter, legte einen Arm um sie und steuerte mit ihr die Haustür an. „Gelingt dir immer wieder. Also, wie geht es meinem liebenden Eheweib heute Abend?"

„Besser als heute Morgen."

„Ja?"

Sie nickte.

„Das sind ja wunderbare Neuigkeiten."

Sie schritten die Rampe hoch, die Nick hatte bauen lassen, damit Sams Vater sie leichter besuchen konnte.

„Guten Abend, Mr Vice President, Mrs Cappuano."

„Hallo, Jim", grüßte Nick den Beamten an der Tür.

Sam hatte sich noch nicht daran gewöhnt, dass jemand ihr die Haustür öffnete, auch wenn sie davon ausging, dass es ihr gegen Ende von Nicks Amtszeit gar nicht mehr auffallen würde – zumindest hoffte sie das. Als sie ihren Mantel übers Sofa werfen wollte, fing Nick ihn auf und hängte ihn an die Garderobe, amüsiert beobachtet von seiner Gattin. „Diese Minute deines Lebens wirst du niemals wiederkriegen."

„Sie war gut genutzt, denn sie hat dazu beigetragen, dass unser Heim sauber und ordentlich ist."

Sie hielt sich eine Hand ans Ohr. „Was war das eben für ein Geräusch? Hat sich der Besenstiel, den du verschluckt hast, bewegt?"

Er lachte. „Da ist sie ja."

Verwirrt schaute Sam über ihre Schulter ins leere Wohnzimmer. „Wer ist wo?"

„Da ist meine sarkastische, spitzzüngige Frau wieder. Sie hat mir in den letzten paar Wochen gefehlt."

„Sie war doch die ganze Zeit hier."

Kopfschüttelnd widersprach er: „O nein, das war sie nicht." Er warf Jim, der an der Tür stand und so tat, als hörte er nicht jedes Wort mit, einen Blick zu. „Würden Sie uns bitte eine Minute allein lassen?"

„Natürlich, Sir."

Er begab sich in ihr früheres Arbeitszimmer, das jetzt dem Secret Service als Einsatzzentrale diente.

„So", sagte Nick. „Schon besser." Er zog sie in seine Arme.

Sam vergrub ihre Nase an seinem Hals, atmete den wunderbaren Duft nach Stärke und Aftershave ein, der für sie Heimat bedeutete. „Das mit letzter Nacht tut mir leid, und alles andere auch ..."

Er wich ein Stück zurück und küsste sie. „Du musst dich nicht entschuldigen."

„Nick, ich weiß nicht, wie ich auf die Idee gekommen bin, dir was vorzutäuschen. Ich war total durch den Wind, aber ich glaube, langsam wird es besser. Heute habe ich mit Harry und mit meinem Vater gesprochen, und beides hat mir sehr geholfen. Trulo hat mich diensttauglich geschrieben.“

„Wow, du hattest offenbar einen ereignisreichen Tag.“

„Ich werde erst nach deiner Amtseinführung wieder arbeiten gehen. Gonzo leitet die Ermittlungen im Fall der Messermorde, und diese Erfahrung wird ihm guttun. Ich muss mich um Anproben und andere wichtige Pflichten einer Vizepräsidentengattin kümmern. Übernächste Woche reicht also völlig.“

„Mir ist alles recht. Aber ich freue mich zu hören, dass du wieder zurückwillst.“

„Ja? Ich dachte, du wärst froh, dass ich übers Aufhören nachdenke.“

„Sosehr mir deine Sicherheit am Herzen liegt, würde ich nie wollen, dass du etwas aufgibst, was dich glücklich macht, schon gar nicht im Augenblick. Nicht, wenn es ihm, dessen Name nicht genannt werden darf, eine diebische Freude wäre, zu glauben, er hätte dich von der Polizei verjagt.“

„Das hat mein Vater auch gesagt.“

„Skip ist ein kluger Mann, genau wie dein Gatte.“

„In der Tat. Können wir heute Abend etwas Zeit unterm Dach verbringen?“ Sie strich mit dem Finger über seine Seidenkrawatte und hakte ihn dann unter seinen Gürtel. „Ich schulde dir einen erneuten Versuch.“

„Äh ...“ Er schluckte schwer.

„Was?“

„Ich habe vergessen, was ich sagen wollte. Das gesamte Blut in meinem Körper feiert gerade eine Party in meiner Hose.“

Sam musste so heftig lachen, dass sie kaum aufhören konnte.

Scotty kam aus der Küche und schnitt bei ihrem Anblick eine Grimasse. „Igitt, knutscht ihr etwa schon wieder?“

Nick ließ sie lächelnd los. „Fortsetzung folgt.“ An Scotty gewandt erklärte er: „Ich freue mich jetzt schon auf den Tag, an dem du deine erste Freundin hast. Dann wirst du für jedes einzelne Mal bezahlen, wo du gesagt hast, wie eklig Knutschen ist."

Scotty verzog erneut angewidert das Gesicht, woraufhin beide in Gelächter ausbrachen.

„Was sieht's mit den Hausaufgaben aus?", fragte Sam.

„Außer Scheißmathe ist alles erledigt. Shelby und ich haben selbst Fleischklößchen gemacht. Die schmecken super. Ihr müsst die unbedingt probieren. Das Essen ist übrigens fertig."

„Es riecht großartig", lobte Nick. Hand in Hand mit Sam betrat er die Küche.

„Eigentlich sollte *ich* diese Dinge mit ihm tun", flüsterte Sam ihm ins Ohr.

„Es ist wahrscheinlich besser für alle Beteiligten, wenn wir diesen Teil seiner Erziehung Shelby überlassen."

Sam verpasste ihm einen Rippenstoß. „So eine schlechte Köchin bin ich auch wieder nicht."

„Äh, doch, aber zum Glück hast du andere Qualitäten."

„Du Sexbestie."

„Ich bin ein Opfer meines Umfeldes." Er bugsierte sie in die Küche, wo ihre persönliche Assistentin und Freundin Shelby Faircloth am Herd stand und in einem Topf rührte.

Die zierliche Blondine trug eine Schürze, die ihren kleinen Babybauch verdeckte.

„Geht es dir besser?", fragte Sam.

„Möglicherweise hat bei mir heute Morgen eine neue Phase begonnen. Ich habe mich bloß zweimal übergeben und war dann imstande, herzukommen und etwas Zeit mit meinem besten Freund Scotty zu verbringen."

„Freut mich zu hören. Was hast du heute Abend für uns gezaubert?"

„Für das heutige Abendessen ist komplett Scotty verantwortlich. Ich habe ihm nur beratend zur Seite gestanden."

„Ist Avery noch unterwegs?", fragte Sam beiläufig. Sie wollte nicht zu viel Interesse an dem FBI-Agenten zeigen, der sich nach Nicks Einschätzung genau dieses Vergehens schuldig gemacht hatte. Doch jetzt war er mit Shelby verlobt, und das alles war Schnee von gestern. Zumindest für Sam. Nick bleckte weiter ein bisschen zu häufig die Zähne, wenn Avery im Haus war.

„Ja, er bleibt noch eine Nacht in Charleston."

„Wie geht es seiner Mutter?"

„Schon viel besser. Der Kardiologe sagt, der Herzschrittmacher funktioniert bestens, und sie sollte jetzt keine Probleme mehr haben."

„Die ganze Familie muss sehr erleichtert sein."

„Und wie." Shelby legte die Schürze ab, und Sam bemühte sich, die leichte Rundung ihres Bauches unter dem flauschigen pinkfarbenen Pulli nicht zu sehr anzustarren. „Ich verschwinde mal, damit ihr essen könnt." Sie küsste Scotty auf die Wange. „Bis morgen nach der Schule."

„Warum bleibst du nicht zum Dinner?", schlug Nick vor. „Ich bin sicher, es ist genug da, und du musst ja nun wirklich nicht allein essen."

„Ich möchte mich nicht aufdrängen."

„Sei nicht albern", erwiderte Scotty und legte ein viertes Gedeck auf. „Wir haben dich gern hier."

Shelby stiegen Tränen in die Augen. „Verdammte Schwangerschaftshormone." Nach einem Blick zu Sam schien sie ihren Spruch bezüglich der Schwangerschaft sofort zu bereuen.

Sam lächelte sie an und hoffte, Shelby damit zu signalisieren, dass ihre Worte ihr nichts ausgemacht hatten. Sie würde es aushalten, schon wieder mit einer Schwangeren zu tun zu haben, auch wenn es ihr selbst einfach nicht gelang, ein Kind zu empfangen.

Alle setzten sich, um Scottys köstliche Fleischklöße zu genießen und über den Wahnsinn des Mathestoffs der siebten Klasse zu schimpfen.

„Nur fürs Protokoll: Ich bin völlig deiner Meinung", erklärte Sam. Das Glas Wein, das ihr Nick eingeschenkt hatte, hatte ihr die Zunge gelockert. „Mathe in der Mittelstufe ist das Letzte."

„Samantha", ermahnte ihr Mann sie in dem Tonfall, den sie so liebte.

„Was denn? Stimmt doch! Es ist das idiotischste Thema überhaupt. Oder habt ihr Algebra je wieder für irgendetwas gebraucht?" Ihr Blick wanderte von Nick zu Shelby, die beide keine zufriedenstellende Antwort für sie hatten. „Wir schicken unsere Kinder in die Schule und bringen ihnen nichts über ihre persönlichen Finanzen oder Ernährung bei. Sie wissen nicht, wie man ein Konto eröffnet, weshalb sie Versicherungen brauchen oder wie man ein Haus kauft. Stattdessen quälen wir sie mit Algebra, Chemie und Shakespeare, aber sie lernen praktisch nichts, was ihnen später im Leben etwas nützt."

„Ich liebe sie so sehr", verkündete Scotty, von ihren Worten regelrecht fasziniert.

Diese Äußerung rührte sie fast zu Tränen, doch Nicks warnender Blick verriet ihr, dass sie sofort Schadensbegrenzung betreiben musste.

Seufzend kehrte sie zögernd in den Mutter-Modus zurück. „Dennoch, mein Freund, musst du deine blöden Hausaufgaben erledigen, damit du irgendwann ein Abschlusszeugnis in der Hand hast. Stelle es dir als deine ‚Du kommst aus dem Gefängnis frei'-Karte vor."

Nick schüttelte in amüsiertem Unglauben den Kopf. „Echt jetzt, Sam?"

„Ich weiß genau, was sie meint", rief Scotty. „Man muss das Rennen durchziehen, um über die Ziellinie zu kommen."

„Ja! Genau." Sam grinste Nick an. „Siehst du, er versteht mich."

„Wenigstens einer", konterte Nick.

„Haha."

„Ihr seid alle echt witzig", kicherte Shelby. „Läuft hier jedes Abendessen so ab?"

„Zum Glück nicht, sonst hätte unser Sohn vielleicht schon die Schule geschmissen", brummte Nick.

„Ich sage nur die Wahrheit", erklärte Sam.

„Auf die Gefahr hin, gefeuert zu werden und Hausverbot zu kriegen, ich bin größtenteils Sams Meinung", bekannte Shelby.

„Ich bin von Rebellen umgeben", stellte Nick fest und nahm einen großen Schluck Bier.

„Mal im Ernst", beharrte Shelby. „Alles, was ich wissen musste, um meine Firma zu leiten, habe ich im Job gelernt. Ich hätte unglaublich gern in der Highschool beigebracht bekommen, wie man mit Geld umgeht, dazu ein bisschen was über den Aktienmarkt und über Altersabsicherung. Meiner Meinung nach braucht jeder Buchhaltung dringender als Algebra."

Sam hob die Hand, und Shelby klatschte sie ab. „Das kannst du laut sagen, Schwester."

„Dad, du bist doch Vizepräsident. Du könntest was dagegen tun."

„Genau, Nick", pflichtete ihm Sam bei. „Du solltest Algebra verbieten. Dann würdest du im Handumdrehen zum Präsidenten des Universums gewählt werden."

„Was schlägst du also konkret vor?", erkundigte sich Nick.

„Du könntest dich mit deinen Bildungsleuten treffen", antwortete Scotty sehr ernst, „und ihnen sagen, dass das gegenwärtige System total kaputt ist."

Nick sah Sam Hilfe heischend an.

„Na ja, äh, er kann nicht einfach umwälzende Veränderungen fordern", sprang Sam in die Bresche.

„Warum nicht?", wollte Scotty wissen. „Er ist der Vizepräsident und kann tun, was immer er will."

„Ja, Sam", fiel Nick Sam in den Rücken und genoss es, wie sie sich unter seinem Blick wand. „Warum eigentlich nicht?"

„So funktioniert das mit dem Regieren nicht", entgegnete sie. „Zunächst einmal müssen teure Studien in Auftrag gegeben werden, obwohl wir schon genau wissen, wo das Problem liegt. Es muss zu Tode analysiert werden, bis keiner mehr weiß, wie die Ursprungsfrage gelautet hat, und wenn tatsächlich jemand echte Lösungen vorschlägt, müssen die dem Kongress vorgelegt werden, wo sie jahre- oder vielleicht sogar jahrzehntelang in politischen Scharmützeln versanden. Wenn dann schließlich eine Entscheidung fällt, kann man sie sich nicht leisten, oder das Thema wird in die Verantwortung der einzelnen Staaten übergeben, aber dann sind die sauer, weil sie auch kein Geld haben, um das Problem zu lösen, und deshalb werden wir Algebra niemals loswerden."

„Jetzt bin ich desillusioniert", murrte Scotty.

Shelby lachte Tränen.

Nick starrte Sam an, die sich nicht ganz sicher war, ob er sauer oder von ihrem Vortrag amüsiert war. Dann lächelte er, und sie wusste, alles war in Ordnung. „Du bist mir vielleicht eine, Liebste."

„Habe ich etwa nicht recht?"

„Doch", bestätigte Scotty mit der gesamten Weisheit eines Dreizehnjährigen. „Algebra bleibt, und der Kongress kriegt wie immer nichts gebacken. Darüber haben wir in Sozialkunde gesprochen."

„Na großartig", seufzte Nick.

„Wenn ihr nicht aufhört, falle ich noch vom Stuhl", keuchte Shelby. „Ab jetzt möchte ich jeden Abend hier essen."

„Verstehst du jetzt, warum ich so gern hier lebe?", fragte Scotty und stand auf, um seinen Teller abzuräumen, ohne die Auswirkungen seiner Worte auf seine Eltern zu bemerken.

Nick drückte unter dem Tisch Sams Hand.

Sam versuchte, die Tränen zurückzuhalten. Es war so wundervoll, von ihm zu hören, dass er sie liebte und gern hier bei ihnen war.

„Apropos ‚hier leben'", nahm Nick den Faden wieder auf, „wir haben jetzt den Gerichtstermin, bei dem das alles offiziell gemacht wird. Was hast du am dreißigsten Januar mittags um zwölf vor?"

Scotty wirbelte zu ihnen herum. „Ehrlich? Ganz im Ernst?"

„Ja, das ist mein voller Ernst", bestätigte Nick. „Andy hat mich heute informiert, dass der gesamte Papierkram erledigt ist und wir die Sache unter Dach und Fach bringen können."

„Ist an dem Tag Schule?", wollte Scotty wissen.

„Es ist ein Freitag."

Scotty reckte triumphierend die Faust. „Ich werde adoptiert *und* darf Algebra ausfallen lassen! Der beste Tag meines Lebens!"

„Du wirst den Lernstoff nachholen müssen", erinnerte ihn Nick.

„Mach mir das jetzt nicht kaputt."

Die drei Erwachsenen lachten über seine Grimasse. Aber dann trat er an den Tisch und umarmte Nick, und Sam hatte plötzlich einen riesigen Kloß im Hals. Sie warf Shelby einen Blick zu und sah, dass diese sich die Augen abtupfte.

„Danke", brummte Scotty, das Gesicht an Nicks Schulter gepresst. „Ich danke dir so sehr."

„O Gott, Junge", seufzte Nick und zog ihn enger an sich. „*Ich* danke *dir*. Du bist das Beste, was uns je passiert ist."

Nach einer langen Umarmung löste sich Scotty von ihm und rannte zu Sam. „Dir danke ich auch."

Sam umarmte ihn und hielt den Jungen fest, der sie zur Mutter gemacht hatte – zwar nicht auf die Weise, wie sie es sich so lange erhofft hatte, doch spielte das eine Rolle, wenn sie von einem so wundervollen Sohn geliebt wurde? „Gern geschehen", antwortete Sam. Mehr brachte sie nicht heraus.

Dann umarmte Scotty Shelby. „Danke, dass du mir eine so gute Freundin bist."

„Ich hatte bei der Arbeit noch nie so viel Spaß", schluchzte Shelby.

„Dann mache ich jetzt mal meine Hausaufgaben fertig und geh danach duschen."

„Okay", sagte Nick. „Melde dich, wenn du Hilfe bei Mathe brauchst."

„Ich glaube, ich kriege es allein hin." Er verließ das Zimmer, und sie hörten seine Schritte auf der Treppe. Wie meistens nahm er immer zwei Stufen auf einmal.

„Geht noch jemandem gerade das Herz über?", fragte Shelby.

„Mir", gestand Sam.

„Ja, mir auch", bekannte Nick. „Was für ein Junge."

Sam nahm seine Hand und lächelte ihn an.

„Ich mache mich mal aus dem Staub." Shelby erhob sich, um ihren und Sams Teller abzuräumen und in die Spülmaschine zu stellen. Dann verstaute sie das übrige Essen im Kühlschrank.

„Den Rest übernehmen wir, Shelby", sagte Nick.

„Beziehungsweise *er*, während ich von hier aus zusehe und mehr Wein trinke", konkretisierte Sam.

„So lieben wir sie", seufzte Nick theatralisch.

„Du bist wahrscheinlich der einzige Vizepräsident in der Geschichte des Universums, der sein Geschirr selbst spült", mutmaßte Shelby, während sie ihren Mantel anzog und sich einen pinkfarbenen Schal um den Hals schlang.

„Und das ist gut so", bestätigte Nick.

„Danke fürs Abendessen und für das Lachen. Ich bin wirklich gern hier, und Scotty ... Ist er nicht einfach wundervoll?"

„Wir warten noch auf die gefürchteten Teenagerjahre, aber bisher ist alles im grünen Bereich", gab ihr Sam recht.

„Das wird nicht so schlimm werden", beruhigte Shelby sie. „Er hat nichts Böses an sich. Außerdem ist er so verdammt glücklich, endlich eine richtige Familie zu haben, dass er euch niemals Ärger machen würde.“

„Dein Wort in Gottes Ohr“, erwiderte Sam.

„Bis morgen!“

„Gute Nacht, Shelby“, verabschiedete sich Nick.

„Dürfte ich mal kurz erwähnen“, sagte Sam, nachdem sich die Haustür hinter Shelby geschlossen hatte, „dass sie einzustellen die beste Idee war, die ich je hatte?“

„Es war auf jeden Fall eine gute.“

„Was würden wir nur ohne sie tun?“

„Darüber möchte ich nicht einmal nachdenken.“

Sam beobachtete, wie ihr sexy Mann sich in der Küche zu schaffen machte und das restliche Geschirr abräumte. Er hatte Jackett und Krawatte abgelegt und die Ärmel hochgekrempelt. Selbst seine Arme fand sie sexy. Für sie war ohnehin alles an ihm sexy, und zum ersten Mal seit ihrer Entführung hatte sie das brennende Verlangen nach Körperkontakt – und zwar so schnell wie möglich.

Sie erhob sich und trat zu ihm an die Spüle, wo er die Töpfe und Pfannen spülte. Sam legte von hinten die Arme um seine schlanke Taille und den Kopf an seinen Rücken. Sie freute sich, als sie spürte, wie sein Bauch unter ihren Händen erbebte.

„Was treibst du denn da hinter mir, Liebste?“

„Oh, dies und das.“ Plötzlich war das alte Gefühl wieder da. Das Blut raste durch ihre Adern und setzte sie innerlich in Brand. Das drängende Pochen zwischen ihren Beinen erinnerte sie daran, was ihr in den schwierigen letzten Wochen gefehlt hatte.

„Darf ich mich mal umdrehen?“

Sam ließ ihn los, und er drehte sich zu ihr um, musterte sie.

„Was hast du im Sinn?“

„Dich.“ Hemmungslos rieb sie sich an ihm. „Ich schulde dir eine Wiedergutmachung.“

Er fuhr mit den Fingern durch ihr Haar. „Du schuldest mir gar nichts.“

„Ich schulde dir alles.“

„Samantha ...“ Er küsste sie so leidenschaftlich, wie er es seit dem schrecklichen Tag, an dem beinahe alles für sie geendet hätte, nicht mehr getan hatte.

Sie schlang ihm die Arme um den Hals und öffnete sich seinem Kuss, drückte sich an ihn, ließ ihn spüren, dass sie mehr wollte.

Tief aus seiner Kehle drang ein leises Knurren, und er zog sie enger an sich. Als sein Kuss sanfter wurde und er ihn schließlich unterbrach, wimmerte sie protestierend auf.

„Nicht hier. Nicht jetzt." Ohne sie loszulassen, wartete er, bis sein Atem wieder ruhiger ging, doch seine Erektion, die sie an ihrem Bauch spürte, verriet ihr, dass er alles andere als ruhig war.

„Weißt du noch, als wir es jederzeit auf dem Küchenboden treiben konnten?"

„Mmm." Seine Lippen streiften ihr Ohr, und ein Zittern durchlief sie. „Aber darauf verzichte ich gern im Gegenzug dafür, dass Scotty jetzt hier lebt."

„Ich auch. Leichten Herzens. Trotzdem sollten wir vorsichtshalber über eine abschließbare Küchentür nachdenken ..."

„Ich kümmere mich sofort darum."

„Dann sehen wir uns später oben?"

„Das möchte ich um nichts in der Welt verpassen."

Zögernd ließ sie ihn los, doch er hielt sie weiter fest.

„Es ist schön, dich wiederzuhaben, Babe. Du hast mir gefehlt."

Sam zog ihn für einen weiteren Kuss an sich. „Du mir auch."

Sie stiegen die Treppe hoch, um nach Scotty zu schauen, und gaben ihm gegen zehn einen Gutenachtkuss. Nick duschte, während Sam versuchte, sich auf ein Buch zu konzentrieren, das ihr ihre Schwester Tracy geschenkt hatte, damit sie während ihrer Genesung etwas zu lesen hatte. Doch die Worte verschwammen vor ihren Augen, wie immer, wenn sie müde oder gestresst war. Vielleicht waren es auch noch die Nachwirkungen des Kusses unten in der Küche. Sie hatte den Eindruck, dass sie es diesmal nicht auf ihre Dyslexie schieben konnte.

Dann kam Nick nur mit einem Handtuch um die Hüften aus der Dusche, und sie warf das Buch zur Seite, um sich weit interessanteren Dingen zu widmen, etwa seiner prachtvollen Brust und seinem ebensolchen Bauch. „Hierher mit dir", befahl sie.

„Scotty schläft noch nicht, und ich fasse dich erst dann an, wenn ich sicher bin, dass wir nicht mittendrin aufhören müssen."

Nick betrat den begehbaren Kleiderschrank und kam in T-Shirt und Basketballshorts wieder heraus.

Sam suchte nach einer Beschäftigung für die nächsten paar Minuten und griff nach ihrem Handy, um ihre Nachrichten zu checken. Ihre Nichte Brooke hatte auf eine SMS von Sam geantwortet, in der diese sich nach ihrem Befinden erkundigt hatte.

Mir geht's gut, hatte Brooke geschrieben. *In der Schule läuft alles, und ich gehe wie versprochen zum Seelenklempner. Ich bin geradezu langweilig brav! Wie geht es DIR?*

Gut, ich fühle mich jeden Tag besser. Ich überlege mir, nach der Amtseinführung wieder in den Job zurückzukehren. Kommst du eigentlich? „Langweilig brav" ist gut. Bin stolz auf dich, Kleine.

Oh, danke. Ich will auf keinen Fall verpassen, wie mein Onkel Nick vereidigt wird. Freu mich schon. Bis dann!

Hab dich lieb, Kleine. Halt die Ohren steif.

Ich dich auch, Tantchen. Küsschen.

„Mit wem chattest du?" Nick hatte sich neben ihr auf dem Bett ausgestreckt, ließ aber jede Menge Abstand zwischen ihnen.

„Brooke."

„Was macht sie so?"

„Sie klingt gut. Zur Amtseinführung kommt sie her. Sie schreibt, sie will auf keinen Fall verpassen, wie ihr Onkel Nick vereidigt wird."

„Das ist ja süß. Freut mich zu hören, dass es ihr so gut geht."

„Mich auch." Nachdem Brooke in der Nacht, in der die Morde im Hause Springer geschehen waren, unter Drogen gesetzt und von mehreren jungen Männern vergewaltigt worden war, hatten Sam und ihre Familie befürchtet, das Mädchen würde sich davon nie erholen. Doch sie war wieder in ihr Internat in Virginia zurückgefahren, entschlossen, ihren Abschluss zu machen.

Nicks Smartphone gab einen Signalton von sich.

„Auf geht's", verkündete er knapp.

„Was war das?"

„Ich habe den Wecker auf eine Stunde nach seinem Zubettgehen gestellt."

„Du bist unsagbar witzig."

„Ich bin nicht witzig, ich bin scharf auf dich. Jetzt schaff dich endlich nach oben."

„Jawohl, Sir."

An der Tür ihres Schlafzimmers rissen sie sich zusammen und machten sich bereit für die Begegnung mit dem Bodyguard, der wie immer vor Scottys Tür stand. Sam hatte ein weites Sweatshirt über ihr dünnes Trägerhemdchen gezogen, damit der Mann auf keinen Fall etwas sah, was ihn nichts anging.

Als sie an dem Personenschützer vorbeikamen, hörte sie Nick ihm mitteilen: „Wir möchten nur gestört werden, wenn Scotty uns braucht."

„Jawohl, Sir. Schlafen Sie gut."

„Danke. Gute Nacht." Er schob Sam mit den Händen auf ihren Pobacken die Treppe hoch. „Beeil dich."

Auf dem Weg nach oben riss sie sich das Sweatshirt vom Körper und drehte sich zu ihm um. Sie wollte ihn mehr denn je.

11

Vor dem Reihenhaus in Manor Park, in dem Giuseppe Besozzi wohnte, war es dunkel geworden, während Gonzo und Arnold auf die Rückkehr des Verdächtigen warteten. Seit drei Stunden standen sie vor seinem Haus, doch er hatte sich bisher nicht blicken lassen.

Als Gonzo das letzte Mal dienstlich in diesem Viertel gewesen war, hatte man ihn beinahe erschossen. Wieder hier zu sein erinnerte ihn an jenen verrückten Tag.

„Wie lange müssen wir denn noch hier herumsitzen?", fragte Arnold zum gefühlt zwanzigsten Mal.

„Bis er kommt."

„Aber unsere Schicht war schon ..."

„Unsere Schicht ist vorbei, wenn ich es sage." Gonzo wäre auch lieber nach Hause gefahren. Er war hungrig, müde und musste mal, doch sie würden hier nicht weggehen, ehe sie mit Besozzi geredet hatten.

Das Funkgerät erwachte knisternd zum Leben. „Wie lange warten wir noch, Sarge?", erkundigte sich einer der Streifenbeamten, die als Verstärkung eingetroffen waren.

„Bis er heimkommt", antwortete Gonzo knapp. Was war nur mit diesen Leuten los? Sie vertrödelten hier schließlich keine Zeit. Sie fahndeten nach einem Verdächtigen in mehreren Mordfällen, derentwegen die Bürger der Stadt zu viel Angst hatten, um sich auf die Straße zu wagen. Dies war kein normaler Arbeitstag. Es war möglicherweise der Durchbruch, auf den sie alle hofften, und sie würden verdammt noch mal ausharren, bis der Typ hier eintraf, egal, wie lange das dauerte.

Arnold rülpste laut.

Gonzo kurbelte das Fenster herunter, um frische Luft hereinzulassen.

„Bisschen kalt für offene Fenster", beschwerte sich Arnold.

„Bisschen eklig, deine Rülpser riechen zu müssen."

„Du bist heute aber mies drauf, Boss."

„Ich will diesen Drecksack erwischen, und mir gefällt es genauso wenig wie dir, dass mir hier die Eier abfrieren, während wir darauf warten, dass er auftaucht."

„Wir könnten ein Weilchen die Heizung anmachen."

„Dann geht uns irgendwann der Sprit aus. Außerdem sind Motoren im Leerlauf schlecht für die Umwelt."

„Und Erfrieren ist schlecht für die Gesundheit. Wenn dir allerdings die Umwelt wichtiger ist als dein Partner ..."

„Hältst du jetzt *bitte* mal die Klappe? Sei einfach still, und lass die Straße nicht aus den Augen. Wenn du mit geschlossenem Mund da sitzen bleibst, bis er endlich heimkommt, überlasse ich dir die Gesprächsführung."

„Echt?"

„Ja, aber ich will kein Wort mehr über die Kälte, die Uhrzeit, deinen Hunger oder sonst irgendetwas hören. Kapiert?"

„Kapiert."

„Wie wäre es, wenn du mir schon mal verrätst, wie du das nachher angehen willst, damit wir entsprechend vorbereitet sind?"

„Ich werde sagen: ‚Mr Besozzi, ich bin Detective Arnold, Metro PD. Das ist mein Partner Detective Sergeant Gonzales. Haben Sie ein paar Minuten Zeit für uns?'"

„Ausgezeichnet. Was dann?"

„Dann lädt er uns hoffentlich in seine hübsche, warme Wohnung ein, wo ich mich nach seinem Krach mit Griffen + Smoltz erkundigen und ihn nach seinem Alibi für die Nacht des Überfalls auf Enright fragen werde."

„Das könnte ihn wütend machen."

„Das kann ich mir gut vorstellen. Ich werde sagen, wir wollen ihn nur als Verdächtigen ausschließen, und wenn er ein Alibi hat, werden wir das gerne überprüfen."

„Das ist gut. Immer freundlich bleiben, solange es geht. Hack ein bisschen auf dieser Sache mit Griffen + Smoltz herum, damit wir ein Gefühl dafür kriegen, wie sauer genau er über die Auseinandersetzung mit Enright und seiner Firma war. Er wird fragen, ob die uns geschickt haben, und dann sagst du: ‚Nein, das haben sie nicht. Ihr Name ist im Zusammenhang mit den Ermittlungen über den Messerstecher aufgetaucht, und wir möchten uns gern kurz mit Ihnen unterhalten.'"

Arnold rieb sich die kalten Hände und hauchte hinein, um sie zu wärmen. „Was veranlasst mich im Zweifelsfall, ihn festzunehmen?"

„Sag du es mir."

„Wenn er die Konfrontation sucht, sich weigert, Fragen zu beantworten, oder etwas ihn Belastendes von sich gibt."

„Dreimal richtig, aber überstürze nichts. Erst, wenn er dir wirklich einen Grund liefert."

„Alles klar. Ich kann nicht glauben, dass du mich das wirklich übernehmen lässt."

Im Dunkeln verdrehte Gonzo die Augen. War er je so grün hinter den Ohren gewesen? Wenn ja, dann war das lange her, und er erinnerte sich nicht mehr daran. „Vermassel es nur nicht."

„Ich bemühe mich." Arnold schwieg mehrere Minuten lang. „Du wirst nicht zulassen, dass ich es vermassle, oder?"

„Wenn nötig, greife ich ein."

„Gut."

Danach schwieg Arnold erfreulicherweise sehr lange und hielt damit seinen Teil ihrer Abmachung ein. „Darf ich dich was fragen, was nichts damit zu tun hat, wie lange wir hier noch rumsitzen?"

Er war zwar jung, grün hinter den Ohren und musste noch viel lernen – als Detective und als Mann –, doch er war ein guter Kerl, und Gonzo verdankte ihm sein Leben. An dem Tag, an dem Billy Springer ihm in den Hals geschossen hatte, hatte Arnold Druck auf die Wunde ausgeübt und so verhindert, dass er auf der Straße verblutet war. „Ja."

„Glaubst du, Lieutenant Holland kommt zurück?"

„Warum fragst du das? Bin ich dir nicht genug?"

„Was soll ich auf diese Frage erwidern, ohne meinen Job zu riskieren …"

„Haha. Ja, ich rechne fest damit, dass sie das tut. Vielleicht nicht so bald, aber irgendwann schon."

„Ich kann mir den Job langfristig gar nicht vorstellen, ohne dass sie uns herumkommandiert."

„Herumkommandiert … Das werde ich ihr sagen."

„Lieber nicht!"

Gonzo lachte, verstummte jedoch sofort wieder, als er an der Straßenecke eine Bewegung wahrnahm. „Verdächtiger im Anmarsch", informierte er Arnold und gab über Funk den Streifenpolizisten Bescheid, die zur Unterstützung da waren. „Dann mal los." Er musste sich bewusst zurückhalten, um Arnold wie versprochen die Führung zu überlassen.

„Mr Besozzi?" Arnold zeigte ihm seine Marke. „Ich bin Detective Arnold, Metro PD, und das ist mein Partner …"

Ein Schuss ertönte, und Arnold ging zu Boden und hätte Gonzo dabei beinahe mit umgerissen. Besozzi wirbelte herum und rannte davon. Gonzo zog seine Dienstwaffe und feuerte ein paarmal auf ihn, dann schrie er in sein Funkgerät: „Kollege verletzt!" Irgendwie gelang es ihm, der Zentrale ihren Standort zu nennen, ehe er neben seinem Partner, den der Schuss ins Gesicht getroffen hatte, auf die Knie fiel. Aus Arnolds Kehle drang ein Röcheln, das sich schnell zu dem schlimmsten Geräusch entwickelte, das Gonzo je gehört hatte.

„Mein Gott, Arnold, halt durch", flüsterte Gonzo und hielt den Kopf seines Partners in den blutverschmierten Händen. „Stirb mir jetzt bloß nicht weg!"

Schnelle Schritte hinter ihm verrieten die Ankunft der Streifenpolizisten.

„Ihm nach!", schrie Gonzo ihnen zu. „Er darf nicht entkommen!" Wieder rief er in sein Funkgerät: „Kollege verletzt! Ich brauche einen Rettungswagen! Es ist schlimm. Wir brauchen weitere Verstärkung. Verdächtiger auf der Flucht."

Arnold machte noch eine Weile das röchelnde Geräusch, dann verstummte es.

„Verdammt!", schrie Gonzo. „Wag es bloß nicht, jetzt zu sterben!" Er versuchte verzweifelt, nicht die Beherrschung zu verlieren, während er den Reißverschluss von Arnolds Jacke öffnete und das Ohr auf die Brust seines Partners presste, wo kein Herzschlag zu hören war. „Nein, bitte nicht."

Die eintreffenden Sanitäter mussten Gonzo wegzerren, um sich um den jungen Detective kümmern zu können.

„Er ist tot", flüsterte Gonzo fassungslos. „Tot."

Einer der Sanitäter hörte Arnolds Brust mit einem Stethoskop ab. Dann sah er zu seinem Partner auf und schüttelte den Kopf.

Kurz darauf verkündeten heulende Sirenen das Eintreffen weiterer Beamter – Gerichtsmedizin und Spurensicherung würden jede Einzelheit des Vorfalls festhalten, bis hin zu den Kleidungsstücken, die Arnold trug.

Gonzo starrte auf das zerstörte Gesicht seines Partners hinunter und dachte, dass dieser jetzt tot war, weil er ihm die Gesprächsführung überlassen hatte.

„Sergeant", rief eine vertraute Stimme. „Gonzo."

Er konnte den Blick nicht von Arnold wenden, während der stellvertretende Leiter der Gerichtsmedizin, Byron Tomlinson, ihn in einen Leichensack packte. Vor zehn Minuten hatten sie noch über die Kälte gestritten, und jetzt war sein Partner tot.

Jemand legte ihm eine Hand auf die Schulter, und Gonzo zuckte zusammen.

„Gonzo", drängte Captain Malone. „Kommen Sie. Fahren wir zum Hauptquartier, und sprechen wir die Sache durch."

„Ich bleibe bei ihm."

„Er kommt in die Gerichtsmedizin."

„Ich bleibe bei ihm."

„Okay. Dann sehen wir uns dort."

„Haben die anderen den Verdächtigen erwischt?"

„Das weiß ich noch nicht."

„Wir müssen alle zusammenrufen. Ich will unser gesamtes Team, das FBI, das Fahndungsteam der Marshals. Alle."

„Schon erledigt."

„Das ist ein Tatort", verkündete er und deutete auf den mit Arnolds Blut bedeckten Bürgersteig.

„Wir leiten das Notwendige ein. Ich kümmere mich persönlich darum."

„Jemand muss Sam anrufen."

„Gut, mach ich."

„Ich benachrichtige seine Familie", verkündete Gonzo. „Das ist meine Aufgabe."

„Natürlich."

Während Tomlinson und sein Team Arnold zum Leichenwagen schoben, unterbrachen alle am Tatort befindlichen Polizisten ihre Arbeit und nahmen Haltung an, erwiesen ihrem gefallenen Kollegen die letzte Ehre. Zwei Streifenwagen setzten sich vor den Leichenwagen, zwei weitere bezogen dahinter Stellung, und so eskortierten sie Arnold zurück zum Hauptquartier.

Sicher, dass man Arnold den angemessenen Respekt entgegenbrachte und alle Schritte zur Jagd auf seinen Mörder eingeleitet waren, folgte Gonzo der Trage mit der Leiche seines Partners und stieg mit in den Wagen der Gerichtsmedizin.

NICK SCHOB SICH ÜBER SAM, UND SEINE HÄNDE UND LIPPEN schienen überall gleichzeitig zu sein, bis ihre Sinne völlig überfordert waren. Der Kokosnussduft der Kerzen erinnerte sie an ihre herrlichen Flitterwochen auf Bora Bora.

Er kniff sie in die Brustspitzen, und sie keuchte auf.

Sie fuhr ihm mit der Hand ins Haar und zog ihn zu einem weiteren leidenschaftlichen Kuss an sich. „Nick."

„Was ist, Süße?"

„Ich will dich jetzt. Nick, ich kann nicht mehr warten."

„Ich schätze, wir können es ja dann das nächste Mal etwas langsamer angehen lassen."

„Mmm, ja, nächstes Mal." Als er endlich in sie stieß, war Sam schon seit Stunden bereit für ihn. Er füllte sie auf jede nur denkbare Weise aus, wie nur er es vermochte. „Halt dich nicht zurück." Sie grub ihm die Fingernägel in den Rücken, und er bewegte sich stöhnend.

„Mein Gott, Sam, wie ich das vermisst habe. Wie ich *uns* vermisst habe."

„Ich auch. Nick, ich liebe dich. Du hast keine Ahnung, wie sehr."

Er hob ihre Beine an, um tiefer in sie eindringen zu können. „Doch. Hab ich. Ich weiß das sehr genau."

Die neue Stellung brachte sie dem Höhepunkt nahe, und dann erreichte sie ihn, als er sie genau im richtigen Moment zwischen den Beinen streichelte.

„So", flüsterte er. „Das ist eindeutig besser als vorgetäuscht."

Das brachte sie sogar mitten in einem epischen Orgasmus zum Lachen. Das Lachen brach allerdings sofort ab, als er sich aus ihr zurückzog und sie umdrehte, sodass sie auf dem Bauch lag. Er hob sie auf Hände und Knie, schob ihr zwei Kissen unter die Hüften, und als er wieder in sie stieß und die letzten Wellen ihres Orgasmus mit ihr zusammen genoss, wurde ihr klar, dass er noch nicht gekommen war.

Sie liebte es, wenn er ganz bei ihr war, sich ihr auf diese Art widmete. Er berührte sie erneut, schob einen Finger zwischen ihre Pobacken und massierte sie dort, und das fühlte sich so unglaublich an, dass sie aufschrie. Wenn er sie so liebte, konnte sie bloß an ihn denken und die Magie, die sie gemeinsam erschufen.

Hilflos über die Kissen gebreitet, konnte sie ihn nur machen lassen. Ganz gezielt trieb er sie mit allem, was er hatte, komplett in den Wahnsinn. Als er um sie herumgriff und ihr eine Hand zwischen die Beine schob, erreichte sie erneut einen explosiven Höhepunkt.

Diesmal kam er mit ihr, ergoss sich in sie, bis er schließlich auf ihrem Rücken zusammenbrach, ihr Schweiß sich mischte und sein unverkennbarer, verlockender Duft die Luft um sie herum erfüllte. Seine Liebe gab ihr die Sicherheit, nach der sie sich so sehnte.

Solange er sie liebte, konnte ihr nichts passieren – zumindest redete sie sich das ein.

Er legte ihr den Arm um die Taille und küsste sich an ihrem Rückgrat entlang nach unten, ehe er sich aus ihr zurückzog und die Kissen zur Seite stieß, die er unter sie geschoben hatte. Er deckte sie zu und erhob sich, um ins Badezimmer zu gehen, das an ihr kleines, geheimes Dachbodenversteck angrenzte. Zumindest war es ein geheimes Versteck gewesen, bis der Secret Service ihr Haus gestürmt hatte. Jetzt gab es hier keine Geheimnisse mehr.

Über diesen Gedanken musste sie lachen.

„Was amüsiert dich?", fragte Nick, während er zu ihr unter die Decke kam und sich an sie schmiegte.

„Dass es keine Geheimnisse mehr gibt, seit die Leute vom Geheimdienst hier ein und aus gehen."

„Das stimmt allerdings."

„Glaubst du, die wissen, was wir hier oben treiben?"

Er fuhr mit dem Finger ihr Rückgrat entlang, wovon sie erschauerte. „Ich bin sicher, dass sie es zumindest vermuten."

„Das ist gruselig."

„Versuch, nicht daran zu denken. Wir haben ein Recht auf unser Privatleben, und wenn jemand es tatsächlich irgendwann auf uns oder Scotty abgesehen haben sollte, werden wir verdammt froh sein, sie im Haus zu haben."

„Hoffen wir, dass das niemals passiert." Der Gedanke, Nick oder Scotty könne etwas passieren, reichte aus, um ihr Albträume zu bescheren, deshalb beschloss sie, sich damit nicht näher zu beschäftigen.

„Irgendwann muss diese Serie von Katastrophen ja mal abreißen." Er küsste ihre Schulter und knabberte dann ein wenig daran. „Noch mal?"

„Schon wieder?"

Er presste seine neuerliche Erektion gegen sie. „Mhm."

„Du bist zweifellos der sexbesessenste Vizepräsident in der Geschichte der Vereinigten Staaten."

„Damit kann ich leben, solange die verführerischste Vizepräsidentengattin der Welt sich meiner angemessen annimmt."

Wie konnte sie dazu Nein sagen?

Captain Malone erreichte den Kontrollpunkt des Secret Service an der Ninth Street und nannte dem diensthabenden Beamten seinen Namen. „Ich möchte zu Lieutenant Holland."

„Tut mir leid, aber der Vizepräsident und Mrs Cappuano sind nicht zu sprechen."

„Es handelt sich um eine wichtige Polizeiangelegenheit."

„Wir haben Anweisung, sie nur zu stören, wenn etwas mit ihrem Sohn nicht in Ordnung ist."

Malone seufzte, doch er wusste, da war nichts zu machen. Er fuhr das Fenster wieder hoch, wendete und rief von unterwegs auf Sams Handy an. Beim zweiten Klingeln ging ihre Mailbox dran. „Sam, Malone hier. Tut mir leid, Sie stören zu müssen, aber Sie müssen mich sofort zurückrufen, wenn Sie das hier abhören. Es ist dringend."

Er beendete das Gespräch und rief Chief Farnsworth an, der sich schläfrig meldete.

„Joe, Jake hier. Tut mir leid, dass ich Sie geweckt habe, doch ich fürchte, ich habe schlechte Neuigkeiten."

„O Gott. Schon wieder?"

„Ja, leider, und zudem von der schlimmsten Sorte."

Nach einer kurzen Pause fragte Farnsworth: „Wer?"

„Detective Arnold."

„O nein. Wie?"

„Ein Verdächtiger im Messerstecherfall hat ihm ins Gesicht geschossen."

„Mein Gott. Haben wir ihn?"

„Noch nicht."

„Sind das FBI und die Marshals verständigt?"

„Ist bereits erledigt."

„Ich will alle Hilfe, die wir kriegen können, aber wir leiten den Einsatz. Verstanden?"

„Jawohl. Alle treffen sich im Hauptquartier. Ich dachte, Sie möchten vielleicht auch dabei sein."

„Auf jeden Fall. Hat jemand Arnolds Familie benachrichtigt?"

„Sergeant Gonzales hat darum gebeten, das persönlich übernehmen zu dürfen. Ich werde ihn begleiten."

„Sie müssen das umgehend erledigen, bevor irgendein Reporter Wind von der Sache bekommt. Rufen wir die Pressestelle an, damit die sich um die Medien kümmert, und sobald wir seine Familie benachrichtigt haben, müssen wir eine landesweite Fahndung einleiten", sagte Farnsworth.

„Ich kümmere mich um alles."

„Mein Gott, Jake, er war erst ... wie alt? Fünfundzwanzig?"

„Siebenundzwanzig."

Aus dem Telefon drang ein weiteres tiefes Seufzen. „Weiß Sam Bescheid?"

„Ich hab gerade versucht, bei ihr vorbeizufahren, um sie zu informieren, aber der Secret Service hat mich nicht zu ihr vorgelassen. Offenbar dürfen der Vizepräsident und seine Frau nur von ihrem Sohn gestört werden. Ich habe ihr auf die Mailbox gesprochen."

„Das wird sie noch mehr fertigmachen."

„Genau das vermute ich leider auch. Gonzales geht es nicht gut. Es ist direkt vor seinen Augen passiert."

„Wir müssen Cruz und dem Rest des Teams Bescheid geben."

„Ich rufe alle zusammen und setze mich mit Cruz in Verbindung."

„Danke, Jake. Ich verständige die Bürgermeisterin und komme dann sofort."

„Bis gleich."

Auf dem Weg telefonierte Malone mit der Zentrale. „Malone hier. Ich brauche die gesamte Mordkommission unverzüglich im Hauptquartier."

„Captain", sagte die Telefonistin, „das mit Detective Arnold tut mir so leid."

„Danke. Bitte erwähnen Sie den Detectives gegenüber bei dem Anruf nicht, was passiert ist. Fordern Sie sie einfach auf, sich im Hauptquartier einzufinden."

„Jawohl, Sir."

Er legte auf und rief Freddie Cruz an, den die Zentrale aufgrund seiner Suspendierung nicht informieren würde.

„Cruz." Auch er klang, als hätte er geschlafen.

„Malone hier."

„Ja, Sir?", fragte Cruz, der offenbar sofort hellwach war.

„Ich fürchte, ich habe schlechte Neuigkeiten."

„Was für welche?"

„Tut mir leid, Ihnen das am Telefon sagen zu müssen, aber Detective Arnold ist im Dienst erschossen worden."

„O Gott. Ist sonst noch jemand verletzt?"

„Zum Glück nicht, allerdings ist es direkt vor den Augen von Sergeant Gonzales passiert, den das, wie Sie sich sicher vorstellen können, sehr hart getroffen hat."

„Haben wir den Schützen?"

„Bisher nicht."

„Sir, ich bin momentan nicht in der Stadt, mache mich jedoch sofort auf den Heimweg. Ich möchte helfen."

„Sie sind suspendiert, Detective."

„Ich arbeite auch ohne Gehalt. Bitte schließen Sie mich nicht aus."

„Melden Sie sich, wenn Sie wieder da sind."

„Ich bin in Florida. Wir werden irgendwann morgen eintreffen. Hat jemand Sam Bescheid gesagt?"

„Ich habe ihr eine Nachricht hinterlassen. Der Secret Service bewacht die Festung."

„Ich rufe sie auch noch an."

„Wir reden weiter, wenn Sie wieder da sind", erwiderte Malone.

„Halten Sie mich auf dem Laufenden?"

„Ja."

„Danke. Würden Sie Gonzo ausrichten ... Ach, verdammt, ich ruf ihn selbst an."

„Ich bin sicher, das wird er zu schätzen wissen. Gute Fahrt."

Malone erreichte den Parkplatz am Polizeigebäude und schaltete den Motor aus. Eine volle Minute lang saß er da, starrte den Eingang zur Gerichtsmedizin an und sagte sich, er müsse da jetzt reingehen und sich um seine Leute kümmern, sie aufrichten und ihnen zugleich klarmachen, dass sie trotz dieser unfassbaren Tragödie ihren Job erledigen mussten. Das war nicht das erste Mal in seinen zweiundzwanzig Jahren als Detective, dass er so etwas erlebte, und der Verlust eines Kollegen hatte immer dauerhafte Auswirkungen auf das gesamte Umfeld.

Ihnen standen nach ein paar harten Monaten jetzt also weitere bevor.

Müde und schon jetzt fast überfordert von den vor ihm liegenden Aufgaben, nahm Malone all seine Kraft zusammen, stieg aus, betrat das Gebäude und kümmerte sich um all das, was getan werden musste, wenn ein Polizist in Erfüllung seiner Pflicht den Tod fand.

12

Freddie warf mit einer Hand Kleidungsstücke in den Koffer, während er sich mit der anderen anzog. Als er alles eingepackt hatte, trat er ans Bett, um Elin zu wecken, die Malones Anruf verschlafen hatte.

„Mmm", murmelte sie mit der schlaftrunkenen Stimme, die ihn normalerweise so anmachte. „Noch mal?"

„Elin, Süße, wach auf."

Sie öffnete die Augen und sah, dass er voll bekleidet war. „Warum? Was ist passiert?"

„Arnold ist erschossen worden. Ich muss nach Hause."

„O mein Gott. Freddie. Mein Gott." Mit Tränen in den Augen streckte sie die Arme nach ihm aus.

Trotz des Adrenalins, das durch seinen Kreislauf floss, nahm er sich einen Augenblick Zeit, um sie zu trösten. „Wir müssen los."

„Ja, klar." Sie stand auf, begab sich ins Bad und kam wenige Minuten später angezogen und mit ihrem Reise-Necessaire unter dem Arm wieder heraus.

„Tut mir leid, dass ich unseren Ausflug vorzeitig beenden muss."

„Bitte entschuldige dich nicht. Natürlich müssen wir zurück. Wer hat angerufen?"

„Captain Malone."

„Hat er gesagt, was passiert ist?"

„Nur, dass jemand Arnold erschossen hat und dass Gonzo am Ende ist."

„Der arme Gonzo. Erst muss Sam so was Fürchterliches durchmachen, und jetzt das."

„Ja."

„Freddie." Ihre Hand auf seiner Schulter ließ ihn zusammenzucken. „Kannst du mich bitte kurz festhalten?"

„Wir müssen los."

„Nur eine Minute."

Er fürchtete, durchzudrehen, wenn er still stand – und sei es auch bloß für eine Minute. Aber er konnte ihr das nicht abschlagen, zumal er wusste, dass der Tod eines seiner engsten Kollegen eine ihre schlimmsten Befürchtungen sehr greifbar machte. Er ließ zu, dass sie die Arme um seine Taille schlang, und erwiderte ihre Umarmung, obwohl er eigentlich nur ins Auto steigen und zu seinen Leuten zurückfahren wollte.

„Es tut mir so leid, Freddie."

„Danke." Ihre Freundlichkeit und ihr Mitgefühl setzten ihm heftig zu. Tränen brannten ihm in den Augen, doch er hielt sie zurück. Wenn er jetzt anfing zu weinen, würde er vielleicht nie wieder aufhören. Arnold war für alle im Team so etwas wie ein kleiner Bruder gewesen, den man gerne mal hochnahm und aufzog. Er hatte darauf locker reagiert, hatte immer gegrinst und war nie beleidigt gewesen.

Natürlich war Arnolds Tod für Gonzo ein Albtraum, zumal er dabei gewesen und der Schütze entkommen war.

„Wir müssen los", sagte Freddie. „Ich muss zu den anderen."

„Ja, ich weiß." Sie ließ ihn los, nahm ihre Handtasche und ging vor ihm durch die Tür, hinaus in die dunkle Nacht, um die lange Heimfahrt anzutreten.

KOLLEGE VERLETZT. KOLLEGE VERLETZT. KOLLEGE VERLETZT. WIE IN einem Albtraum hörte Gonzo die Worte in Endlosschleife in seinem Kopf, während er in der Gerichtsmedizin bei der Leiche seines Partners Wache stand. Jeden Moment würde Arnold den

Kopf heben und ihm sagen, es sei alles nur ein großer Spaß gewesen. Gonzo hätte so gerne die Zeit zu ihrem Streitgespräch im Auto zurückgedreht.

Ich überlasse dir die Gesprächsführung.

Er seufzte tief, als die Gefühle ihn zu übermannen drohten. Nein, er durfte jetzt nicht zusammenbrechen. Er musste für Arnold stark bleiben, bis sie den Täter erwischt hatten. Es war der letzte Dienst, den er ihm erweisen konnte, und daher würde er nicht eher ruhen, als bis das erledigt war.

„Sergeant Gonzales."

Er erkannte die sanfte Stimme Lindsey McNamaras. Wo kam die denn plötzlich her? Tomlinson musste sie gerufen haben. Sie wollte sicher mit der Obduktion beginnen, doch er war noch nicht so weit.

„Gonzo." Als sie ihm die Hand auf die Schulter legte, hätte er am liebsten geschrien, sie solle ihn in Ruhe lassen. Einfach nur in Ruhe lassen. Aber es gab Dinge zu tun. Er musste Arnolds Eltern benachrichtigen, ein Gedanke, bei dem ihm übel wurde. Er schluckte die Galle, die er bereits im Mund schmeckte, wieder hinunter, entschlossen, auch das für seinen Partner durchzuziehen, der im umgekehrten Fall dasselbe für ihn getan hätte.

Es hätte umgekehrt sein sollen. Er hätte wie immer die Gesprächsführung übernehmen sollen. Stattdessen hatte er seinen Partner voraus- und damit in den Tod geschickt.

„Ich brauche etwas, um ihm das Blut aus dem Gesicht zu wischen." Zutreffender wäre wohl gewesen: aus den Überresten seines Gesichts.

„Das kann ich doch übernehmen", bot Lindsey an.

„Ich möchte es aber gern tun."

Er hörte hinter sich Wasser laufen, wandte den Blick dennoch nicht vom Gesicht seines Partners, das die Kugel zerschmettert hatte.

Lindsey reichte ihm ein feuchtes Tuch, und Gonzo säuberte die klaffende Wunde in Arnolds Wange vom Blut. Er wischte auch das Blutrinnsal ab, das von seinem Mundwinkel zu seinem Hals führte.

Gonzo strich Arnold das Haar aus der Stirn und richtete es so, wie der junge Detective es immer getragen hatte. Nachdem er das Gesicht gesäubert hatte, sah Arnold mit Ausnahme des klaffenden Lochs in der Wange und der wächsernen Haut fast wieder aus wie sonst.

Nun blieb ihm nichts mehr zu tun. „Ich kann ihn nicht allein lassen."

Lindsey versprach sanft: „Ich werde mich gut um ihn kümmern."

Gonzo legte die Stirn auf Arnolds Brust, wünschte sich, hoffte so sehr, das unverkennbare Geräusch eines Herzschlags zu hören, doch das Herz seines Partners würde nie wieder schlagen. Tränen rannen Gonzo aus den zusammengekniffenen Augen und durchtränkten Arnolds Baumwoll-T-Shirt. *Ich sollte da liegen. Ich sollte da liegen.*

Lindsey strich Gonzo über den Rücken und versuchte, ihn zu trösten, obgleich das unmöglich schien.

Kollege verletzt. Kollege verletzt. Kollege verletzt. Das durfte nicht wahr sein. Es war bloß ein Albtraum, aus dem er schwitzend und keuchend erwachen würde, wie so oft, seit Billy Springer ihn niedergeschossen hatte. Er hatte nur dank seines Partners überlebt, den er vorhin noch zurechtgewiesen hatte, des Partners, der jetzt seinetwegen kalt und tot im Leichenschauhaus lag. *Weil ich ihm die Gesprächsführung überlassen habe.*

Irgendwo tief in sich fand er die Kraft, sich aufzurichten, ein letztes Mal Arnolds Haar zurechtzustreichen, Lindsey ein paar Dankesworte zuzumurmeln, die Gerichtsmedizin zu verlassen und sich ins Großraumbüro der Ermittler zu begeben, um herauszufinden, wie es bei der Jagd auf Besozzi lief. Dann würde er nach Maryland fahren, um das Leben von Arnolds liebevollen Eltern zu zerstören.

Das Großraumbüro lag verlassen da, aber im Konferenzraum war Licht, deshalb betrat Gonzo ihn und fand dort das gesamte Team vor, mit Ausnahme von Sam, Cruz und natürlich Arnold. Captain Malone stand vorn und wollte sich offenbar gerade an McBride, Tyrone, Carlucci und Dominguez wenden. Auch der leitende FBI Special Agent Avery Hill, dessen Familienbesuch in South Carolina offenbar beendet war, war zugegen, außerdem Chief Farnsworth und Deputy Chief Conklin.

Gonzo warf einen Blick zu Malone, der nickte und es ihm überließ, den anderen zu berichten, was passiert war. Kurz spielte er mit dem Gedanken, diese traurige Pflicht doch dem Captain zu übertragen, aber da er das Team momentan leitete, war das seine Aufgabe. Aller Augen richteten sich auf ihn. Er wusste, dass sie sich fragten, warum er blutverschmiert war, warum man sie hergerufen hatte, warum sein Partner nicht anwesend war. Er musste ihnen jetzt sagen, dass Arnold nie wieder anwesend sein würde.

„Ich bedaure, euch mitteilen zu müssen, dass Detective Arnold heute Abend in Ausübung seiner Pflicht erschossen wurde."

Ein schockiertes Keuchen ging durch den Raum.

„O nein", hauchte Jeannie McBride, und Tränen traten ihr in die Augen.

„Mein Gott", murmelte Hill.

Carlucci bedeckte ihr Gesicht mit den Händen, und Dominguez starrte ins Leere. Tyrone musterte mit versteinerter Miene die Wand, vergoss dabei stumme Tränen.

„Wir haben das Haus von Giuseppe Besozzi, einem Verdächtigen im Messerstecherfall, observiert", fuhr Gonzo ausdruckslos und monoton fort. Es war seine Aufgabe, sie ins Bild zu setzen, und er würde seinen gottverdammten Job erledigen, selbst wenn es ihn innerlich umbrachte.

„Wir haben stundenlang im Auto gesessen. Arnold hat sich über die Kälte beschwert, die Langeweile und die Tatsache, dass unsere Schicht schon seit Stunden zu Ende war, und ich habe ihm angeboten, er dürfe das Gespräch mit Besozzi führen, wenn er bis dahin die Klappe hielte. Wir sind ein paarmal durchgegangen, was er ihn fragen würde, wie er auf mögliche Antworten des Verdächtigen reagieren würde und so weiter. Als wir ihn endlich kommen sahen, sind wir ausgestiegen und haben uns ihm wie geplant genähert, Arnold war vorn. Er hat sich vorgestellt, seine Marke gezeigt, und Besozzi hat das Feuer eröffnet. Arnold ist neben mir zu Boden gestürzt und hätte mich beinahe mitgerissen. Deswegen habe ich einige Sekunden gebraucht, um zu reagieren, die Waffe zu ziehen und ein paar Schüsse abzufeuern. Wir hatten einen Streifenwagen als Verstärkung angefordert, und ich habe die Kollegen angewiesen, dem Verdächtigen zu folgen, während ich einen Krankenwagen gerufen und mit Arnold gewartet habe. Er war tot, bevor der Notarzt eintraf."

„Gonzo …", wollte Jeannie Mitgefühl ausdrücken, das er nicht verdiente.

„Ich will, dass wir diesen Kerl mit allem jagen, was wir haben", fiel ihr Gonzo ins Wort. „Er hat einen von uns umgelegt und ist außerdem möglicherweise für diese Messerangriffe verantwortlich."

„Was wissen wir über ihn?", fragte Hill.

„Nur, was uns das Opfer William Enright und seine Kollegen von Griffen + Smoltz berichtet haben." Gonzo informierte die anderen über den Streit, den die Designer mit Besozzi gehabt hatten, und den Anlass dafür. „Enright hat gemeint, es sei ihm verdächtig erschienen, dass der Kunde Webcams und Chatrooms für einen Internetshop für T-Shirts haben wollte. Das hat er Griffen, dem Geschäftsführer, mitgeteilt. Gemeinsam haben sie beschlossen, die Geschäftsbeziehung zu beenden, was Besozzi Griffen zufolge gar nicht gut aufgenommen hat."

„Ist er aktenkundig?", fragte Hill.

„Bisher haben wir nichts gefunden, aber einer von Enrights Kollegen hat vermutet, sein italienischer Akzent sei falsch und er stamme möglicherweise gar nicht aus Italien, wer weiß also, wer der Kerl wirklich ist? Carlucci, Dominguez, ihr geht morgen früh noch mal zu Griffen + Smoltz und wühlt in deren Unterlagen. Die sollen euch alles geben, was sie haben, und wenn sie sich weigern, besorgt euch einen Durchsuchungsbeschluss. Ich will so schnell wie möglich ein Bild von diesem Typen, das wir an die Medien rausgeben können."

„Apropos Medien und Berichterstattung", unterbrach ihn Malone, „wir müssen eine Pressekonferenz zum Thema Arnold und zu unseren Ermittlungen abhalten."

„Ich setze mich mit der Presseabteilung zusammen und mache das, wenn ich von seinen Eltern wieder zurück bin", stimmte Gonzo zu.

„Ich besorge in der Zwischenzeit einen Durchsuchungsbeschluss für Besozzis Haus", versprach Malone.

„Was können wir tun?", fragte Jeannie.

„Redet noch mal mit dem anderen überlebenden Opfer", verlangte Gonzo. „Findet heraus, ob es eine Verbindung zwischen ihm und Besozzi gibt. Möglicherweise war Enright sein eigentliches Ziel, und die anderen Fälle sollten nur Angst vor zufälligen Angriffen verbreiten, die es eigentlich gar nicht gibt."

„Wir sollten uns auch die Getöteten näher ansehen", schlug Malone vor. „Die Theorie, dass Enright sein eigentliches Opfer war und die anderen nur Panik und Angst auslösen sollten, finde ich nicht verkehrt."

„Ich setze meine Leute daran", meldete sich Hill zu Wort, „und lasse es Sie wissen, wenn wir etwas Hilfreiches entdecken."

„Wir brauchen bei der Fahndung nach diesem Typen außerdem Unterstützung von den Marshals", ergänzte Farnsworth.

„Die haben wir bereits hinzugezogen", erklärte Conklin. „In dreißig Minuten habe ich einen Termin, um sie ins Bild zu setzen. Haben Sie ihn gut genug erkennen können, um ihn zu beschreiben, bevor er das Feuer eröffnet hat?"

Gonzo zwang sich, an die schrecklichen Minuten auf dem Bürgersteig zurückzudenken. „Es war dunkel, deswegen habe ich außer ziemlich langen dunklen Haaren, südländischem Teint und einer schwarzen Jacke nicht viel wahrgenommen. Es ging alles so schnell. Ehe ich ihn mir richtig anschauen konnte, hat er schon geschossen."

„Was gibt es dort in der Gegend an Kameras?", fragte Farnsworth.

„Das überprüfen wir zusammen mit Lieutenant Archelotta", brachte Conklin den Kollegen ins Spiel, der die IT-Abteilung leitete. „Zurzeit befragen außerdem Streifenbeamte die Anwohner, um herauszufinden, ob es private Überwachungskameras gibt, die etwas aufgezeichnet haben könnten."

„Haben sich die Streifenbeamten gemeldet, die ihn verfolgt haben?", erkundigte sich Gonzo.

„Als sie um die Ecke gebogen sind, um die er zu Fuß verschwunden war, war er nirgends mehr zu sehen", antwortete Malone.

„Kein Blut und keine sonstigen Spuren auf der Straße?", hakte

Gonzo nach. „Ich habe mehrere Schüsse abgegeben und hatte eigentlich gehofft, ihn getroffen zu haben.“

„Sie haben nichts in der Art gefunden, aber wir schauen morgen früh noch mal nach.“

„Ich muss zu seiner Familie in New Carrollton.“ Bei diesen Worten und dem Gedanken daran, was er guten Menschen antun musste, die das in keiner Weise verdient hatten, wurde Gonzo erneut schlecht.

Andererseits – hatte es überhaupt irgendjemand verdient, dass man ein Mitglied seiner Familie ermordete?

„Ich komme mit“, verkündete Malone.

„Das ist nicht nötig.“

„Das war kein Vorschlag.“

„Was ist mit Sam?“, wollte Gonzo wissen. „Hat jemand ihr und Cruz Bescheid gesagt?“

„Der Secret Service hat ihr Haus in eine Festung verwandelt“, erklärte Malone. „Ich habe ihr eine Nachricht hinterlassen und rechne damit, morgen früh von ihr zu hören. Cruz habe ich benachrichtigt, er ist auf dem Rückweg nach Washington.“

„Von wo?“

„Offenbar aus Florida.“

Zum ersten Mal seit den Schüssen auf Arnold dachte Gonzo an Christina, der er es mitteilen musste, bevor sie es im Radio hörte.

„Was ist mit den Medien?“, fragte er. „Die drehen doch jedes Mal durch, wenn gemeldet wird, dass ein Polizist niedergeschossen worden ist.“

„Es ist uns gelungen, sie in Schach zu halten, aber es ist bloß eine Frage der Zeit, bis sie mitbekommen, was hier läuft“, entgegnete Malone. „Wir müssen rasch nach New Carrollton.“

Gonzo nickte. Der Captain hatte recht. Er hoffte nur, dass er diese schreckliche Aufgabe hinter sich bringen konnte, ohne sich zu übergeben.

„Ich will, dass bis zum Begräbnis rund um die Uhr jemand bei Arnold ist“, sagte Gonzo. „Ich würde diese Aufgabe ja selbst übernehmen, aber als Interims-Teamleiter ...“

„Er hatte mich bestimmt“, meldete sich Tyrone. Jeder Polizist wählte einen Kollegen aus, der sich um die Formalitäten kümmern musste, wenn er im Dienst getötet wurde. „Ich mache das.“

„Danke.“ An Malone gewandt meinte Gonzo: „Wir können gleich aufbrechen.“ Er verließ den Raum und ging zur Toilette, um sich das Blut von den Händen zu waschen und sich kaltes Wasser ins Gesicht zu spritzen. Sein Magen war in wildem Aufruhr, und es würde ihn wirklich erstaunen, wenn er sich nicht tatsächlich irgendwann übergeben müsste.

Kollege verletzt. Kollege verletzt. Kollege verletzt.

Gonzo bekam das Bild von dem klaffenden Loch in Arnolds Gesicht nicht aus dem Kopf. Er vermutete, dass ihn diese Erinnerung für den Rest seines Lebens verfolgen würde.

Wenn du mit geschlossenem Mund da sitzen bleibst, bis er endlich heimkommt, überlasse ich dir die Gesprächsführung.

Sein Magen krampfte, und diesmal konnte er nichts gegen den Brechreiz tun. Er stürzte in eine der Kabinen, beugte sich über die Schüssel und erbrach seinen kümmerlichen Mageninhalt. Der Brechreiz hörte erst auf, als bloß noch Galle kam und ihm der kalte Schweiß ausbrach. Das durfte nicht wahr sein. Jeden Moment würde er in seinem Bett neben Christina aufwachen, die ihm sagte, es sei alles nur ein böser Traum gewesen. Was würde er darum geben, wenn das wahr sein könnte!

Mit zitternden Händen wischte er sich den Schweiß und die Tränen aus dem Gesicht. Das Schussgeräusch hallte noch in seinen Ohren. Eine einzige Kugel hatte gereicht, um dem Leben eines vielversprechenden Ermittlers ein Ende zu setzen, eines jungen Mannes in der Blüte seines Lebens. Eine einzige verdammte Kugel.

Als er sich zwang, sich aufzurichten und sich seinen bevorstehenden Aufgaben zu stellen, zitterten Gonzo die Knie. Er betätigte die Spülung und verließ die Kabine. Am Waschbecken spritzte er sich erneut kaltes Wasser ins Gesicht und spülte seinen Mund aus. Seine Bewegungen waren so fahrig, dass er dabei die gesamte Umgebung des Waschbeckens nass machte.

Christina. Er musste sie anrufen, damit sie es von ihm hörte und nicht in den Nachrichten. Aber wie sollte er die Worte sagen, die ihr das Herz brechen würden? Wie diese schreckliche Nachricht überbringen, ohne sie wieder restlos zu verängstigen?

Seit den Schüssen auf ihn klammerte sie und war verständlicherweise sehr nähebedürftig. Das Letzte, was er ihr oder sonst jemandem mitteilen wollte, war, dass Arnold tot war. Doch sie durfte es auf keinen Fall von jemand anderem oder gar aus den Nachrichten erfahren. Also zückte er sein Handy und rief sie an.

Der Klang ihrer Stimme, als sie sich meldete, verriet ihm, dass sie geschlafen hatte. Natürlich. Es war zwei Uhr morgens.

„Baby."

„Tommy. Du arbeitest aber lange."

„Ja. Baby, hör zu, bist du wach?"

„Mmm."

„Christina."

„Ich bin wach, Tommy. Was ist denn?"

„Es ist ... Ich wollte nicht, dass du es von jemand anderem erfährst ... Ich ..."

„Was denn?"

„Arnold ist tot."

Der erstickte Schreckenslaut, den sie von sich gab, versetzte ihm einen Stich ins Herz. „Nein. Tommy. Was ist passiert?"

„Er wurde erschossen."

„Wa... warst du vor Ort, als es passiert ist?"

„Direkt neben ihm."

„O Gott, Baby. Bist du ..." Als er ihr leises Schluchzen hörte, traten ihm Tränen in die Augen. „Tommy. Es tut mir so leid."

„Ich muss seine Familie benachrichtigen."

„Musst *du* das machen?"

„Ja." Mit zitternden Fingern fuhr er sich durchs Haar. „Ich muss auflegen, Baby. Keine Ahnung, wann ich heimkomme, aber wenn ich irgendwie kann, rufe ich wieder an."

„Ich hab dich so lieb. Es tut mir furchtbar leid, dass dir und deinem Partner das passiert ist."

„Danke. Tu mir einen Gefallen, und entferne dich mit Alex nicht allzu weit von zu Hause, bis wir diesen Typen haben. Er ist auf der Flucht, und ich muss wissen, dass ihr in Sicherheit seid."

„Wir werden daheimbleiben. Mach dir um uns keine Sorgen."

„Ich melde mich."

„Lass es mich wissen, wenn ich irgendetwas tun kann."

„Versprochen. Ich liebe dich."

„Ich dich auch."

Gonzo steckte das Handy wieder ein, holte ein paarmal tief Luft und bereitete sich darauf vor, sich dem Horrortrip zu stellen, der vor der WC-Tür auf ihn lauerte. Er musste da rausgehen und einem am Boden zerstörten Team die Führung bieten, die es jetzt brauchte. Er musste da rausgehen und Arnolds Eltern benachrichtigen. Er musste da rausgehen und den Typen fassen, der seinen Partner getötet hatte.

Erst danach konnte er zu seiner Liebsten heimkehren und zusammenbrechen. Bis dahin war das keine Option. Er nahm alle innere Stärke zusammen, die er finden konnte, und verließ die Toiletten, um wieder Teil des Albtraums zu werden.

Malone erwartete ihn bereits. „Alles klar?"

„Ging mir schon besser."

„Ich kann die Familie auch allein aufsuchen, Gonzo."

Ehe der Captain ausgesprochen hatte, schüttelte Gonzo schon den Kopf. „Ich schulde es ihm, das persönlich zu machen. Die kennen mich. Sie müssen es von mir hören."

„Wir müssen durch die Gerichtsmedizin raus, und zwar jetzt. Am Haupteingang wimmelt es nur so von Presse, die nach Informationen über die Schüsse auf einen Polizisten schreit. Sie haben sich in den Krankenhäusern umgehört und wissen dementsprechend, dass es um einen Todesfall geht. Unsere Leute von der Presseabteilung haben sie gebeten, die Information zurückzuhalten, bis wir die Familie benachrichtigt haben, aber wenn wir zu viel Zeit vertrödeln, juckt es noch jemanden in den Fingern ..."

Gonzo nickte. „Die anderen ..."

„Tun, was nötig ist, um den Schützen zu fassen. Es wird ihnen helfen, etwas zu tun zu haben."

„Gut."

Er und Malone durchquerten das Polizeigebäude, und jeder Polizist, an dem sie vorbeikamen, sah ihnen nach. Niemand sagte ein Wort. Das war nicht nötig. Malone bestand darauf, sich hinters Steuer zu setzen, und Gonzo hatte keine Lust auf Diskussionen. Sie verließen den Parkplatz in Richtung Maryland.

„Hat sich Sam inzwischen gemeldet?", fragte Gonzo.

„Bisher nicht.“

Der Gedanke, dass sie beim Aufwachen als Erstes diese unvorstellbare Neuigkeit hören würde, versetzte Gonzo erneut einen Stich. Noch mehr schmerzte ihn jedoch, wie sehr er sie und den Rest des Teams enttäuscht hatte, indem er zugelassen hatte, dass das passiert war, während er das Sagen hatte.

13

Sam erwachte langsam und träge. Sie hatte seit Jahren nicht mehr so lange am Stück freigehabt und gewöhnte sich langsam ans Ausschlafen. „Ausschlafen" bedeutete für sie üblicherweise: bis gegen acht, und jetzt war es erst fünf. Warum also war sie wach? Nick schlummerte friedlich neben ihr. Sie bedauerte sehr, dass er ihretwegen in letzter Zeit so schlecht geschlafen hatte, und war erleichtert, ihn so entspannt zu sehen.

Nach ein paar Minuten wurde ihr klar, dass sie keine Ruhe mehr finden würde, weshalb sie beschloss, runterzulaufen und sich das Buch zu holen, das ihr Tracy geschenkt hatte. Sie stand auf, ging auf die Toilette, zog Sweatshirt und Jogginghose wieder an und machte sich auf den Weg.

Vor Scottys Tür begrüßte sie der diensthabende Personenschützer. „Guten Morgen, Mrs Cappuano."

„Guten Morgen, Darcy."

„Ich soll Ihnen ausrichten, dass Captain Malone vom MPD hier war und Sie sprechen wollte."

„Wann?"

„Gegen Mitternacht."

„Warum hat mir niemand Bescheid gesagt?"

„Wir hatten vom Vizepräsidenten Anweisung, Sie nicht zu stören, es sei denn, Ihr Sohn bräuchte Sie."

„Richtig", bestätigte Sam, als ihr die letzten Worte Nicks zum diensthabenden Bodyguard des Vorabends wieder einfielen. „Hat er erwähnt, worum es ging?"

„Nein, Ma'am. Ich glaube, er wollte Sie anrufen."

Sams Herz schlug schneller, und ihre Handflächen waren feucht, als sie ihr Handy vom Ladekabel auf dem Nachttisch nahm. Der einzige Grund, aus dem der Captain mitten in der Nacht zu ihr nach Hause gekommen sein konnte, obwohl sie krankgeschrieben war, war, dass etwas Furchtbares geschehen war.

Sie setzte sich aufs Bett und klappte das Handy auf, um festzustellen, dass sie mehrere Anrufe von Malone, Cruz und Farnsworth verpasst hatte. „Scheiße", flüsterte sie. „Mein Gott, was nun?" Sam war versucht, das Handy zuzuklappen und zumindest für ein Weilchen noch so zu tun, als hätte sie die verpassten Anrufe nicht bemerkt.

Tatsächlich war sie krankgeschrieben und konnte sie folgenlos ignorieren. Aber das brachte sie nicht über sich. Was auch immer geschehen war, irgendwann würde sie sich ohnehin damit befassen müssen. Mit diesem Gedanken im Kopf rief sie Malone zurück.

Er nahm beim ersten Klingeln ab. „Lieutenant."

Die formelle Anrede steigerte ihre Angst noch. „Captain. Tut mir leid, dass Sie mich gestern Nacht nicht angetroffen haben."

„Ich bedauere, Ihnen mitteilen zu müssen, dass Detective Arnold in Ausübung seines Dienstes erschossen worden ist."

Ein Schlag in den Magen hätte sie nicht härter treffen können als diese Worte. Erschrocken atmete sie so tief aus, dass sie praktisch keinen Sauerstoff mehr im Körper hatte, wovon ihr schwindlig und ein wenig schlecht wurde. „Wann?"

„Gegen 23.30 Uhr. Er hat mit Sergeant Gonzales eine Überwachungsmaßnahme durchgeführt, die beiden haben auf einen Verdächtigen im Messerstecherfall gewartet. Als sie die Person auf der Straße angesprochen haben, hat der Mann Detective Arnold ins Gesicht geschossen und ihn damit praktisch auf der Stelle getötet."

Sam wischte sich Tränen ab, die ihr vor der Sache mit Stahl unsagbar peinlich gewesen wären. Seither empfand sie alles so viel intensiver als zuvor, und diese Nachricht tat schrecklich weh.

Der arme Arnold. So ein netter Junge, ein vielversprechender Ermittler. Und Gonzo ... „Ist Gonzo in der Nähe? Kann ich mit ihm reden?"

„Augenblick."

Sie hörte leise Stimmen im Hintergrund.

„Hey", meldete sich Gonzo, und in dem einen Wort lag eine Fülle von Emotionen.

„Ich weiß nicht, was ich sagen soll."

„Meine Schuld. Ich habe ihm die Führung überlassen, ohne zu wissen, was auf uns zukommt."

„Du hast deinen Job gemacht, zu dem auch gehört hat, ihn auszubilden."

„Gestern Nacht war nicht der richtige Zeitpunkt dafür, aber das ist mein Problem."

Das würde sie später mit ihm erörtern, wenn der erste Schock abgeklungen war. „Seine Familie ..."

„Der Captain und ich sind auf dem Weg dorthin."

„Was kann ich tun?"

„Nichts. Du bist krankgeschrieben."

„Nicht mehr. Ich bin in dreißig Minuten im Hauptquartier. Sag mir, wie ich euch helfen kann."

„Der Schütze ist flüchtig. Es ist direkt vor meinen Augen passiert, doch ich habe das Feuer nicht rechtzeitig erwidern können, um ihn zu stoppen."

Sam begriff, dass es sehr lange dauern würde, bis Tommy bewältigt haben würde, was seinem Partner zugestoßen war – wenn er das überhaupt je schaffen würde. „Wir kriegen ihn, Gonzo." Bei diesen Worten loderte das Feuer in ihr, das in Marissa Springers Keller erloschen war, empor wie ein ausgewachsenes Inferno. „Wir kriegen ihn, hörst du?"

„Ja."

„Wir sehen uns im Hauptquartier. Richte Arnolds Eltern aus, ich melde mich später bei ihnen."

„Mach ich."

„Ruf an, wenn du mich brauchst. Das ist mein Ernst."

„Okay."

Sie klappte das Handy zu und hastete unter die Dusche, wusch sich aber nicht die Haare, um schneller bei ihren Leuten sein zu können. Das Feuer in ihr loderte immer noch heiß und heftig, als sie den Flur überquerte, um sich Jeans, einen warmen Pulli und dicke Socken zu holen. Zum ersten Mal seit Wochen ging sie wieder ins Schlafzimmer, um die Nachttischschublade aufzuschließen, in der sie ihre Dienstwaffe, ihre Polizeimarke und ihre Handschellen aufbewahrte.

Als sie dafür gerüstet war, sich dem Tag zu stellen, lief sie aus dem Schlafzimmer und erschreckte damit Darcy.

„Alles in Ordnung, Ma'am?"

„Einer meiner Beamten ist erschossen worden."

„O Gott. Das tut mir leid. Wenn wir irgendwie behilflich sein können ..."

„Danke. Ich melde mich." Auf dem Weg zum Dachboden nahm Sam immer zwei Stufen auf einmal. Sie hasste es, Nick zu wecken, wenn dieser endlich seinen verdienten Schlaf nachholte, doch sie konnte nicht gehen, ohne mit ihm geredet zu haben. Sam setzte sich auf den Rand der Matratze auf der Doppelliege, beugte sich vor und küsste ihn.

„Nick." Als er sich nicht regte, tat sie es erneut.

Er öffnete die Augen und war sofort hellwach. „Warum bist du angezogen?"

„Arnold ist heute Nacht erschossen worden. Ich muss zur Arbeit."

„Was? Erschossen? Wie das?"

„Als er einen Verdächtigen angesprochen hat. Der Kerl ist flüchtig. Ich muss los."

„Sam, warte. Ehe du verschwindest ..." Er setzte sich auf und schlang die Arme um sie. „Babe."

„Ich weiß."

„Ist sonst noch jemand verletzt?"

„Gonzo war vor Ort, aber er ist unversehrt. Jedenfalls körperlich ..."

„Ja. O Gott. Der arme Arnold. Er war doch praktisch noch ein Kind."

Sam biss sich auf die Lippe, um nicht in Tränen auszubrechen. Sie durfte nicht darüber nachdenken, was der Verlust bedeutete. Zumindest nicht jetzt. Nicht, solange sie einen Mörder zu fassen und einen Job zu erledigen hatten. „Ich muss los."

„Lass mich mitkommen.“

„Nein, ich kann nicht warten, bis der Secret Service seine Aufbruchsprozedur durchgezogen hat. Ich muss jetzt los. Vielleicht stößt du später dazu?“

„Möchtest du das?“

Sie wich ein Stück zurück, um ihm in die wundervollen haselnussbraunen Augen schauen zu können. „Ja.“

„Ich sage alle Termine ab, solange du mich brauchst.“

Sam küsste ihn. „Danke. Wir sehen uns im Hauptquartier. Nimm den Eingang zur Gerichtsmedizin, damit du nicht an den Medienvertretern vorbeimusst, und weih nur so viele Securityleute ein wie zwingend nötig.“

„Alles klar. Ich rufe Shelby an, damit sie herkommt und bei Scotty bleibt.“ Er wickelte sich eine ihrer Haarsträhnen um den Finger. „Sei vorsichtig da draußen, Babe. Dieser Typ hat schon einen Polizisten erschossen. Er hat nichts mehr zu verlieren, ich hingegen alles.“

„Ich bin immer vorsichtig und werde es jetzt ganz besonders sein.“ Sie musste ihm nicht erklären, was sie mit „jetzt“ meinte. Es gab die Zeit vor der Entführung durch Stahl, und es gab jetzt.

„Bist du sicher, dass du bereit bist, wieder zu arbeiten?“

„Nein. Aber er war einer von meinen Leuten. Ich gehe für ihn zurück. Hier dreht es sich nicht um mich.“

Er nahm ihr Gesicht zwischen seine Hände und küsste sie erneut. „Ich komme gleich nach.“

„Das macht es mir leichter.“

„Ich liebe dich.“

„Ich dich auch.“ Sam stahl sich einen letzten Kurs, stand auf und lief nach unten, wo sie Darcy zunickte und ins Erdgeschoss weitereilte. Sie schnappte sich ein paar Müsliriegel und zwei Flaschen Wasser. Von der Flurgarderobe nahm sie ihren wärmsten Parka, streifte sich die mit Schafswolle gefütterten Handschuhe über, die sie von Nick zu Weihnachten bekommen hatte, schlüpfte in die warmen Stiefel, die er ihr gekauft hatte, und ließ sich fünfzehn Minuten nach ihrem Gespräch mit Malone von dem Mann vom Secret Service die Tür öffnen.

Im BMW drehte sie die Sitzheizung voll auf, dann verließ sie die Ninth Street und fuhr zum Hauptquartier.

Arnold ist tot.

Ihr Gehirn weigerte sich, diese Worte als Wahrheit zu akzeptieren. Es war unbegreiflich. Der unbeschwerte Ermittler, den sie alle so gern geneckt hatten, konnte nicht tot sein. Der arme Gonzo. Arnold hatte ihm jüngst bei seiner Schussverletzung das Leben gerettet, und nun war er direkt neben ihm niedergeschossen worden ...

Sam holte tief Luft und versuchte, ihre Gefühle in den Griff zu bekommen, denn es war ihre Pflicht, ihrem Team bei dem tragischen Verlust eines der Ihren zur Seite zu stehen. Doch zuvor musste sie noch jemanden informieren, ehe er es in den Nachrichten hörte. Sie rief ihren Vater an.

Ihre Stiefmutter nahm ab. „Mmm, hallo?"

„Celia, sorry, dass ich so früh störe. Ich bin's, Sam. Gib mir mal Dad."

„Was ist denn los?"

„Einer meiner Detectives ... Arnold ... Man hat ihn ... Er ist tot."

„O nein. Mein Gott."

„Ich wollte, dass Dad es von mir erfährt und nicht aus den Nachrichten."

„Natürlich. Ich bringe ihm das Telefon. Das tut mir so leid, Samantha."

„Ich weiß." Die Anteilnahme ihrer Stiefmutter trieb Sam wieder Tränen in die Augen. „Danke."

„Bleib dran, ich geb dir deinen Vater."

Im Hintergrund hörte Sam Geraschel und undeutliche Geräusche, dann war Skip am Telefon. „Was ist los, Kleines?" Seine Stimme klang verschlafen.

„Es geht um Arnold." Ihr wurde klar, dass sie das Folgende noch ziemlich oft würde sagen müssen, ohne dass es leichter werden würde. „Er ist letzte Nacht im Dienst erschossen worden. Der Täter ist flüchtig. Es war unser Verdächtiger im Messerstecherfall."

„O Gott. Das tut mir so leid. So ein netter junger Mann."

„Ja." Beim Klang der Stimme ihres Vaters hatte sie alle Mühe, nicht schluchzend zusammenzubrechen. Beim Fahren wischte sie sich mit dem Parka-Ärmel die Tränen ab. „Was soll ich nur tun? Wie kriege ich mein Team da durch?"

„Deine Aufgabe ist es jetzt, zu führen, die Richtung vorzugeben, für deine Leute und für Arnolds Eltern da zu sein."

„Ich will diesen Kerl aufspüren, damit er für das bezahlen muss, was er Arnold angetan hat."

„Das ist diesmal aber nicht deine Aufgabe. Ich vermute, ihr habt die Marshals hinzugezogen?"

„Ja, und das FBI."

„Überlass denen die Jagd. Ihr müsst euch darauf konzentrieren, eine wasserdichte Anklage gegen ihn hinzukriegen, die vor Gericht Bestand hat. Das wird dich auch von deinem Schmerz und deinem Zorn ablenken."

„Im Moment empfinde ich nur Schmerz."

„Der Zorn kommt noch. Nach Stevens Tod war ich wochenlang besorgt, wenn ich zu Hause bei meiner Frau war, weil ich solche Angst vor einem unkontrollierten Wutausbruch hatte."

„Den hattest du aber nicht?"

„Nein, allerdings nur, weil ich mich mit aller Kraft beherrscht habe. So schwer der heutige und der morgige Tag, die nächste Woche und die danach auch sein werden, du schaffst das, und du wirst deinen Leuten helfen, es ebenfalls zu schaffen."

Sein Vertrauen in sie machte ihr Mut, was dringend nötig war. „Danke."

„Jederzeit, Kleines. Pass gut auf dich auf, hörst du? Du hast eine schwere Zeit hinter dir und musst es langsam angehen lassen."

„Ich brenne wieder."

„Es freut mich, das zu hören, doch ich bedaure, dass es dafür einer so schrecklichen Tragödie bedurfte."

„Ich auch."

„Ruf mich später an. Lass mich wissen, wie es dir geht, und lass das Team und vor allem Gonzo wissen, dass ich an sie denke."

„Okay. Danke noch mal." Unmittelbar nach dem Anruf bei ihrem Vater klingelte das Telefon erneut. „Holland."

„Ich bin's." Freddie.

„Hey. Hast du es schon gehört?"

„Ja, heute Nacht. Wir sind auf dem Rückweg aus Florida. Ich komme dann sofort ins Hauptquartier. Wo steckst du?"

„Ich bin auch gleich da."

„Oh, gut. Das ist super. Sam ..." Jedes seiner Worte war von Verzweiflung erfüllt.

„Ich weiß. Ich weiß."

„Wir sehen uns dann."

Sie hatte den Polizeiparkplatz erreicht, auf dem sich Ü-Wagen mit großen Satellitenschüsseln auf dem Dach drängten, und fuhr gleich weiter nach hinten zum Eingang der Gerichtsmedizin. Dankenswerterweise erkannten die Journalisten sie in ihrem neuen Auto nicht und achteten gar nicht auf sie, als sie ins Gebäude huschte.

Zuerst begab sie sich in die Gerichtsmedizin, wo Detective Tyrone vor dem Labor Wache stand. Als er sie erblickte, bebte sein Kinn. Sam hielt ihn lange im Arm und betrat dann das Labor, wo Lindsey gerade zusammen mit einem Detective von der Spurensicherung Arnolds Obduktion abschloss.

Sam zwang sich, die entstellten Züge des attraktiven jungen Mannes zu betrachten, dessen Vorgesetzte sie in den letzten zwölf Monaten gewesen war. Sie inspizierte auch das Loch genauer, das die Kugel in seinem Gesicht hinterlassen hatte.

„Sam", sprach Lindsey sie an. „Tu dir das nicht an."

„Warum nicht? Er war Teil meines Teams. Das Mindeste, was ich für ihn tun kann, ist, hier bei ihm zu sein." Sie streckte die Hand aus und berührte sein Haar, das Einzige an ihm, was der Tod nicht verändert hatte. „Musste er lange leiden?"

„Ich gehe davon aus, dass er praktisch sofort tot war."

„Er hat also nichts mitbekommen?"

„Das kann ich nicht mit letzter Gewissheit sagen, aber die Kugel ist in sein Gehirn eingedrungen. Wenn er etwas gespürt hat, hat er unmittelbar danach das Bewusstsein verloren."

„Es hilft mir, zu wissen, dass er nicht gelitten hat."

„Gonzo dagegen ..."

„Ich habe mit ihm geredet."

„Dann weißt du ja, dass er sich die Schuld gibt."

Sam nickte.

„Arbeitest du wieder?"

„Ab heute."

„Das ist schön, selbst wenn ich die Umstände deiner Rückkehr hasse."

„Ich auch." Sam strich Arnold noch einmal übers Haar, ehe sie die Hand wegzog und in die Jackentasche schob. „Haben wir irgendwas Verwertbares?"

„Ich habe die Neun-Millimeter-Kugel aus seinem Körper entfernt und für einen ballistischen Test ins Labor geschickt. Viel mehr konnte ich nicht tun."

„Immerhin. Halt mich auf dem Laufenden."

„Mach ich."

„Danke."

„Sam, wenn ich irgendetwas tun kann, brauchst du es nur zu sagen."

„Das weiß ich zu schätzen." Mit dem Bild von Arnolds zertrümmertem Gesicht vor Augen verließ Sam die Gerichtsmedizin und begab sich ins Großraumbüro der Ermittler, ohne auf die interessierten Blicke der Kollegen zu achten, denen sie unterwegs begegnete. Abgesehen von ihren Terminen bei Trulo war sie seit Wochen nicht mehr hier gewesen, und die Leute waren natürlich gespannt zu erfahren, was in jenem Keller zwischen ihr und Stahl abgelaufen war. Sie waren zudem neugierig wegen ihrer Rolle als Frau des neuen Vizepräsidenten und wegen des Promi-Status, den diese mit sich brachte, auch wenn ihr das persönlich egal war. Zumindest Sams Auffassung nach war das große öffentliche Interesse an ihr ausschließlich nervig.

Sie würde die Neugier ihrer Kolleginnen und Kollegen nicht befriedigen. Außer bei Stahls Prozess würde sie nie wieder ein Wort darüber verlieren, was zwischen ihm und ihr gelaufen war. Dort würde sie gerne über die blutigen Details der Ereignisse jenes Tages berichten – genau wie über die des Tages, an dem er sie vor ihrer Haustür angegriffen hatte –, wenn er dafür lebenslänglich im Gefängnis landete. Ihm stand eine schwere Zeit in einem Bundesgefängnis bevor, wo die anderen Insassen mit einem kriminellen Polizisten vermutlich nicht gerade sanft umgehen würden. Wenn es kleinkariert war, zu hoffen, dass Stahl seinen Teil der sogenannten Gefängnisgerechtigkeit abbekommen würde, dann war sie gerne kleinkariert. Er hatte sie grausam misshandelt und verletzt, und das war das Mindeste, was er verdiente.

Sam betrat das Großraumbüro der Ermittler, in dem es auffallend still war.

Jeannie McBride schaute von ihrem Rechner auf, sah Sam und erhob sich, um sie zu umarmen. „Gott sei Dank bist du hier."

Sam hatte schon immer Schwierigkeiten mit öffentlichen Zuneigungsbekundungen gehabt, doch sie ließ Jeannie gewähren, weil sie den Trost ebenso sehr brauchte wie ihre Untergebene und Freundin. „Wie geht's euch?"

„Wir sind bestürzt. Können es nicht fassen. Sind wütend. Es ist einfach unbegreiflich."

„Was wissen wir über den Schützen?"

„Komm mit in den Konferenzraum, dann zeige ich es dir."

Sam folgte Jeannie. Avery Hill brachte gerade das Whiteboard mit allen Beweisen und Indizien auf den neusten Stand.

„Lieutenant", begrüßte er sie. Er schien erstaunt über ihr Eintreffen. „Schön, Sie zu sehen, auch wenn ich den Grund natürlich zutiefst bedauere. Ich mochte Arnold. Er hat sich im Patterson-Fall als sehr hilfreich erwiesen."

„Danke. Er hatte großes Potenzial. Was haben wir bisher, und wie kann ich mich nützlich machen?"

McBride und Hill schilderten ihr die Ereignisse des vergangenen Tages und berichteten, was Gonzo und Arnold von William Enright und seinen Kollegen bei Griffen + Smoltz erfahren hatten.

„Hatten die anderen Opfer der Messerangriffe auch Verbindungen zu Besozzi?", fragte Sam.

„Wir haben bisher keine gefunden", entgegnete Jeannie, „aber wir suchen weiter."

„Was ist mit Besozzi? Was wissen wir über ihn?"

„Seltsamerweise nur sehr wenig", antwortete Hill. „Er ist nicht aktenkundig, was uns allerdings bloß verrät, dass er unter diesem Namen noch nicht festgenommen worden ist oder inhaftiert war. Es verrät uns nicht unbedingt seine wahre Identität."

„Haben wir Grund zu der Annahme, dass er sich als jemand ausgibt, der er nicht ist?"

„Es ist eher eine Ahnung", entgegnete Jeannie, „die auf einen von Enrights Kollegen zurückgeht, der die Vermutung geäußert hat, sein Akzent könne falsch sein."

„Reden wir mit dem Mann. Vielleicht kann er seinen Verdacht genauer begründen. Es wäre schön, wenn wir vor der Pressekonferenz ein Foto von Besozzi hätten."

„Daran arbeiten wir bereits." Jeannie machte sich trotzdem eine Notiz und fügte Sams Vorschlag einer langen Liste auf dem Block hinzu, den sie vor sich liegen hatte.

„Der Typ gibt sich als italienischer Staatsbürger aus, ja?", fragte Sam.

„Richtig", bestätigte Hill.

„Können Sie bei der italienischen Botschaft nachfragen, ob die uns helfen können, festzustellen, ob jemand dieses Namens sich augenblicklich in den USA aufhält?"

„Ich kümmere mich sofort darum", versprach Hill.

„Besorgen Sie mir alles, was wir bisher zu dieser Ermittlung haben", verlangte Sam. „Ich will den Kopf dieses Mistkerls auf einem Silbertablett."

14

___

Die Sonne ging langsam hinter John und Brenda Arnolds gepflegtem Haus auf. Gonzo hatte das Gefühl, innerlich zu verbrennen, wenn er daran dachte, was er diesen bodenständigen Leuten, die so stolz auf ihren Sohn, den Kriminalpolizisten, waren, gleich würde sagen müssen.

In den beiden Jahren, in denen Arnold sein Partner gewesen war, war Gonzo hier zum Essen, zu Arnolds fünfundzwanzigstem Geburtstag sowie zu weiteren Familienfeiern eingeladen gewesen. Sie hatten ihn aufgenommen wie einen weiteren Sohn, und jetzt musste er zu ihnen und ihnen den Boden unter den Füßen wegziehen.

Ihm wurde schon wieder übel. Gonzo riss die Beifahrertür auf, und die einströmende frische Luft half ihm, den Brechreiz niederzukämpfen.

„Ich kann das übernehmen, Gonzo", erbot sich Malone.

„Nein. Das muss ich machen. Diese Leute kennen mich. Das ist meine Aufgabe."

„Wir müssen jetzt da rein, ehe seine Eltern uns sehen und ihre eigenen Schlüsse ziehen."

Gonzo begriff, dass er diese albtraumhafte Pflicht nicht weiter aufschieben konnte. Er musste über den Weg zur Haustür gehen, der bei seinem letzten Besuch hier anlässlich von Arnolds Geburtstag mit hübschen roten Blumen gesäumt gewesen war.

Dann würde er anklopfen und diesen netten, freundlichen Leuten sagen, dass ihr einziger Sohn tot war, dass er in Ausübung seiner Pflicht umgekommen und ein Held war. Aber das würde den Eltern, die ihren Sohn verloren hatten, völlig egal sein.

Wenn Alex je so etwas zustoßen würde ...

Nein. Denk nicht daran.

„Gonzo."

Malones tiefe Stimme riss ihn aus seinen quälenden Gedanken.

„Schon gut. Gehen wir." Seine Muskeln wollten nicht kooperieren, als er ausstieg. Seine Beine protestierten gegen den Befehl seines Gehirns, sich zu bewegen, einen Fuß vor den anderen zu setzen, zu tun, was getan werden musste, egal, wie sehr er sich auch wünschte, irgendwo anders zu sein, nur nicht hier.

Die vier Stufen zur Veranda hinauf fühlten sich an wie hundert.

Malone klingelte.

Während sie warteten, dass jemand an die Tür kam, konzentrierte sich Gonzo ganz auf seine Atmung und hoffte, alles nicht noch schlimmer zu machen, indem er sich übergab, ohnmächtig wurde oder sonst wie die Aufmerksamkeit auf sich lenkte, obwohl es doch gar nicht um ihn ging. Nein, hier ging es ausschließlich um Arnold und seine Familie. Für sie musste er stark sein. Sich zusammenreißen. Danach hatte er ein ganzes Leben lang Zeit für seine eigene, quälende Trauer.

Die Tür öffnete sich, und Arnolds attraktive, jugendlich wirkende Mutter erschien in einem Bademantel. Ihr Gesicht strahlte auf, als sie den Partner ihres Sohns auf ihrer Veranda erblickte. Bis sie genauer hinschaute und die Verzweiflung erkannte, die zu verbergen ihm nicht gelang. Dann registrierte sie den Captain neben ihm.

Sie schüttelte den Kopf. Durch die Sturmtür sah Gonzo, wie sich ihre Lippen bewegten, das Wort „Nein" formten. Dann schrie sie.

Malone öffnete die Sturmtür, und Mrs Arnold fiel Gonzo praktisch entgegen.

„Nein! Kommen Sie nicht herein. Sagen Sie es nicht. *Bloß nicht!*"

„Mrs Arnold", drängte Malone, „dürfen wir bitte eintreten?"

Sie erlaubte es ihnen nicht, aber sie taten es trotzdem, und Gonzo trug sie praktisch zum Sofa in dem ordentlichen Wohnzimmer, das eine Art gute Stube nur für Gäste war. An der Wand hingen alte Schulfotos ihrer beiden Töchter und ihres einzigen Sohnes sowie ein Porträt von Arnold in Uniform.

Gonzo setzte sich neben sie aufs Sofa, während sie unkontrolliert schluchzte.

„Ist Ihr Mann da?", fragte Malone sanft.

„Er ... er duscht gerade." Sie schluchzte weiter, während Gonzo ihr den Rücken streichelte. „Wie?", wollte sie schließlich wissen.

„Ein Verdächtiger hat ihn niedergeschossen."

„Waren Sie dabei?"

„Ja."

„Haben Sie den Kerl erwischt?"

„Ich hab's versucht, habe mich dann aber lieber um Arnold gekümmert, statt den anderen zu verfolgen."

„Ich versichere Ihnen, Mrs Arnold", beteuerte Malone, „wir werden nicht ruhen, bis wir den Mörder Ihres Sohnes gefasst haben."

„Tommy ..."

„Es tut mir so leid. Ich wünschte, ich hätte es verhindern können."

„Er hat Sie so bewundert. Dauernd hat er von Ihnen geredet."

Gonzo konnte ihre Worte kaum ertragen. Zumindest nicht in diesem Moment. Weil er sich für das, was seinem Partner widerfahren war, verantwortlich fühlte. „Er war der beste Partner, den ich je hatte. Ihr Sohn hat mir das Leben gerettet. Ich wünschte, ich hätte für ihn dasselbe tun können."

„Es ... es muss schlimm gewesen sein, dass Sie so gar nichts tun konnten."

„Ja. Es war ... schlimm."

Während sie wieder in Tränen ausbrach, kündeten Schritte auf der Treppe vom Eintreffen Mr Arnolds. „John", schluchzte sie.

John Arnold trat ein, sah Gonzo und Malone, erstarrte und wurde innerhalb weniger Sekunden leichenblass.

Brenda streckte die Hand nach ihrem Mann aus.

Er starrte sie lange an, ehe er mit hölzernen Bewegungen

näher kam, sie nahm und sich auf der anderen Seite neben seine Frau setzte. Die wandte sich von Gonzo ab und ihrem Mann zu, der den Arm um sie legte.

„Er ist tot, Johnny", flüsterte sie. „Unser Sohn ist tot."

„Wie?", fragte John.

„Im Dienst erschossen", erwiderte Malone und ersparte es Gonzo damit, es ein weiteres Mal aussprechen zu müssen. Einmal war mehr als genug gewesen. „Wir bedauern Ihren Verlust sehr. Detective Arnold war ein geschätztes Mitglied unseres Teams, das uns sehr fehlen wird."

„Der Schütze ..."

„Wird derzeit mit allen verfügbaren Kräften gejagt", antwortete Malone, „wobei die örtliche Polizei Unterstützung von den Bundesbehörden erhält. Das FBI und die U.S. Marshals beteiligen sich an der Fahndung. Wir werden ihn fassen."

„Ich will ihn sehen", platzte Brenda heraus.

Gonzo warf Malone einen fragenden Blick zu.

„Er wurde schwer verwundet", entgegnete Malone. „Es ist vielleicht besser, wenn Sie ihn so in Erinnerung behalten, wie er zu Lebzeiten war, nicht in diesem Zustand."

„Er ist mein Sohn, mein Baby", schluchzte Brenda. „Ich will ihn sehen."

„Dann machen wir das später möglich", versprach ihr Malone.

Sie nickte.

„Sollen wir jemanden für Sie anrufen?", erkundigte sich Malone.

„Unsere Töchter. Wir müssen es ihnen sagen."

„Lassen Sie nur, wir rufen sie selbst an", schaltete sich John ein. „Sie werden beide herüberkommen."

„Wir können solange bei Ihnen bleiben", bot Gonzo an.

John schüttelte den Kopf. „Das ist nicht notwendig. Suchen Sie lieber den Mörder unseres Sohnes."

„Das werden wir", versprach Malone und erhob sich. „Noch einmal – es tut mir leid, Ihnen eine so verheerende Nachricht überbringen zu müssen. Ihnen stehen, solange es nötig ist, sämtliche Ressourcen unserer Abteilung zur Verfügung, und Ihr Sohn wird ein Begräbnis erhalten, wie es sich für jemanden geziemt, der dem District of Columbia so treu gedient hat."

„Danke." John schüttelte beiden die Hand. „Uns ist klar, dass das auch für Sie ein schwerer Verlust ist."

„Ich möchte, dass Sie wissen ..." Gonzos Stimme brach, und Tränen traten ihm in die Augen. „Mrs Arnold, ich werde nie vergessen, dass Ihr Sohn mir das Leben gerettet hat. Ich wünschte ..."

Brenda erhob sich und umarmte ihn. „Sie hätten nichts tun können. Seine Zeit war abgelaufen. Das liegt in Gottes Hand."

Woher um alles in der Welt nahm sie die Kraft, so etwas zu sagen ... und konnte er etwas davon abhaben?

„Ich melde mich wieder", versprach Gonzo. „Lieutenant Holland lässt ausrichten, sie kommt später vorbei."

„Das ist sehr nett von ihr", antwortete Brenda.

Wenige Minuten später waren sie auf dem Rückweg zum Auto. In einer Laufbahn voller schwieriger Situationen war dies die schwierigste gewesen. Gonzo hatte das Gefühl, als habe man ihn bei lebendigem Leib und ohne Betäubung gehäutet.

„Es wird nicht leichter", begann Malone. „Ich war frischgebackener Streifenpolizist, als Steven Coyne erschossen wurde. Ich weiß noch, dass ich völlig schockiert war, als mir klar wurde, dass unser Job tatsächlich die Gefahr birgt, ihn mit dem Leben zu bezahlen. Dass das Leuten widerfahren kann, die ich kenne und die mir am Herzen liegen. Man kommt darüber nicht hinweg, aber man wird jedes Mal ein bisschen klüger, umsichtiger und achtsamer."

Gonzo wusste, sein Captain versuchte, ihm zu helfen, mit dem Verlust seines Partners fertigzuwerden, doch ihm war jetzt schon klar, dass ihm das niemals gelingen würde.

SAM WÜHLTE SICH DURCH DIE AUSSAGEN DER BEIDEN Überlebenden der Messerangriffe, der Familien der Opfer und der Mitarbeiter von Griffen + Smoltz, die Gonzo und Arnold befragt hatten. Der Fall erinnerte sie an die Woodmansee-Ermittlung, bei der auch nichts zusammengepasst hatte, bis es fast zu spät gewesen war.

Doch jetzt hatten sie einen Namen – Besozzi. Es war an der

Zeit, alle Beteiligten erneut zu befragen, um Verbindungen zu dem Mann zu finden, der einen der Ihren erschossen hatte.

Plötzliche Bewegung im Großraumbüro ließ Sam den Kopf heben. Sie sah vor ihrer Tür die attraktive Blondine Melinda, der sie den Spitznamen „Secret-Service-Barbie" verpasst hatte. Die Frau trug einen Knopf im Ohr und ein Funkgerät an der Hüfte.

„Mrs Cappuano ..."

„Hier bin ich wie gesagt Lieutenant Holland."

„Natürlich. Entschuldigung."

Ihre Entschuldigungen können Sie sich sonst wohin stecken, dachte Sam. Das war Absicht gewesen, davon war sie fest überzeugt. „Ich bin beschäftigt. Was gibt es?"

„Vizepräsident Cappuano ist auf dem Weg hierher. Ich bin gekommen, um dafür zu sorgen, dass er sich hier gefahrlos aufhalten kann."

„Gefahrloser wird's hier nicht", erwiderte Sam.

Melinda zog die Augenbrauen zusammen und sah sich in dem kleinen, engen Raum um. „Dann muss das so wohl genügen."

„Ausgezeichnet." Als Melinda sich nicht entfernte, fragte Sam: „War sonst noch was?"

„Ich wollte nur sagen, wie leid mir das mit Ihrem Kollegen tut."

Die unerwartete Beileidsbekundung führte dazu, dass Sam jäh einen Kloß im Hals hatte. „Danke."

„Wir werden Ihren Mann gleich herbringen."

Sam nickte.

Weitere hektische Aktivitäten und ein rascher Wortwechsel per Funk gingen Nicks Eintreffen voraus. Er betrat ihr Büro und schloss die Tür hinter sich. Sein Anblick – groß, attraktiv, befehlsgewohnt, sexy und ganz für sie da – trieb Sam Tränen in die Augen, die sie wegblinzelte. Zum Weinen blieb ihr noch genug Zeit, wenn sie den Mistkerl gefasst hatten, der Arnold erschossen hatte.

Trotzdem ließ sie sich von ihrem Mann umarmen, hüllte sich in seine bedingungslose Liebe.

„Wie sieht's aus, Babe?"

„Es ist schrecklich. Die Kugel hat ihn im Gesicht getroffen. Gonzo und Malone sind gerade bei seinen Eltern. Da muss ich heute auch noch hin, und das ist so ungefähr das Letzte, worauf ich Lust habe. Von dem Drecksack, der das getan hat, haben wir keine Spur, und die Ermittlungen laufen chaotisch. Ansonsten ...“

Wortlos zog er sie enger an sich und streichelte ihr den Rücken.

Sam hielt sich an ihm fest, atmete den Duft ihrer Liebe, ihres Zuhauses ein, bis die Pflicht rief und sie ihn loslassen musste, um an das Telefon auf ihrem Schreibtisch zu gehen.

„Holland.“

„Oh, du bist wieder da“, meldete sich Chief Farnsworth. „Ich wollte eigentlich Sergeant Gonzales erreichen.“

„Er ist momentan bei Arnolds Familie.“

„Das tut mir alles so leid, Samantha.“

„Danke.“

„Wie geht es Gonzo?“

„Ich habe ihn nur kurz gesprochen, und er scheint sich ganz wacker zu schlagen. Er tut, was getan werden muss. Trotzdem bin ich mir sicher, dass es ihm im Grunde überhaupt nicht gut geht.“

„Wir müssen ihn im Auge behalten.“

„Ich kümmere mich darum.“

„Ich weiß, du hast jede Menge zu tun, aber ich wollte dir sagen ... Der Verlust eines Teammitglieds ist so ziemlich das Schlimmste, was dir als leitender Beamtin passieren kann. Wenn du in den kommenden Tagen und Wochen Hilfe brauchst, scheu dich bitte nicht, dich zu melden. Du bist nicht allein.“

„Danke. Das werde ich tun.“

„Schön, dass du wieder da bist, selbst wenn der Anlass dazu furchtbar ist.“

„Ich auch.“

„Jetzt, wo Arnolds Familie informiert ist, ist es Zeit für eine Presseerklärung. Die Journalisten belagern das Gebäude, seit letzte Nacht über den Polizeifunk gegangen ist, dass ein Beamter niedergeschossen wurde.“

„Kannst du der Presseabteilung sagen, dass ich mich darum kümmere?“

„Ja, und ich werde an deiner Seite sein.“

„Ich brauche noch etwa zwanzig Minuten, um mich zu orientieren, dann hole ich dich ab.“

„Klingt gut. Bis dann."

Als sie auflegte, meinte Nick: „Tu, was du tun musst. Ich werde dir auf jede nur erdenkliche Weise behilflich sein, und sei es bloß mit einer gelegentlichen Umarmung."

„Ich weiß zu schätzen, dass du für heute alle Termine gestrichen hast."

„Sam, ich möchte gerade nirgendwo anders sein. Wenn es dir hilft, können wir den Fall durchgehen."

„Das wäre mir eine große Hilfe."

Es klopfte.

„Herein."

Die Tür öffnete sich, und Freddie betrat das Büro. Er wirkte abgehetzt, müde und gestresst von der nächtlichen Heimfahrt. „Dachte ich mir doch, dass Sie hier sind", begrüßte er Nick. „Ich durfte mein eigenes Büro erst nach einem Sicherheitscheck betreten."

„Tut mir leid."

„Schon gut." Er ging zu Sam, die sich erhob und ihn umarmte. „Ich kann's noch gar nicht fassen."

„Ich auch nicht." Sam hielt ihren Partner länger fest, als sie es bisher je getan hatte, erleichtert, ihn zu sehen, zu wissen, dass es nicht ihn getroffen hatte, dass er hier war, um ihr zur Seite zu stehen.

Er löste sich von ihr und setzte sich neben Nick. „Erzähl mir alles." Sam las Zorn und Schmerz in seiner normalerweise so freundlichen Miene.

„Du dürftest eigentlich gar nicht hier sein."

„Ist mir egal. Ich gehe nirgends hin, bis wir Arnolds Mörder haben."

15

„Die Messerangriffe begannen am Dienstag, dem sechsten Januar, mit einer tödlichen Attacke auf Isabella Rios, eine vierundzwanzigjährige Mitarbeiterin des Landwirtschaftsministeriums", las Sam aus Gonzos Bericht vor. Nick und Freddie hingen an ihren Lippen. „Sie wurde wie alle späteren Opfer auch nachts angegriffen. Rios befand sich vor der Metro-Haltestelle McPherson und starb an einem tödlichen Stich in die Halsschlagader. Dr. McNamara hat festgestellt, dass Rios von hinten angefallen wurde und ihren Angreifer vermutlich nicht kommen sah. Die Videokameras rings um die Metro-Haltestelle haben keine brauchbaren Bilder des Angreifers geliefert.

Die nächste Attacke erfolgte zwei Tage später: Die achtundvierzigjährige zweifache Mutter Deborah Gainsville wurde ebenfalls von hinten angegriffen, nachdem sie in Brentwood aus einem Stadtbus ausgestiegen war. Es ist davon auszugehen, dass sie langsam verblutet ist, ehe Passanten sie etwa eine Stunde nach dem Angriff leblos auf der Straße gefunden haben.

Das dritte Opfer war der sechsunddreißigjährige Barry Scanlon, ein Barkeeper, der irgendwas gemerkt hat, herumwirbelte, um sich dem Täter zu stellen, und ein Messer in den Bauch bekam. Nach vier Tagen auf der Intensivstation konnten die Ärzte ihn auf eine normale Station verlegen. Er sollte in den nächsten Tagen entlassen werden.

William Enright, siebenundzwanzig, arbeitet bei Griffen + Smoltz, einer ortsansässigen Grafikdesign-und-Marketing-Firma. Der Bericht besagt, er befand sich in einer Seitenstraße in der Gegend um die Gallaudet-University und war auf dem Rückweg von einer Kneipentour mit Freunden, als sich ihm der Angreifer von hinten näherte, ihn am Arm packte, ihn umdrehte und ihm in den Unterleib stach. Es gelang ihm, den Mann abzuwehren und um Hilfe zu rufen, allerdings hat er dennoch eine lebensgefährliche Unterleibswunde und zahlreiche Abwehrverletzungen an Händen und Armen erlitten. Er hat uns auf Besozzi, einen früheren Kunden, gebracht.“

„Warum ,früheren‘?“, fragte Freddie.

Sam las vor, was Gonzo über Enrights Aussage festgehalten hatte. „Offenbar hat Enright seine Vorgesetzten alarmiert, als Besozzi ihn gebeten hat, seinen Onlineshop für T-Shirts um Chatrooms und Webcams zu erweitern. Gonzo und Arnold haben sich gestern mit dem Griffen von Griffen + Smoltz getroffen, der angegeben hat, er und sein Partner hätten Enrights Bedenken für berechtigt gehalten und die Geschäftsbeziehung mit Besozzi beendet. Weil die Website zu diesem Zeitpunkt schon beinahe fertig war, war Besozzi sauer.“

„Die anderen Opfer haben keine Verbindungen zu Besozzi?“, wollte Nick wissen.

„Wir fragen heute überall noch mal nach ihm“, antwortete Sam. „Hill versucht herauszufinden, ob Besozzi wirklich italienischer Staatsbürger ist oder das nur vorgibt, wie einer von Enrights Kollegen vermutet hat.“

„Ist er nicht“, schaltete sich Hill ein, der gerade ins Büro trat, und reichte Sam ein paar Ausdrucke. „Die italienische Botschaft war sehr zuvorkommend, aber die wissen nichts von einem Italiener dieses Namens, der in den letzten zwölf Monaten in die USA eingereist ist.“

„Interessant“, bemerkte Sam. „Er benutzt also eine falsche Identität.“

„Haben wir einen Durchsuchungsbeschluss für sein Haus?“, erkundigte sich Freddie.

„Darum wollte sich Malone kümmern. Ich frage mal nach." Sam nahm den Hörer ab und rief den Captain an.

„Malone."

„Holland hier. Wie steht es mit dem Durchsuchungsbeschluss für Besozzis Haus?"

„Wir brechen gerade bei Arnolds Eltern auf. Ich erkundige mich mal telefonisch."

„Äh, wie war es?"

„Erwartungsgemäß."

Sam schloss die Augen, um sich gegen die in ihr aufwallenden Gefühle zu wappnen. „Wie geht es Gonzo?"

„Auch erwartungsgemäß. Wir haben Sie für später bei Arnolds Eltern angekündigt, und sie scheinen es sehr zu schätzen zu wissen, dass Sie sie besuchen wollen."

Sam blickte ihren Mann an. „Nick und ich fahren nach der Pressekonferenz hin."

Der Vizepräsident nickte, und sie lächelte ihn an.

„Das ist nett von Ihnen. Es wird den Arnolds viel bedeuten. Sie, äh, möchte ihn sehen."

„O Gott, wirklich? Haben Sie ihr gesagt, dass das keine gute Idee ist?"

„Ja, aber sie hat erwidert, er sei ihr Sohn und daher bestehe sie darauf."

Sam seufzte tief. „Das kann Lindsey für uns arrangieren."

„Ich habe sie schon angerufen."

„Danke, Cap. Sagen Sie Bescheid, was mit dem Durchsuchungsbeschluss ist."

„Mach ich."

„Seine Mutter will ihn sehen?", fragte Freddie.

„Ja."

„Ich auch."

„Das wird unschön. Die Kugel hat ihn ins Gesicht getroffen."

„Er war mein Freund. Ich will ihn sehen."

„Gut. Nach der Pressekonferenz begleite ich dich nach unten, ehe wir zu Arnolds Eltern fahren."

„Ich schaue mir derweil die Berichte an und bringe mich auf den neuesten Stand", versprach Freddie.

„Ich muss dich daran erinnern, dass du suspendiert bist und technisch betrachtet nicht an dem Fall arbeiten darfst."

„Ich arbeite an dem Fall, ob ich dafür bezahlt werde oder nicht."

Sam hätte das Gleiche getan, also widersprach sie nicht. „Bin sofort wieder da." Auf dem Weg nach draußen beugte sie sich zu Nick hinunter und küsste ihn. „Wenn du willst, kannst du die Pressekonferenz auf dem Monitor im Konferenzraum verfolgen."

„Will ich." Er drückte ihr die Hand, und in seinem Blick las sie, dass er sie liebte und bedingungslos unterstützte.

Jeannie tauchte mit ein paar Seiten in der Hand in der Bürotür auf. „Das Foto Besozzis von Griffen + Smoltz."

Sam schaute in die pechschwarzen Augen des Mannes, der ihren Ermittler getötet hatte, und schwor Arnold stumm, seinen Mörder zur Strecke zu bringen, koste es, was es wolle. „Danke. Kannst du mir das für die Pressekonferenz ein paarmal kopieren?"

Wortlos reichte ihr Jeannie einen fertigen Stapel.

„Du bist die Beste, danke." Auf dem Weg aus dem Büro schnappte sich Sam ihren Parka und zog ihn im Gehen an.

Als sie das Großraumbüro verlassen wollte, machten ihr Nicks Bodyguards Platz.

John „Brant" Brantley junior, Nicks leitender Personenschützer, sagte: „Mein herzliches Beileid zu Ihrem Verlust, Lieutenant."

„Danke, Brant." Sie ging weiter, setzte immer einen Fuß vor den anderen, denn sie hatte keine andere Wahl. Wenn sie zusammenbrach, würde das nichts an dem ändern, was geschehen war, und nichts dazu beitragen, Besozzi zu fassen.

Der Chief wartete in der Lobby auf sie. „Bereit?"

„So bereit, wie es eben möglich ist."

Gemeinsam traten sie nach draußen. Sobald sich die Türen öffneten, schrien ihnen die Reporter auch schon Fragen entgegen.

Wie immer wartete Sam, bis sie sich beruhigt hatten, ehe sie zu reden begann. „Gestern gegen 23.30 Uhr haben sich Detective Sergeant Thomas Gonzales und Detective Arnold John ‚A. J.' Arnold nach mehreren Stunden der Überwachung eines Hauses im Stadtteil Manor Park einem Verdächtigen im Messerstecherfall genähert. Detective Arnold sprach ihn an, doch ehe er auch nur seine Vorstellung beendet hatte, eröffnete der Verdächtige das Feuer und schoss Detective Arnold ins Gesicht, woraufhin der noch am Tatort verstarb."

Ein Raunen ging durch die Menge, als sie bestätigte, dass ein Polizist im Dienst getötet worden war.

Sam hielt das Foto von Besozzi hoch. „Wir suchen im Zusammenhang mit der Ermordung Detective Arnolds und als Tatverdächtigen für die Messerangriffe diesen Mann, der unter dem Namen Giuseppe Besozzi bekannt ist. Die Polizei hat Grund zu der Annahme, dass ,Besozzi' nicht sein richtiger Name ist, konnte das bisher allerdings nicht abschließend klären."

„Wie sind Sie auf Besozzi gekommen?", fragte Darren Tabor vom *Washington Star*.

„Er stand in Verbindung zu einem Opfer des Messerstechers. Wir prüfen gerade, ob er auch Verbindungen zu den anderen Opfern hatte, wissen aber bisher bloß von der einen."

„Ich vermute, Arnolds Familie ist bereits benachrichtigt?", fragte ein Reporter.

„Ja."

„Können Sie uns mehr über den Vorfall erzählen? Wo genau hat die Kugel Detective Arnold getroffen? War die Verletzung sofort tödlich, oder wurde er noch ärztlich versorgt?"

„Ich kann nur sagen, dass er praktisch auf der Stelle tot war. Weitere Details darf ich derzeit nicht nennen."

„Ist Sergeant Gonzales verletzt?"

„Nein. Er konnte mehrere Schüsse abgeben, aber trotzdem und obwohl Streifenpolizisten die beiden Detectives unterstützt haben, konnte Besozzi entkommen. Das FBI und der U.S. Marshal Service unterstützen uns bei unseren Bemühungen, Mr Besozzi zu finden und festzunehmen. Wir bitten die Öffentlichkeit um Mithilfe bei der Suche, warnen jedoch davor, sich ihm zu nähern. Wenn Sie wissen, wo er ist, rufen Sie uns an. Ich wiederhole: Der Mann ist bewaffnet, gefährlich und hat einen Polizisten erschossen. Halten Sie sich von ihm fern."

„Sie waren seit Ihrer Entführung durch Lieutenant Stahl krankgeschrieben", wechselte Tabor das Thema. „War Detective Arnolds Tod der Anlass für Ihre Rückkehr in den aktiven Dienst?"

Sam starrte ihn an. „Was glauben Sie denn?"

„Das ist eine berechtigte Frage", verteidigte sich Tabor. „Sie waren wochenlang nicht im Einsatz, und ausgerechnet heute kehren Sie zurück."

„Wo sonst sollte ich sein, wenn einer meiner Beamten im Dienst an dieser Stadt brutal ermordet worden ist?"

„Können Sie uns sagen, in welcher Funktion der Vizepräsident hier ist?"

„Er unterstützt mich, weil einer meiner Beamten, mit dem wir beide befreundet waren, im Dienst den Tod gefunden hat. Ich finde die Gründe für seine Anwesenheit hier recht einleuchtend."

„Sie haben während Ihrer Rekonvaleszenz das Weiße Haus aufgesucht", ergriff eine der wasserstoffblonden TV-Reporterinnen das Wort. „Wollen Sie in Zukunft eine aktivere Rolle als Gattin des Vizepräsidenten spielen?"

„Gibt es noch sinnvolle Fragen bezüglich der Ermittlung?" Ehe jemand eine stellen konnte, trat sie vom Podium und kehrte, gefolgt von Farnsworth, ins Gebäude zurück. „Ein Polizist wird im Dienst erschossen, und die verschwenden meine Zeit mit Fragen nach dem Weißen Haus?"

„Ich schätze, die müssen solche Fragen stellen, wann immer es geht, weil du dich so selten den Medien stellst."

„Das ist unangebracht. Vor allem heute."

Eine junge Frau näherte sich ihnen. „Verzeihung, Lieutenant", wandte sie sich an Sam und nickte Farnsworth zu. „Ich bin Tara von der Pressestelle. Wir haben Anfragen von allen großen Sendern nach Interviews zum Mord an Detective Arnold. Die Geschichte schlägt landesweit große Wellen."

„Fantastisch", meinte Sam. „Wir haben einen Polizistenmörder auf freiem Fuß, und ich soll mal kurz Pause machen und Fernsehinterviews geben, obwohl die Sache nur Medieninteresse erregt, weil Arnold für die gottverdammte Frau des Vizepräsidenten gearbeitet hat?"

Es sah aus, als entweiche vor ihren Augen die Luft aus der jungen Mitarbeiterin der Presseabteilung.

„Erschießen Sie nicht die Botin, Lieutenant", ermahnte Farnsworth sie. An Tara gewandt setzte er hinzu: „Ich übernehme die Interviews. Lieutenant Holland ist heute anderweitig beschäftigt."

„Natürlich", erwiderte Tara. „Ich sage Bescheid." Sie eilte in die Richtung davon, aus der sie gekommen war.

„Das arme Mädchen", bedauerte Farnsworth sie. „Jetzt hast du sie fürs Leben gezeichnet."

„Sie muss lernen, wann man welche Fragen stellen darf und wann nicht. Das ist das A und O."

„Tara erledigt nur ihren Job, Sam, und ich überlasse dich jetzt wieder deinem. Wenn ich dir irgendwie helfen kann, lass es mich wissen."

„Malone hat einen Durchsuchungsbeschluss für Besozzis Haus beantragt. Es wäre sehr hilfreich, wenn du da ein bisschen Dampf machen könntest."

„Okay, geht klar."

„Arnolds Familie kommt später her, um ihn zu sehen. Es würde seinen Eltern viel bedeuten, wenn du die Zeit fändest ..."

„Geht ebenfalls klar. Gib mir Bescheid, wann sie kommen, dann bin ich da."

Sie bedankte sich mit einem Nicken.

Als sie sich abwandte, hielt er sie zurück. „Sam."

Sie blickte in die sanften, mitfühlenden Augen ihres Onkels Joe, der gleichzeitig ihr Vorgesetzter war.

„Das ist das Schlimmste, was du in diesem Beruf je erleben wirst. Du hast gerade eine schwierige Rekonvaleszenz hinter dir und kommst mitten in einen Schicksalsschlag hinein zurück. Hol dir Hilfe, wenn du sie brauchst. Wir stehen alle hinter dir."

Sie hatte einen riesengroßen Kloß im Hals, den sie runterschlucken musste, bevor sie antworten konnte. „Danke."

„Halt mich über den Stand der Ermittlungen auf dem Laufenden."

„Natürlich. Nick und ich fahren jetzt zu den Arnolds. Das ist doch richtig, oder? Ich meine, ich sollte eigentlich ermitteln, nur ..."

Seine Hand auf ihrem Arm bremste sie. „Du warst seine Vorgesetzte. Das ist genau richtig. Den Täter suchen schon genug Leute. Deine Aufgabe ist es, die Ermittlung deines Teams zu leiten, aber auch, deinen Leuten zu helfen, den bitteren Verlust ihres Kollegen und Freundes zu verarbeiten."

Sie nickte. „Danke."

„Du weißt, wo du mich findest, wenn ich behilflich sein kann."

„Das warst du bereits. Bis nachher."

„Bis dann."

„Lass dir von den Medienleuten keine Fragen über die Gattin des Vizepräsidenten stellen", lächelte sie.

„Das würden sie nicht wagen. Ich habe gehört, die ist eine echte Schreckschraube."

Lachend entfernte er sich, während sie ins Großraumbüro zurückkehrte, wo ihre Ermittler auf Anweisungen und Beistand warteten.

Im Konferenzraum saß Nick mit Hill und Jesse Best, dem Chef der Hauptstadt-Fahndungsgruppe der U.S. Marshals. Die drei Männer brüteten über einem auf dem Tisch ausgebreiteten Stadtplan.

„Meine Herren", eröffnete Sam das Gespräch und trat zu ihnen. „Wo stehen wir?"

Best richtete sich zu seiner vollen Größe von einem Meter fünfundneunzig auf. Er hatte strohblondes Haar und war gebaut wie der Defensive Tackle einer Footballmannschaft, und genau auf dieser Position hatte er im College auch gespielt. Best hatte Angebote aus der NFL abgelehnt, war stattdessen zu den U.S. Marshals gegangen und hatte schnell Karriere gemacht. „Mein Beileid, Lieutenant."

„Danke."

„Ich habe Agent Hill und Vizepräsident Cappuano gerade erklärt, dass wir mit unseren Leuten ein Suchraster in der Stadt aufgebaut haben, um die Bemühungen des MPD und des FBI zu unterstützen."

„Woher wissen wir, dass er noch in der Stadt ist?", erkundigte sich Sam.

„Das können wir nicht mit letzter Gewissheit sagen", räumte Best ein, „aber wir haben Beamte am Bahnhof, am Busbahnhof und am Flughafen, und wir prüfen die Überwachungskamera-Aufzeichnungen aller Metro-Haltestellen in der Nähe des Tatorts. Unsere Leute reden außerdem mit den Taxizentralen und Autovermietungen."

„Ist auf den Namen Besozzi ein Telefonanschluss registriert?", fragte Hill.

„Genau das wird gerade bei allen größeren Anbietern geprüft", erwiderte Best.

„Wow, Sie machen echt Dampf", stellte Sam fest. Unter normalen Umständen hasste sie jede Einmischung durch die Bundesbehörden. Doch an diesem Tag hatte sie nicht die Energie, sich gegen Hilfe zu wehren, die sie dringend brauchte.

„Das ist unser Job, Lieutenant", antwortete Best. „Wir finden Leute. Unser Team ist doppelt motiviert durch die Tatsache, dass die Person, die wir suchen, einen Polizisten erschossen hat. Von zwei Mobilfunkanbietern haben wir bereits erfahren, dass es keinen Kunden dieses Namens in ihrer Datenbank gibt."

„Wie steht es mit der Möglichkeit, dass der Name falsch ist?"

„Sobald wir den Durchsuchungsbeschluss für sein Haus haben, werden wir mithilfe seiner Fingerabdrücke in der Lage sein, festzustellen, wer der Wichser wirklich ist", entgegnete Best. „Dann haben wir ihn an den Eiern."

Sam gefiel, wie der Mann dachte. „Ich will ihn lebend."

„Wir auch. Aber wenn ich mich zwischen seinem Überleben und dem eines von meinen Leuten entscheiden muss, ist er tot."

„Verstehe. Während Sie sich um die Fahndung kümmern, werden wir weiter versuchen, Besozzi mit den Opfern des Messerstechers in Verbindung zu bringen. Teilen Sie mir mit, wie wir Sie unterstützen können."

„Wir wissen die bisherige Kooperation sehr zu schätzen. Ihre uniformierten Beamten waren uns eine große Hilfe."

Sie spürte, dass Hill ihr Gespräch mit Best genau beobachtete und möglicherweise abzuschätzen versuchte, ob sie kurz vor dem Zusammenbruch stand. Doch sie würde weder ihm noch sonst jemandem den Gefallen tun, zusammenzubrechen, ehe sie Arnold Gerechtigkeit verschafft hatten. „Das freut mich", sagte sie. „Avery, ich habe gehört, Ihrer Mutter geht es wieder gut", wandte sie sich dann an den FBI-Mann.

„Ja, danke."

„Schön. Nick, können wir in meinem Büro kurz unter vier Augen reden?"

Er folgte ihr und schloss die Tür hinter sich.

„Wie machen wir das mit der Fahrt nach New Carrollton, zu den Arnolds?"

„Wenn ich mitkomme, muss der Secret Service uns hinbringen. Bist du sicher, dass du so einen großen Aufriss veranstalten möchtest?"

„Vielleicht könnten sich deine Personenschützer zur Abwechslung ja mal ein bisschen zurückhalten."

„Ich werde mit Brant abklären, welche Möglichkeiten wir haben. Während der Pressekonferenz hat mir Shelby eine SMS geschickt und gefragt, ob sie die letzte Anprobe für dein Ballkleid verschieben soll."

Diese Anfrage war an diesem Tag so absurd unwichtig, dass Sam unwillkürlich lachen musste. „Mein Ballkleid." Sie schüttelte den Kopf. „Wann ist das noch mal?"

„Wenn du mit ‚das' meine Amtseinführung meinst – übermorgen, wie du sehr wohl weißt, zumal diese ganze Behörde sich schon seit Monaten darauf vorbereitet."

„So bald schon?"

„So bald."

„Ist es unpassend, wenn ich bei den Bällen zu deiner Amtseinführung erscheine, obwohl einer meiner Kollegen achtundvierzig Stunden zuvor im Dienst erschossen worden ist?"

„Ich weiß nicht, was ich darauf antworten soll. Wenn du es unpassend findest, könnte ich damit leben, wenn du nicht mitkommst, solange dir klar ist, dass ich nicht fernbleiben kann."

„Das verstehe ich. Wann haben wir den Termin mit Marcus?" Der junge Designer aus Virginia war Sams erste Adresse für elegante Kleidung.

„Um sechs heute Abend."

„Bitte Shelby, ihn um drei Stunden nach hinten zu verschieben, bei uns zu Hause. Ob ich die Bälle besuche, entscheide ich spontan, aber so habe ich dann wenigstens ein Kleid."

Er legte ihr die Hände auf die Schultern. „Ich weiß, du machst gerade eine schwere Zeit durch, und das Letzte, worüber du jetzt nachdenken möchtest, ist meine Amtseinführung, doch ich brauche dich am Dienstagmorgen auf dem Podium an meiner Seite. Das ist nicht verhandelbar."

Sie streichelte sein attraktives Gesicht. „Zu dem Zeitpunkt werde ich auf gar keinen Fall irgendwo anders sein. Es ist meine

Teilnahme an den Bällen, die möglicherweise als unpassend wahrgenommen werden könnte."

„Weißt du, wen du fragen solltest?"

„Wen?"

„Deine Stabschefin. Nach allem, was man hört, ist Lilia extrem gut informiert, was das Protokoll in Washington betrifft."

„Gute Idee. Ich frage sie. Doch jetzt müssen wir nach Maryland, und ich schätze, du sitzt hinterm Steuer, denn ich darf den Vizepräsidenten nicht befördern."

„Ich darf nicht selbst fahren, aber in diesem Fall ist das von Vorteil. So kann ich bis nach Maryland mit meiner Frau kuscheln. Ich hoffe, der Verkehr ist *sehr* dicht."

Sam musste unwillkürlich lächeln, weil er so unglaublich süß war und selbst an den finstersten Tagen noch einen Sonnenstrahl in ihr Leben zaubern konnte.

16

Detective Jeannie McBride suchte Barry Scanlon in einem Privatzimmer im George Washington University Hospital auf. Ein uniformierter Beamter des MPD bewachte die Tür und ließ sich Jeannies Dienstmarke zeigen, obwohl sie ihn kannte.

„Danke, Detective", sagte er. „Ich befolge nur meine Befehle."

„Alles gut", versicherte ihm Jeannie.

„Das mit Arnold tut mir sehr leid. Er war ein guter Polizist."

„Ja, das war er. Danke. Wie ist die Lage in Scanlons Zimmer?"

„Die Ärzte waren gerade bei ihm, er sollte also wach sein."

„Sehr gut." Jeannie klopfte und öffnete die Tür einen Spaltbreit. Der Mann im Bett winkte sie herein. „Mr Scanlon, ich bin Detective McBride, MPD." Sie hielt ihm ihre Dienstmarke hin, und er betrachtete sie genau.

„Ich habe schon eine Aussage gemacht", erwiderte er mit schwacher Stimme, die nicht so recht zu seinen breiten Schultern und seinem muskulösen Körperbau passte.

„Das stimmt, aber wir haben neue Informationen, über die ich gern mit Ihnen sprechen möchte. Allerdings nur, wenn Sie sich dazu in der Lage fühlen."

„Klar, ich versuche zu helfen, so gut ich kann."

Jeannie hielt ihr Handy hoch und zeigte ihm das Foto von Besozzi, das die Zentrale ihr geschickt hatte. „Kennen Sie diesen Mann?"

Er betrachtete das Foto lange. „Nicht dass ich wüsste.“

„Klingelt bei Ihnen bei dem Namen Giuseppe Besozzi etwas?“

„Leider nicht, und an den Namen würde ich mich vermutlich erinnern.“

„Wahrscheinlich schon“, pflichtete Jeannie ihm bei. „Sie sind Barkeeper, richtig?“

„Ja.“

„Könnte Besozzi vielleicht ein Gast gewesen sein?“

„Wäre möglich, aber ich kann mich nicht entsinnen, ihn je in der Bar gesehen zu haben – oder irgendwo sonst.“

„Trotzdem vielen Dank, dass Sie sich Zeit für mich genommen haben. Ich hoffe, Sie erholen sich bald wieder“, erklärte Jeannie.

„Gern geschehen, kein Problem. Ich freue mich über jede Möglichkeit, bei der Ergreifung des Kerls zu helfen, der schuld daran ist, dass ich hier liege.“

„Eins noch“, wollte Jeannie wissen, „hat Ihr Angreifer irgendetwas zu Ihnen gesagt?“

„Kein Wort.“

„Danke noch mal. Wir melden uns, wenn wir weitere Fragen haben.“

„Sie wissen ja, wo Sie mich die nächste Woche über finden“, antwortete er und verzog das Gesicht. „Kein Job, kein Geld. Ich bin nicht krankenversichert. Blöd, wie ich war, habe ich gedacht, das bräuchte ich in meinem Alter nicht. Meine Bar sammelt für mich, aber ich habe keine Ahnung, wie ich das alles hier je bezahlen soll.“

Jeannie reichte ihm ihre Visitenkarte. „Bitte lassen Sie uns wissen, in welcher Form wir einen Beitrag leisten können.“

„Das ist wirklich nett von Ihnen. Danke.“

Sie berührte ihn am Arm. „Halten Sie die Ohren steif. Wir arbeiten mit aller Kraft daran, den Kerl zu finden, der Ihnen das angetan hat.“

„Wie geht es ihm?“, fragte der Streifenpolizist, als sie das Zimmer verließ.

„Den Umständen entsprechend“, erwiderte Jeannie. „Sagen Sie Bescheid, wenn hier irgendetwas vorfällt.“

„Werde ich.“

Jeannie schritt über die Korridore des Krankenhauses und

versuchte, nicht an die entsetzlichen Tage zu denken, die sie nach dem Angriff auf sie letztes Jahr hier verbracht hatte. Als sie das Gebäude schließlich durch den Haupteingang verließ, sog sie die kalte Luft tief ein, um den antiseptischen Geruch loszuwerden, der sie jedes Mal, wenn sie einen Fuß in ein Krankenhaus setzte, an das Grauen von damals erinnerte.

Jeannie rief Sam an. „Nichts Neues von Barry Scanlon, dem Barkeeper, der angegriffen wurde. Er hat den Namen Besozzi noch nie gehört und den Mann auf dem Bild nicht erkannt."

„Okay, danke, dass du das übernommen hast."

„Was kann ich sonst noch tun?"

„Melde dich im Hauptquartier bei Hill und Best. Die haben vielleicht etwas für dich. Wir sind auf dem Weg zu Arnolds Eltern."

„O Gott, um diese Pflicht beneide ich euch nicht."

„Dabei heißt es immer, ein höherer Rang biete Vorteile."

„Von wegen. Bitte sag Bescheid, wenn es noch was für mich zu erledigen gibt. Egal was."

„Bearbeite einfach den Fall weiter, folge den Spuren. Du weißt ja, dass die kleinste Kleinigkeit manchmal einen großen Durchbruch bedeutet. Hoffentlich kriegen wir bald den Durchsuchungsbeschluss für Besozzis Haus. Die Marshals brauchen Fingerabdrücke, um festzustellen, wer der Kerl wirklich ist."

„Ich vermute, wir sehen uns nachher im Hauptquartier. Alles Gute für euren Besuch bei den Arnolds."

„Danke. Bis später."

Während sie einstieg, dachte Jeannie an das Gespräch, das sie vorhin mit ihrem Partner geführt hatte, der jetzt bei ihrem verstorbenen Freund und Kollegen Wache stand.

„Alles okay?", hatte sie gefragt.

Will hatte den Kopf geschüttelt. „Diese Sache ..."

„Ich weiß. Es ist schrecklich, tragisch und sinnlos, aber wir müssen weitermachen. Wir müssen einfach weitermachen."

„Müssen wir das? Wirklich?"

„Wie meinst du das?"

„Wann wird es zu viel? Lieutenant Holland wird von einem von unseren eigenen Leuten erst tätlich angegriffen, dann als

Geisel genommen und misshandelt. Cruz und Gonzo sind angeschossen worden, dich hat man entführt und dir Gewalt angetan. Jetzt diese Sache mit Arnold. Ich kann nicht mehr, Jeannie. Ich kann nicht mehr."

Ihr Partner war jung, nur ein paar Monate älter, als Arnold gewesen war, und die beiden Männer waren auch privat eng befreundet gewesen. „Weißt du, was man mir gesagt hat, nachdem mir das passiert war?"

Ungewohnt unbeteiligt hatte er die Achseln gezuckt.

„Captain Malone hat damals gemeint, nach so etwas sähe für eine Weile alles sehr finster aus. Deshalb sei es wichtig, direkt nach einem traumatischen Ereignis keine wichtigen Entscheidungen zu treffen. Denn eines Tages kommt die Sonne wieder raus, und dann bemerkt man sie als Erstes und nicht die Finsternis. Malone hat gesagt: ‚Wenn dieser Moment da ist, werden Sie Ihr Leben noch wiedererkennen wollen.‘ Er hatte recht, genau wie alle anderen, die mir geraten haben, immer einen Tag nach dem anderen anzugehen. Das Heute ist wichtig – morgen wird es von ganz allein."

„Wie oft haben wir schon jemanden auf der Straße angesprochen, ihm unsere Marke gezeigt und uns vorgestellt?"

„Zahllose Male."

„Er hat nur seinen Job erledigt."

„Ich weiß. Er war schlicht zur falschen Zeit am falschen Ort."

„Er hatte eine neue Freundin, und sein ganzes Leben lag vor ihm." Tyrone hatte geschluckt und hastig geblinzelt. „Das ist nicht fair."

„Nein, ganz bestimmt nicht."

„Ich kann immer noch nicht glauben, dass er wirklich tot ist. Arnold ist *tot*. Ich sage es mir selbst immer wieder, aber es ist, als könne ich es mir einfach nicht merken. Dafür ist es zu unwirklich."

„So wird das auch noch eine ganze Weile bleiben."

„Wird diese ganze Sache je einen Sinn ergeben?"

„Wahrscheinlich nicht. Das tun solche Dinge nur selten."

„Ich will kein Bulle mehr sein, Jeannie. Ich will nicht der Nächste sein, der erschossen oder attackiert wird. Ich bin nicht so stark wie du, Sam und Gonzo."

„Doch, bist du! Du hast mir geholfen, die Folgen von dem, was Sanborn mir angetan hat, zu bewältigen, hast mich immer wieder aufgerichtet und mir Mut gemacht. Ohne dich hätte ich es nicht geschafft. Du bist so viel stärker, als du glaubst."

Er hatte sein Gesicht mit den Händen verborgen. „Nein", hatte er widersprochen. „Ich bin nicht stark. Jeannie, als du vermisst wurdest, bin ich völlig durchgedreht, und danach ... als wir hörten, was geschehen war ... Ich war auch nicht stark, als Lieutenant Holland vermisst wurde oder als Springer Gonzo niedergeschossen hat. Ich hatte furchtbare Angst, sie könnten sterben und wir müssten diesen Scheißjob ohne sie durchziehen."

„Warum hast du nie etwas gesagt? Wir haben Leute, die einem bei so etwas helfen können. Will, wir müssen damit nicht allein klarkommen."

„Ich will mich der goldenen Marke würdig erweisen. Sie bedeutet mir alles, aber wer möchte schon einen ängstlichen Detective in seinem Team haben? Du hast etwas Besseres verdient als mich. Das Team hat etwas Besseres verdient."

„Du bist kein Feigling. Ich habe dich in Aktion erlebt. Du tust, was getan werden muss. Ich habe dich niemals deine Pflicht vernachlässigen oder im Dienst einen Fehler begehen sehen. Du stellst dein Licht unter den Scheffel."

„Vielleicht wirke ich nach außen so, trotzdem ..."

„Das ist das Einzige, was zählt, Will! Du machst deinen Job. Und zwar ausgezeichnet. Darüber sind sich alle einig."

„Doch was ist, wenn ich das nicht mehr will? Wenn ich die Schnauze voll habe?"

„Die Frage kannst nur du dir beantworten, aber du wärst ein totaler Idiot, wenn du an dem Tag, an dem du deinen Freund verloren hast, die Karriere wegwirfst, für die du so hart gearbeitet hast. Heute ist *nichts* normal. An so einem Tag trifft man keine wichtigen Entscheidungen. Wenn du in einem oder zwei Monaten immer noch so empfindest, können wir dieses Gespräch weiterführen. Doch für heute ist Schluss."

Jeannie ließ ihren Partner selten spüren, dass sie die ranghöhere Beamtin war. Das musste sie auch nur selten tun. Heute hatte sie es getan, weil sie verstand, was in ihm vorging. Wer könnte auch besser als sie verstehen, was es bedeutete, die Lust an der Aufgabe zu verlieren? Monate darauf zu warten, dass sie sich wieder einstellte? Jeden Aspekt seines Lebens, seines Berufs und seiner Sicherheit infrage zu stellen?

„Ich möchte, dass du weißt", hatte sie in sanfterem Tonfall hinzugefügt, „dass ich mich in dich hineinversetzen kann. Ich habe mich da auch durchkämpfen müssen. Aber du bist mir zu wichtig, als dass ich dich Dummheiten machen lasse, solange du wegen des Todes eines Freundes und Kollegen Trauer, Entsetzen und Schmerz empfindest."

Tyrone hatte sie ausdruckslos angestarrt, wobei ihm eine Träne übers Gesicht gelaufen war.

„Heute ist ein schrecklicher Tag. Genau wie vermutlich morgen. Die nächste Zeit wird für uns alle schwierig. Doch wir werden das gemeinsam durchstehen, wie immer. Wir halten zusammen und unterstützen einander."

Er hatte stur geschwiegen.

„Ich möchte, dass du mit Trulo redest, wenn es wieder etwas ruhiger ist. Uns stehen Therapeuten zur Verfügung, und wir müssen diese Hilfe nutzen." Als er nicht reagiert hatte, hatte sie nachgehakt: „Okay?"

„Ja, schätze schon."

Er hatte gesagt, was sie hören wollte, aber seine ausdruckslose Stimme und die Entschlossenheit, die ihn dabei umgeben hatte, erfüllten sie mit Sorge.

～

Als Gonzo und Malone ins Hauptquartier zurückkehrten, bemerkte Gonzo als Erstes, dass die US-Flagge am Gebäude Detective Arnold zu Ehren auf Halbmast hing.

„Ich hasse diesen Anblick", knurrte Malone. „Trauerbeflaggung gibt es nur, wenn einer von uns stirbt."

Darauf hatte Gonzo keine Antwort. Dies war das erste Mal in seiner Laufbahn, dass ein Polizist im Dienst getötet worden war, und dann ausgerechnet sein Partner. Der Partner, für dessen Tod er verantwortlich war, weil er gewollt hatte, dass er die Klappe hielt.

„Sie sollten heimgehen, Gonzo."

Das riss ihn aus seinen schwarzen Gedanken. „Kommt nicht infrage. Solange der Mann, der meinen Partner ermordet hat, ungestraft irgendwo da draußen herumläuft, ist zu Hause der letzte Ort, an dem ich sein möchte."

„Die Marshals werden ihn aufspüren. Das ist ihr Job, und sie sind verdammt gut darin."

„Sie können nicht von mir verlangen, dass ich zu Hause hocke und nichts tue, Captain. Sie können mich wegschicken, aber ich werde auf der Straße sein und an diesem Fall arbeiten, ob ich im Dienst bin oder nicht."

Malones Telefon klingelte. Er führte ein kurzes Gespräch. „Wir haben den Durchsuchungsbeschluss für Besozzis Haus."

„Dann los."

„Nicht ohne Verstärkung und nicht ohne die Spurensicherung", widersprach Malone. Sie würden das Haus nach allem absuchen, was in ihrem Fall möglicherweise weiterhelfen konnte.

„Dann rufen Sie Verstärkung, und verständigen Sie die Spurensicherung."

„Geben Sie seit Neuestem die Befehle?", fragte der Captain mit einem leisen Lächeln, das Gonzo verriet, dass Malone nicht verärgert war. Er forderte Verstärkung an und wendete den Wagen.

Sie würden an den Ort zurückkehren, an dem Arnold den Tod gefunden hatte. Gonzo würde das Blut auf dem Bürgersteig sehen und an das schreckliche Geschehen erinnert werden, das ihm noch so klar vor Augen stand. Ihm blieb nur die Dauer ihrer Anfahrt durch den dichten Stadtverkehr, um sich darauf vorzubereiten. Das reichte nicht einmal ansatzweise.

„Nach allem, was man so hört, drehen die Anwohner hier durch, weil in ihrer hübschen kleinen Ecke der Stadt schon wieder jemand auf einen Polizisten geschossen hat", ließ sich Malone nach langem Schweigen vernehmen. „So etwas passiert dort eigentlich nicht."

„Chris und ich haben uns da eine Wohnung angeschaut, bevor ich angeschossen wurde."

„Natürlich wissen Sie, dass so etwas dort normalerweise nicht vorkommt, trotz der Sache mit Billy Springer und jetzt dieses

Vorfalls. Sie wissen das, weil Sie diese Stadt nach zwölf Jahren bei der Polizei wie Ihre Westentasche kennen."

„Worauf wollen Sie hinaus?", fragte Gonzo, denn der Captain sagte nie etwas einfach bloß so.

„Darauf, dass Sie Ihrem Partner nicht die Gesprächsführung überlassen hätten, wenn Sie sich im Südosten der Stadt befunden hätten statt im beschaulichen Nordwesten. Sie hätten wahrscheinlich eine leise Stimme in Ihrem Hinterkopf gehört, die gesagt hätte, dass er für die Sorte Dinge, die wir dort unten erleben, noch nicht bereit war. Aber hier oben ... Dies ist der schöne Teil der Stadt, in dem man mit seiner Familie leben möchte."

Gonzo begriff, was der Captain vorhatte, und wusste es zu schätzen, doch es milderte seine nagenden Schuldgefühle nicht. „Er hat mich genervt."

„Arnold?"

„Ja. Er hat herumgejammert und sich über die Kälte und die Uhrzeit beschwert und die Tatsache, dass wir die Überwachung von Besozzis Haus fortgesetzt haben, obwohl wir eigentlich seit Stunden nicht mehr im Dienst waren. Deshalb habe ich ihm einen Deal angeboten – die Gesprächsführung dafür, dass er die Klappe hält. Ich war genervt, deshalb habe ich diese Entscheidung getroffen. Ich wünschte wirklich, ich könnte sagen, es hätte an der Gegend gelegen, Captain, aber ich wollte einfach nur, dass er den Mund hält."

„Ungeachtet Ihrer Beweggründe kennen Sie sich in der Stadt aus. Sie wissen, dass man Polizisten hier nicht ins Gesicht schießt, wenn die einen ansprechen, ihre Marke zeigen und ihren Namen nennen. In Manor Park antworten die meisten Anwohner dann unter normalen Umständen vielmehr: ‚Guten Abend, Officer. Wie kann ich Ihnen behilflich sein?' Behaupten Sie nicht, das hätten Sie nicht gewusst. Diese Information ist Ihnen so in Fleisch und Blut übergegangen, dass Sie es gar nicht ignorieren *konnten*."

Gonzo versuchte zu erfassen, was der Captain ihm damit mitteilen wollte, doch er sah immer nur Arnold vor sich, wie er auf dem kalten Bürgersteig lag und röchelte, während er zu atmen versuchte.

„Hören Sie mit den Selbstvorwürfen auf", schloss Malone.

„Arnolds Mörder war der mit der Waffe, nicht Sie. Sagen Sie sich das immer wieder, bis es in Ihrem Dickschädel ankommt.“

Als Malone auf die Stelle zusteuerte, wo es passiert war, wurde Gonzo sofort wieder schlecht. Er zwang sich, die Galle zu schlucken, die aus seinem leeren Magen aufstieg, und sich auf den Job zu konzentrieren, den er erledigen musste. Der Tatort war abgesperrt, und jemand hatte das Blut vom Pflaster entfernt. *Gott sei Dank.*

In der kurzen Zeit, in der sie auf die Spurensicherung und das FBI warteten, übermannte Gonzo die Erschöpfung. Die schlaflose Nacht holte ihn ein, und das Adrenalin, das sein Körper nach der Schießerei ausgeschüttet hatte, flaute plötzlich ab.

Er rieb sich mit den Händen übers Gesicht, versuchte sich zusammenzureißen und so weit zu konzentrieren, dass er die nächsten paar Stunden überstehen würde.

Hastig fuhr er hoch, als jemand ans Fenster klopfte. Mein Gott, war er schreckhaft. Er erkannte den Leiter der Spurensicherung und streckte die Hand nach dem Türgriff aus.

„Sie müssen nicht dabei sein, Gonzo“, hielt ihn Malone zurück. „Ich kann übernehmen, wenn Sie mal eine Pause brauchen.“

„Schon gut. Gehen wir.“ Als er sich unter dem gelben Flatterband hindurchbückte, mit dem der Tatort abgesperrt war, ignorierte er bewusst, dass er nicht nur erschöpft, sondern vor Hunger auch ganz schwach auf den Beinen war. Allerdings brachte der kleinste Gedanke an Essen ihm die Übelkeit zurück.

Er ließ sich von Malone Latexhandschuhe geben und folgte dem Captain ins Haus. Gonzo war nicht sicher, was er erwartet hatte, aber es handelte sich um ein geschmackvoll eingerichtetes, gemütliches Wohnhaus mit Zeitschriften auf dem Couchtisch, Bildern an der Wand, einem großen Flachbildfernseher und Pflanzen auf den Fenstersimsen.

„Ich hätte nicht erwartet, dass es so bewohnt wirkt“, sprach Malone aus, was er dachte.

„Ich auch nicht. Wer auch immer er ist, er hat offenbar eine Weile hier gelebt.“

Die Spurensicherer stürzten sich auf das Reihenhaus und durchkämmten es gründlich vom Keller aufwärts. Sie suchten auf jeder horizontalen Oberfläche und an den Wänden nach Fingerabdrücken.

Gonzo beobachtete sie und stellte fest, dass er doppelt sah.

Malone winkte einem uniformierten Beamten. „Bitte bringen Sie Sergeant Gonzales nach Hause. Er hat erst morgen früh wieder Dienst.“

„Captain ...“

„Das ist ein Befehl, Sergeant. Es nützt niemandem, wenn Sie umkippen.“

„Ich will von jeder neuen Entwicklung erfahren, sobald Sie davon hören.“

„Mein Wort darauf.“

Da er auf ein besseres Angebot nicht hoffen konnte, folgte Gonzo dem Streifenbeamten, der ihm fürsorglich die Beifahrertür seines Wagens aufhielt, als sei er gebrechlich, geistig leicht verwirrt oder so. „Danke“, murmelte Gonzo, ehe sich die Tür schloss.

Der Streifenpolizist setzte sich hinters Steuer. „Wo soll ich Sie hinfahren?“

Gonzo nannte ihm die Adresse.

„Ich wollte nur sagen ... das mit Ihrem Partner tut mir wirklich leid. Meiner hat sich Ende letzten Jahres schwer am Knie verletzt, und ich vermisse ihn sehr, aber ich kann mir nicht mal ansatzweise vorstellen ... Jedenfalls, mein Beileid.“

„Danke.“ Gonzo lehnte sich an die Kopfstütze, sah aus dem Seitenfenster auf der Beifahrerseite und hoffte inständig, der junge Beamte würde nicht das Bedürfnis empfinden, gegen das Schweigen im Auto anzuquatschen, wie Arnold es immer getan hatte. Tränen brannten ihm in den Augen, und er kniff sie zusammen, um nicht vor dem blutjungen Kollegen die Fassung zu verlieren.

Dann rüttelte ihn der Streifenpolizist sanft wach. „Wir sind da, Sarge.“

„Vielen Dank für den Chauffeurdienst.“

„Kein Problem. Alles Gute, und halten Sie durch.“

Gonzo nickte ihm zu und stieg aus, wollte sich unbedingt endlich in die Sicherheit seines gemeinsamen Zuhauses mit Christina und Alex zurückziehen. Als er sich der Tür näherte, fiel ihm ein, dass seine Schlüssel in seiner Schreibtischschublade im Büro lagen, also klingelte er.

„Ja?", fragte Christina vorsichtig und wachsam über die Gegensprechanlage.

„Ich bin's."

„Oh, Gott sei Dank." Der Türsummer erklang, und sie ließ ihn ein.

Als Gonzo sich die Treppe hochschleppte, erinnerte ihn seine tiefe Erschöpfung daran, dass er nach den Schüssen auf ihn noch nicht wieder ganz auf dem Damm war. Christina erwartete ihn an der Wohnungstür und warf sich in seine Arme. Er zog sie an sich, ging mit ihr nach drinnen und schob die Tür mit dem Fuß zu.

„Tommy, mein Gott, ich kann nicht aufhören zu weinen. Es tut mir so furchtbar leid."

In den Armen der Frau, die er liebte, ließ Gonzo den Tränen endlich freien Lauf. Trauer, Erschöpfung, Ungläubigkeit, Zorn und Verzweiflung forderten unerbittlich ihren Tribut. Er war nicht stolz auf seinen Zusammenbruch, aber er konnte auch absolut nichts dagegen tun.

Christina führte ihn ins Bad, half ihm, sich auszuziehen, und streifte sich selbst die Kleider ab, ehe sie mit ihm unter die Dusche trat, wo sie ihn wusch, während er empfindungslos unter dem herabprasselnden Wasser stand. Er merkte nicht einmal, ob es warm oder eiskalt war. Dann trocknete sie ihn ab und brachte ihn ins Bett.

„Ich brauche dich", flüsterte er.

„Ich bin da."

Er streckte die Hand nach ihr aus, und sie kuschelte sich im Bett an ihn.

„Ich bin da, und ich gehe nicht weg."

„Alex."

„Ich habe deine Eltern angerufen, und sie haben ihn für ein paar Tage zu sich genommen. Ich wollte ganz für dich da sein können. Ich hoffe, das war in Ordnung."

„Absolut. Ich will nicht, dass er mich so sieht."

„Sag mir, wie ich dir helfen kann."

„Deine bloße Anwesenheit hilft mir schon mehr, als du dir vorstellen kannst."

„Warst du bei seinen Eltern?"

„Ja. Seine Mutter hat sich gefreut, mich zu sehen, bis sie erkannt hat, dass ich Malone dabeihatte." Er erschauerte. „Es war furchtbar."

Sie wischte ihm die Tränen aus dem Gesicht.

„Diese Kugel hätte mich treffen sollen, Chris."

Christina stützte sich auf einen Ellbogen. „Wie meinst du das?"

„Ich habe ihm die Gesprächsführung überlassen, weil er mir auf die Nerven gegangen ist. Wenn er endlich aufhören würde, über die Kälte, die fortgeschrittene Uhrzeit und alles Mögliche andere zu jammern, habe ich gesagt, dürfe er diesmal die Gesprächsführung übernehmen."

„Oh, Tommy. Das ist doch nicht deine Schuld. Du konntest das unmöglich ahnen."

„Das versichern mir alle, aber trotzdem ... Ich habe ihm vorher noch nie die Gesprächsführung überlassen, und dann tue ich es ein Mal ..."

„Seine Zeit war gekommen, Baby. Ganz einfach."

Gonzo wusste, sie hatte recht. Sie alle hatten recht. *Er* hatte Arnold nicht erschossen, technisch gesehen war es also nicht seine Schuld. Möglicherweise würde er irgendwann aufhören, sich die Schuld am Tod seines Partners zu geben, das würde allerdings sehr, sehr lange dauern.

Es hatte Stunden gedauert, die entsprechenden Sicherheitsvorkehrungen zu treffen, damit Nick sie nach New Carrollton begleiten konnte, und da sie nicht ohne ihn fahren wollte, hatte sie gewartet, weswegen sie erst um sieben Uhr abends aufbrachen. Da der Verkehr, genau wie Nick gehofft hatte, für einen Sonntagabend außergewöhnlich dicht war, nutzte Sam die Zeit im Auto, um Lilia anzurufen.

Sie nahm beim zweiten Klingeln ab. „Lilia hier."

„Ich bin's. Sam. Sam Cappuano." Aus dem Augenwinkel sah sie Nick lächeln, weil dies eine der seltenen Gelegenheiten war, bei denen sie nicht ihren Mädchennamen verwendete.

„Ich weiß", entgegnete Lilia. „Mein Handy zeigt Ihren Namen an."

„Na dann. Tut mir leid, Sie an Ihrem freien Wochenende so spät zu stören."

„In meinem Beruf gibt es weder Freizeit noch Wochenenden."

„In meinem auch nicht."

„Das haben wir dann offenbar gemeinsam."

„Scheint so."

„Was kann ich für Sie tun, Mrs Cappuano?"

„Würden Sie mich bitte Sam nennen, wenn wir uns unter vier Augen unterhalten?"

„Ich werde versuchen, daran zu denken. Außerdem habe ich

Ihre Pressekonferenz gesehen und möchte Ihnen versichern, dass ich den Tod Ihres Kollegen und Freundes zutiefst bedaure. Wenn ich Ihnen oder dem Vizepräsidenten irgendwie behilflich sein kann, zögern Sie bitte nicht, es mich wissen zu lassen."

„Danke. Das ist sehr nett von Ihnen. Deshalb rufe ich auch an. Mein Mann und ich haben über Dienstag gesprochen und darüber diskutiert, wie ich angesichts der Umstände mit dem weniger offiziellen Teil der Amtseinführung umgehen soll. Dieser sinnlose Tod bricht mir zwar das Herz, und ich möchte das bei all meinen öffentlichen Auftritten deutlich machen, aber ich bin auch meinem Mann verpflichtet. Insofern bin ich hinsichtlich der Bälle und der ganzen anderen Veranstaltungen hin- und hergerissen."

„Ich verstehe Ihr Dilemma. Wenn Sie mich fragen ..."

„Genau das tue ich. Wie soll ich mich verhalten?"

„Gehen Sie zur Amtseinführungszeremonie und auf einen Ball. Drehen Sie mit Ihrem Mann eine Ehrenrunde über die Tanzfläche, und wir veröffentlichen ein Kommuniqué Ihres Büros, demzufolge der Vizepräsident und Mrs Cappuano danach das Fest verlassen haben, um Zeit mit ihren Kollegen und Freunden beim Metropolitan Police Department zu verbringen, die um den Verlust eines jungen Mannes aus ihren Reihen trauern."

„Wow, Sie sind gut."

Sie lachte leise. „Vielen Dank. Sollen wir das also so handhaben?"

„Ja, ich denke schon. Kleinen Moment bitte." Sam legte die Hand über das Mikro des Handys. „Wärest du damit einverstanden, dass wir auf einem Ball einmal tanzen, um dann zu unseren Freunden vom MPD zurückzukehren und mit ihnen um Detective Arnold zu trauern?"

„Wie immer, Liebste, will ich da sein, wo du bist, von daher reicht mir ein Tanz völlig."

Sam beugte sich zu ihm hinüber und küsste ihn. „Habe ich dir heute schon gesagt, dass du der beste Ehemann bist, den ich je hatte?"

Nick lachte schnaubend. „Das ist ja auch nicht besonders schwer."

„Stimmt auch wieder." Sie nahm das Handy wieder ans Ohr. „Lilia, der Plan steht. Nick ist in allen Punkten einverstanden."

„Ausgezeichnet. Ich koordiniere das mit seinem Büro und sorge dafür, dass alles reibungslos läuft."

„Nochmals vielen Dank. Und wegen der Dinge, die wir letzte Woche besprochen haben, melde ich mich noch mal. Wie Sie sich sicher denken können, habe ich momentan jede Menge um die Ohren."

„Natürlich. Wir stehen bereit, wenn Sie unsere gemeinsamen Pläne in die Tat umsetzen möchten."

„Sehr gut. Bis Dienstag."

„Bis dann."

Sam klappte ihr Handy zu. „Ich kann nicht glauben, dass ich das sage, aber ich mag sie."

„Wow. Das ist in der Tat ein großes Lob. Du magst doch eigentlich grundsätzlich keine Menschen."

„Ich mag dich. Zumindest meistens."

„Nur meistens?"

„In neunundneunzig Komma neun Prozent aller Fälle."

„An diesen null Komma null eins Prozent muss ich noch arbeiten." Er streckte den Arm nach ihr aus, und Sam schmiegte sich an ihn. „Wie geht es dir, Babe?"

„Mir ist schlecht, ich weine innerlich um Arnold und seine Familie, ich mache mir Sorgen um Gonzo und den Rest des Teams. Irgendwie ist einfach alles schrecklich."

„Ja, mein schlimmster Albtraum ist gerade wahr geworden. Ich habe vorhin mit Christina telefoniert, und ihr geht es genauso. Aus dem Nichts trifft es einfach jemanden, und diese Beliebigkeit reicht aus, um uns alle zutiefst zu erschüttern – abgesehen davon, dass wir um den Verstorbenen trauern."

„Tut mir leid, dass du mit dieser Angst leben musst. Das gilt genauso für Christina, Elin und letztlich auch für Arnolds Eltern."

„Mir gefällt das ebenfalls nicht, aber ich liebe dich so sehr, dass ich möchte, dass du ungeachtet der Gefahren und Risiken du bist. Doch das hier ... Dass Arnold scheinbar grundlos auf einer friedlichen Straße abgeknallt wird ... Das hat mich erschüttert, Sam. Ganz ehrlich."

„Ich bin froh über deine Offenheit." Sie blickte auf die Uhr.

„Wir sollten die Zeit nutzen, um Scotty anzurufen. Ihn hat die ganze Sache wahrscheinlich auch mitgenommen."

Nick zückte sein Privathandy. „Ich habe eine bessere Idee." Er startete einen Videoanruf bei ihrem Sohn, der sofort ranging.

„Hey, wo seid ihr?"

„Auf dem Weg zu Detective Arnolds Eltern."

„Oh, wow. Mein Beileid, Mom. Er war ein total netter Kerl."

„Ja, das war er."

„Bist du, du weißt schon, okay und so?"

Die Zuneigung, die aus seinen Worten sprach, trieb ihr schon wieder Tränen in die Augen. „Ich bin traurig, Kumpel. Das sind wir alle. Aber wir tun, was wir tun müssen, um seinen Mörder zu fassen."

„Ich hoffe, ihr kriegt ihn bald."

„Das hoffe ich auch. Wie war dein Tag?"

„Schön. Ich war bei Opa Skip und habe am Nachmittag ein bisschen Zeit mit Abby und Ethan verbracht", berichtete er. Die beiden waren die Kinder von Sams Schwester Tracy. „Dann habe ich Hausaufgaben gemacht. Nichts Besonderes."

„Manchmal ist ein Tag, an dem nichts Besonderes passiert, einer, für den wir dankbar sein können."

„Da hast du wohl recht."

„Dad und ich besuchen jetzt Detective Arnolds Eltern, und dann kommen wir heim, okay?"

„Okay. Sagt ihnen ... seinen Eltern ... Richtet ihnen mein Mitgefühl aus."

„Ja, klar. Bis bald. Ich habe dich lieb."

„Ich dich auch."

„Bye, mein Sohn", verabschiedete sich Nick.

„Er ist so unfassbar süß", seufzte Sam.

„Ja. Das wird ihn ganz schön mitnehmen, das weißt du, oder? Dass jemand, den er kennt, einfach erschossen werden kann, vor allem nach dem, was dir widerfahren ist."

„Denkst du, wir sollten uns vorsorglich nach einem Kinderpsychiater umschauen?"

„Kann wahrscheinlich nicht schaden."

„Wir können ja mal mit Scotty darüber reden und vorfühlen, was er davon hält."

Eine halbe Stunde später erreichten sie das Wohngebiet, in dem die Arnolds lebten. In deren Einfahrt und am Straßenrand standen zahlreiche Autos. Die Autokolonne sorgte dafür, dass die ruhige Straße endgültig verstopft war.

„Hey, Brant", wandte sich Nick an den Personenschützer. „Zwei Autos in der Straße selbst reichen. Die anderen sollen um die Ecke parken. Wir wollen hier keine Riesenshow abziehen."

„Verstanden", bestätigte Brant. Er gab über Funk ein paar Befehle und stieg dann aus, um Nick und Sam die Tür zu öffnen. „Wir konnten uns hier vorher nicht umsehen, deshalb sind wir ein wenig übervorsichtig."

„Wir bleiben nicht ewig", versicherte ihm Sam. „Wir wollen nicht länger stören als unbedingt notwendig."

Umgeben von Bodyguards gingen sie den Bürgersteig entlang. Ehe sie anklopfen konnten, öffnete sich die Haustür, und man ließ sie ein.

Eine Frau mit vom Weinen geröteten und geschwollenen Augen schüttelte ihnen beiden die Hand. „Mr Vice President, Lieutenant Holland, es ist eine Ehre, Sie hierzuhaben. Ich bin Debbie, Mrs Arnolds Schwester. Ich sage ihr und John, dass Sie da sind."

„Danke", antwortete Sam.

Sie bedeutete ihnen, im Wohnzimmer Platz zu nehmen und zu warten.

Sie setzten sich nebeneinander aufs Sofa, und Nick fasste nach ihrer Hand.

„Vielen Dank, dass du mich begleitest", flüsterte sie.

„Ich würde dir das niemals allein zumuten."

Als die Arnolds das Zimmer betraten, erhoben sich Sam und Nick, um sie zu begrüßen. Mrs Arnold umarmte beide, und Mr Arnold schüttelte Nick die Hand und drückte Sam kurz. Beide hatten gerötete Augen, und ihre Trauer war mit Händen greifbar.

„Vielen Dank, dass Sie gekommen sind", eröffnete Arnold das Gespräch. „Ich weiß, wie beschäftigt Sie beide sind."

„Ich möchte Ihnen versichern, wie nahe uns allen im MPD Ihr Verlust geht", erwiderte Sam. „Das gesamte Team ist am Boden zerstört."

„A. J. hat Sie beide sehr gemocht", erzählte Mrs Arnold. „Er hat in den höchsten Tönen von Ihnen, Lieutenant, und Ihnen, Mr Vice President, geschwärmt."

„Bitte nennen Sie mich Nick. Wir haben Ihren Sohn ebenfalls sehr gemocht. Er war für Sam nicht nur ein Kollege, sondern für uns beide auch ein Freund, und wir werden ihn vermissen."

„Das ist so nett von Ihnen." Sie wischte sich Tränen ab. „Wir waren so stolz auf ihn."

„Aus gutem Grund", sagte Sam. „Er genoss im gesamten Team höchstes Ansehen."

„Er hat seinen Job geliebt", warf Mr Arnold ein. „Das Team, die Arbeit mit Ihnen, mit seinem Partner Tommy. Alles. Wir trösten uns mit dem Gedanken, dass er bei der Arbeit gestorben ist, die er so geliebt hat."

„Um Tommy machen wir uns Sorgen", fügte Mrs Arnold hinzu. „Er nimmt es sehr schwer."

„Wir werden ihn im Auge behalten", versicherte ihr Sam. „Keine Sorge."

„Es wäre uns eine Ehre, wenn Sie bei der Beerdigung einen Nachruf auf A. J. halten könnten", bat Mrs Arnold.

„Aber natürlich", versprach Sam, obgleich ihr der Gedanke, vor so vielen Menschen zu sprechen, eine Heidenangst einjagte. „Es wird *mir* eine Ehre sein."

„Gibt es etwas Neues, was die Ermittlungen betrifft?", wollte Mrs Arnold wissen.

„Bisher nicht, doch wir lassen nichts unversucht. Das FBI und die Marshals beteiligen sich an der Fahndung nach dem Schützen. Sobald wir etwas herausfinden, erfahren Sie es als Erste."

„Das würde uns freuen."

Sam warf Nick einen Blick zu. „Wir möchten Sie nicht von Ihrer Familie fernhalten. Sie können sich darauf verlassen, dass wir in Gedanken bei Ihnen sind, und wenn wir etwas für Sie tun können, geben Sie uns bitte Bescheid." Sie reichte Mrs Arnold ihre Karte. „Was auch immer es ist."

„Danke. Alle Mitarbeiter des MPD waren so nett, und es war wirklich hilfreich, wie uns Detective Tyrone bei der Beerdigungsplanung unterstützt hat."

„Es freut mich, das zu hören. Haben Sie mit Dr. McNamara

Kontakt aufgenommen? Sie wollten Ihren Sohn doch noch einmal sehen."

„Ja", bestätigte Mr Arnold. „Das wird morgen früh sein. Jetzt ist unsere Familie hier, und wir dachten, wir machen das lieber dann."

„Wenn Sie Medienanfragen bekommen, verweisen Sie die doch bitte einfach an die Presseabteilung der Polizei. Dann müssen Sie sich nicht damit herumschlagen."

„Das werden wir tun", versicherte Mr Arnold und brachte sie zur Tür. „Danke. Auch dafür, dass Sie hergekommen sind. Das bedeutet uns viel."

„Ihr Sohn war mir sehr wichtig", erklärte Sam ein weiteres Mal. „Ich werde ihn niemals vergessen."

Nach weiteren Umarmungen und Versicherungen, in Kontakt zu bleiben, ließen sich Sam und Nick von den Personenschützern zurück zu dem schwarzen SUV eskortieren.

„Die sind wirklich erstaunlich", meinte Nick. „So gefasst."

„Ich werde nie verstehen, woher manche Leute solche Kraft nehmen. Als mein Vater angeschossen worden ist, bin ich völlig durchgedreht, das weiß ich noch. Ich stand total neben mir. Diese Leute haben gestern Nacht ihren Sohn verloren und sind dankbar, weil wir sie besuchen?" Sie schüttelte den Kopf. „Ich sehe so was bei der Arbeit ständig. Wie der menschliche Geist sogar die schlimmsten Schicksalsschläge irgendwie verarbeitet."

„Du bist genauso stark wie sie, Samantha. Schau nur, was du gerade hinter dich gebracht, was du dank deiner eigenen Geistesgegenwart und deines Muts überlebt hast. Stell dein Licht nicht unter den Scheffel."

„Vielleicht hast du recht, aber wenn ich daran denke, dass Scotty etwas passiert ... Ich habe ihn weder auf die Welt gebracht noch großgezogen, trotzdem würde ich den Verstand verlieren."

Er legte den Arm um sie. „Ich weiß, Babe. Mir ginge es genauso."

Sams Handy klingelte. Es war Captain Malone. „Was haben wir?"

„Die Spurensicherung hat brauchbare Fingerabdrücke gefunden. Wir überprüfen das gerade."

„Hoffen wir, dass er aktenkundig ist."

„Das wäre ein echter Durchbruch. Ich habe Ihr Team für heute nach Hause geschickt. Die sind alle auf dem Zahnfleisch gekrochen und haben bloß noch aus reiner Willenskraft durchgehalten, und das ist manchmal eine gefährliche Kombination. Ich habe angeordnet, dass sie morgen um sieben wieder hier sein sollen. Sie sollten für heute ebenfalls Schluss machen."

„Wir tun doch alles in unserer Macht Stehende, um diesen Kerl zu schnappen, oder, Cap?"

„Absolut alles. Die Marshals sind in solchen Dingen unschlagbar, und wir unterstützen sie nach Kräften. Die Geschichte schlägt landesweit Wellen, und alle großen Sender zeigen das Bild des Verdächtigen. Früher oder später wird ihn jemand sehen und uns anrufen."

„Melden Sie sich bitte, wenn sich über Nacht etwas ergibt. Ich hab mein Handy griffbereit." Sie würde es von jetzt an immer in ihrer Nähe haben.

„Geht klar. Und Sie sollten versuchen, etwas zu schlafen. Das wird eine harte Woche."

„Bis morgen."

„Ja. Was ich noch sagen wollte ... Ist verdammt gut, dass Sie wieder da sind."

„Danke." Sam klappte ihr Handy zu und schob es sich in die Parkatasche. „Ich möchte mein Kind sehen, die blöde Anprobe hinter mich bringen und dann direkt mit meinem Mann ins Bett, okay?"

„Was immer du willst, Babe."

„Genau das will ich."

Und genau das bekam sie auch. Sie aßen mit Scotty zu Abend, sprachen mit ihm über Arnolds Tod und hatten danach das Gefühl, dass er es so gut wegsteckte, dass er keine Therapie brauchte. Aber sie ließen ihm die Möglichkeit offen, falls er seine Meinung ändern sollte. Nick half ihm bei den Mathehausaufgaben und schickte ihn dann unter die Dusche, während Sam die Anprobe mit dem übertrieben teilnahmsvollen Marcus hinter sich brachte, mit dem sie sich beide angefreundet hatten, seit er Sam einkleidete.

Sie liebte die nachtblaue Samtrobe, die er ihr für die Bälle anlässlich der Amtseinführung geschneidert hatte, und das rote Kleid mit passendem Mantel, das er für die eigentliche Zeremonie entworfen hatte.

Als er für Nick eine Krawatte zum Vorschein brachte, die zu dem roten Kleid passte, lächelte Sam zum ersten Mal seit Stunden. „Wundervoll, Marcus.“

„Das freut mich, meine Liebe.“ Er hatte blonde Locken und warme braune Augen. „Schön, dich lächeln zu sehen.“

„Ich habe einen absolut fürchterlichen Tag hinter mir.“

„Dann kann der morgen ja nur besser werden. Das ist jedenfalls mein Motto.“

„Dein Wort in Gottes Ohr. Danke fürs Verschieben des Termins.“

„Machst du Witze? Ich darf die interessanteste Frau in ganz Amerika einkleiden. Zu dir käme ich auch mitten in der Nacht, liebe Freundin.“

„Du bist viel zu nett zu mir.“

Er küsste sie auf die Wange. „Halt die Ohren steif, okay? Am Dienstag bin ich hier und helfe dir, letzte Hand anzulegen. Ich habe eine Visagistin und eine Friseurin gebucht. Du wirst alle aus den Socken hauen.“

„Na toll.“

Er lachte und verließ mit einem affektierten Winken den Raum, den sie als begehbaren Kleiderschrank nutzte, beide Kreationen in Kleidersäcken über dem Arm. Am nächsten Tag würde er die letzten Änderungen vornehmen und sie ihr abends schicken.

Nick erschien in der Tür, zwei Weingläser in der Hand. „Er darf dich doch nicht nackt sehen, oder?“

„O mein Gott. Ist das dein Ernst?“

„Mein voller Ernst.“

„Nein, darf er nicht. Das darfst nur du, aber das könnte sich ändern.“

„Ich habe dir Wein mitgebracht, wenn du mich allerdings derart bedrohst, trinke ich ihn vielleicht lieber selbst.“

„Gib her, dann vergesse ich deinen Eifersuchtsanfall möglicherweise.“

Lächelnd reichte er ihr das Glas, und Sam nahm einen Schluck. „Mmm, lecker."

„Ist mit Marcus alles klar?"

„Ja. Am Dienstagmorgen kreuzen hier eine Friseurin und eine Visagistin auf, sagt er", setzte sie mit finster zusammengezogenen Brauen hinzu.

„Du möchtest ja schließlich nicht vor dem ganzen Land dastehen wie eine hässliche alte Vettel."

„Stimmt."

Wie immer machte es Spaß, mit ihrem wunderbaren, sexy Mann zu scherzen, aber die leise Trauer in ihrem Herzen erinnerte sie ständig daran, was sie verloren hatte.

Nick streckte ihr die Hand hin. „Komm ins Bett, Babe."

Sam ergriff seine Hand und überließ sich seiner Führung. Er entkleidete sie und streifte ihr ein weites T-Shirt über, dann zog er ihr warme, kuschelige Socken an – ihre Schlafbekleidung, wenn sie ihre Periode hatte. Ansonsten schlief sie lieber nackt neben ihm.

Er deckte sie zu und küsste sie. „Ich dusche noch rasch und bin dann gleich bei dir, ja?"

Sam nickte.

„Trink deinen Wein. Dann wirst du besser schlafen."

„Okay." Während er in der Dusche verschwand, nippte sie wie befohlen an ihrem Wein. Sie fühlte sich wie in den ersten Tagen nach den Schüssen auf ihren Vater, nach Quentin Johnsons Tod, nach Jeannies Entführung und nach Stahls tätlichem Angriff auf sie. Die Zeiten unmittelbar nach all diesen Ereignissen glichen sich auf fast unheimliche Art und Weise. Alles war ein wenig unwirklich gewesen, als sei das Furchtbare nicht tatsächlich geschehen, sondern nur ein Traum gewesen. Genauso war es an diesem Abend. Sie versuchte zu vergessen, dass Arnold erschossen worden war, doch die schreckliche Wirklichkeit mahnte sie immer wieder daran, dass es eben kein Albtraum gewesen war.

Die Begegnung mit Arnolds am Boden zerstörten Eltern und der Umgang mit ihrem zutiefst erschütterten Team hatten dazu geführt, dass die Wirklichkeit gegenüber ihrem verzweifelten Wunsch, das Geschehene zu leugnen, die Oberhand gewonnen hatte. Sie hätte jetzt eigentlich unterwegs sein müssen, um bei der

Suche nach dem Mann zu helfen, der ihren Kollegen und Freund getötet hatte, aber das Feuer, das vor Kurzem noch so heiß und intensiv in ihr gelodert hatte, war im Laufe des Tages Trauer und Erschöpfung gewichen.

Am Morgen war sie wieder bei der Arbeit gewesen und hatte ihr Möglichstes getan, damit Arnold und den Opfern der Messerangriffe Gerechtigkeit widerfuhr. Der Gedanke, dass in ihrer Abwesenheit Angehörige des MPD, des Marshal Service und des FBI auf der Suche nach Besozzi waren, tröstete sie.

Ihr Handy klingelte, und sie nahm den Anruf von Captain Malone entgegen. „Hallo", meldete sie sich.

„Ich hoffe, ich habe Sie nicht geweckt."

„Nein, ich war noch wach. Was gibt es?"

„Sagt Ihnen der Name Sid Androzzi etwas?"

Sam setzte sich im Bett auf. „Das soll ein Witz sein, oder?"

„Nein."

Androzzi stand als Kopf eines Menschenhändlerrings, der in New York City und Los Angeles zerschlagen worden war, ganz weit oben auf der Fahndungsliste des FBI. Die Polizeiaktion hatte zwar Androzzis Aktivitäten in diesen beiden Städten gestoppt, doch er war nach wie vor auf freiem Fuß, und seine Leute waren nicht bereit, sich selbst zu retten, indem sie seinen Aufenthaltsort preisgaben. „Er versteckt sich vor unser aller Augen in der Hauptstadt?"

„So scheint es. Sein Reihenhaus war voll mit seinen Fingerabdrücken."

„Heilige Scheiße. Warum hat Hill ihn auf dem Foto nicht erkannt?"

„Offenbar hat er sich stark verändert, seit man ihn das letzte Mal gesehen hat. Ich muss wohl nicht eigens erwähnen, dass das FBI den Fall sofort an sich gerissen hat. Die Marshals koordinieren nach wie vor die Fahndung."

„Was ist mit der Tatsache, dass die Messerangriffe und der Mord an einem unserer Kollegen in unseren Zuständigkeitsbereich fallen?"

„Meiner Auffassung nach sollten wir weiter an dem Fall arbeiten, während die auf ihre Weise vorgehen, natürlich kooperativ."

„Natürlich. Ich mag die Art, wie Sie denken."

„Hab ich schon vermutet. Also legen wir morgen früh los, ja?"

„Darauf können Sie wetten. Wir sehen uns um sieben."

„Bis dann."

Nick kam aus dem Badezimmer, ein Handtuch um die Hüften, sodass seine perfekt geformte Brust angemessen zur Geltung kam.

Sam starrte ihn wie üblich an und konnte kaum glauben, dass ein innerlich wie äußerlich so schöner Mann für immer ihr gehören sollte.

„Was ist?", fragte er.

Sie fächelte sich mit der Hand Luft zu. „Du bist unglaublich heiß."

„Mal im Ernst, Samantha."

Sie liebte es, wie peinlich es ihm jedes Mal war, wenn sie solche Bemerkungen von sich gab – was oft geschah. „Ich sage doch nur die Wahrheit."

„Wie du meinst." Der Anblick wurde noch interessanter, als er das Handtuch fallen ließ und ins Bett kam. „Wer hat angerufen?"

„Malone. Du wirst nicht glauben, wer der Mörder in Wirklichkeit ist." Sie setzte ihn über Androzzi ins Bild und darüber, dass er einer der zehn meistgesuchten Männer des FBI war.

„Er ist in der Masse untergetaucht."

„Genau, und das beweist, dass William Enright mit seinem Verdacht bezüglich der Website, die er hätte bauen sollen, richtiglag. Da ging es nicht um T-Shirts."

„Menschenhandel. Schon allein das Wort ist widerlich."

„Das FBI hat ganze Sonderkommissionen, die sich diesem Thema widmen und diesen Schweinen das Handwerk zu legen versuchen. Es macht mich krank, dass einer der meistgesuchten Menschenhändler schon Gott weiß wie lange hier lebt und Gott weiß was treibt."

„Ich bin sicher, du wirst die Sache mithilfe deines Teams aufdecken und diesen Drecksack zu fassen kriegen."

„Das FBI hat den Fall sofort übernommen, aber wir bearbeiten ihn inoffiziell weiter."

Er drehte sich auf die Seite und streckte die Hand nach ihr aus.

„Du musst mal runterfahren und die ganze Sache für ein paar Stunden vergessen."

Sie legte die Hand flach auf seine Brust, den Kopf auf seinen Arm und erwiderte: „Du auch."

„Mir geht es gut."

„Du musst schlafen."

„Das werde ich, Babe."

Sie hob den Kopf, um ihn zu küssen. Als ihre Lippen sich trafen, schob sie ihr Bein zwischen seine und presste den Oberschenkel gegen seine Männlichkeit.

Er stöhnte gegen ihre Lippen, und sie spürte, wie sich seine Erektion gegen ihren Bauch drückte. „Was machst du da?", fragte er, atemlos von ihrem Kuss.

„Ich gebe meinem Mann einen Gutenachtkuss. Darf ich das nicht?"

„Doch, aber das fühlt sich eher wie ein Weckruf an als wie ein Gutenachtkuss."

„Und wenn schon ..."

„Ich hätte nicht gedacht, dass du heute Nacht Lust hast."

„Nick, ich habe immer Lust, und heute Nacht ...", seufzte sie, „heute Nacht brauche ich dich einfach. Ich will kein großes Tamtam und keine Sonderbehandlung. Ich will bloß dich."

„Du hast mich. Immer." Er küsste sie mit sanfter Eindringlichkeit, gab ihr die Zärtlichkeit, nach der sie sich sehnte, die Liebe und den Trost, die sie benötigte und die nur er ihr spenden konnte. Er streifte ihr die Kleidungsstücke, die er ihr so liebevoll angezogen hatte, mit derselben Sorgfalt wieder ab. Ganz zart streichelte er sie, und sie bog sich ihm entgegen, bat ihn wortlos um die Vereinigung, die sie so dringend brauchte.

„Samantha", flüsterte er ihr ins Ohr, und sein Atem ließ sie erschauern. „Ich liebe dich so sehr."

Tränen rannen ihr übers Gesicht, und er küsste sie weg, während ihre Körper eins wurden. Er liebte sie behutsam und sanft, während sie um ihren verlorenen Freund und Kollegen weinte, um ein Leben, das viel zu früh geendet hatte, um die Familie und die Freunde, die ihn vermissen und um ihn trauern würden. Die ganze Zeit über klammerte sie sich an ihren Mann, der sich in ihr bewegte und sie daran erinnerte, dass das Leben weiterging, selbst unter schwierigsten Umständen.

„Schh, ich bin ja da. Ich halte dich."

Bei ihm war sie in Sicherheit, konnte sich der Verzweiflung hingeben, die sie überfallen hatte, als sie die schreckliche Nachricht erhalten hatte, konnte trauern. Seine Liebe verschaffte ihr einen Zufluchtsort inmitten des Wahnsinns, der sie so oft umgab.

Er füllte sie ganz aus, drückte sie an sich und hielt sie fest. So verharrten sie endlos lange, innig verbunden, und seine Liebe erfüllte sie und gab ihr die Kraft, weiterzumachen, den nächsten Schritt zu gehen und zu tun, was getan werden musste, während ihr Herz wieder einmal in eine Million Stücke zersplitterte.

Selbst inmitten der Verzweiflung reagierte ihr Körper auf ihn, akzeptierte die brennende Leidenschaft, die sie mit ihm fand, und teilte sie mit ihm, bis sie schließlich die Hitze seines Ergusses in sich spürte. Danach hielt er sie noch lange fest, bis ihr Schluchzen nachließ und die Tränen auf ihrem Gesicht trockneten.

„Wenn ich nicht immer wieder zu dir nach Hause kommen könnte, könnte ich dieses Leben nicht führen", flüsterte sie.

„Du wirst *immer* zu mir nach Hause kommen können. Du *bist* mein Zuhause, und ich bin deins. Zumindest steht das in unseren Ringen."

„Ja", bestätigte sie mit einem leisen Lachen. „In der Tat." Die Erkenntnis, dass sie einander, ohne es abzusprechen oder zu wissen, identische Worte in die Eheringe hatten gravieren lassen, war ein denkwürdiger Moment am Tag ihrer Hochzeit gewesen. Er zog sich aus ihr zurück und verabschiedete sich mit einem Kuss ins Badezimmer, um sich zu waschen.

Er kehrte mit einem warmen Waschlappen in der Hand zurück, mit dem er ihr die Tränenspuren aus dem Gesicht wischte.

Sam schloss die Augen und ließ sich von ihm umsorgen. Das Nächste, was sie mitbekam, war das Klingeln des Weckers, das sie aus dem Tiefschlaf riss, und Nicks warmer, an sie geschmiegter Körper weckte in ihr augenblicklich den Wunsch, so lange wie möglich in diesem Bett zu bleiben.

Dann fiel ihr alles wieder ein. Arnold war tot. Ein gesuchter Menschenhändler hatte ihn erschossen. In einer Stunde musste sie im Büro sein, um an der Lösung des Falls mitzuwirken. Der Schmerz in ihrem Herzen hatte über Nacht nicht nachgelassen, doch ihre Entschlossenheit war gewachsen. Detective Arnolds Tod würde unter keinen Umständen ungesühnt bleiben.

Der Rachedurst loderte heiß und verzehrend in ihr, trieb sie aus dem Bett und unter die Dusche. Er begleitete sie auch, als sie sich anzog und ihrem schlafenden Mann einen Abschiedskuss gab, während sie Dankesworte flüsterte, die er nicht hören würde, die ihr aber über den Tag helfen würden, bis sie einander wiedersahen.

Während sie in ihrem neuen Auto zum Hauptquartier fuhr, aß sie einen Apfel und leerte eine kleine Flasche Wasser. Wie sich herausstellte, war der Vortag nur die Generalprobe gewesen. Jetzt war sie wirklich wieder da. Heute würde sie sich auf ihre dringendsten Aufgaben konzentrieren. Sie würde ihre Trauer beiseiteschieben und sich um ihre Leute kümmern, während sie das Schiff gemeinsam durch diese Katastrophe navigierten. Sie würde ihnen geben, was sie brauchten, und dann würde sie sich später das, was *sie* brauchte, von dem Mann holen, den sie liebte und der ihr bei alldem eine Stütze sein würde.

Sie parkte vor dem Haupteingang und marschierte direkt auf die Traube der Reporter zu, statt ihnen wie üblich aus dem Weg zu gehen.

Sobald sie sie sahen, schrien sie durcheinander.

„Lieutenant!"

„Können wir einen Kommentar bekommen?"

„Was gibt es Neues?"

„Waren Sie bei Familie Arnold?"

Sie trat vor sie und wartete, bis sie sich beruhigt hatten, dann erklärte sie: „Wie gestern schon erwähnt, trauern wir um einen Kollegen und Freund. Detective Arnold war in den letzten sieben Jahren ein hochgeschätztes und angesehenes Mitglied des Metropolitan Police Department. Sein schneller Aufstieg vom Streifenpolizisten zum Detective ist ein Beweis für sein Engagement in seinem Beruf und dieser Behörde. Wir waren stolz auf Detective Arnold und haben große Hoffnungen auf ihn gesetzt. Ich habe seine Eltern besucht, die erwartungsgemäß tief getroffen sind, aber auch wollen, dass ihrem Sohn Gerechtigkeit widerfährt. Genau wie wir. Der U.S. Marshal Service leitet die Fahndung nach dem Mann, der Detective Arnold erschossen hat, und das FBI koordiniert die Ermittlungen gegen einen Verdächtigen, den wir inzwischen identifizieren konnten. Weitere Kommentare über den Fall überlasse ich meinen Kollegen von den Bundesbehörden."

„Werden Sie morgen an der Amtseinführung Ihres Mannes teilnehmen?"

„Ja. Ich habe zwar in den schweren Zeiten, die uns bevorstehen, Verpflichtungen gegenüber den Menschen, die in dieser Behörde ihren Dienst tun, die habe ich allerdings auch gegenüber meinem Mann. Von daher werde ich in den nächsten Tagen versuchen, beiden gerecht zu werden. Aber es kann kein Zweifel daran bestehen, dass es für mich oberste Priorität hat, den Mörder meines Kollegen und Freundes zu finden."

„Machen Sie sich Sorgen über die öffentliche Meinung, wenn Sie an der Amtseinführung teilnehmen, während Ihre Kollegen trauern?"

„Das ist eine gute Frage, über die ich auch schon nachgedacht habe. Ich entschuldige mich im Voraus bei jedem, der das Gefühl hat, ich dürfte nicht auf diesem Podium stehen. Doch ich werde da sein, wo ich hingehöre, und dann werde ich hierher zurückkehren und meine Pflicht erfüllen. In den nächsten Jahren werde ich, solange mein Mann unserem Land dient, häufig hin- und hergerissen sein zwischen dem, was ich tun sollte, und dem, was ich tun muss. Ich werde immer versuchen, für mein Team hier und für meine Familie zu Hause das Beste zu geben. Mehr kann niemand von uns leisten. Wir alle müssen unser Bestes tun. Ich hoffe, Sie haben Verständnis dafür, dass ich jetzt arbeiten muss. Vielen Dank."

Sie hatte mehr gesagt als beabsichtigt. Offener hatte sie vor laufenden Kameras noch nie darüber gesprochen, wie sie ihre widerstreitenden Rollen im Gleichgewicht zu halten gedachte. Aber es gab keinen besseren Zeitpunkt dafür, deutlich zu machen, wie sie in den nächsten vier Jahren mit diesem Problem umzugehen plante, als jetzt, wo sie sowohl privat als auch beruflich extrem gefordert war. Sie würde ihr Bestes tun und improvisieren. Natürlich würde sie im Kreuzfeuer der Kritik stehen, sowohl von Leuten, die sie für eine schlechte Polizistin hielten, als auch von solchen, die sich für Amerika eine engagiertere Vizepräsidentengattin wünschten.

Sollten sie sich ruhig die Mäuler zerreißen. Sie würde sich weiterhin nach Kräften bemühen und hoffen, dass das Ergebnis für die ausreichte, die ihr wirklich am Herzen lagen.

Im Gebäude erwarteten sie Farnsworth und Cruz.

„Das war unerwartet", begrüßte Farnsworth sie.

„Für mich auch, doch ich schätze, es war Zeit, das Offensichtliche anzusprechen."

„Wahrscheinlich hast du recht." Er musterte sie. „Alles so weit okay?"

„Ja. Ich bin bereit, wieder an die Arbeit zu gehen und mich bei der Suche nach Androzzi nützlich zu machen."

„In fünfzehn Minuten ist eine Einsatzbesprechung im Konferenzraum", informierte Farnsworth sie. „Ich komme auch gleich hin."

„Danke, Sir."

Sam begab sich mit Freddie ins Großraumbüro.

„Das war ganz schön krass eben, Sam", meinte er. „Ich glaube, die waren ziemlich sprachlos."

„Gut. So mag ich sie."

„Wie schlägst du dich?"

„Es geht mir zumindest schon besser. Wie ist es mit dir?"

„Was mit Arnold passiert ist, bricht mir das Herz, aber ich bin entschlossen, den Täter fassen zu helfen."

„Hast du mit Gonzo gesprochen?"

„Gestern das letzte Mal. Ich vermute, er kommt gleich."

„Ihn hat die ganze Sache am härtesten getroffen."

„Wir werden für ihn da sein, wie immer." Er zögerte, doch dann fuhr er fort: „Ich muss dir etwas mitteilen. Das kommt zwar zum völlig falschen Zeitpunkt, aber ich dachte, vielleicht hörst du zur Abwechslung gerne mal gute Neuigkeiten."

Sie schob ihn in ihr Büro und schloss die Tür. „Das tue ich sogar *sehr* gerne."

„Auf unserem Kurztrip habe ich Elin einen Heiratsantrag gemacht, und sie hat Ja gesagt."

Sam umarmte ihn. „Natürlich hat sie das. Sie weiß, dass sie das glücklichste Mädchen der Welt ist, weil du sie liebst. Ich freue mich so für euch."

„Danke, Sam. Aus deinem Mund bedeutet mir das viel."

„Wir müssen diesen Dreckskerl finden. An die Arbeit."

Freddie nickte. „Dann lass uns anfangen."

18

———

Special Agent Avery Hill stand vor den versammelten Gesetzeshütern im Konferenzraum und erläuterte, weshalb das FBI Sid Androzzi suchte. Neben Sams gesamtem Team waren Captain Malone, Chief Farnsworth, Deputy Chief Conklin und Jesse Best vom Marshal Service anwesend.

„Auf Androzzi sind wir das erste Mal bei der Stürmung eines Lagerhauses im New Yorker Stadtteil Chelsea aufmerksam geworden, in dem wir fünfundzwanzig halb verhungerte Frauen fanden, die man dort gefangen gehalten und sexuell missbraucht hatte. Unsere Leute hatten sich als Interessenten ausgegeben und Androzzis Netzwerk infiltriert. In dem Lagerhaus konnten sie sieben Mitglieder von Androzzis Organisation festnehmen. Er selbst war an jenem Tag nicht dort."

Während er sprach, hängte Hill erschreckende Fotos von den abgemagerten Opfern auf, die man aus dem Lagerhaus befreit hatte. „Unsere nächste Begegnung mit seiner Organisation fand in Los Angeles statt, wo wir uns ebenfalls Zugang zu seinem Netzwerk verschaffen konnten. Diesmal fanden wir in einem Lagerhaus in Redondo Beach zweiundvierzig versklavte Frauen und Kinder vor. Wir glauben, man hätte sie nur Tage später zu unbekannten Zielen in Übersee verschifft. Wieder war Androzzi am Tag unseres Zugriffs nicht zugegen. Nachdem wir ihn zweimal beinahe gefasst hätten, verstärkte Androzzi seine

Sicherheitsvorkehrungen. Seit dem Zugriff in L. A. vor fünfzehn Monaten ist es uns nicht mehr gelungen, an die Organisation heranzukommen. Bis wir gestern seine Fingerabdrücke überall in dem Haus gefunden haben, das er unter dem Namen Giuseppe Besozzi gekauft hat. Unter demselben Namen hat Androzzi bei der hiesigen Grafikdesign-Firma Griffen + Smoltz eine Website in Auftrag gegeben, die er, wie wir inzwischen glauben, für seinen Menschenhändlerring nutzen wollte. Der Designer William Enright, eines der beiden Opfer, die einen Angriff des Messerstechers überlebt haben, hat Ermittlern gegenüber ausgesagt, er habe nach Anfragen Besozzis nach Chatrooms und Webcams für seinen Onlineshop diese für sein vermeintliches Vorhaben außergewöhnlichen Wünsche seinen Vorgesetzten gemeldet. Wir glauben inzwischen, Androzzi hat Enright angegriffen, um ihn zum Schweigen zu bringen. Unserer Theorie zufolge dienten die anderen Opfer nur dazu, Panik zu verbreiten und das wahre Motiv für den Angriff auf Enright zu verschleiern. Unser Labor sieht sich derzeit die Kleidung aller Opfer noch einmal an und gleicht gefundene DNA-Spuren mit der Probe von Androzzi ab, die wir in den Unterlagen haben. Damit übergebe ich an Marshal Best, der Sie über den Stand der Fahndung ins Bild setzen wird."

Jesse Best trat vor. „Jetzt, wo wir Androzzis wahren Namen und die Tarnidentität, die er hier in der Stadt nutzt, kennen, konnten wir Zugriff auf seine Handydaten unter beiden Namen beantragen. Wir versuchen aktuell, beide Handys zu orten, die er allerdings seit Detective Arnolds Tod nicht mehr benutzt hat. Das führt uns zu der Annahme, dass es ein drittes gibt, das wir mit Hochdruck zu finden versuchen. Zudem kontrollieren wir alle Hauptverkehrsstraßen aus der Stadt und in der Region. Unsere Kollegen in New York und Los Angeles sind darauf vorbereitet, dass Androzzi versuchen könnte, in vertrautere Gefilde zurückzukehren. Wir haben außerdem alle größeren Auslandsflughäfen informiert, und sein Pass ist gesperrt."

„Ist es nicht möglich, dass er noch unter anderen Namen Pässe besitzt?", wollte Malone wissen.

„Natürlich", erwiderte Best. „Es gab auf jeden Fall einen Pass auf den Namen Besozzi, den wir ebenfalls gesperrt haben. Die

Transportsicherheitsbehörde, der Zoll und die Flughafensecurity an allen größeren Auslandsflughäfen haben sein Foto."

„Auf lokaler Ebene würde ich angesichts der Information, dass Androzzi sich hier aufgehalten hat, gerne einen Blick auf die Vermisstenfälle von Frauen und Kindern in Washington werfen", meldete sich Sam zu Wort.

„Das wäre hilfreich", räumte Hill ein.

Aus dem Augenwinkel nahm Sam wahr, dass sich Gonzo in den Raum schob und in die letzte Reihe setzte. Er sah furchtbar aus, was sie nur zu gut verstehen konnte. Um nachvollziehen zu können, wie es ihm ging, musste sie sich nur vorstellen, wie es wäre, wenn jemand Freddie vor ihren Augen niederschösse, ohne dass sie ihn retten oder den Mörder dingfest machen könnte.

Allein der Gedanke jagte ihr einen Schauer über den Rücken, und sie schmeckte bittere Galle auf der Zunge.

„Wie können wir sonst noch helfen?", fragte Cruz. „Wir müssen doch irgendetwas tun können."

„Mir gefällt Lieutenant Hollands Idee, die hiesigen Vermisstenfälle aus jüngerer Zeit genauer in Augenschein zu nehmen", sagte Hill. „Dehnen wir die Suche auf Maryland und Virginia aus. Androzzis Organisation ist ausschließlich an jungen Frauen und Kindern interessiert, deshalb wäre eine Namensliste von Vermissten aus diesen beiden Personengruppen sehr hilfreich."

„Kriegen Sie", versprach Cruz.

„Das ist für den Moment alles", erklärte Hill. „Wir werden Sie auf dem Laufenden halten, was sich den Tag über ergibt."

„Könnte es sein, dass wir den Typen niemals zu fassen bekommen?", erkundigte sich Gonzo mit ausdrucksloser Stimme aus der letzten Reihe.

„Ich muss Ihnen sicher nicht sagen, dass das nie ausgeschlossen ist", antwortete Best. „Aber wir tun alles Menschenmögliche, um ihn aufzuspüren, und ich glaube, wenn er noch im Land ist, werden wir ihn finden, wenn auch vielleicht nicht in den nächsten zwei Stunden."

Farnsworth trat vor und schüttelte Hill und Best die Hand. „Danke für alles, was Sie zur Suche nach dem Mörder Detective

Arnolds beitragen. Wir werden Sie in jeder nur erdenklichen Weise unterstützen."

„Danke, Sir", erwiderte Hill und verließ mit Best den Raum.

Farnsworth blieb vorn stehen und musterte seine versammelten Ermittler. „Sie haben einen furchtbaren Verlust erlitten. Detective Arnold war mehr als Ihr Kollege. Er war Ihr Freund. Sein Tod führt uns die sehr realen Risiken vor Augen, denen wir uns täglich aussetzen, wenn wir beschließen, die Marke anzustecken und zur Arbeit zu gehen, um den Bürgern dieser Stadt zu dienen.

Diese Marke zu tragen ist eine Entscheidung, die wir alle bewusst getroffen haben. Wir werden sie jetzt, wo wir Detective Arnold auf so schreckliche Weise verloren haben, erneut treffen. Versuchen Sie gar nicht erst, einen Sinn in dem zu entdecken, was vorgefallen ist. Glauben Sie uns, die wir das schon einmal durchgemacht haben: Es gibt keinen. Es *gibt* einfach keinen. Sams Vater und ich waren Streifenbeamte, als unser Freund Steven Coyne aus einem vorbeifahrenden Auto erschossen wurde. Der Fall ist bis heute ungeklärt. Bis zu diesem Tag waren wir jung, ausgelassen, arrogant und fühlten uns unbesiegbar.

Ich kann nicht für Skip oder einen anderen Polizisten von damals sprechen, doch ich kann Ihnen versichern, dass ich diese Eigenschaften an jenem Tag ein für alle Mal verloren habe. Jung war ich bloß noch dem Alter in meinem Ausweis nach. Ausgelassen, arrogant und von meiner Unbesiegbarkeit überzeugt war ich nie wieder. Das Leben hatte mir auf die härteste denkbare Weise gezeigt, dass wir alle nur Menschen sind, dass mir meine Dienstwaffe und meine Marke viel weniger Schutz boten, als ich gedacht hatte. Sie machten mich im Gegenteil sogar verletzlicher als meine Mitmenschen.

Ich habe die Lektionen, die ich in jener Woche gelernt habe, nie wieder vergessen, genau wie niemand von Ihnen vergessen wird, was Sie lernen werden, während wir Detective Arnolds Tod untersuchen, ihn zu Grabe tragen und seinen Mörder zur Strecke bringen. Diese Erlebnisse, diese Tage werden Sie von nun an für immer begleiten. Sie werden Sie prägen, als Menschen und als Polizisten.

Wenn Sie Hilfe brauchen, nehmen Sie sie bitte unbedingt in

Anspruch. Wenden Sie sich an Ihre Kollegen, an die Therapeuten, die wir Ihnen zur Verfügung stellen. Sich Hilfe zu holen ist kein Zeichen von Schwäche. Vielmehr ist es in diesem Arbeitsumfeld, in dem Menschen bewundert werden, wenn sie selbstbewusst auftreten, eher ein Zeichen von Stärke, sich selbst gut genug zu kennen, um rechtzeitig um Unterstützung zu bitten. Ich gebe Ihnen mein Wort, dass man Ihnen daraus nie einen Strick drehen wird. Nicht, solange ich hier etwas zu sagen habe.“

Er hielt inne und sah seinen Ermittlern der Reihe nach in die Augen. „Wenn Sie dem etwas hinzufügen möchten, dann ist jetzt die Gelegenheit dafür.“

Die Ermittler schauten einander an, suchten Orientierung bei ihren Kollegen.

„Ich hätte da was“, begann Detective Tyrone schließlich zögernd. „A. J. war für mich nicht nur ein Kollege, sondern ein Freund. Ein *guter* Freund. Wir haben nicht an die große Glocke gehängt, dass wir privat viel Zeit miteinander verbracht haben, aber so war es. Wir haben zusammen abgehangen. Wenn ich morgen heiraten würde, wäre er mein Trauzeuge gewesen. Ich ...“ Seine Stimme brach, und Jeannie legte ihrem Partner den Arm um die Schultern. „Ich habe ihn geliebt wie einen Bruder.“

„Er war für uns alle wie ein kleiner Bruder“, pflichtete ihm Cruz bei. „Er war nicht viel jünger als ich, hatte jedoch etwas beinahe Kindliches an sich. Nicht bei der Arbeit, die war immer über jeden Tadel erhaben, sondern in der Art, wie er gelebt hat. Er hat so gern gelacht und selbst in schwierigen Momenten einen Scherz gemacht. Wenn ich an ihn denke, sehe ich immer sein Schmunzeln vor mir – und diesen Schalk, der ihm im Nacken saß und der uns alle zum Lachen gebracht hat.“

„Daran erinnere ich mich auch“, ergriff Jeannie das Wort. „Nach meiner Vergewaltigung ist er jeden Nachmittag nach der Arbeit zu mir nach Hause gekommen und hat mir Kaffee-Eis mit Schokostücken gebracht. Er hat gewusst, das ist meine Lieblingssorte, also hat er mir jeden Tag eine Packung gebracht. Jeden Tag hat er geklingelt, und ich habe die Tür aufgemacht. Wortlos hat er mir die Papiertüte in die Hand gedrückt und ist wieder abgezogen. Ich habe ihm nie verraten, dass ich nicht jeden

Tag Eiscreme gegessen habe, sonst wäre ich heute zehn Kilo schwerer. Aber Michael fand sie klasse."

Die anderen lachten unter Tränen.

„So war er", fuhr Jeannie fort. „Ihm ging es nicht um Aufmerksamkeit oder Ruhm, doch wenn man ihn brauchte, war er da. Das Eis war bloß eine kleine Geste, aber mir hat sie damals viel bedeutet. Ein Freund hat sich nicht nur daran erinnert, wie sehr ich Kaffee-Eis mag, ihm war auch klar, wie wichtig es für mich war, zu wissen, dass die Menschen aus meinem unmittelbaren Umfeld an mich dachten."

„Wisst ihr, was ich nie vergessen werde, wenn ich an Arnold denke?", fragte Gonzo barsch aus der letzten Reihe. Er sprach weiter, bevor jemand antworten konnte. „Wie ich ihn auf die Schlachtbank geschickt habe, weil er mich genervt hat mit seinen Beschwerden über die Kälte und die lange Schicht und darüber, dass er etwas Besseres zu tun habe, als vor Besozzis oder Androzzis Haus zu hocken und zu warten, bis der Kerl nach Hause kommt. Ich werde daran denken, wie ich ihn praktisch bestochen habe, sich sein Gemecker mal eine Weile zu verkneifen, indem ich ihm versprochen hab, ihm dafür die Gesprächsführung bei unserem Verdächtigen zu überlassen. Ich werde daran denken, wie glücklich er war, dass er endlich einmal nicht nur in der zweiten Reihe stehen durfte. Ich werde daran denken, dass seine letzten Worte lauteten: ‚Ich bin Detective Arnold, Metro PD', ehe der Kerl ihn abgeknallt hat. Ich werde daran denken, wie sich das Röcheln angehört hat, als er verzweifelt nach Luft rang, und wie ich seinen Killer entkommen ließ, weil ich verdammt noch mal zu schockiert war, um so zu reagieren, wie wir es gelernt haben. Daran werde ich denken." Unter den bestürzten Blicken seiner wie gelähmt dasitzenden Kollegen sprang Gonzo auf, stürmte aus dem Raum und schlug die Tür hinter sich zu.

Freddie wollte seinem Freund nachlaufen.

„Lass ihn", hielt ihn Sam auf.

„Aber ..."

„Lass ihn gehen."

Freddie setzte sich wieder und verschränkte, offensichtlich verstört, die Arme vor der Brust.

„Gonzo gibt sich die Schuld an dem, was geschehen ist",

erklärte Sam. „Das wird er vermutlich von jetzt an bis in alle Ewigkeit tun, obgleich er tief in seinem Herzen weiß, dass er dafür nicht verantwortlich ist. Denn das ist Androzzi, und solange wir ihn nicht zur Rechenschaft ziehen können, wird Gonzo sich schuldig fühlen. Wir müssen ihm zur Seite stehen und ihn genauso unterstützen, wie er es im umgekehrten Fall für uns täte.“

„Lieutenant Holland hat absolut recht“, stimmte ihr Farnsworth zu. „Tatsächlich wollte ich Skip bitten, mal mit ihm zu reden. Als sein Partner unmittelbar neben ihm erschossen wurde, hat er etwas ganz Ähnliches durchgemacht.“

„Ausgezeichnete Idee, Chief“, stellte Sam fest. „Mein Vater wäre mehr als bereit, alles in seiner Macht Stehende zu tun, um Gonzo da durchzuhelfen. Ich kümmere mich darum.“

„Ehe ich Sie alle wieder an die Arbeit zurückschicke“, schloss Farnsworth, „sei noch einmal darauf verwiesen, dass meine Tür immer für Sie offen steht. Wenn ich etwas für einen von Ihnen tun kann, kommen Sie bitte zu mir. Holen Sie sich Hilfe, wenn Sie sie brauchen. Ich erwarte in dieser Situation von niemandem, dass sie oder er den Helden spielt. Lieutenant Holland und Detective Cruz werden jetzt die Vermisstenliste erstellen, um die Hill gebeten hat. Alle anderen melden sich bei der Einsatzgruppe für die Amtseinführung morgen und holen sich ihre Dienstpläne ab. So gerne wir auch innehalten und unserer Trauer um Detective Arnold Raum geben möchten, morgen ist ein großer Tag, der unserer gesamten Aufmerksamkeit bedarf. Danach kümmern wir uns darum, dass Arnold ein Begräbnis erhält, das seiner und seines Dienstes an dieser Stadt würdig ist.“

„Danke, Chief“, erklärte Sam. „Ich weiß, ich spreche für uns alle, wenn ich sage, dass wir Ihren Beistand und Ihr Mitgefühl zu schätzen wissen.“

„Weitermachen“, befahl Farnsworth. „Etwas anderes können wir nicht tun.“

Er verließ mit Conklin und Malone den Raum. Nachdem sich die Tür hinter ihnen geschlossen hatte, herrschte noch lange Stille.

„Was der Chief gesagt hat, gilt genauso für mich“, ergriff Sam schließlich das Wort. „Auch ich habe für jeden ein offenes Ohr, der mich braucht. Morgen wird es aufgrund der Amtseinführung etwas chaotisch werden, aber ansonsten gehöre ich ganz euch.“

„Ich kann immer noch nicht glauben, dass das wirklich passiert ist“, flüsterte Detective Gigi Dominguez.

„Das kann keiner von uns“, gab ihr Tyrone recht. „Ich rechne jeden Augenblick damit, dass er hier hereingeplatzt kommt und fragt, was er verpasst hat. Gestern Abend habe ich mit seiner Familie gesprochen. Sie sind total gefasst und dankbar für unsere Bemühungen.“

„Also zurück an die Arbeit. Für Trauer ist später Zeit. Jetzt haben wir etwas anderes zu tun.“

„Jawohl, Ma’am“, erwiderten sie im Chor, dann erhoben sie sich und verließen der Reihe nach den Raum.

„Kleinen Moment noch“, wandte sich Sam an Freddie. „Wir können gleich loslegen.“

„Ich fange schon mal an.“

Sam betrat ihr Büro, schloss die Tür und holte tief Luft, um die Gefühle in Schach zu halten, die sich in ihr aufgestaut hatten. Nach den herzlichen Worten des Chiefs und Gonzos Ausbruch waren ihre Nerven zum Zerreißen gespannt. Das Telefon auf ihrem Schreibtisch klingelte. Sie stieß sich von der Tür ab und schnappte sich den Hörer.

„Holland.“

„Malone hier.“

„Haben wir uns nicht gerade gesehen?“

„Sam ...“

„Was?“ O Gott, was war denn jetzt schon wieder?

„Heute Morgen hat man Mitch Sanborn tot in seiner Zelle aufgefunden.“

Sam ließ sich auf ihren Schreibtischstuhl fallen und versuchte, die Nachricht zu verarbeiten, die Malone ihr gerade überbracht hatte. „Wie?“

„Er hat sich mit einem Bettlaken erhängt.“

„Wie war das möglich? Steht er nicht wegen Selbstmordgefahr unter Beobachtung?“

„Ja, aber er hat den Zeitpunkt klug gewählt und es während eines Schichtwechsels getan. Er wusste, dass die Wachen da weniger aufmerksam sein würden.“

Sam fuhr sich mit den Fingern durchs Haar, als ihr nach und nach bewusst wurde, was das alles bedeutete. Jeannie würde ihren Prozess, ihre Chance, den Mann, der ihr so viel genommen hatte, für immer hinter Gitter zu bringen, nicht kriegen. Sam würde nie gegen den Mann aussagen können, der an ihrer Fehlgeburt im letzten Jahr schuld war. Am Tod von ihrem und Nicks Kind.

„Sam? Alles in Ordnung?"

„Ja, ich denke nur nach. Ich muss es McBride sagen ..." Sie hielt inne und starrte zur Decke empor. „Mein Gott, was für ein Feigling. Was für ein beschissener Feigling."

„Ja, das war er. Doch das wussten wir schon, und ich hoffe, er wird dafür in der Hölle schmoren. Immerhin ist das ein eindeutiges Schuldeingeständnis. Warum hätte er sich umbringen sollen, wenn auch bloß der geringste Zweifel daran bestünde, dass er für seine Taten ins Gefängnis gekommen wäre?"

„Aber wird das Jeannie reichen? Wird ihr das auch nur annähernd genügen, nach allem, was er ihr angetan hat?"

„Ich weiß es nicht, Sam. Das kann nur sie allein entscheiden. Soll ich dabei sein, wenn Sie es ihr mitteilen?"

„Nein, trotzdem danke für das Angebot. Ich kümmere mich darum."

„Na schön. Lassen Sie mich wissen, wie es gelaufen ist."

Sam legte auf, stützte den Kopf in die Hände und versuchte, ihre Gedanken zu ordnen, ehe sie mit Jeannie sprach. Die Ermittlerin hatte die Tage bis zu dem Prozess gegen den Mann, der sie im vergangenen Winter während der Ermittlungen gegen einen Callgirlring hier in der Hauptstadt entführt und vergewaltigt hatte, gezählt.

Sanborn, der ehemalige Vorsitzende des Democratic National Committee, war aus schwindelnder Höhe in Ungnade gefallen, nachdem er nicht nur Detective McBride entführt und vergewaltigt, sondern auch zwei der Immigrantinnen, die zu dem Callgirlring gehört hatten, getötet hatte. Nachdem sich Jeannie monatelang auf ihre Aussage vorbereitet hatte, war sie enttäuscht gewesen, als der Prozess auf Ende Januar verschoben worden war. Und jetzt das.

Sam band sich die Haare zum Pferdeschwanz zusammen, drehte sie zu einem Dutt auf und steckte diesen mit einer

Haarklammer fest. Dann holte sie ein paarmal tief Luft und versuchte erneut, ihre eigene emotionale Reaktion auf die Nachricht in den Griff zu bekommen, ehe sie sie Jeannie überbrachte. Sam würde die Jagd auf Sanborn nie vergessen. Sie war gezwungen gewesen, ihn zu Boden zu reißen, wobei er ihr den Ellbogen in den Bauch gerammt hatte. Der stechende Schmerz tief in ihr, als ihr Körper das Baby abstieß, das sie so unbedingt gewollt hatte, würde ihr für immer im Gedächtnis bleiben. Trotz intensiver, regelmäßiger Bemühungen im zurückliegenden Jahr war sie nicht wieder schwanger geworden und hatte die Hoffnung beinahe aufgegeben.

Ihre Nerven lagen wegen des Verlusts von Arnold ohnehin schon blank, deshalb durfte sie auf gar keinen Fall auch noch an diesen furchtbaren Tag zurückdenken. Sonst würde sie nicht mehr funktionieren können, und das musste sie, um Jeannies und all derer willen, die im Moment zu ihr aufschauten.

Im Stehen atmete Sam ein paarmal tief durch, dann öffnete sie ihre Bürotür. „Jeannie, hast du einen Moment Zeit?"

Jeannie hob an ihrem Schreibtisch den Kopf, stand auf und betrat mit ihrem Notizbuch in der Hand Sams Büro. Sie war eine gute, kompetente Ermittlerin, die hart daran gearbeitet hatte, sich von dem Trauma zu erholen, das Sanborn ihr in einem fensterlosen Raum, wo er sie ans Bett gekettet und mehrfach vergewaltigt hatte, zugefügt hatte. Als er mit ihr fertig gewesen war, hatte er sie in einer Gasse abgelegt, dazu eine Botschaft an Sam, dass sie die Nächste sein würde, wenn sie nicht aufhörte, in der Angelegenheit des Callgirlrings zu ermitteln.

Der Gedanke an das, was sie ihrer Freundin und Kollegin jetzt sagen musste, trieb Sam den kalten Schweiß auf die Stirn, während Jeannie in ihrem Büro Platz nahm.

„Alles in Ordnung, Sam?"

„Ich habe schlechte Neuigkeiten für dich."

„Bitte nicht noch mehr Hiobsbotschaften!"

„Ich fürchte schon."

„Es ... es geht doch nicht um Michael, oder?", fragte sie, sofort besorgt um ihren Verlobten.

„Nein, nein."

„Oh, Gott sei Dank. Worum dann?"

„Es gibt keine schonende Art und Weise, es zu sagen, deshalb kurz und knapp: Mitch Sanborn hat sich heute Morgen im Gefängnis umgebracht."

Jeannie keuchte auf und schlug sich die Hand vor den Mund. „Er ... er ..."

„Hat sich erhängt. Mit einem Bettlaken."

„Dieser erbärmliche, beschissene, feige Drecksack!" Die Worte klangen zwar hitzig, aber ihr rannen Tränen über die Wangen. Flüsternd setzte sie hinzu: „Was für ein mieses Stück Scheiße."

„Das kannst du laut sagen."

Wütend fuhr sie sich mit der Hand übers Gesicht. „Ich hatte gerade begonnen, mich auf meine Aussage zu freuen, auf den Tag bei Gericht, an dem ich dafür sorgen wollte, dass er für das bezahlt, was er mir und anderen angetan hat, ganz zu schweigen von dem, was er dir genommen hat."

„Ich weiß. Glaub mir, ich habe mich genauso darauf gefreut. Mehr als auf jede Aussage gegen jemanden zuvor."

„Dazu wird es jetzt leider nicht kommen."

„Es ist schwer, das als etwas anderes zu sehen als den feigen Akt, der es war, trotzdem erspart es uns auch, Wunden wieder aufzureißen, die langsam verheilen. Wenn du es so betrachtest, fällt es dir vielleicht leichter, mit dieser Nachricht fertigzuwerden."

„Mag sein." Sie schaute zu Sam, und in ihren normalerweise so sanften braunen Augen loderte Zorn. „Doch ich habe mich wirklich darauf gefreut, ihm den Hintern aufzureißen."

„Das verstehe ich seit der Sache mit Stahl noch besser."

„Was soll ich denn jetzt machen? Ich weiß nicht, wohin mit all der Wut, die ich mit mir herumschleppe. Nur dank ihr hab ich es bis zum Prozess ausgehalten."

„Vielleicht ist es jetzt an der Zeit, diese Wut zu vergessen. Er ist tot und kann weder dir noch sonst jemandem je wieder wehtun."

„Das reicht mir nicht. Nicht mal annähernd. Er wird nie für das verurteilt werden, was er mir angetan hat, und deshalb werden die Leute denken, ich hätte mir das alles vielleicht bloß ausgedacht oder er wäre freigesprochen worden."

„Freispruch kam nicht infrage, deshalb hat er ja diesen Ausweg gewählt."

„Das wissen wir beide, aber nicht der Rest der Welt."

„Jetzt, wo er tot ist und es keinen Prozess geben wird, kannst du offen darüber sprechen."

„Das stimmt."

„Wenn das bekannt wird, werden sie dich wieder mit Interviewanfragen überschütten."

„Vermutlich." Die Tränen in Jeannies Augen wichen einem trotzigen Funkeln, was Sam mit großer Erleichterung sah. „Ich glaube, diesmal werde ich eine der Einladungen in eine Talkshow annehmen."

„Genau das würde ich auch tun."

„Das bedeutet mir viel. Danke noch mal für all deine Hilfe. Dein Beistand und deine Freundschaft haben mir geholfen, diese Sache durchzustehen."

„Nein, das waren deine Kraft und deine Entschlossenheit."

Jeannie erhob sich, um das Büro zu verlassen. „Ich muss Michael anrufen. Er sollte es von mir erfahren."

„Dann los. Weißt du, was? Nimm dir ein paar Stunden frei, und erzähl es ihm persönlich. Ich sage Malone Bescheid."

„Danke. Das mach ich."

„Jeannie."

Die hübsche junge Ermittlerin wandte sich ihr wieder zu. „Ja?"

„Ich möchte, dass du weißt, dass ich es bewundernswert finde, wie du diese ganze Sache durchgestanden hast. Du hast nicht zugelassen, dass sie dein Leben zerstört. Sie hat dich gestärkt – und du warst schon vorher verdammt stark. Lass dich davon nicht zurückwerfen. Okay?"

Jeannie lächelte leicht und blinzelte ihre Tränen weg. „Versprochen."

„Dann ist es ja gut."

Jeannie verließ das Büro und schloss die Tür hinter sich.

19

———

Sam ließ sich wieder auf ihren Stuhl fallen und hoffte, sie würde ihren eigenen Rat befolgen können. Immerhin musste sie jetzt damit leben, dass der Mann, der für ihre Fehlgeburt verantwortlich war, sich dem Verfahren gegen ihn feige entzogen hatte. Wie Malone gesagt hatte, konnte sie nur hoffen, dass er für seine vielen Sünden in der Hölle schmoren würde.

Sie zückte ihr Handy und wählte Nicks private Nummer. Er ging beim zweiten Klingeln ran.

„Hey, Babe."

„Hey. Ich habe dich doch nicht geweckt, oder?"

„Äh, nein. Ich muss gleich zur Arbeit, auch wenn es der sinnloseste Job ist, den ich je hatte. Was gibt's?"

Sie mussten dringend über seine Unzufriedenheit als Vizepräsident sprechen – aber nicht jetzt. Nicht, wo sie ihm dringend etwas anderes erzählen musste. „Sanborn hat sich im Gefängnis erhängt."

„Was? Machst du Witze?"

„Ich wünschte, es wäre so."

„O Gott, Babe. Weiß Jeannie es schon?"

„Ja, ich habe es ihr gerade mitgeteilt."

„Wie hat sie es aufgenommen?"

„Sie war aufgewühlt, aber entschlossen, sich davon nicht

zurückwerfen zu lassen. Zumindest hoffe ich das. Ich habe ihr vorgeschlagen, eine der vielen Interviewanfragen anzunehmen, die sie bekommen hat, während sie noch einen Maulkorb hatte. Der hat sich ja mit seinem Tod erledigt."

„Ausgezeichnete Idee. Sie sollte sich vorher bei Christina ein bisschen Medienberatung holen. Chris ist die Beste dafür, einen auf das eigene Fernsehdebüt vorzubereiten."

„Das gebe ich ihr weiter."

„Wie geht es dir damit, Süße?"

„Wie soll es mir damit gehen?"

„Du hattest deine ganz eigenen Gründe, ihn zur Hölle zu wünschen. Verflucht, die hatten wir beide."

„Ich bin davon überzeugt, dass er bereits dort ist und auf kleiner Flamme geröstet wird. Diese Vorstellung tröstet mich."

Nicks gedämpftes Lachen drang durchs Telefon. „In solchen Augenblicken bin ich immer froh, dass ich nicht im Fadenkreuz deines Zorns stehe."

„Was soll ich sagen? Wenn Menschen verletzt werden, die ich liebe, werde ich zur rachsüchtigen Furie."

„Genau, und dann sind wir alle froh, dass du auf unserer Seite bist."

„Ich möchte irgendwas kaputt schlagen. Da ich das nicht kann, arbeite ich an unserem aktuellen Fall und konzentriere mich darauf, Arnolds Mörder zu fangen."

„Du kannst mich später schlagen, wenn das hilft."

„Nein. Dafür bist du zu attraktiv."

„Äh, danke …"

Sam lachte über seine verwirrte Reaktion. Sie liebte die Tatsache, dass er mit Komplimenten für sein gutes Aussehen einfach nicht umgehen konnte. Seit er als Vizepräsident landesweit bekannt war, hatte sie viel Spaß daran, wie andere über ihren sexy Mann sprachen. Sie sollten sich allerdings auf Worte beschränken. Wer ihm an die Wäsche wollte, würde mit ihrer Dienstwaffe Bekanntschaft machen.

„Bis heute Abend."

„Ja, bis dann. Ruf mich an, wenn du mich brauchst."

„Das habe ich doch gerade."

„Ja, und das freut mich. Und sei vorsichtig mit meiner Frau. Ohne die kann ich nicht leben."

„Ich würde ja erwidern, ich bin immer vorsichtig, aber wir wissen beide, dass das in letzter Zeit nicht ganz der Wahrheit entsprochen hat."

„Neuer Tag, neue Chance, neues Glück. Sei heute vorsichtig. Um morgen kümmern wir uns später."

„Einverstanden. Nick, ich liebe dich."

„Ich dich auch."

Gestärkt von ihrem Gespräch, stand Sam auf und verließ ihr Büro. Ehe sie sich mit Cruz um die Vermisstenliste kümmern konnte, musste sie Gonzo aufspüren und einen Weg finden, ihm zu helfen, mit seinem fehlgeleiteten Gefühl der Verantwortung für Arnolds Tod umzugehen.

~

Jeannies Verlobter Michael arbeitete im Bankendistrikt, in einem Gebäude gegenüber der Weltbank in der H Street Northwest, nur ein paar Blocks vom Weißen Haus entfernt. Auf der Fahrt dorthin fiel ihr auf, dass die Vorbereitungen für die Amtseinführung bereits in vollem Gange waren, und sie beschloss, sich darauf zu konzentrieren statt auf die Neuigkeit, die sie gerade erfahren hatte.

Metallabsperrgitter säumten die Bürgersteige der Pennsylvania Avenue, entlang derer nach der Zeremonie die Parade vom Kapitol zum Weißen Haus fahren würde. Am nächsten Morgen würde es auf der gesamten Straße keinen Mülleimer mehr geben, keine Straßenlaterne, keinen Briefkasten und kein Privatfahrzeug. Die Polizei hatte alle Geschäfte und Wohnungen entlang der Paradestrecke durchsucht, man hatte Gullydeckel zugeschweißt und zusätzliche Überwachungskameras installiert, die örtliche Gesetzeshüter und Bundesbeamte den ganzen Tag über im Auge behalten würden.

Das Sondereinsatzkommando des MPD war für die Koordination der Beteiligung der örtlichen Polizei an dem Ereignis zuständig, für das geschätzt zwischen achthunderttausend und eine Million Menschen in die Hauptstadt kommen würden. Jeannie hatte gehört, aufgrund von Nelsons Unbeliebtheit würden es möglicherweise weniger sein. Doch die Beliebtheit des Vizepräsidenten und seiner Ehefrau führte dazu, dass viele Offizielle eher mit der Million rechneten. Den Menschenmengen nach zu urteilen, denen sie an jeder Kreuzung ausweichen musste, waren viele davon bereits in der Stadt.

Die Polizei und andere Behörden mussten auf alles vorbereitet sein, von fröhlich feiernden Menschenmassen bis zu gewaltbereiten Demonstranten, die sich die festliche Atmosphäre zunutze machten, um ihre eigenen Ziele zu verfolgen. Im Laufe der Jahre hatte man das alles schon erlebt und sich daher akribisch auf den Tag der Amtseinführung vorbereitet. Vertreter von beinahe hundert Strafverfolgungsbehörden aus dem gesamten Land würden zur Unterstützung der Sicherheitsbemühungen der örtlichen Polizei fast zweitausend zusätzliche Beamte nach Washington mitbringen.

Weil die Amtseinführung als Sonderereignis mit nationalen Sicherheitsbelangen eingestuft war, hatte der Secret Service die Leitung übernommen. Alle Details der Veranstaltung waren exakt durchgeplant. Busse brauchten für die Fahrt in die Stadt im Vorfeld zu beantragende Genehmigungen, und die Bundesluftfahrtbehörde hatte für den großen Tag die Flugverbotszone über der Stadt ausgeweitet. Die Nationalgarde von D. C. hatte zur Unterstützung über siebentausend Soldaten in die Hauptstadt verlegt.

Man hatte Kommunikationsnetzwerke eingerichtet und nutzte die sozialen Medien, um denen, die an den Feierlichkeiten teilnehmen wollten, Informationen in Echtzeit zu übermitteln. Zweihundertfünfzigtausend Menschen hatten das Glück, „spezielle" Tickets für den Aufenthalt in unmittelbarer Nähe der eigentlichen Amtseinführungszeremonie erhalten zu haben. Jeannie hielt es für verrückt, live dabei sein zu wollen, statt sich das Ganze bequem von zu Hause aus im Fernsehen anzuschauen. Wenn sie und der Rest der fast viertausend Beamten des MPD am Tag der Amtseinführung keine Zwölf-Stunden-Schichten arbeiten müssten, würde sie im Pyjama daheim vor der Glotze sitzen.

Aber sie würde zusammen mit ihren Kollegen in Blau Dienst schieben – mit Ausnahme Lieutenant Hollands natürlich, die an der Seite ihres Ehemannes stehen und ihm die Bibel zum Amtseid hinhalten würde. Wie aufregend für die beiden!

Jeannie versuchte, sich ausschließlich auf die Pläne für den morgigen Tag zu konzentrieren, doch die Erinnerung an die furchtbaren Stunden als Sanborns Gefangene schob sich trotz ihres verzweifelten Wunsches, sie zu verdrängen, in den Vordergrund. Der gelbe Raum, die Stricke, mit denen er sie ans Bett gefesselt hatte, wie er ihr die Kleider vom Leib geschnitten hatte, die wiederholten Vergewaltigungen, die Drohungen, die er gegen sie, Sam und andere Kolleginnen und Kollegen, die im Fall der Callgirl-Morde ermittelt hatten, ausgestoßen hatte, und die Phase danach, die qualvolle medizinische Untersuchung und schließlich das Gespräch mit Michael, bei dem sie ihm erzählt hatte, was geschehen war, und die Bemühungen, sich das Leben in der Form zurückzuerobern, wie es gewesen war, bevor Sanborn es für immer verändert hatte.

Jetzt war er tot, hatte den leichten Ausweg gewählt und sich das Gerichtsverfahren erspart, das seine vielen Verbrechen erneut ans Licht gezerrt hätte. Sie versuchte, sich einzureden, es sei egal, ob er vor Gericht gestellt wurde oder nicht. Die ganze Welt wusste, was er ihr angetan hatte. Ihre Vergewaltigung und die Morde an den Einwanderinnen, die ihm in sein abscheuliches Netz gegangen waren, würden für immer mit seinem Namen in Verbindung gebracht werden, der bei den Demokraten einst für Führungskraft und große Visionen gestanden hatte.

Sie parkte in der Tiefgarage und fuhr mit dem Aufzug in das Stockwerk, in dem sich Michaels Büro befand. Es war das erste Mal, dass sie an einem Werktag herkam, und sie hoffte, er würde nicht sauer sein, weil sie ihn bei der Arbeit störte.

Am Empfang nannte sie ihren Namen und bat darum, Michael Wilkinson sprechen zu dürfen.

„Bitte setzen Sie sich. Ich sehe mal, ob er Zeit hat."

All ihre Nerven standen unter Hochspannung, als Jeannie sich setzte und hoffte, dass sie ihn nicht bei etwas Wichtigem störte. Er würde natürlich sagen, nichts sei wichtiger als sie, aber auch seine Arbeit war bedeutsam. Etwa eine Minute nachdem die

Empfangsdame ihn angerufen hatte, kam er durch die Glasdoppeltür gestürmt, die den Empfangsbereich von den dahinterliegenden Büros trennte. Mit seiner Größe von knapp zwei Metern war er in seinem Maßanzug eine imposante Erscheinung.

„Jeannie, Baby, was tust du denn hier?" Seine Besorgnis tröstete sie sogleich. „Was ist passiert?"

„Können wir kurz reden?" Sie schaute in Richtung Empfangsdame. „Unter vier Augen?"

„Natürlich." Er ergriff ihre Hand und hielt ihr die Tür zum Allerheiligsten auf. Sie schritten einen langen Gang entlang. Fragende Blicke folgten ihnen aus den Büros links und rechts davon, bis er sie in seines führte und hinter sich die Tür schloss. Dann ließ er die Jalousien herunter und isolierte sie damit vom Rest der Büroetage. „Was ist los, Baby?"

Jeannie warf sich ihm in die Arme.

Er zog sie an sich. „Du machst mir Angst."

„Sanborn ist tot."

Michael wich ein Stückchen zurück, um ihr ins Gesicht sehen zu können. „Er ist was?"

„Tot. Er hat sich im Gefängnis umgebracht."

Schock und Wut ließen Michaels Züge erschlaffen. „O Gott." Er betrachtete sie genauer. „Du hast geweint." Mit den Daumen strich er ihr über die Wangen und knurrte: „Das macht mich so wütend. Er hat dir schon genug wehgetan. Wie kann er es wagen, dir das anzutun?"

„Ich war so bereit, auszusagen. Und jetzt bleibt mir das verwehrt."

Er wischte ihr neue Tränen ab.

„Sam meint, ich soll eine der Interviewanfragen annehmen, damit ich meine Geschichte erzählen und dafür sorgen kann, dass die Welt die Wahrheit erfährt."

„Wie denkst du darüber?"

„Ich glaube, ich werde es tun. Warum sollte er seine Geheimnisse mit ins Grab nehmen dürfen?"

„Ja, warum eigentlich? Aber bist du sicher, dass du noch einmal darüber sprechen möchtest? Es geht dir in letzter Zeit so gut. Ich möchte nicht erleben, wie du in den Zustand vom letzten Jahr zurückgeworfen wirst."

„Ich hätte auch vor Gericht darüber sprechen müssen, also wo ist der Unterschied? Wenigstens nimmt mich bei einem Interview niemand ins Kreuzverhör."

„Das stimmt."

„Würdest du mich begleiten? Zu dem Interview, meine ich."

„Für dich würde ich alles tun. Das weißt du doch."

Sie legte ihm die Arme unter seinem Jackett um die Taille und den Kopf an seine breite Brust. „Du hast während dieses gesamten Albtraums zu mir gestanden und mir damit unendlich geholfen. Unerschütterlich. Das werde ich dir nie vergessen, Michael."

„So einen Typen solltest du echt heiraten", flachste er.

„Du hast recht. Sollte ich. Hast du im Juli schon was vor?"

„Eigentlich nur, die Liebe meines Lebens zu heiraten, die stärkste, unverwüstlichste, widerstandsfähigste und wunderbarste Frau, die ich kenne."

Sie lächelte zu ihm auf. „Danke."

„Baby, du musst dich nicht bedanken. Dich zu lieben ist das Leichteste, was ich je getan habe."

Als er sie küsste, legte sich der Tumult in ihr, und die Welt hörte auf, sich wie wild um sie zu drehen. Sie hatten schon Schlimmeres überstanden, und auch das hier würde sie nicht kleinkriegen. Sie würde mit allem klarkommen, solange er, ihre Freunde und ihre Familie ihr weiterhin so verlässliche Stützen waren.

NACHDEM SAM GONZO IM GESAMTEN HAUPTQUARTIER GESUCHT hatte, fand sie ihn in der Gerichtsmedizin, wo er vor den sterblichen Überresten seines Partners stand. Nach der morgendlichen Besprechung, an der er hatte teilnehmen müssen, hatte Tyrone wieder seinen Posten vor der Tür bezogen.

Lindsey McNamara stellte sich neben sie.

„Wie lang ist er schon hier?", fragte Sam mit Blick auf Gonzo.

„Etwa eine halbe Stunde. Er steht nur da und starrt vor sich hin. Kümmerst du dich um ihn?"

„Ich versuch's."

„Es ist einfach schrecklich", bemerkte Lindsey mit dem Mitgefühl, das Sam von der Gerichtsmedizinerin kannte. Es war genau dieses Mitgefühl, das dazu beitrug, dass sie in ihrem Beruf so gut war. In Dr. McNamaras Labor behandelte man Verbrechensopfer mit äußerstem Respekt. Lindsey drückte Sam die Schulter und überließ es ihr, sich Gonzos anzunehmen.

Sam trat zu ihm und knuffte ihn gegen den Oberarm. „Hey."

Er antwortete nicht. Er blinzelte nicht mal. Verdammt, er stand so reglos da, dass er nicht einmal zu atmen schien.

„Gonzo."

Nach einer langen Pause schaute er sie an. Seine Augen waren gerötet und verquollen von Schlafmangel und Tränen. „Hm?"

„Was tust du hier?"

„Wie sieht es denn aus?"

„Gonzo ..."

„Ich habe keine Lust auf Gesellschaft. Seine Eltern werden gleich hier sein. Auf die warte ich. Du musst nicht die Aufpasserin spielen."

Unter normalen Umständen hätte Sam ihm gesagt, er solle sich diese Bemerkung sonst wohin stecken, aber das hier waren keine normalen Umstände, deshalb ließ sie ihm den Spruch durchgehen. „Ich werde mit dir warten."

„Musst du wirklich nicht."

„Das war kein Vorschlag."

„Wie du willst."

„Alles klar, danke."

In angespanntem Schweigen standen sie da. Er starrte auf Arnold hinab, während sie verzweifelt versuchte, irgendwo anders hinzuschauen. Der Anblick des klaffenden Lochs im Gesicht des jungen Detectives hatte nichts von seinem Schrecken verloren, und der Gedanke, dass seine Eltern ihn so sehen würden, tat Sam in der Seele weh. Doch sie hatten darauf bestanden, und man würde ihrem Wunsch entsprechen.

„Ich möchte, dass du mit Skip redest", erklärte sie nach einer längeren Pause.

„Worüber?"

„Ihm ist das Gleiche passiert, als er noch Streife gefahren ist.

Sein Partner wurde aus einem vorbeifahrenden Auto erschossen. Der Fall ist nach wie vor ungeklärt. Skip stand direkt neben Steven, als es passiert ist."

„Das ist nicht das Gleiche."

„Nicht?"

„Nein. Hat Skip seinen Partner auf die Schlachtbank geschickt? Hat er ihn in der letzten Stunde seines Lebens so behandelt, dass Steven das Gefühl hatte, etwas beweisen zu müssen? Hat sich Steven eine Kugel eingefangen, die eigentlich Skip hätte treffen sollen?"

„Die Kugel, die Arnold getroffen hat, war für ihn bestimmt und für niemanden sonst."

„Glaubst du, du würdest dasselbe sagen, wenn Cruz da auf dem Tisch läge und du ihn in die Situation geschickt hättest, in der er von der Kugel getroffen wurde?"

„Ich würde mich wahrscheinlich genauso fühlen wie du, und du würdest neben mir stehen und mir sagen, was ich dir jetzt sage: Es war nicht deine Schuld. Es war *nicht* deine Schuld, Gonzo. Einer von euch beiden musste den Kerl ansprechen. In diesem Fall war er es."

„Es war das erste Mal, dass ich ihm den Vortritt bei jemandem überlassen hab, den wir als gefährlich eingeschätzt hatten. Das verdammte erste Mal, Sam."

„Ich weiß." Sie legte ihm die Hand auf die Schulter. „Was geschehen ist, ist furchtbar, und die Tatsache, dass es das erste Mal war, macht es noch viel schlimmer. Doch du hast nicht abgedrückt. *Du* hast ihn nicht getötet."

„Aber ich hätte genauso gut selbst abdrücken können." Voller Verzweiflung schüttelte er den Kopf. „Wenn ich daran denke, dass er mir das Leben gerettet hat, als ich angeschossen wurde, und ich konnte absolut nichts für ihn tun …"

„Der Schuss war tödlich, Gonzo. Niemand hätte etwas tun können."

Er wischte sich mit der Hand über das Gesicht. „Arnold hatte etwas Besseres von mir verdient."

„Du hast ihm vom ersten Tag an, als er dein Partner wurde, das Beste gegeben. Ich werde nie die Nacht im Wartezimmer vor dem OP vergessen, als unklar war, ob du überleben würdest. Er war mit deinem Blut verschmiert, und wir haben versucht, ihn zu überreden, heimzufahren und sich umzuziehen. Doch er wollte nicht gehen, solange nicht sicher war, ob du durchkommst. Du warst ihm wichtig, Gonzo. Er würde nicht wollen, dass du dir das antust."

„Ich kann nicht anders."

„Wirst du mit Skip reden? Er hat vielleicht nicht genau das Gleiche durchgemacht, aber etwas ganz Ähnliches. Mein Vater kann besser als viele andere begreifen, wie du dich fühlst. Vielleicht hilft es dir ja."

Er zuckte die Achseln. „Ja, von mir aus. Wenn du willst."

„Ich komme mit, wenn du möchtest."

„Die Entscheidung liegt ganz bei dir."

„Heute Abend, nach der Arbeit. Du und ich zusammen."

Gonzo wischte sich wieder über das Gesicht. „Tut mir leid, dass ich dich enttäuscht habe."

„Was? Wovon redest du?"

„Ich war für das Team verantwortlich, solange du krankgeschrieben warst. Das ist unter meiner Aufsicht passiert."

„Es wäre auf jeden Fall passiert, unabhängig davon, wer gerade Teamleiter war, Gonzo. Auch wenn dir das nicht gefällt, Arnolds Zeit war abgelaufen."

„Glaubst du das wirklich?"

„Ich muss es glauben, sonst würde mich der völlig grundlose Drecksmist, der hier jeden Tag passiert, wahnsinnig machen. Hier muss eine höhere Macht am Werk sein, jemand, der einen großen Plan für uns alle hat. Du bist verschont geblieben, weil du einen Sohn aufziehen musst und der Gesellschaft noch etwas zu geben hast."

„Das hatte er auch."

„Ja, und wir werden vielleicht nie verstehen, warum sein Leben so enden musste. Doch wir müssen es akzeptieren und einen Weg finden, damit umzugehen. Genau das würde er wollen."

Ein Muskel an Gonzos Kiefer zuckte. „Ich will, dass dieser Typ für das, was er getan hat, in der Hölle schmort. Er soll sterben."

„Das ist nicht unsere Entscheidung, wie du sehr genau weißt."

„Das mag so sein, aber ich will es trotzdem."

„Manchmal kommt die Gerechtigkeit erst im Leben nach dem Tod. Wir haben heute erfahren, dass Sanborn sich in seiner Zelle erhängt hat."

Gonzos Kopf ruckte zu ihr herum, und er riss die Augen auf. „Wirklich?"

„Leider ja."

„Jeannie ..."

„Weiß Bescheid. Sie hat sich ein paar Stunden freigenommen, um Michael zu informieren und diese Nachricht zu verdauen."

„Mein Gott", brummte Gonzo. „Dieser beschissene Beruf, diese beschissenen Drecksäcke. Es hört nie auf, oder?"

„Erst wenn wir unsere Marke abgeben und den Job an den Nagel hängen."

„Hast du darüber je nachgedacht?"

„Flüchtig, von Zeit zu Zeit. Allerdings nie ernsthaft."

„Nicht mal nach der Sache mit Stahl?"

„Mehr als zuvor, doch das hat sich wieder gelegt."

„Ich habe das Gefühl, ich denke in letzter Zeit immer häufiger darüber nach. Nach den Schüssen auf mich, dann nach der Geschichte mit dir und Stahl und jetzt danach." Er legte eine Hand auf Arnolds Brustkorb, der mit einem Laken bedeckt war. „Ich spiele mit dem Gedanken, zu kündigen."

„Aber das tust du nicht jetzt und auch nicht in einem Monat, nicht mal in sechs Monaten, denn wir wissen beide, dass du es bereuen würdest, wenn du nach den Ereignissen der jüngsten Zeit etwas überstürzt. Unter dem Einfluss von traumatischen Erlebnissen getroffene Entscheidungen sind nie gut."

„Trotzdem. Ich spiele mit dem Gedanken, Sam. Ich überlege, wie es wohl wäre, mit Chris und Alex einfach nach Süden zu ziehen, wo es warm ist, und etwas Besseres mit meinem Leben anzufangen. Alles ist besser als das."

„Heute kommt es dir so vor, doch ich kenne dich. Sechs Monate in der Sonne Floridas, und du könntest es nicht erwarten, ins Hamsterrad zurückzukehren. Du würdest dich zu Tode langweilen."

„Im Moment erscheint es mir ungeheuer attraktiv, mich zu Tode zu langweilen."

„Entschuldigung", mischte sich Lindsey ein. „Die Arnolds sind da."

Gonzo seufzte tief und richtete sich auf. „Ich kann das erledigen, wenn du was zu tun hast."

„Nein, ich bleibe an deiner Seite."

Er nickte, zog das Laken höher und strich über Arnolds Haar. Angesichts der Sanftheit, mit der er mit seinem toten Partner umging, bildete sich ein Kloß in Sams Kehle. „An dem klaffenden Loch in seinem Gesicht kann ich nichts ändern."

„Ich könnte es mit einer Kompresse abdecken", schlug Lindsey vor. „Würde das helfen?"

„Hervorragende Idee", erwiderte Sam. „Das müssen sie echt nicht sehen. Was meinst du, Gonzo?"

„Ja, lasst uns das ausprobieren."

Lindsey holte die Kompresse und trat an die andere Seite des Tisches, um sie vorsichtig mit zwei Pflasterstreifen über der Wunde in Arnolds Gesicht zu befestigen.

Erleichtert seufzte Gonzo auf. „Viel besser. Ich habe mir die ganze Zeit Sorgen gemacht, was wohl passiert, wenn sie das sehen."

„Teilen Sie Ihre Sorgen doch mit uns", sagte Lindsey. „Wir sind alle hier, um Ihnen zu helfen."

„Danke." Er schluckte schwer. „Ich denke, Sie können sie jetzt reinholen."

„Gibst du auch dem Chief Bescheid, Lindsey?", bat Sam.

„Natürlich."

Während sie warteten, hakte sich Sam bei Gonzo unter und drückte seinen Arm. Sie ließ ihn nicht los, als Lindsey die Arnolds hereinführte und sie zu ihrem Sohn brachte. Sie hielt ihn fest, als Arnolds Eltern und seine beiden Schwestern beim Anblick seiner Leiche auf dem Tisch zu schluchzen begannen. Sie hielt ihn fest, als der Chief kam, um der Familie sein Beileid zu bekunden. Sam ließ Gonzo nur los, damit er die Eltern und Schwestern seines Partners umarmen konnte.

Nachdem sie mehrere Minuten lang das Haar ihres Sohns gestreichelt hatte, verkündete Mrs Arnold: „Ich habe gesehen, was ich sehen musste. Jetzt möchte ich gehen."

Ihre Töchter nahmen sie links und rechts am Arm und führten

sie nach draußen. Mr Arnold blieb zurück. „Gibt es etwas Neues in dem Fall?", fragte er.

„Der Mann, den wir suchen, ist ein bekannter Menschenhändler namens Sid Androzzi alias Giuseppe Besozzi", erklärte Sam. „Er stammt aus Yonkers, nicht aus Italien, und steht aufgrund von Verbrechen, die er in New York und Los Angeles begangen hat, auf der Liste der zehn meistgesuchten Verbrecher des FBI. Nachdem es gelungen war, in diesen Städten seine Organisation zu infiltrieren, hat er sich offenbar unter falschem Namen hier niedergelassen, möglicherweise hat er auch andere falsche Identitäten benutzt. Der U.S. Marshal Service fahndet zusammen mit dem FBI und dem MPD nach ihm. Wir tun alles in unserer Macht Stehende, um ihn zu finden, Mr Arnold, aber wir haben es mit jemandem zu tun, dem es offenbar schon mal gelungen ist, nahezu spurlos unterzutauchen."

„Mit anderen Worten", entgegnete er tonlos, „mit einer schnellen Ergreifung ist nicht zu rechnen."

„Man weiß nie, wie solche Dinge laufen. Ich kann Ihnen nur versichern, dass wir unternehmen, was wir können."

„Ich schätze, mehr kann man nicht verlangen. Danke, dass wir ihn sehen durften. Ein Teil von mir konnte es vorher nicht glauben." Er seufzte tief. „Jetzt lässt es sich nicht mehr leugnen."

„Noch einmal unser aufrichtiges Beileid", sagte Sam. „Wir sind alle tief getroffen. Er war bei unserem Team und der gesamten Polizeibehörde hoch angesehen."

„Vielen Dank." Er wandte sich an Gonzo. „Sergeant, wir würden uns freuen, wenn Sie mit den anderen Detectives seines Teams den Sarg tragen würden."

„Es wäre uns eine Ehre", erwiderte Gonzo.

„Wegen der Details melden wir uns noch einmal. Detective Tyrone war uns eine große Hilfe."

„Das höre ich gern", antwortete Sam. „Lassen Sie es ihn wissen, wenn wir Ihnen irgendwie weiter zu Diensten sein können."

Mr Arnold blickte das Gesicht seines Sohnes an. „Mein Kind zu beerdigen ... ist das Widernatürlichste, was ich je im Leben tun werde." Damit drehte er sich um und ging. Die Flügeltüren der Gerichtsmedizin schlossen sich hinter ihm.

Gonzo legte den Kopf auf den Brustkorb seines Partners und weinte.

Sam nahm ihn in den Arm und blieb bei ihm, wischte sich die eigenen Tränen weg, während sein herzzerreißendes Schluchzen von den sterilen Wänden des Leichenschauhauses widerhallte.

20

───────

Die Nachricht von Sanborns Selbstmord überschattete Nicks gesamten Tag. Er musste daran denken, wie sie sich gefreut hatten, als Sam das erste Mal den Verdacht geäußert hatte, möglicherweise schwanger zu sein. Doch ehe sie das offiziell hatten feiern können, hatte der Vorfall mit Sanborn zu einer Fehlgeburt geführt.

Nachdem sie das Kind verloren hatte, hatten sie Monate gebraucht, um sich wieder zu fangen. In der Woche ihrer Hochzeit hatte Sam ihm dann eröffnet, wie sehr sie unter der ganzen schrecklichen Geschichte litt. Vier Fehlgeburten. Das musste die Hölle für sie gewesen sein. Obwohl er es jetzt wusste, hoffte er, dass sie entgegen aller Wahrscheinlichkeit eines Tages wieder schwanger werden und sich dann ihr Traum vom eigenen Kind erfüllen würde.

Er betete jeden Tag darum, allerdings hauptsächlich, weil sie es so unbedingt wollte. Nick wäre genauso zufrieden mit einer Familie, die aus ihr, ihm und Scotty bestand.

Nach einem lauten Klopfen trat Terry ein, einen Stapel Papiere in der Hand und das Mobiltelefon zwischen Ohr und Schulter geklemmt. Er warf Nick einen Blick zu. „Äh, hmm, ich frage mal. Moment." Terry deckte das Mikrofon des Handys mit der Hand ab. „Am Tor steht eine Frau, die behauptet, deine Mutter zu sein. Sie verlangt, zu dir vorgelassen zu werden."

Bei dieser Information drehte sich Nick der Magen um. „Hat sie ihren Namen genannt?"

„Wie heißt sie?", fragte Terry ins Telefon. Dann hielt er es seitlich von seinem Mund weg und gab weiter: „Nicoletta Bernadino."

Ächzend schüttelte Nick den Kopf. Das war das Letzte, was er im Moment brauchte. Wenn er sie empfing, sie zur Kenntnis nahm, würde ihn das für Tage verstören. Bei ihren seltenen Besuchen in seiner Kindheit hatte ihn schon allein der Duft ihres Parfüms aus dem Gleichgewicht gebracht. Er konnte sie heute nicht um sich haben.

„Die sollen ihr sagen, ich bin nicht zu sprechen."

„Der Vizepräsident ist in einer Sitzung", verkündete Terry. „Er empfängt heute keine Besucher." Er lauschte einen Augenblick. „Ich werde es ihm ausrichten." Terry beendete das Gespräch und steckte sein Handy wieder ein.

„Was hat der Pförtner geantwortet?"

„Sie macht offenbar einen Riesenaufstand, stellt Forderungen, beruft sich auf dich und droht den Leuten am Tor mit dem Verlust ihres Arbeitsplatzes."

„Teil ihnen mit, dass ihre Arbeitsplätze nicht in Gefahr sind."

„Okay." Terry wirkte, als wolle er noch mehr sagen, verkniff es sich aber.

„Schon gut. Frag ruhig."

„Es geht mich nichts an."

„Wenn sie hier auftaucht und herumschreit, geht es dich sehr wohl etwas an. Diese kleine Demonstration am Tor ist eine Metapher für mein gesamtes Leben. Sie taucht aus heiterem Himmel auf, und plötzlich dreht sich alles um sie – sie walzt mich einfach platt. So ist das bei uns. Ich habe mich schon gefragt, wann der nächste Besuch ansteht. Das letzte Mal habe ich sie zu Gesicht bekommen, als sie versucht hat, meine Hochzeit zu sprengen, und Sam sie zum Teufel gejagt hat, ehe sie mir den schönsten Tag meines Lebens ruinieren konnte."

„Wow."

„Ja, wer eine Mutter wie Laine O'Connor hat, kann sich sicher kaum vorstellen, wie es ist, mit einer wie meiner zu leben." Nick erhob sich, trat ans Fenster und versuchte, das Haupttor zu sehen, das jedoch nicht im Sichtbereich seines Büros lag. „Die Presse wird nicht davon erfahren, dass sie hier war, oder?"

„Überlass das dem Secret Service."

„Gut." Der Blick aus dem Fenster erinnerte ihn an zahllose Samstage, die er in der Wohnung seiner Großmutter damit verbracht hatte, am Fenster auf seine Mutter zu warten. Meist hatte sie ihn enttäuscht. Aber wenn sie zu Besuch erschienen war und ihn mit ihrem typischen Duft nach Chanel No. 5 eingenebelt hatte, hatte er sich danach tagelang nicht gewaschen, damit der Geruch nicht so schnell wieder aus seinem Leben verschwand. Bis heute hatte er eine dezidierte Abneigung gegen das Parfüm.

Ihn durchlief ein Schauder, als ihm bewusst wurde, wie schmerzhaft diese Erinnerungen noch immer waren.

„Alles in Ordnung?", fragte Terry.

Nick schüttelte die Vergangenheit ab und wandte sich der Gegenwart zu. „Ja, klar. Was gibt's?"

„Ich habe von Nelsons Büro den endgültigen Zeitplan für morgen bekommen. Jetzt wollte ich ein paar Dinge noch einmal mit dir durchgehen. Sam, Scotty und du, ihr begleitet die Nelsons morgens zum Gottesdienst in St. John's, richtig?"

„Ja." Er hatte Sam bisher nicht mitgeteilt, dass sie in die Kirche mussten, aber ihm zuliebe würde sie sich nicht querstellen.

„Hier ist eine Abschrift der Gästeliste für das Mittagessen nach der Zeremonie. Ich wollte mich ein letztes Mal vergewissern, dass wir niemanden vergessen haben."

Nick überflog die Liste: die Familie seines Vaters, die O'Connors und Sams Angehörige sowie einige ihrer besten Freunde, darunter Shelby (zum Glück musste ihr Freund Hill arbeiten und war somit verhindert), Nicks ehemalige Stabschefin Christina, Terrys Verlobte Lindsey McNamara, Derek Kavanaugh, Dr. Harry Flynn und Nicks Freund, der Jurist Andy Simone, mit Frau. Sie hatten auch Freddie und Gonzo eine Einladung geschickt, doch wie alle anderen MPD-Beamten außer der Gattin des Vizepräsidenten hatten sie morgen Dienst. Nick hatte überdies Scottys frühere Betreuerin Mrs Littlefield und zwei der besten Schulfreunde seines Sohns eingeladen. „Es fehlt niemand."

„Hervorragend, danke." Terry hielt einen Ausdruck hoch.

„Dein Twitter-Account ist eingerichtet. Bereit, dich der Welt als @VPOTUSCap mitzuteilen?"

„Der Name gefällt mir."

„Wir wollten, dass du ihn nach dem Ausscheiden aus dem Amt behalten kannst."

„Sehr gut."

Terry reichte ihm den Ausdruck seines Twitter-Passworts. „Du kannst jederzeit loslegen. Tweets dürfen höchstens zweihundertachtzig Zeichen haben – der Account ist bereits verifiziert, damit die Leute wissen, dass dort wirklich du schreibst."

Nick rief die Twitter-Seite auf und loggte sich in seinen Account ein. Seine Leute hatten sein Profil mit seinem offiziellen Porträt versehen. Die Beschreibungszeile lautete „VP der USA". „Jetzt habe ich Leistungsangst."

Terry feixte. „Sei einfach du selbst. Die Leute werden dich lieben."

Nick verfasste seinen ersten Tweet: *Hey, Twitter, hier spricht der Vizepräsident. Sam und ich freuen uns auf die morgige Amtseinführung und die nächsten vier Jahre.* Dann las er ihn Terry vor. „Ich habe noch ein paar Zeichen übrig. Was fehlt?"

„Wie wäre es mit Scotty? Sam, Scotty und ich ...""

„O verdammt, völlig richtig." Nick setzte Scotty zu dem Tweet hinzu. „Das hätte er mir sicher übel genommen. Er hasst den Gedanken, dass ich Twitter nutze, sowieso."

„Lass dich nicht täuschen. Er liebt die Aufmerksamkeit, die es ihm beschert, dass sein Vater Vizepräsident ist."

Nick postete den Tweet, lehnte sich zurück und konnte zuschauen, wie die Zahl seiner Follower wuchs – schnell. „Hey, guck dir das an."

Terry kam um den Schreibtisch herum und beugte sich vor. „Heilige Scheiße. Knapp hunderttausend in einer Minute?"

„Sieht so aus."

„Das ist unglaublich. Du wirst noch Twitter lahmlegen."

„Ich hoffe es doch mal nicht. Das würde die gesamte Twitter-Gemeinde gegen mich aufbringen."

„Die einschlägigen Begriffe kennst du ja schon mal."

„Ich bin ein aufmerksamer Zuhörer."

„Das ist jedenfalls ein krasser Einstieg bei Twitter. Zweihunderttausend! Wow. Sie sind ein Rockstar, Herr Vizepräsident."

„Jetzt übertreib mal nicht. Zurück zum Plan für morgen …"

„Richtig", sagte Terry und löste schweren Herzens den Blick von der weiter steigenden Zahl von Nicks Twitter-Followern. „Was habt ihr hinsichtlich der Bälle entschieden?"

„Wir gehen auf den Ball zur Amtseinführung, tanzen eine Runde und ziehen uns dann aus Respekt vor Detective Arnold und seiner Familie zurück."

„Gute Idee. Ihr zeigt euch, aber ihr feiert nicht die ganze Nacht."

„Genau."

„Lindsey meinte, beim Department sei die Stimmung im Keller. Ich weiß nicht, wie die es schaffen, trotzdem jeden Tag zur Arbeit zu erscheinen, obwohl sie wissen, dass so etwas jederzeit passieren kann."

„Für meine geistige Gesundheit ist es besser, wenn ich darüber nicht so genau nachdenke."

„Stimmt. Tut mir leid. Ich wollte keinen wunden Punkt berühren."

„Schon gut. Das ist nur tatsächlich ein wunder Punkt. Ich wünschte, ich könnte behaupten, ich würde da keine Sekunde drüber nachdenken, doch das wäre gelogen. Gerade als ich die Angst einigermaßen im Griff hatte, hat Stahl Sam entführt, und jetzt wird auch noch Arnold erschossen. Ein echter Albtraum."

„Da hast du recht. Aber wenn Sam diese Sache mit Stahl überlebt hat, kriegt sie nichts klein."

„Außer natürlich eine Kugel ins Gesicht."

Terry zuckte zusammen. „Lindsey hat erzählt, dass Gonzo es schwernimmt. Er gibt sich die Schuld, obwohl er nichts hätte tun können."

„Das ist genau das, was mir jede Nacht den Schlaf raubt: solche völlig unvorhersehbare plötzliche Scheiße. Jetzt müssen wir allerdings andere Dinge erörtern als meine Albträume."

Es klopfte erneut, und Terry erhob sich und ließ seinen Vater ein, der breit grinsend hereinkam. „Ist dies das Büro des

Vizepräsidenten der Vereinigten Staaten, der morgen seinen Amtseid leisten wird?"

„Absolut", antwortete Nick, der sich über Grahams gute Laune freute. „Was hast du da?"

Graham zog die Familienbibel der O'Connors unter dem Arm hervor. „Ich hoffe, es ist nicht vermessen, wenn ich dir anbiete, die hier wieder zu benutzen."

Nick nahm sie ihm aus der Hand. „Überhaupt nicht. Ich habe keine eigene. Danke."

Graham legte Nick die Hand auf den Arm. „Wie du weißt, ist unsere Familie auch die deine." Er rückte Nicks Krawatte zurecht und tätschelte ihm die Brust. „Deine auf dich sehr stolze Familie."

„Dass ich hier bin, verdanke ich dir."

„Nein", widersprach Graham. „Das mag vor einem Jahr gestimmt haben, als ich dir geholfen habe, in den Senat zu kommen, aber das hier, das, mein Freund, hast du ganz allein geschafft."

Vielleicht hat er recht, dachte Nick, doch all das wäre ohne Graham O'Connor und seinen verstorbenen Sohn John nie passiert. Die beiden hatten ihm gezeigt, was eine Familie und ein öffentliches Amt bedeuteten. Ohne Graham würde er niemals in einem Büro im Weißen Haus stehen.

„Hiermit erkläre ich, dass dieses freudige Ereignis nach einem Drink schreit." Aus seiner Innentasche holte Graham einen Flachmann mit seinem Lieblingsbourbon hervor.

„Wie hast du denn den hier reingeschmuggelt, Dad?", fragte Terry seinen Vater amüsiert, obgleich er selbst keinen Tropfen Alkohol anrühren würde. Er hatte unlängst gefeiert, dass er ein Jahr trocken war, und Nick war deswegen fast so stolz auf ihn wie Graham.

„Ich behalte meine Geheimnisse grundsätzlich für mich, mein Sohn." Nick holte Gläser, und Graham goss ein und zog dann aus der anderen Tasche eine Flasche Cola, die er seinem Sohn reichte. „Wenigstens die Farbe ist ähnlich."

„Immerhin", erwiderte Terry mit einem Lachen und füllte sein Glas.

„Auf den Vizepräsidenten der Vereinigten Staaten und darauf, dass wir in vier Jahren auf deine Präsidentschaft anstoßen werden", sagte Graham.

„Darauf trinke ich", stimmte Terry zu.

Nick, der wusste, dass man Graham manchmal einfach gewähren lassen musste, lächelte und prostete den beiden zu.

SAM KONNTE GONZO DAVON ÜBERZEUGEN, DAS LEICHENSCHAUHAUS zu verlassen, aber erst nachdem das Bestattungsunternehmen Arnolds Leiche abgeholt hatte. Alle Arbeit kam zum Erliegen, als sämtliche Beamten sich vor dem Polizeigebäude versammelten, um ihrem toten Kollegen, der von einer Kolonne, die aus vier Streifenwagen und dem Leichenwagen bestand, heim nach Maryland gebracht wurde, das letzte Geleit zu geben. Voraus fuhren zwei Motorradpolizisten, zwei weitere bildeten den Schluss. Tyrone fuhr im Leichenwagen mit, er würde bis zur Bestattung bei seinem Freund bleiben.

Nachdem die Prozession nicht mehr zu sehen war, brachte Sam Gonzo in ihr Büro und setzte ihn auf einen der Besucherstühle. Sie hätte ihn nach Hause geschickt, doch er war nicht fahrtüchtig. „Soll dich ein Streifenwagen heimbringen?"

Er schüttelte den Kopf. „Ich würde lieber hierbleiben."

„*Niemand* will lieber hierbleiben."

„Ich gehe nicht weg. Daheim würde ich verrückt werden und immer nur darüber nachdenken, was gerade auf dem Revier passiert."

Sam machte sich nicht die Mühe, ihm zu widersprechen, denn ihr wäre es an seiner Stelle genauso ergangen. „Wie wäre es mit etwas zu essen? Wann hast du das letzte Mal etwas zu dir genommen?"

„Ich krieg nichts runter."

Freddie betrat das Büro, sah Gonzo mit in die Hände gestütztem Kopf dasitzen und fragte Sam mit einem wortlosen Blick, wie es ihrem gemeinsamen Freund ging.

Achselzuckend schüttelte sie den Kopf.

„Eine Gruppe, die zur Amtseinführung angereist ist, hat die Polizei eingeschaltet, weil zwei der Mitreisenden gestern Abend nicht ins Hotel zurückgekehrt sind", berichtete Freddie. „Die Zentrale hat uns gebeten, das zu übernehmen, weil alle anderen mit den Vorbereitungen für die Amtseinführung beschäftigt sind."

„Kann ich bitte mitkommen?", fragte Gonzo. „Ich brauche was zu tun."

„Na schön." Sam schnappte sich ihren Mantel und ihr Walkie-Talkie. „Wo fahren wir hin, Cruz?"

„Ins JW Marriott, Ecke Pennsylvania und 14th."

„Wir sollten das Gebäude durch die Gerichtsmedizin verlassen. Den Haupteingang belagert die Presse." Die Nachrichtensender, die sich mittlerweile auf dem Parkplatz häuslich eingerichtet hatten, hatten jede herzzerreißende Sekunde von Arnolds Verabschiedung durch seine Kollegen gefilmt.

Sam führte Gonzo und Freddie zu ihrem BMW.

„Neues Auto?", fragte Gonzo, und Sam freute sich, dass er Interesse an etwas zeigte.

„Ja. Nick hat es für mich aufmotzen lassen." Nachdem sie eingestiegen waren und sich angeschnallt hatten, führte Sam ihm die Sicherheits-Sonderausstattung vor.

„Wie eine fahrbare Festung", staunte Gonzo. „Echt cool."

„Aber das Beste ist", trumpfte Sam auf und machte das Radio an, „hier läuft ausschließlich Bon Jovi." Sie drehte „You Give Love a Bad Name" lauter.

Freddie ächzte. „Ich beschwere mich bei der Gewerkschaft. Zwangsbeschallung mit Bon Jovi während der Arbeit dürfte illegal sein."

„Nur zu."

Im Rückspiegel sah Sam Gonzo blicklos aus dem Fenster starren.

„Wir sollten seinen Mörder jagen", stieß er plötzlich hervor. „Ja, das sollten wir."

„Unsere Leute suchen überall in der Stadt nach ihm", sagte Sam. „Die Marshals und das FBI gehen Hinweisen nach und verfolgen Spuren. Wir tun, was wir können."

„Ja, trotzdem ist es nicht unser Fall. Warum eigentlich nicht?"

„Weil wir befangen sind", antwortete Freddie. „Die Anklage gegen diesen Kerl muss wasserdicht sein. Wenn wir an dem Fall arbeiten, könnte man daraus einen Interessenkonflikt konstruieren, weil Arnold ein Kollege von uns war."

„Aber unsere Streifenbeamten dürfen daran arbeiten? Ist das fair?"

„Er war nicht Teil ihrer Hierarchie", erklärte Sam. „Es ist besser, wenn wir uns zurückhalten. Wir wollen Androzzi doch ins Gefängnis schicken. Außerdem machen wir uns nützlich, indem wir die Vermisstenfälle der letzten paar Jahre überprüfen. Daran arbeitet das gesamte Team. Wenn wir einige davon mit dieser Menschenhändler-Organisation in Verbindung bringen können, wird das dem Staatsanwalt helfen, Androzzi anzuklagen."

„Es gibt etwa zehn, bei denen es sich lohnt, sie sich genauer anzusehen", fügte Freddie hinzu. „Wir haben die Fälle unter uns aufgeteilt, und heute reden wir ein weiteres Mal mit den Familien und schauen in Anbetracht der neuen Informationen über Androzzi alle Unterlagen, die Anruflisten und die sozialen Medien durch. Wir arbeiten dran."

„Mir kommt das alles viel zu wenig vor."

„Wie gesagt, wir tun, was wir können", wiederholte Sam. „Der Typ ist gewieft. Er ist dem FBI schon ein paarmal durch die Lappen gegangen. Untertauchen kann er."

„Was, wenn wir ihn nicht finden?"

„Oh, das werden wir. Irgendwann wird er einen Fehler machen, und dann haben wir ihn." Sie war nicht bereit, die Möglichkeit in Betracht zu ziehen, dass sie ihn nicht kriegen könnten. „Man muss sich nur ansehen, wie arrogant er früher war. Offenbar versucht er, seine Organisation hierher zu verlegen. Damit wird er jetzt nicht einfach aufhören. Ich habe das Gefühl, wir sind ganz dicht an ihm dran."

In Vorbereitung der Amtseinführung verwandelte sich Washington vor ihren Augen. Fast jedes Gebäude in der Pennsylvania Avenue war mit amerikanischen Fahnen und Bannern beflaggt. Die Metallabsperrgitter standen, und Arbeitstrupps bereiteten schnell und präzise die Paradestrecke vor.

„Kaum zu glauben, dass du diese Straße morgen als Ehefrau des Vizepräsidenten entlanggehen wirst", meinte Freddie.

„Entlanggehen? Davon war keine Rede."

„Der Präsident, der Vizepräsident und ihre Ehefrauen legen einen Teil der Strecke vom Kapitol zum Podium stets zu Fuß zurück."

„Eine ideale Möglichkeit für Spinner, uns abzuknallen", knurrte sie. Ihr schauderte bei der Vorstellung, dass Nick sich quasi auf dem Präsentierteller befinden würde.

„Die Spinner haben keine Tickets gekriegt. Keine Sorge."

„Ja, klar. ‚Keine Sorge.' Worüber sollte ich mir auch Sorgen machen?" Der Gedanke an die endlosen Minuten im Freien, zu weit weg von der Sicherheit des Autos und ein ganzes Stück von Nicks Personenschützern entfernt, drehte ihr den Magen um.

Sie betete um Regen. Wenn es regnete, würde sie nicht aussteigen müssen, oder? Klatschnasse Promis sahen im Fernsehen nicht gut aus.

Sam fuhr vor dem JW Marriott vor und zeigte dem Pagen, der sie begrüßte, ihre Marke.

„Hey!", rief er erstaunt, als sie ausstieg. „Sie sind die Ehefrau des Vizepräsidenten!"

„Ach ja? Das hatte ich noch gar nicht mitbekommen. Danke für die Info."

„Haha. Nettes Auto. Ich werde gut darauf aufpassen."

„Das wüsste ich zu schätzen."

Direkt hinter der Tür wartete jemand von der Security des Hotels auf sie. „Ich bin Jim Rollins, der Sicherheitschef."

„Lieutenant Holland, Sergeant Gonzales, Detective Cruz", stellte Sam vor. „Was liegt an?" Er musste zweimal hinschauen, doch dann erkannte er sie, unterließ es aber zum Glück, ihr mitzuteilen, dass sie die Ehefrau des Vizepräsidenten war. Das hatte ja schon der Typ draußen erledigt.

„Hier entlang bitte." Rollins führte sie zu den Fahrstühlen. „Eine College-Reisegruppe von der North Connecticut University hat uns heute Morgen informiert, dass zwei Mitreisende gestern Abend nicht ins Hotel zurückgekehrt sind." Sie nahmen den Aufzug in den zehnten Stock, wo sich eine Gruppe bedrückter Menschen auf dem Gang versammelt hatte.

Sam, Gonzo und Freddie folgten Rollins durch einen Pulk von Collegeschülerinnen und -schülern in ein Zimmer, in dem mehrere Erwachsene am Handy hingen. Sie alle legten rasch auf.

„Dies sind Ermittler des Metro PD von D. C.", stellte Rollins vor.

„Lieutenant Holland, Sergeant Gonzales und Detective Cruz", wiederholte Sam, und alle drei zeigten ihre Dienstmarken. „Wir haben gehört, zwei Mitglieder Ihrer Reisegruppe werden seit gestern Abend vermisst?"

„Richtig", bestätigte eine verängstigt wirkende Frau mit herausgewachsener blonder Tönung. Sie war übergewichtig und offensichtlich mit den Nerven am Ende. „Mindy Cahill und Jennifer Torlino."

Sam vermerkte die Namen in ihrem Notizbuch, das sie aus der Gesäßtasche zog. „Wir brauchen Fotos und Handynummern der beiden. Cruz, gib ihnen deine E-Mail-Adresse. Bitte schicken Sie die Bilder dorthin."

Eine der Frauen verließ den Raum, um die gewünschten Informationen zu besorgen.

„Wo hat man sie das letzte Mal gesehen?"

„In einer Bar in Georgetown", antwortete die Blondine.

„Wie heißen Sie?"

„Debbie McLane. Ich gehöre zu den begleitenden Lehrkräften."

„Dürfen die Studentinnen schon in der Öffentlichkeit trinken?", fragte Sam.

„Nein, sie sind beide erst neunzehn. Wir wissen nicht, was sie in einer Bar wollten."

„Wirklich nicht?", hakte Sam mit kaum verhohlener Skepsis nach.

„Wir hatten Barbesuche ausdrücklich untersagt."

„Waren sie in Begleitung ihrer Kommilitonen?", erkundigte sich Sam.

„Ja, es waren mehrere dabei", antwortete Debbie, die das offenbar nur ungern zugab. Tolle Aufsichtsperson. Ihre minderjährigen Schutzbefohlenen waren von ihr unbemerkt einen trinken gegangen, während sie in ihrer Obhut gewesen waren.

„Ich möchte mit allen sprechen, die dabei waren. Holen Sie sie her."

Freddies Mobiltelefon verkündete durch einen Signalton das

Eintreffen einer E-Mail. Er zeigte Sam und Gonzo Fotos zweier hübscher junger Blondinen.

Eine der anderen begleitenden Lehrkräfte kehrte in Begleitung zweier junger Männer und einer jungen Frau, die aussah, als weinte sie schon seit Stunden, ins Zimmer zurück.

„Sie heißen?", fragte Sam.

„Brian Watkins."

„Tyler Johnston."

„Wednesday Alexander."

„Ist ‚Wednesday' Ihr richtiger Name?", fragte Sam mit hochgezogener Braue.

„Ja, ich bin an einem Mittwoch geboren, und meiner Mutter gefiel der Name. Aber die meisten nennen mich Wendy." Wednesday hatte dunkles Haar, ebensolche Augen und auffallend helle Haut.

„Sie waren gestern Abend mit Mindy und Jennifer in einer Bar in Georgetown?"

Die drei jungen Leute wechselten nervöse Blicke.

„Im Grunde ist es ganz einfach", fuhr Sam fort. „Sie sagen uns, was wir wissen wollen, oder wir verhaften Sie und nehmen Sie mit aufs Revier, wo wir deutlich weniger freundlich mit Ihnen reden werden als hier. Aber das bedeutet jede Menge Mühe und Papierkram, daher würden wir das gerne vermeiden."

„Wir waren mit ihnen unterwegs", gestand Brian. „In einer Bar namens McDuffy's in Georgetown. Wir hatten online gelesen, dass man da auch was zu trinken kriegt, wenn man noch nicht alt genug ist." Er wagte es, Sam anzusehen. „Werden meine Eltern davon erfahren?"

Sam antwortete mit einem „Was glaubst du denn"-Blick.

„Was meinen Sie, wie viel Alkohol haben Mindy und Jennifer in der Zeit, die Sie mit den beiden verbracht haben, konsumiert?", fragte Freddie.

„Ich weiß nicht", erwiderte Wednesday. „Vielleicht sechs Drinks? Sieben?"

„Was war es denn?"

„Jennifer mag Cosmos, Mindy liebt Wodka auf Eis", entgegnete Wednesday.

„Waren Sie nur zu fünft?"

„Aus unserer Gruppe ja", sagte Wednesday. „Im Laufe der Zeit gesellten sich allerdings noch andere Leute dazu. Zwei Jungs haben sie angemacht, und sie haben mit den beiden getanzt. Als wir aufbrechen wollten, haben sie gemeint, wir sollten schon mal vorgehen, sie würden später nachkommen. Heute Morgen bin ich dann aufgewacht und habe gemerkt, dass sie nicht da waren, und als ich versucht habe, sie auf dem Handy zu erreichen, ist direkt die Mailbox drangegangen. Ihre Mobiltelefone sind nie aus. Nie. Da habe ich Angst gekriegt. Ich habe Mrs McLane informiert, und sie hat die Sicherheitsleute vom Hotel benachrichtigt."

„Können Sie die beiden Typen beschreiben?", wollte Sam wissen, der das Ganze minütlich weniger gefiel. Wer ließ denn seine Freundinnen mit zwei Unbekannten allein in einer fremden Stadt zurück?

„Der eine hatte dunkles Haar und dunkle Augen. Der andere hatte helleres Haar und blaue Augen."

„Zeig ihnen mal das Foto von Androzzi", bat Sam Freddie, einer Ahnung folgend.

Er rief auf seinem Handy das Bild auf und reichte es ihr. „War das einer der beiden?"

„Ja!", rief Wednesday und riss die Augen auf. „Kennen Sie ihn?"

„Leider ja."

„Leider?", wiederholte Mrs McLane. „Was soll das heißen?"

„Er ist ein polizeibekannter Menschenhändler und wird im Zusammenhang mit dem Mord an einem unserer Kollegen Anfang der Woche gesucht."

Sam sah, wie der älteren Frau die Augen nach oben wegrollten. Sie fing sie rasch auf, als sie ohnmächtig wurde, und legte sie aufs Bett.

Debbie kam sofort wieder zu sich und weinte hysterisch. „Wir müssen sie finden!" Sie wehrte die Tröstungsversuche einer der anderen Frauen ab.

Die dritte begleitende Lehrkraft reichte Sam ein Blatt Papier mit den Handynummern der vermissten Mädchen.

„Notieren Sie auch ihre Twitter- und Instagram-Accounts."

Während Brian die schluchzende Wednesday in den Armen

hielt, zückte Tyler sein Smartphone, rief die gewünschten Accounts auf und notierte sie auf dem Blatt Papier.

„Müssen wir noch etwas wissen, ehe wir uns auf die Suche nach ihnen machen?", fragte Sam. „Die Zeit für Geheimnisse ist vorbei. Das Leben Ihrer Freundinnen könnte von Ihrer Offenheit abhängen."

Wednesday weinte heftiger. „Sie ... sie ... Sag's ihnen, Brian."

Wie das sprichwörtliche Kaninchen vor der Schlange konnte Brian nur stottern. „Äh ... ähm ..."

„Sie haben einen MovieTime-Kanal", mischte sich Tyler ein.

„Was ist das?", fragte Sam.

„Das ist wie eine Webcam in ihrem Wohnheimzimmer, wo sie ... so Sachen machen."

„Was für Sachen?"

Tyler errötete bis zum strohblonden Haaransatz. „Sexsachen."

„Gott im Himmel", brummte Gonzo halblaut. „Er hat sie bewusst ausgesucht."

Mrs McLane schluchzte noch lauter. „Das wird uns alle den Job kosten."

„Hör auf!", forderte eine der anderen begleitenden Lehrkräfte sie auf und formulierte damit genau Sams Gedanken. „Wie können wir Ihnen bei der Suche behilflich sein?"

„Ich brauche die Adresse dieses MovieTime-Kanals."

Wieder wandte sich Tyler seinem Handy zu, seine Finger flogen förmlich über den Bildschirm. Als er fand, was er gesucht hatte, gab er Gonzo das Smartphone, der sich die URL abschrieb.

Sam reichte der vernünftigeren begleitenden Lehrkraft ihre Karte. „Informieren Sie die Eltern. Die sollen mich so schnell wie möglich anrufen."

Debbies Jammern erreichte eine neue Lautstärke, was dazu führte, dass die andere Lehrerin ihr eine Ohrfeige verpasste.

„Sei jetzt endlich still. Das ist mein Ernst."

Debbie verstummte und begann dann, leise zu wimmern.

Sam warf der Ohrfeigenfrau einen verständnisvollen Blick zu und wandte sich dann an alle. „Rufen Sie mich an, wenn jemand auf irgendeinem Kanal von den beiden hört – Twitter, Facebook, Instagram, Snapchat, MovieTime, was auch immer. Ich muss unverzüglich von jedem Lebenszeichen erfahren. Verstanden?"

Sie nickten und murmelten zustimmend.

„Um der Sicherheit der beiden Mädchen willen bitten wir Sie, die Informationen, die wir Ihnen über ihren Kidnapper gegeben haben, für sich zu behalten. Wenn die Eltern sich bei mir melden, werde ich sie über die Rolle aufklären, die er bei dieser Angelegenheit spielt. Verstanden?"

Wieder Murmeln und Nicken.

„Wenn ich irgendetwas, das diesen Fall betrifft, online sehe, nehmen wir die Verantwortlichen fest." Damit ging sie gefolgt von Gonzo und Cruz Richtung Tür.

„Werden Sie die beiden finden?", fragte eine tränenüberströmte Studentin.

„Wir hoffen es", erwiderte Sam.

Sobald sie das Hotel verlassen hatten, zückte sie ihr Handy und rief Malone an. Als er nach dem ersten Klingeln abhob, erklärte sie: „Unser großes Problem ist gerade noch viel größer geworden."

21

„**I**ch brauche sofort einen Durchsuchungsbeschluss für die Aufnahmen der Überwachungskamera im McDuffy's in Georgetown", schloss Sam, nachdem sie den Captain über die jüngsten Entwicklungen ins Bild gesetzt hatte. „Außerdem müssen wir Best informieren, dass Androzzi hier in Washington gesehen worden ist und sich demnach noch in der Nähe befinden muss."

„Angesichts der Informationen über den MovieTime-Kanal vermute ich, dass das Zusammentreffen kein Zufall war", meinte Malone.

„Davon gehen wir auch aus. Archie soll versuchen, ihre Handys zu orten und ihre SMS auszulesen. Höchste Dringlichkeitsstufe. Wir müssen den Kerl kriegen, ehe er sie außer Landes schafft." Sam musste nicht eigens erwähnen, dass ihre Chancen, die Mädchen zu finden, ansonsten dramatisch sinken würden. „Wir fahren jetzt zu dieser Bar. Besorgen Sie mir unverzüglich diesen Durchsuchungsbeschluss."

„Bin dran."

Sam klappte ihr Handy zu. „Ruf mal diesen MovieTime-Kanal auf dem blöden Tablet auf. Mal sehen, was unsere Freundinnen in ihrem gemütlichen Wohnheimzimmer so getrieben haben."

Während sie den Wagen durch Straßen lenkte, die aufgrund der Vorbereitungen für die Amtseinführung noch verstopfter waren als sonst, machte sich Freddie am Tablet zu schaffen.

„Heilige Scheiße", fluchte er dann.

An einer Ampel erblickte Sam aus dem Augenwinkel nackte Brüste und Nahaufnahmen anderer Bereiche der weiblichen Anatomie. Eines der Mädchen lag auf einem Bett und masturbierte mit einem riesengroßen Dildo, während die andere die Szene kommentierte und filmte.

„O Gott, ich muss dringend duschen", entfuhr es Sam, nachdem sie dreißig Sekunden lang zugeschaut hatte, wie sich das Mädchen mit den großen Brüsten auf dem Bett wand. Die Tagesdecke war mit rotem Klatschmohn bedruckt. Wahrscheinlich hatte ihre Mutter die Decke für das Wohnheimzimmer gekauft, ohne zu ahnen, dass die ganze Welt sie unter ihrer nackten Tochter würde sehen können, während diese die sexuellen Wünsche Perverser befriedigte.

„Verstehen College-Studentinnen das heutzutage unter Spaß?", wollte Cruz wissen.

„Damit kann man einen Haufen Geld verdienen", antwortete Gonzo. „Das Logo da auf dem Dildo? Der Hersteller bezahlt sie wahrscheinlich dafür, dass sie seine Produkte benutzen. Außerdem sind die Abos für ihren Kanal kostenpflichtig. Ich wette, die haben jede Menge Kohle."

„Androzzi hat sie wahrscheinlich monatelang geködert", vermutete Sam. „Durch diesen Ausflug nach Washington sind sie ihm direkt in die Falle gelaufen."

„Wir sollten Verstärkung für die Durchsuchung der Bar anfordern", schlug Gonzo vor.

„Tu das", erwiderte Sam, die sich freute, dass er sich zumindest halbherzig mit etwas anderem beschäftigte als mit seinem Kummer.

Während sie den Wagen nach Georgetown lenkte, erledigte er den Anruf.

Freddie blickte auf sein Mobiltelefon. „Wow, der flotteste Durchsuchungsbeschluss in der Geschichte der flotten Durchsuchungsbeschlüsse."

„Das liegt daran, dass wir einen Polizistenmörder suchen", entgegnete Sam.

Sie parkte in zweiter Reihe vor dem McDuffy's in der Wisconsin Avenue. Vor Stahl wäre sie vielleicht hineingestürmt, ohne auf Verstärkung zu warten. Jetzt geduldete sie sich. Was auch immer da drin war, konnte warten, bis in fünf Minuten ein Streifenwagen hier eintraf.

Außerdem gesellte sich Marshal Best zu ihnen.

„Hier wurde Androzzi gestern Abend gesehen?", wandte er sich an Sam, als sie ausstieg.

„Ja. Wir haben zwei vermisste Studentinnen, die gestern Abend hier mit ihm getrunken und gefeiert haben. Sie sind neunzehn und befinden sich auf einer Studienfahrt anlässlich der Amtseinführung. Ihrer Hotelzimmer-Mitbewohnerin zufolge haben diese und zwei Kommilitonen sie hier mit zwei Männern allein gelassen, von denen sie einen als Androzzi identifiziert hat, und sie hat erst heute Morgen beim Aufwachen gemerkt, dass die beiden nicht ins Hotel zurückgekehrt sind. Ihre Handys sind aus, was sonst offenbar nie vorkommt, und wir haben erfahren, dass sie MovieTime-Stars mit eigenem Wohnheim-Peepshow-Kanal sind."

„Wollen wir wetten, dass Androzzi Abonnent war?", fragte Best.

„Darauf würde ich Haus und Hof verwetten", erwiderte Sam. Als sie sah, dass alle so weit waren, rief sie: „Auf geht's!"

Sie betraten das McDuffy's, wo ein paar Mittagsgäste vornehmlich an der Bar saßen. Sie zeigte ihre Dienstmarke. „Lieutenant Holland, MPD. Ich möchte mit dem Geschäftsführer oder dem Besitzer sprechen."

Eine Barkeeperin kam mit großen Augen hinter der Bar hervor und verschwand in einem Hinterzimmer. Gleich darauf erschien sie mit einem Mann im Schlepptau.

„Was läuft hier?", fragte er und musterte die Gruppe von Polizisten in seiner Bar.

„Wer sind Sie?", fragte Sam.

„Joe Warren, mir gehört das McDuffy's."

„Mr Warren, ist Ihnen bekannt, dass Ihre Bar in dem Ruf steht, illegal Alkohol an Minderjährige auszuschenken?"

Ihm traten fast die Augen aus dem Kopf, und sein Gesicht nahm eine purpurne Färbung an, die Sam an Stahl erinnerte. „Wer sagt das?"

„Die neunzehnjährigen College-Studenten von der North

Connecticut University, die gestern Abend hier Alkohol konsumiert haben."

„Wir lassen uns von jedem Gast den Ausweis zeigen."

Sam streckte die Hand nach Freddies Handy aus.

Er gab es ihr. Auf dem Bildschirm war der Durchsuchungsbeschluss zu sehen.

„Dies ist ein Durchsuchungsbeschluss für Ihre Überwachungsaufnahmen." Sie deutete auf eine Kamera über der Bar. „Sagen Sie nicht, Sie hätten keine, die Kameras seien kaputt oder sonst irgendeinen Quatsch. Zwei College-Studentinnen, die gestern Abend hier waren, sind verschwunden. Zuletzt wurden sie in Gesellschaft eines polizeibekannten Menschenhändlers gesehen, der zudem wegen Mordes an einem Kollegen vom MPD Anfang der Woche gesucht wird. Auch er war gestern Abend hier Gast, also machen Sie es sich nicht unnötig schwer, und geben Sie uns die Aufnahmen."

„Okay."

Sie bedeutete Freddie mit einem Nicken, ihn zu begleiten. „Sie da", wandte sie sich dann an die Barkeeperin und bedeutete ihr, zu ihr zu kommen.

Die Frau sah aus, als würde sie sich vor Angst gleich in die Hosen machen, als sie sich Sam näherte. „Wie heißen Sie?"

„Vanessa."

„Haben Sie auch einen Nachnamen?"

„Christie."

„Haben Sie gestern Abend gearbeitet, Vanessa?"

„Ich habe gestern eine Doppelschicht geschoben, war den ganzen Tag hier."

„Gonzo, zeig ihr die Fotos. Sind diese Mädchen oder dieser Mann gestern Abend hier gewesen?"

„Ja, die haben etwa bis Mitternacht ziemlich heftig gefeiert, dann sind sie abgezogen."

„Haben Sie gesehen, ob sie zusammen gegangen sind?"

„Äh, ja." Ihr Blick huschte nervös zwischen den versammelten Gesetzeshütern hin und her. „Ich habe sie gehen sehen. Die Mädchen waren ziemlich neben der Spur, und die Typen schienen sie zu stützen."

„Kommt es oft vor, dass Gäste sich so betrinken?", fragte Sam.

„Das kann nicht am Alkohol gelegen haben. Ich hatte ihnen schon seit einer Stunde nichts mehr gebracht."

„Drogen", brummte Best. „Können Sie uns etwas über das Fahrzeug sagen, mit dem sie weggefahren sind?"

„Als sie die Bar verlassen haben, ist ein schwarzer SUV vorgefahren. Ich habe gerade die vorderen Tische abgeräumt, deswegen habe ich das zufällig mitbekommen."

„War es ein Taxi oder ein Uber?", erkundigte sich Freddie.

„Ich habe kein Schild im Fenster gesehen. Aber die Scheiben waren getönt, vielleicht habe ich es deshalb nicht bemerkt."

An Gonzo gewandt sagte Sam: „Nimm Kontakt mit Archie auf, er soll die Überwachungskameras auf der Straße auswerten." Sie ging in Richtung des Büros im rückwärtigen Bereich der Bar, in dem Freddie mit dem Besitzer verschwunden war. „Wenn Sie schon dabei sind, ich will auch die Aufnahmen von der Kamera draußen über der Tür."

Freddie hielt einen USB-Stick hoch. „Hab ich schon."

„Ich habe nicht gewusst, dass sie minderjährig waren", versicherte ihnen Warren, der hinter einem Computerterminal saß. „Haben Sie mal einen der falschen Ausweise gesehen, die die Jugendlichen heute benutzen? Kaum von den echten zu unterscheiden."

„Ich muss sie nicht unterscheiden können", versetzte Sam. „Das ist Ihre Aufgabe." Sie winkte einem Streifenpolizisten. „Festnehmen."

„Festnehmen? Mich?" Warren sprang auf. „Warum, zum Teufel?"

„Es ist illegal, Alkohol an Minderjährige auszuschenken. Sie haben das Recht, zu schweigen. Alles, was Sie sagen, kann und wird vor Gericht gegen Sie verwendet werden. Nehmt ihn mit, Jungs."

„Du gottverdammte Schlampe! Du glaubst wohl, hier einen auf arrogant machen zu können, nur weil du mit dem Vizepräsidenten verheiratet bist!"

Sam trat dicht vor ihn hin. „Tatsächlich war ich schon lange vor meiner Hochzeit so arrogant, Sie Vollidiot. Schafft ihn hier weg." Die Streifenpolizisten zerrten Warren, der sich die ganze

Zeit wehrte und drohte, das würde sie alle ihren Job kosten, durch die Bar nach draußen. „Wow, das hat gutgetan."

„Willkommen zurück, Lieutenant", grinste Freddie. „Schön, dich wiederzuhaben."

Sam ließ die Fingerknöchel knacken. „Danke. Und jetzt schaffen wir dieses Video ins Hauptquartier und schauen uns an, was Archies Magie zutage fördern kann."

Es war in der Tat gut, wieder da zu sein.

AUF DEM WEG ZUM POLIZEIGEBÄUDE ERREICHTEN SAM angsterfüllte Anrufe der Eltern der vermissten Mädchen. Sie versicherte ihnen, dass sie alles in ihrer Macht Stehende taten, um ihre Töchter zu finden, und versprach, sich sofort zu melden, wenn es etwas Neues gab. Allerdings musste sie ihnen auch sagen, was sie über Androzzi wusste und wie schwierig es werden würde, die Mädchen aufzuspüren.

Die Angst und die Panik der Eltern verursachten bei Sam eine leichte Übelkeit. Ehe Scotty in ihr Leben getreten war, hätte sie wie jeder normale Mensch Mitgefühl mit ihnen gehabt. Doch jetzt, wo sie selbst Mutter war, nahmen solche Situationen sie viel mehr mit als früher. *Scotty verwandelt mich in ein Weichei*, dachte sie, *aber das macht gar nichts*. Ihre Ecken und Kanten hatten dringend auf die Art und Weise abgeschliffen werden müssen, wie es ihr Sohn jeden Tag tat, seit er in ihr Leben getreten war.

Im Hauptquartier begab sich Sam direkt nach oben zur IT und hatte das riesige Pech, auf der Treppe Sergeant Ramsey von der Sondereinheit für Sexualdelikte zu begegnen. Aus irgendeinem ihr unbekannten Grund hasste der sie wie die Pest.

„Ja wen haben wir denn da?", spottete Ramsey mit boshaftem Lächeln. „War der Urlaub gut, Lieutenant?"

„Sie können mich mal", antwortete sie im Vorbeigehen.

„Oh, da ist aber jemand empfindlich. Ich hatte gehofft, unser alter Freund Stahl hätte Ihnen zumindest ein bisschen den Schneid abgekauft, doch wie ich sehe ..."

Sam sollte nie erfahren, was er sah, denn sie wirbelte herum und schlug ihm mitten ins Gesicht, sodass er rückwärts die Treppe hinunterfiel. Aua. Das hatte geklungen, als hätte es wehgetan. Ohne zu warten, ob er seinen Sturz überlebt hatte, denn es war ihr vollkommen egal, setzte sie ihren Weg zur IT-Abteilung fort, die ihr ehemaliger Liebhaber Lieutenant Archelotta leitete.

„Archie!", überschrie sie das Summen der Rechner und das Klicken der Tastaturen. „Ich brauche dich!"

„Die Geschichte meines Lebens." Der attraktive Polizist trat aus seinem Büro, und seine dunklen Augen blitzten amüsiert, während er den USB-Stick entgegennahm, den ihm Sam reichte. „Immer brauchen Frauen mich für irgendetwas."

Sam verdrehte die Augen. „Mach dich locker, Romeo. Wenn du mir die Autonummer des schwarzen SUV beschaffst, der gestern gegen Mitternacht ein paar Leute vor dieser Bar abgeholt hat, werde ich jemanden finden, der bereit ist, dir einen Kuss auf den Mund zu geben."

„Wow, du weißt wirklich, wie man einen Mann motiviert." Hektische Betriebsamkeit auf dem Gang erregte seine Aufmerksamkeit. „Was ist denn da los?"

„Möglicherweise habe ich Ramsey ins Gesicht geboxt, woraufhin er rückwärts die Treppe hinuntergefallen ist."

Archie starrte sie überrascht an. „Du hast was getan?"

„Er hatte es verdient. Kannst du dir jetzt mein Video ansehen?"

„Ja, ich schätze schon. Aber vermutlich besteht keine Eile, weil du ohnehin jeden Moment verhaftet werden wirst."

„Es besteht große Eile. Unser Polizistenmörder und Menschenhändler hat sich zwei College-Studentinnen geschnappt, die anlässlich der Amtseinführung in die Stadt gekommen sind. Uns läuft die Zeit weg."

„Mein Gott. Ich schaue sofort, was ich tun kann." Er brachte den Stick in sein Büro, steckte ihn in die USB-Buchse und hantierte mit der Maus, während er zwei große Bildschirme nicht aus den Augen ließ. „Gegen Mitternacht, sagst du?"

„Ja", erwiderte Sam und blickte ihm über die Schulter.

„Atme mir nicht in den Nacken."

„Ich atme dir nicht in den Nacken."

„Alles bereit für morgen?"

„Schätze schon. Wie bereitet man sich auf so einen Zirkus vor?"

„Keine Ahnung", antwortete er und lachte kurz zwischen zwei Mausklicks. „Ich kann immer noch nicht glauben, dass du mit dem Vizepräsidenten verheiratet bist."

„Ich auch nicht. Wie konnte das nur passieren?" Sie beugte sich über einen der Bildschirme. „Da. Der da. Geh da mal näher ran."

Er tat es und vergrößerte ein Nummernschild aus Virginia.

„Da haben wir es! Ich könnte dich küssen!"

„Wirst du aber nicht."

„Werde ich auf keinen Fall."

Er notierte die Autonummer und gab ihr den Zettel.

„Ich wüsste es sehr zu schätzen, wenn du die Bilder von unserem Freund Androzzi und seinem Kumpel aus der Bar aus dem Video herauskopieren könntest."

„Schon dabei. Ich bringe dir den Ausschnitt runter, sobald ich fertig bin."

„Danke." Sam zückte ihr Handy und rief Freddie an. „Ich brauche eine Halterinformation."

„Hast du Ramsey wirklich ins Gesicht geboxt und ihn die Treppe runtergestoßen?"

„Ich habe ihn geboxt. Das mit der Treppe hat er sich selbst zuzuschreiben."

„O Gott, Sam."

„Vergiss jetzt mal Ramsey, und besorg mir auf der Stelle eine Halterinformation für folgende Autonummer aus Virginia." Sie las sie ihm vor. „Ich komme runter, sobald die Luft rein ist."

Sam verließ die mittlerweile menschenleere IT-Abteilung. Auf dem Gang hatte sich eine Menschentraube gebildet. Am Fuß der Treppe lag Ramsey, wurde von Sanitätern versorgt und brüllte, das würde sie ihre Dienstmarke kosten. Verdammt. Er hatte den Sturz überlebt. Sam machte einen großen Bogen um die Menschenmenge und huschte den Gang entlang zur Sondereinheit für Sexualdelikte, wo es auch beinahe menschenleer war.

„Ich höre, Sie waren böse, Lieutenant", begrüßte Detective

Erica Lucas sie mit einem Funkeln in den Augen, das Sam ein Lächeln entlockte.

„Ich habe keine Ahnung, wovon Sie reden."

„Wollen Sie Eis für Ihre Knöchel?", fragte Erica und wies mit einem Kopfnicken auf Sams rechte Hand, die zu pulsieren begonnen hatte.

„Wäre vielleicht nicht schlecht."

„Hier entlang." Erica führte sie in eine kleine Teeküche, füllte einen Frischhaltebeutel mit Eis und reichte ihn Sam.

„Danke. Ich schulde Ihnen noch einen Kaffee."

„Ich habe gerade frischen gemacht. Darf ich Ihnen eine Tasse anbieten?"

„Da ich ohnehin hier oben festsitze, bis der Müll von der Treppe weggeräumt ist, gern."

Erica lachte laut auf. „Haben Sie ihn wirklich die Treppe runtergeworfen?"

Sam legte den Eisbeutel auf ihre rechte Hand. „Möglicherweise habe ich ihn geschubst, und er ist gefallen, aber technisch gesehen habe ich ihn nicht die Treppe runtergeworfen."

„Was hat er denn diesmal wieder gesagt?"

„Dass es ihn wundert, dass mir Stahl so gar nicht den Schneid abgekauft hat, oder so was."

Erica starrte sie mit offenem Mund an. „Gut gemacht. Das hätte ich auch gern getan. Er ist ein solches Arschloch."

„Das haben Sie gesagt. Können Sie mir hier gefahrlos erzählen, was Sie wissen?"

„Da Sie ihm ziemlich wehgetan haben, ist die Wahrscheinlichkeit ja eher klein, dass er hier reinmarschiert kommt und hört, wie ich Ihnen erkläre, dass es mir Sorgen bereitet hat, wie sehr er Sie hasst. Mindestens einmal die Woche redet er sich über Sie in Rage."

„Und warum genau?"

„Er redet viel über Vetternwirtschaft und darüber, dass Ihnen wegen Ihres Vaters alles geschenkt wird, und regt sich über den Rummel um Ihre Ehe auf. Er meint, Sie seien süchtig nach Aufmerksamkeit." Sie verzog das Gesicht. „Tut mir leid, aber das ist, was er sagt."

„Man hat mich schon schlimmer beleidigt."

Erica lachte. „Glaub ich gern. Was mir Sorgen bereitet, ist, wie fies sich Ramsey über Sie äußert. Sie hätten ihm seinen Platz genommen, dabei wissen wir doch beide, dass das nicht stimmt. Er ist mehrmals durch die Prüfung zum Lieutenant gerasselt. Dass er karrieretechnisch auf der Stelle tritt, liegt an ihm, nicht an Ihnen.“

„Aber das sieht er anders.“

„Ja.“

„Stahl war auch so. Dauernd hat er mir und anderen die Schuld für Dinge gegeben, die er sich selbst zuzuschreiben hat. Typischer Narzisst. Diese alten Säcke ertragen es nicht, wenn Frauen Karriere machen und an ihnen vorbeiziehen.“

„Ich hatte seit der Sache mit Stahl noch keine Gelegenheit, mit Ihnen zu reden. Ich hoffe, Sie wissen, dass die meisten von uns extrem bestürzt über das waren, was er getan hat, und sehr froh sind, dass Sie noch einmal mit einem blauen Auge davongekommen sind.“

„Danke. Ich habe von den Kolleginnen und Kollegen hier viel Unterstützung erfahren, und das hat mir wirklich geholfen. Ramsey hat mir allerdings keine Karte mit Genesungswünschen geschickt.“

Erica lachte. „Die werden Sie jetzt, wo Sie ihm ins Gesicht geschlagen haben, auch nicht mehr kriegen.“

„Ach, Mensch. Dabei hatte ich so große Hoffnungen in unsere Beziehung gesetzt.“

„Hör mal, Sam ... Ich darf dich doch so nennen?“

„Natürlich. Unter Freundinnen allemal.“

„Es ist nur ... Er hat dich wirklich auf dem Kieker, und das wird nach dem, was heute passiert ist, nicht besser werden. Ich weiß, ich muss dir nicht sagen, dass du vorsichtig sein sollst, aber ich tu’s hiermit trotzdem.“

„Ich bin dankbar für die Warnung. Jetzt, wo wir Stahl aus dem Verkehr gezogen haben und mein Ex-Mann sich seit einer Weile wirklich gut benimmt, gehen mir langsam die Feinde aus. Dabei möchte ich auf keinen Fall gleichgültig und faul werden.“

„Das wäre eine Tragödie.“

„Ich weiß deine Informationen, den Kaffee und das Eis zu

schätzen, doch jetzt muss ich wieder runter. Hoffentlich ist die Verkehrsbehinderung auf der Treppe inzwischen beseitigt."

„Du hast das nicht von mir", fügte Erica mit einem vorsichtigen Blick zur Tür der Teeküche noch hinzu, „aber vielleicht überprüfst du mal Ramseys Rolle bei der Weitergabe von Insiderinformationen zum Fall Springer an Stahl sowie die Möglichkeit, dass er Billy Springer den Tipp gegeben haben könnte, dass wir ihn des Mordes an seinem Bruder und den anderen Jugendlichen verdächtigen."

„Was genau weißt du?"

„Nichts Konkretes, nur dass er ein paar Wochen lang wirklich seltsam war und geheimnisvoll getan hat, und zwar seit Beginn der Ermittlungen im Fall Springer. Nach der Sache mit Stahl hat sich das wieder gelegt. Ich habe gehört, du bist auf der Suche nach einem Maulwurf hier im Department, und musste sofort an Ramsey und sein seltsames Verhalten denken."

„Gibt es dafür weitere Zeugen?"

„Du könntest mal mit seinem Partner Harper sprechen. Der ist überaus korrekt und mag Ramsey genauso wenig wie wir anderen, selbst wenn er das niemals zugeben würde. Ramsey ist ein Fiesling, und Harper ist seine Lieblingszielscheibe. Es macht Ramsey wahnsinnig, dass Harper dich bewundert. Er findet dich echt krass und sagt das auch gerne und laut, woraufhin Ramsey regelmäßig der Kragen platzt. Wenn Harper etwas weiß, würde er es dir unter den richtigen Umständen vermutlich verraten."

„Danke, damit hast du mir sehr weitergeholfen."

„Wir Mädels müssen doch zusammenhalten."

„Da hast du verdammt recht." Plötzlich kam ihr ein Gedanke, über den sie eine Sekunde nachdachte, ehe sie sich damit an Erica wandte. „In meinem Team ist ja leider ein Platz frei geworden. Wenn du eine Versetzung beantragen würdest, würde ich mich dafür starkmachen. Natürlich nur, wenn du interessiert bist."

„Ich würde sehr gern für dich arbeiten. Ich zögere allerdings, zur Mordkommission zu wechseln. Ich habe das Gefühl, den Opfern hier wirklich helfen zu können. Die Mordkommission ist auch wichtig, aber bei uns leben die Opfer in der Regel noch, verstehst du?"

„Das verstehe ich sogar sehr gut. Überleg es dir. Es besteht keine Eile. Wir müssen erst mal die Beisetzung hinter uns bringen, ehe wir über einen Ersatz nachdenken können."

„Das mit Arnold tut mir so unendlich leid. Er war einer von den Guten."

„Ja, stimmt. Danke für den Kaffee und alles andere."

„Jederzeit."

22

———————

Sam verließ die Teeküche. Im Flur hatte sich die Menschenansammlung aufgelöst, nachdem Ramsey versorgt und weggebracht worden war. Sie ging nach unten in ihr Büro, wo Malone schon auf sie wartete, die Hände in den Hüften und den Mund verkniffen, was darauf hindeutete, dass er stinksauer war. Sie begriff, dass das folgende Gespräch ein offizielles sein würde.

„Captain.“

„Lieutenant. Möchten Sie mir etwas mitteilen?“

„Sogar mehrere Dinge. Wir haben die Autonummer des Wagens, mit dem Androzzi die College-Studentinnen von der Bar weggeschafft hat. Ich hatte gerade außerdem eine sehr erhellende Unterhaltung mit Detective Lucas von der Sondereinheit für Sexualdelikte, die mir Informationen gegeben hat, die Sie sehr interessieren werden.“

„Sie haben die Stelle vergessen, wo Sie Ramsey ins Gesicht geboxt haben, sodass er die Treppe hinuntergefallen ist, wobei er sich neben den Verletzungen im Gesicht möglicherweise den einen oder anderen Knochen gebrochen hat.“

„Dazu wollte ich gerade kommen.“

Malone verschränkte die Arme, was ihn noch strenger wirken ließ. „Ach ja?“

„Er hat mich blöd von der Seite angequatscht. Ich habe gekontert, und dann hat er gemeint, er habe gehofft, Stahl hätte mir wenigstens einen Teil meines Schneids abgekauft, und da habe ich zugeschlagen." Sam zuckte die Achseln. „Er hatte es verdient."

„Auf dem Weg ins Krankenhaus hat er mit einem Prozess, einer Anzeige und was weiß ich noch allem gedroht."

„Mir egal. Soll er mich doch verklagen. Wer würde denn einen Mann unterstützen, der so etwas zu einer Kollegin sagt, die mit einem Kriminellen durchmachen musste, was ich erlebt habe?"

„Vermutlich niemand, aber Sie hätten ihn trotzdem nicht schlagen dürfen."

„Okay."

„Möglicherweise hören Sie dazu von höherer Stelle noch mal etwas."

„Okay."

„Was hat es mit diesen Informationen auf sich, die Sie erwähnt haben?"

Sam berichtete, was ihr Erica über Ramseys auffälliges Verhalten in der Zeit, in der Stahl seinen letzten großen Auftritt geplant hatte, erzählt hatte, und ließ auch nicht unerwähnt, dass er Billy Springer den entscheidenden Tipp gegeben haben könnte. „Sie hatte keine konkreten Beweise, hat allerdings vorgeschlagen, wir sollten mal mit seinem Partner Detective Harper sprechen. Vielleicht wäre jetzt, wo Ramsey für den Rest des Tages nicht im Haus ist, eine gute Gelegenheit dazu."

„Dieses Gespräch führen nicht Sie. Ist das klar?"

„Natürlich nicht. Da bestünde ja ein klarer Interessenkonflikt. Das weiß ich genauso gut wie Sie."

„Wissen Sie eigentlich, dass Sie eine totale Nervensäge sind?"

„Oh, Captain." Sie tupfte sich geziert die Augen ab. „Ich liebe Sie auch."

Darüber musste er lachen. „Sosehr Sie mir auch auf die Nerven gehen, es ist gut, dass Sie wieder da sind – wenn Sie nicht gerade Kollegen tätlich angreifen."

Freddie erschien an der Tür. „Ich habe den Standort des SUV. Wollen wir?"

„Unbedingt. Ziehen wir das Sondereinsatzkommando hinzu." Sie schnappte sich ihren Mantel. „Bis später, Captain."

Malone warf einen Blick auf das Stück Papier in Freddies

Hand, auf dem eine Adresse in Alexandria stand. „Ich komme gleich nach."

Sam wies Freddie an: „Hol Gonzo. Ich möchte nicht, dass er allein hierbleibt. Wir treffen uns bei Dr. McNamara."

Freddie bog in Richtung Großraumbüro ab.

Am Ende eines langen Gangs betrat Sam die Räume der Gerichtsmedizin. „Doc!"

„Hier", rief Lindsey aus ihrem Büro.

„Ich habe eine Frage. Können wir jetzt, wo wir ihn als Verdächtigen ausgemacht haben, die bei den Messerstecheropfern gefundenen DNA-Spuren mit dem Profil Androzzis abgleichen?"

„Ich bin dir einen Schritt voraus. Das habe ich heute Morgen schon beantragt."

„Du bist die Beste."

„Ja, ich weiß. Das sage ich auch jeden Tag."

„Im Übrigen kann dein Ego locker mit meinem mithalten."

„Jetzt aber mal nicht übertreiben, Lieutenant." Sie schaute Sam direkt an, und in ihren grünen Augen lag Mitgefühl. „Wie steckt es dein Team weg?"

„Alle haben viel zu tun. Das hilft ein bisschen."

„Wisst ihr schon, wann die Beerdigung ist?"

„Bisher nicht. Wir warten noch auf Nachricht von seiner Familie."

„Das ist alles so furchtbar. Die Begegnung mit seinen Eltern hat mir das Herz gebrochen."

„Mir auch. Doch wir haben jetzt eine Spur des Täters, der nach den Schüssen auf Arnold alles andere als untätig war. Gestern Nacht hat er sich zwei College-Studentinnen geschnappt, die anlässlich der Amtseinführung eine Studienfahrt hierher gemacht haben."

„O Gott."

„Offenbar handelt es sich um zwei Internet-Stars mit Webcam im Wohnheimzimmer. Leichte Beute für ihn. Sie hatten allerdings keine Ahnung, worauf sie sich mit diesem Typen einlassen."

„Ich hoffe, ihr findet sie, bevor es zu spät ist."

„Ich auch."

Jedes Mal, wenn Sam über die 14ᵀᴴ Street Bridge nach Virginia fuhr, musste sie an die Nacht denken, in der sie Nick kennengelernt hatte, und daran, wie er sie nach einer gründlichen Suche nach den „richtigen" Kondomen in der gesamten Stadt über diese Brücke mit zu sich nach Hause genommen hatte. Diese Nacht hatte ihr Leben für immer verändert.

Dank der Machenschaften ihres niederträchtigen Ex-Manns hatte Sam Nick nach dieser Nacht eine Ewigkeit nicht gesehen, aber im vergangenen Jahr hatten sie die verlorene Zeit mehr als wettgemacht. Statt noch weitere geistige Energie an Peter zu verschwenden, beschloss Sam, an Nick und an jene atemberaubende Nacht zu denken, in der er ihr zu Hilfe geeilt war, nachdem jemand sie über und über mit Bier bekleckert hatte.

Von der ersten Sekunde an war sie von seinem atemberaubend attraktiven Äußeren, seinem Humor, seiner Intelligenz und seinen außergewöhnlich guten Manieren fasziniert gewesen. Nie würde sie vergessen, wie er ihr Kleid gewaschen hatte, während sie in seinem Bett schlief, damit sie nicht in dem feuchten, stinkenden Kleidungsstück nach Hause fahren musste. Morgen würde dieser Mann mit dem untadeligen Charakter, der zufällig auch die Liebe ihres Lebens war, vor dem amerikanischen Volk und der ganzen Welt den Amtseid als Vizepräsident der Vereinigten Staaten leisten. Sie war unsagbar stolz auf ihn.

„Lieutenant", meldete Freddie. „Ich glaube, wir sind so weit."

Seine Worte rissen Sam aus ihren Gedanken an ihren Mann. Sie sah auf die Uhr und stellte fest, dass es fünfundvierzig lange, konzentrierte Minuten gedauert hatte, bis alle so weit waren. Aus Höflichkeit hatten sie ihre Kollegen in Alexandria über die geplante Stürmung eines Lagerhauses am Potomac informiert. Selbst mitten im Winter brachte die eisige Brise, die vom Wasser herüberwehte, den Gestank des Flusses mit sich.

Sam fröstelte vor Kälte und aus Sorge, sie könnten zu spät kommen, um die entführten Mädchen zu retten. Die Nähe des Lagerhauses zum Fluss verwies auf die Möglichkeit, dass die Menschenhändler ihre Opfer per Schiff abtransportierten – ein erschreckender Gedanke. Die Schifffahrtsroute über den Potomac in die Chesapeake Bay wurde viel benutzt, und zwei Mädchen in den zahlreichen Containern auf den Frachtkähnen und anderen

Schiffen, die täglich auf den Wasserstraßen im näheren Umfeld unterwegs waren, aufspüren zu wollen war wie die sprichwörtliche Suche nach der Nadel im Heuhaufen.

„Bist du bereit?", fragte Freddie.

„Sind die anderen so weit?"

„Alle Mann auf Position."

„Na schön, auf geht's."

Freddie gab ihren Befehl per Funk an den Leiter des Sondereinsatzkommandos weiter.

Die Frauen und Männer in Schwarz stürmten los. Sam und ihr Team blieben zunächst mit Malone und Conklin, der die Operation leitete, zurück. Mit Helmen auf dem Kopf, in schweren kugelsicheren Westen und mit gezogenen Waffen, die Taschenlampen in der Hand, folgten Sam, Freddie, Gonzo, Conklin und Malone dann der einen Hälfte des Sondereinsatzkommandos ins Gebäude. Die andere Hälfte bildete draußen einen Absperrkreis, damit niemand entkommen konnte.

In der Dunkelheit sah Sam die Lichtstrahlen der Stirnlampen der SEK-Beamten. Sie erinnerten sie an Laserstrahlen aus einem Computerspiel, aber das hier war kein Spiel. Von oben ertönten Schüsse, und das Sondereinsatzkommando erwiderte das Feuer.

Irgendwo über Sam schrie jemand auf und schlug dann mit einem widerlich dumpfen Geräusch neben ihr auf dem Boden auf. Im Lichtkegel ihrer Taschenlampe schaute sie nach, um wen es sich handelte. Den Aufnahmen von den Überwachungskameras nach war es der Typ, der am Vorabend mit Androzzi in der Bar gewesen war. Sie prüfte seinen Puls. Nichts.

„Einer von Androzzis Männern ist tot", meldete sie über Funk.

Tief im Gebäude dröhnten weitere Schüsse. Sam ließ die Leiche liegen und schloss zu den anderen auf, die in einen Schusswechsel mit mindestens zwei weiteren Gegnern verwickelt waren. Über den Knopf in ihrem Ohr konnte sie zuhören, wie der Leiter des SEK-Teams, Captain Nickelson, seinen Leuten Befehle gab, und schon bald waren die Schützen umzingelt.

„Ihre Lage ist aussichtslos", verkündete Nickelson über einen Lautsprecher. „Das Gebäude ist umstellt. Legen Sie die Waffen nieder, und kommen Sie mit erhobenen Händen heraus."

Nach mindestens einer Minute tiefer Stille hallte der

Aufprall von Handfeuerwaffen auf den Boden durch das riesige Gebäude. Zwei Männer traten aus der Dunkelheit, die Hände wie befohlen erhoben. Keiner von beiden war Androzzi.

„Ist hier sonst noch jemand?", fragte Nickelson, während zwei seiner Leute den Männern Handschellen anlegten.

„Eine weitere Person, tot."

„Wo ist Androzzi?", fragte Malone.

„Wer?"

„Stellen Sie sich nicht dumm. Wir wissen, dass Sie für ihn arbeiten. Wo ist er?"

„Keine Ahnung, von wem Sie reden."

„Was ist mit den Mädchen?", fragte Sam. „Wo sind sie?"

Die beiden Männer sahen einander an.

„Lieutenant!", schrie Freddie. „Hier hinten!"

Dicht gefolgt von Gonzo und Malone rannte Sam in die Richtung, aus der seine Stimme ertönte. „Wo bist du, Cruz?"

Er schwenkte seine Taschenlampe, um anzuzeigen, wo er war. „Hier entlang."

In der hintersten Ecke des riesigen Gebäudes lagen die beiden Mädchen schlafend oder bewusstlos auf einer dreckigen Matratze. „Atmen sie?"

„Flache Atmung und langsamer Puls bei beiden."

Sam rief per Funk einen Krankenwagen. „Bleib bei ihnen", wies sie Freddie an. Sie kehrte in den anderen Teil des Gebäudes zurück, wo die Beamten des SEK inzwischen dafür gesorgt hatten, dass die beiden Männer bäuchlings auf dem Boden lagen. Ihre Hände waren mit Handschellen auf den Rücken gefesselt. Sam ging in die Hocke und leuchtete ihnen ins Gesicht. „Was haben sie intus?"

„Wer?"

„Die Mädchen da hinten."

„Welche Mädchen?"

„Jetzt reicht's mir aber! Das Spiel ist aus. Sagt uns, was ihr ihnen gegeben habt, damit wir versuchen können, ihnen das Leben zu retten. Ansonsten werden wir euch beide des zweifachen vorsätzlichen Mordes anklagen."

„Es ist GHB", gestand einer der beiden ängstlich.

„Ihr blöden Wichser. Ich hoffe bloß, ihr habt sie nicht umgebracht.“

„Das war nicht unsere Aufgabe.“

„Halt den Mund“, befahl der andere. „Kein Wort mehr.“

„Lieutenant, hier hinten!“, rief Cruz. „Ich habe noch weitere Frauen gefunden.“

Sam, Gonzo, Conklin und Malone folgten dem Klang von Freddies Stimme in einen weiteren Raum, wo zehn hysterische Frauen an die Wand gekettet waren, alle nackt und offensichtlich körperlich misshandelt. Sam erkannte zwei von ihnen von den Bildern vermisster Frauen aus der Region wieder, die sie sich am Morgen angesehen hatte.

„Wir brauchen die Spurensicherung, die müssen dieses Gebäude genau durchgehen“, wandte sich Sam an Malone. „Um die Opfer soll sich die Special Victims Unit kümmern.“ Das Sondereinsatzkommando befreite die Frauen mithilfe eines Bolzenschneiders von ihren Ketten.

„Ich habe schon angerufen“, meldete Freddie.

„Was zum Teufel läuft hier?“

Sam wirbelte herum und sah einen extrem angesäuerten Avery Hill auf sich zukommen. Hoppla. Sie hatte doch gewusst, dass sie etwas vergessen hatte. „Wir, äh, haben einen Tipp erhalten, wo sich Androzzis Auto befindet, und haben sofort reagiert.“

„Sie hatten Zeit, das Sondereinsatzkommando zu verständigen, aber für eine kurze Info an mich hat es nicht mehr gereicht?“

„Sorry.“

„Sorry? Mehr haben Sie dazu nicht zu sagen?“

„Nein. Wir mussten unverzüglich handeln, weil das Leben zweier junger Frauen auf dem Spiel stand. Dabei haben wir zehn weitere gefunden, die sich in einem üblen Zustand befinden. Tut mir leid, wenn Sie beleidigt sind, weil Sie sich übergangen fühlen.“

Hill kam einen Schritt näher, und Sam musste all ihre Willenskraft zusammennehmen, um nicht zurückzuweichen. Dieser Impuls war neu, sie verdankte ihn Stahl. „Ich leite diese

Ermittlung – nicht Sie. Mir ist klar, dass Ihnen das nicht passt, doch das ist nicht mein Problem."

„Mich nervt nur, dass Ihnen Ihr Ego mehr bedeutet als das Wohlergehen von zwölf entführten Frauen, die man unter Drogen gesetzt hat und die als Sexsklavinnen verkauft werden sollten. Aber hey, wenn Ihnen das wichtiger ist als die Frauen, hätte mir das jemand sagen müssen."

„Das reicht", fiel ihr Conklin ins Wort. „Hill, es tut mir leid, dass wir versäumt haben, Ihnen Bescheid zu geben. Das war jedoch ein Versehen und kein Affront. Kriegen Sie sich wieder ein."

Sam hätte dem Deputy Chief am liebsten eine förmliche Dankeskarte auf Büttenpapier geschickt, bloß war dies definitiv nicht der richtige Zeitpunkt dafür, ihm das zu sagen.

Hill stürmte davon, und Sam atmete erleichtert auf. Auf die Konfrontation mit ihm hätte sie heute eigentlich lieber verzichtet.

„Wissen Sie, er hat recht", gab Conklin zu. „Wir hätten ihn informieren sollen."

„Ich habe einfach nicht daran gedacht", räumte Sam ein. „Mir ging es nur darum, diese Mädchen zu befreien, ehe sie ins Ausland verschifft werden und höchstwahrscheinlich für immer verschwinden."

„Gott sei Dank haben wir sie gefunden."

„Ich hoffe nur, wir sind nicht zu spät gekommen."

SAM SPRACH MIT DEN ELTERN DER BEIDEN MÄDCHEN. SIE WAREN bereits auf dem Weg nach Washington, um ihre Töchter im Krankenhaus zu besuchen. Beide Elternpaare waren überglücklich gewesen, zu hören, dass man ihre Töchter gefunden hatte, auch wenn ihnen der Gesundheitszustand der Mädchen große Sorge bereitete. Ermittler der Sondereinheit für Sexualdelikte waren damit beschäftigt, die anderen geretteten Frauen zu identifizieren, sie medizinisch versorgen zu lassen und dann zurück zu ihren Familien zu bringen. Ihre Aussagen würden helfen, die immer länger werdende Liste von Vorwürfen gegen Androzzi zu erweitern.

Das Team von der Spurensicherung verbrachte Stunden damit, das Lagerhaus auseinanderzunehmen, während Sams Leute die beiden Männer im Hauptquartier verhörten. Am Ende des Tages waren sie Androzzi keinen Schritt näher gekommen, und mit jeder Stunde, die verging, ohne dass sie Arnolds Mörder, der außerdem so viele Frauen entführt hatte, verhaften konnten, wuchs ihre Frustration.

Androzzis Leute schwiegen sich aus, verlangten nach Anwälten und redeten weder über Androzzi noch über seine Organisation. Archies Team hatte ihre Handys in der Mangel, weil sie hofften, eine Nummer zu finden, die sie Androzzis Smartphone zuordnen konnten.

„Haben wir was Neues?", fragte Sam, als Archie abends um zehn an ihrer Bürotür auftauchte.

„Nein. Keine der in den letzten beiden Wochen angerufenen Nummern führt zu Androzzi. Wir haben eine ganze Menge unbekannte Nummern, weswegen ich vermute, dass er Prepaid-Handys verwendet."

„Verdammte Einweghandys." Nicht zum ersten Mal behinderten nicht nachverfolgbare Prepaid-Mobiltelefone eine ihrer Ermittlungen.

„Es ist ganz schön dreist, in der Stadt zu bleiben, nachdem er einen unserer Kollegen umgelegt hat", sagte Archie. „Irgendwann wird er aus dieser Arroganz heraus einen Fehler machen, und dann schnappen wir ihn. Gonzo kann ihn als den Schützen identifizieren. Außerdem haben wir zehn Frauen, die ihn wiedererkennen werden, und hoffentlich zwei weitere, die sich bald erholen werden und dann bestätigen können, dass er der Typ aus der Bar ist. Wir tragen schon ausreichend Beweismaterial zusammen, auch wenn es uns zu lange dauert."

„Ich weiß." Sam löste die Spange aus ihrem Haar und fuhr sich mit den Fingern durch ihre Mähne, die ihr bis über die Schultern fiel, um sie provisorisch zu kämmen. „Danke für alles, was ihr heute geleistet habt."

„Tut mir leid, dass wir nicht mehr erreicht haben. Hat dir schon jemand erzählt, dass Ramsey im Krankenhaus liegt?"

„Ach, echt? Wie bedauerlich."

Archie lachte laut. „Dein Mitgefühl ist wirklich überwältigend."

„Das höre ich häufig."

„Von wem?"

„Von allen möglichen Leuten."

Archie lachte noch lauter. „Die würde ich gern mal kennenlernen."

„Also, was hat er?"

„Ein gebrochenes Handgelenk und eine Gehirnerschütterung."

„Das ist aber blöd. Vielleicht hätte er sich diesen Spruch doch besser verkneifen sollen. Das hätte uns allen einen Haufen Papierkram erspart."

„Er hätte definitiv nicht sagen dürfen, was er dir an den Kopf geworfen hat, und wenn du mich fragst ... Ich hätte ihm auch eine reingehauen."

„Das bedeutet mir viel. Danke für die moralische Unterstützung."

„Du solltest heimfahren. Wir können hier nichts mehr tun."

„Bald."

„Wir sehen uns morgen."

„Nein. Morgen spiele ich die Gattin des Vizepräsidenten."

„Oh, richtig! Dann viel Spaß."

Sam funkelte ihn an, und er zog sich grinsend zurück. Sie wollte gerade ebenfalls gehen, als Freddie an der Tür erschien. „Eins der Mädchen ist wach."

„Gut, ich fahre rüber und schau mal, ob ich mit dir reden kann."

„Ich komme mit, Lieutenant."

„Aber in deinem eigenen Auto, damit ich danach direkt nach Hause kann. Wir treffen uns am Eingang zur Notaufnahme."

„Bis gleich."

Auf dem Weg zum GW rief Sam Nick an. „Hey, ich bin bald zu Hause. Ich muss nur noch eine Sache erledigen."

„Ich habe in den Nachrichten gesehen, dass ihr die verschwundenen Mädchen gefunden habt."

„Ja, Androzzi ist uns allerdings entwischt. Der Kerl ist glitschig wie ein Aal."

„Ihr kriegt ihn schon noch.“

„Das hoffe ich. Arnolds Mörder darf nicht ungeschoren davonkommen.“

„Das wird er nicht.“

Sam wusste seine aufmunternden Worte zu schätzen. „Eines der Mädchen ist wach, deshalb sind Freddie und ich jetzt unterwegs dahin und versuchen, mit ihr zu reden, dann komm ich heim.“

„Ich werde hier warten. Äh, kannst du mich jetzt eigentlich morgen begleiten?“

Er war einfach anbetungswürdig. Sie lächelte. „Das möchte ich um keinen Preis verpassen.“

„Auch wenn du lieber woanders wärst?“

„Ich wäre an keinem Ort im ganzen Universum lieber als bei dir, egal was wir tun oder ob uns die ganze Welt dabei zusieht.“

„Ooh, Baby, du findest einfach immer die richtigen Worte, was?“

„Das war die Wahrheit. Das weißt du, oder?“

„Ja. Jetzt beeil dich, und tu, was du tun musst, damit ich dich heute Nacht ganz für mich habe und morgen vor dem Rest der Welt mit dir angeben kann.“

„Na klar. Ich liebe dich. Bis bald.“

„Ich liebe dich auch.“

Wie vereinbart stand Freddie am Haupteingang der Notaufnahme. Er hatte ihnen bereits die Zimmernummer des Mädchens besorgt, das aufgewacht war.

„Musstest du dafür mit einer der Schwestern flirten?“

„Stell nicht meine Methoden infrage. Freu dich einfach über meine Ergebnisse.“

Die freche Antwort brachte sie zum Lachen. „Nach Arnolds Tod fühle ich mich jedes Mal schuldig, wenn ich lache.“

„Geht mir genauso, wenn ich Witze mache, obwohl ich glaube, er würde nicht wollen, dass wir uns bis in alle Ewigkeit beschissen fühlen. So war er nicht.“

„Nein. Aber trotzdem ...“

„Ja.“

Es tat gut, dass er sie verstand. Das tat er meist, und es machte ihn zum besten Partner, den sie je gehabt hatte. Er drückte den

Rufknopf des Aufzugs. „Hey, es tut mir leid, dass die Ereignisse dieser Woche deine großen Neuigkeiten so überschattet haben. Ich freue mich total für dich und Elin.“

„Danke. Ich bin auch froh. Auch wenn ich immer noch nicht glauben kann, dass eine Göttin wie sie sich mich ausgesucht hat.“

„Sie hat Glück, dass sie dich hat, und das weiß sie.“

„Wir haben beide Glück. Weißt du, es grenzt an ein Wunder, unter acht Milliarden den einen Menschen zu finden, der perfekt zu einem passt.“

„Da hast du recht. Ist es nicht seltsam, dass wir es beide John O'Connor verdanken?“

„Ja, das ist bizarr, aber angesichts dessen, wie wir unseren Lebensunterhalt verdienen, auch irgendwie passend.“

„Solange du nicht fragst, ob ich bei eurer Hochzeit als Brautjungfer zur Verfügung stehe, ist alles gut.“

„Wie wäre es mit ‚als Trauzeuge‘?“

„Haha, sehr witzig.“

„Das ist mein voller Ernst.“

Sam blieb stehen und wandte sich ihm zu. „Echt jetzt?“

„Ja, echt jetzt.“ Er lächelte sie an.

„Dir ist schon klar, dass der Trauzeuge des Bräutigams normalerweise, du weißt schon, ein Mann ist, oder?“

„Es soll der beste Freund des Bräutigams sein, und das bist in meinem Fall du.“

„Das spricht nicht gerade für dich.“

„Halt den Mund, Sam“, antwortete er mit einem Lachen. „Sag einfach zu. Dann darfst du die Junggesellenparty veranstalten und kannst Stripperinnen engagieren, und was deine schmutzige Fantasie sonst noch so ausbrütet.“

„Abgemacht“, erwiderte sie mit einem breiten Lächeln, das ihn aufstöhnen ließ. „Lapdance für alle!“

Ihn aufzuziehen half ihr, ihre eigentliche emotionale Reaktion auf seine Bitte und auf das, was er über ihren Stellenwert für ihn gesagt hatte, zu verbergen. Tatsächlich war er vermutlich auch ihr bester Freund. Nicht, dass sie das ihm gegenüber jemals zugegeben hätte. Schließlich war sie seine Vorgesetzte. Sie musste einen gewissen Abstand wahren.

Sie boxte ihm in den Oberarm.

„Äh, aua ...?"

„Danke, dass du mich gefragt hast."

Er rieb sich die Stelle. „Immer gern. Danke, dass du Ja gesagt hast. Ich bin sicher, du wirst alles in deiner Macht Stehende dafür tun, dass ich es noch vor dem großen Tag bedauere."

„Du kennst mich so gut, Frederico. Praktisch in- und auswendig."

„Die Gattin des Vizepräsidenten darf keine Stripperinnen engagieren."

„Wo steht das?"

„Ich finde es heraus und melde mich wieder."

„Tu das." Sie hatte keinen Zweifel daran, dass Lilia, wenn man sie fragte, ein Bundesgesetz zitieren konnte, das es Gattinnen von Vizepräsidenten verbot, Stripperinnen zu engagieren, weswegen sie ihre Stabschefin nicht konsultieren würde.

Der verbale Schlagabtausch half, auch wenn er sich angesichts des Verlusts, den sie alle erlitten hatten, unangemessen anfühlte. Doch das Leben ging weiter. Wie der Chief gesagt hatte: Ihnen blieb nichts anderes übrig, als weiterzumachen.

23

Vor Jennifer Torlinos Zimmer hatte sich eine kleine Menschentraube gebildet, in der sich auch ein uniformierter MPD-Polizist befand, der für Jennifers Sicherheit sorgen sollte, solange sie im Krankenhaus lag.

„Entschuldigung“, sagte Sam. „Ich bin Lieutenant Holland …“

„Oh, Lieutenant!“ Eine Frau warf sich Sam an den Hals, und wenn Freddie sie nicht geistesgegenwärtig von hinten gestützt hätte, wäre sie gefallen. „Es ist so schrecklich! Mindy liegt im Koma, und Jennifer geht es furchtbar schlecht. Diese Monster! Was die getan haben!“

Sam tätschelte ihr linkisch den Rücken. Sie hätte Jennifers Mutter gerne daran erinnert, dass alles noch viel schlimmer hätte kommen können, was sie jetzt glücklicherweise verhindert hatten.

„Monica“, mischte sich ein erschöpft wirkender Mann ein und zog die Frau von Sam weg. „Lass die arme Polizistin erst mal erzählen, was sie auf dem Herzen hat.“

Sam schenkte ihm ein dankbares Lächeln. „Ich hatte gehofft, mit Jennifer sprechen zu können, wenn sie sich dazu in der Lage fühlt. Nur ein paar Minuten.“

„Natürlich. Wenn es Ihnen hilft, diesen Kerl zu erwischen, erlauben wir es“, antwortete der Mann.

„Danke.“ Sam und Freddie zeigten dem uniformierten Polizisten ihre Marken, der ihnen daraufhin die Tür öffnete.

Jennifers Eltern begleiteten sie.

Eine Schwester sah gerade nach ihr, also zeigte Sam erneut ihre Dienstmarke. „Wir brauchen bloß ein paar Minuten."

„Versuchen Sie, sie nicht zu sehr aufzuregen", bat die Schwester auf dem Weg nach draußen.

Das kann ich nicht versprechen, dachte Sam. Diese ganze Sache war kaum etwas, was man gleichmütig durchstand. „Jennifer", wandte sie sich an die zerbrechlich wirkende Blondine im Bett, die der Star des Wohnheimzimmer-Videos gewesen war, das Sam gesehen hatte. Sie versuchte, nicht an die Riesendildos zu denken, während sie mit ihr sprach. „Ich bin Lieutenant Holland, und das ist mein Partner Detective Cruz."

„Sie sind die Frau des Vizepräsidenten", flüsterte sie.

„Ja. Ich wollte Sie nach den Männern befragen, die Sie gestern Nacht im McDuffy's kennengelernt haben, und ob Sie sich im Zusammenhang mit dem Namen Sid an irgendetwas erinnern, das uns helfen könnte, ihn zu finden."

„Ich erinnere mich an keinen Mann namens Sid."

Freddie zückte sein Handy und zeigte ihr das Foto von Androzzi.

„Das ist Jack."

Noch ein falscher Name. „Hat er auch seinen Nachnamen genannt?"

Sie schüttelte den Kopf. „Er hat sich nur als Jack vorgestellt."

„Haben Sie ihn gestern Abend kennengelernt oder schon vor Ihrem Eintreffen hier?"

Jennifer sah zu ihren Eltern, die am Fußende des Bettes standen.

Sam wurde klar, dass sie nie offen reden würde, solange die beiden im Zimmer waren. „Würden Sie uns ein paar Minuten mit Jennifer allein lassen?"

„Ist dir das recht, Süße?", fragte die Mutter des Mädchens.

„Ja, geht ruhig."

Ihre Eltern verließen das Zimmer, und Jennifer hob den Blick zu Sam. „Er hat mich vor ein paar Wochen über meinen Videokanal kontaktiert, und wir haben ein paar Mails und SMS ausgetauscht. Er wirkte echt nett und hat uns angeboten, uns zu zeigen, wo man sich in Washington amüsieren kann, solange wir anlässlich der Amtseinführung hier sind." Sie wischte sich die Tränen ab. „Ich kann nicht glauben, dass er uns unter Drogen gesetzt und entführt hat. Mindy liegt im Koma."

„Sie haben nicht zufällig die Nummer, von der seine SMS kamen, oder?"

„Nein, die hat sich ständig geändert."

Sam hätte sie am liebsten gefragt, wie man so blöd sein und ein derartiges Risiko eingehen konnte. Aber das tat sie nicht. „Fanden Sie das nicht seltsam?"

„Nein, er hat erklärt, er habe mehrere Geschäftshandys."

„Hat er zufällig erwähnt, in welcher Branche er tätig ist?"

„Er hat hier in der Stadt einen T-Shirt-Laden."

„Hat Ihnen jemand gesagt, womit er wirklich sein Geld verdient?"

„N-nein."

„Er ist Menschenhändler. Er entführt Frauen wie Sie und Mindy und verkauft sie als Sexsklavinnen, oft nach Übersee."

„O Gott", flüsterte sie, und ihr ohnehin bleiches Gesicht wurde schneeweiß. Sie griff hektisch nach der Spuckschale auf ihrem Nachttisch und übergab sich heftig. Dankenswerterweise kümmerte sich Freddie darum.

Sam reichte ihr ein Taschentuch, während Freddie die Schale im Bad entsorgte.

Jennifers Hände zitterten, und Tränen begannen ihr übers Gesicht zu laufen.

„Es war wirklich knapp", nahm Sam das Gespräch wieder auf. „Extrem knapp. Ihr Freund Jack heißt eigentlich Sid Androzzi und steht auf der Liste der zehn meistgesuchten Verbrecher des FBI."

Während Sam sprach, schluchzte Jennifer immer heftiger. „Ich wusste nicht ... Ich hatte keine Ahnung. Er schien ein netter Kerl zu sein. Wir wollten doch bloß etwas Spaß haben."

„Können Sie uns irgendeinen Hinweis darauf geben, wo er sich möglicherweise versteckt?"

„Nein, er hat nie etwas über seine Wohnung erzählt. Nur über den Laden."

Und plötzlich wusste Sam genau, wo sie Androzzi finden würden. „Das war sehr hilfreich, Jennifer. Wir hoffen, Sie und Mindy erholen sich rasch und werden schnell wieder gesund."

„Danke."

„Es geht mich zwar nichts an, aber ich sage es trotzdem: Hören Sie mit diesem Internet-Kanal auf, und lassen Sie keine Fremden mehr in Ihr Leben. Man weiß nie, wer einem zuschaut."

Noch immer zitternd und weinend nickte Jennifer. „Werden wir."

Sam reichte ihr ihre Visitenkarte. „Wenn Ihnen noch irgendetwas einfällt, das uns bei der Suche nach Androzzi behilflich sein könnte, und sei es die kleinste Kleinigkeit, rufen Sie mich bitte an. Egal wann."

„Okay."

Als sie mit Freddie die Notaufnahme wieder verließ, knurrte Sam: „Nur fürs Protokoll: Ich hasse das Internet."

„Vermerkt."

„Ich finde es fürchterlich, dass es naiven Jugendlichen die Möglichkeit für unfassbare Dummheiten bietet. Diese beiden Mädchen werden nie wieder dieselben sein. Brooke wird nie wieder dieselbe sein", setzte sie hinzu. Ihre Nichte, die in etwa im Alter der beiden Mädchen war, war zunächst Opfer einer Gruppenvergewaltigung im Keller der Springers geworden, und dann hatte jemand noch das Video von dem Vorfall online gestellt. „Die Untiefen des Netzes sind Jagdgründe, in denen Perverse ihre unschuldigen Opfer finden. Ich hasse das."

„Ich wette, unser Job war vor der Erfindung des Internets deutlich leichter."

„Zweifellos. Leicht war er nie, aber so eine Scheiße gab es früher nicht." Sam rief Malone an. „Raten Sie mal, was wir bei der ganzen Sache mit Androzzi bisher übersehen haben."

„Was denn?"

„Seinen verdammten T-Shirt-Laden gibt es wirklich", informierte sie ihn im Gehen. Gleichzeitig blätterte sie ihr Notizbuch durch und überflog, was sie sich an Stichpunkten zu den Befragungen Enrights und Griffens aufgeschrieben hatte. „Er befindet sich ausgerechnet in der Constitution Avenue. Wollen wir wetten, dass er sich dort versteckt, seit er Arnold erschossen hat?"

„Wie lautet die Adresse?"

Sam las sie ihm vor.

„Treffen wir uns dort?"

„Ja.“

„Informieren Sie Hill.“

„Ach, Captain, muss das sein?“

„Ja, muss es. Er hat sich vorhin beim Chief über Sie beschwert.“

„Und ich dachte, wir wären Freunde.“

„Sie machen sich diese Woche überall Freunde. Die Chefetage will mit Ihnen über den Vorfall mit Ramsey sprechen, der Anzeige gegen Sie erstatten will.“

„Mir egal. Um diesen Idioten kann ich mich jetzt nicht kümmern. Cruz und ich warten in der Constitution Avenue auf Sie.“

„Rufen Sie Hill an“, erinnerte Malone sie noch, ehe sie auflegen konnte.

Sam knurrte.

„Oh, oh. Was ist?“

„Der verdammte Hill. Wir müssen sein Ego streicheln.“

„Er leitet die Ermittlungen.“

„Dabei ist er nicht derjenige, der sich die Hacken krumm läuft, oder?“

„Soll ich ihn anrufen?“

„Nein, das mach ich schon.“ Sam wählte die Nummer, und Hill nahm sofort ab, als hätte er auf ihren Anruf gewartet. „Wir stürmen einen T-Shirt-Laden in der Constitution Avenue, wo wir Androzzi vermuten.“ Sie gab ihm die genaue Adresse.

„Wie kommen Sie darauf, dass er sich da versteckt?“

„Ich hab jetzt keine Zeit, Ihnen das zu erklären. Ich besorg Ihnen aber gerne noch eine Extraeinladung, wenn Sie darauf bestehen.“ Sie unterbrach die Verbindung, ehe er antworten konnte.

Freddie schmunzelte.

„Was ist denn so lustig?“

„Du hast gesagt: ‚Ich besorg’s Ihnen.‘“

„Was? Nein, habe ich nicht!“

„Äh, doch, hast du. ‚Ich besorg’s Ihnen gerne …‘“

„Halt die Klappe. Halt einfach die Klappe.“

Er lachte erneut leise, während sie aus dem Krankenhaus in eine eisige Tundra hinaustraten, was Sam dazu veranlasste, den

Reißverschluss ihrer Jacke komplett zu schließen und sich den Schal um den Hals zu wickeln. „Wir sehen uns vor Ort."

Sam stieg in ihr Auto und war unendlich dankbar für ihre Sitzheizung. Sie rief ihren Mann an, um ihm das auch gleich persönlich mitzuteilen.

„Hey, Babe."

„Mein Hintern liebt dich gerade."

„Ich habe keine Ahnung, was ich darauf erwidern soll."

„Sitzheizung, Liebster. Sitzheizung."

„Aaah, ich tue für deinen sexy Po, was ich kann."

Diese Antwort weckte in ihr den dringenden Wunsch, nackt mit ihm in einem Bett zu liegen. Bald. „Bei mir wird es etwas später", informierte sie ihn und erzählte ihm von ihrer Eingebung mit dem T-Shirt-Laden.

„Du gehst da doch nicht allein rein, oder?"

„Nein, wir haben die Kavallerie verständigt. Das ist heute schon das zweite Mal, dass ich das Sondereinsatzkommando bemühe. Die werden morgen völlig fertig sein."

„Ich bin froh, dass sie die Vorhut bilden. Sei vorsichtig."

„Versprochen. Ich komme heim, so schnell ich kann."

„Gut, ich werde auf dich warten."

„Allein das zu wissen hilft, dass dieser überaus beschissene Tag deutlich erträglicher wird. Bis bald."

Sam erreichte die Adresse in der Constitution Avenue als Erste. Sie blieb im Wagen und behielt das dunkle Schaufenster im Auge. Gott, sie hoffte so, dass sie recht hatte. Es wäre einfach großartig, diesen Drecksack noch vor der Amtseinführung dingfest zu machen.

Es war der schlimmste Albtraum der Strafverfolgungsbehörden, einen Mörder auf freiem Fuß zu wissen, wenn rund eine Million zusätzlicher Menschen in der Stadt waren.

Freddie parkte hinter ihr ein, und wenige Minuten später waren auch die anderen da.

Sam schaltete ihr Funkgerät auf den abhörsicheren Kanal, den sie für solche heiklen Situationen verwendeten, damit kein handelsüblicher Polizeifunk-Decoder Androzzi vorzeitig über ihr Eintreffen informierte.

„Hier spricht Captain Nickelson. Meine Leute sind in Position. Wir gehen vorne und hinten gleichzeitig rein."

„Rechnen Sie mit Schusswaffengebrauch", warnte Conklin. „Einen Polizisten hat er schon erschossen. Er hat nichts mehr zu verlieren. Seien Sie vorsichtig."

Sam stieg aus und ging zu Freddie, der an seinem Wagen lehnte.

Hill joggte an Sam vorbei zu Conklin und begann, sich mit ihm zu beraten.

„Habe ich etwas Falsches gesagt?", fragte sie Freddie.

„Er denkt sicher immer noch über dein Angebot nach, es ihm zu besorgen."

„Du hast mir besser gefallen, bevor du wusstest, was das bedeutet – als du noch ein braver Christ warst."

„Okay, Leute", meldete sich Nickelson per Funk und erteilte seinem Team den Befehl zum Vorrücken.

„Bitte sei da", flüsterte Sam.

Über Funk hörte sie, wie die Türen des Ladens eingetreten wurden, dann erklang in rascher Folge mehrfach die Meldung „Gesichert".

„Verdammt", seufzte sie. „Ich hatte wirklich gehofft, dass wir ihn hier finden würden."

„Hier hat jemand gehaust", stellte Nickelson fest. „Da sind Kleidung, Decken und Nahrungsvorräte, aber er selbst ist im Moment nicht hier."

„Rufen wir die Spurensicherung", sagte Conklin.

„Ich schätze, wir können abrücken", meinte Sam zu Conklin, frustriert, weil sie Androzzi nicht vor der Amtseinführung hatten festnehmen können. „Rufen Sie mich an, wenn sich heute Nacht noch etwas ergibt."

„Ich glaube, Sie haben bis Mittwoch frei, Lieutenant", erwiderte Conklin mit einem breiten Grinsen.

Sam funkelte den Deputy Chief an. „Jaja, lachen Sie nur, Sir."

„Ich winke Ihnen, wenn Sie da oben auf dem Podium stehen."

„Achten Sie genau auf meinen Mittelfinger."

Conklin entfernte sich lachend, und Sam bemerkte, dass Gonzo allein auf dem Bürgersteig stand und den mittlerweile hell erleuchteten Laden anstarrte. Sie schickte Freddie nach Hause.

„Viel Glück morgen."

„Danke. Halt mich auf dem Laufenden. SMS erreichen mich immer, ich habe mein Handy auf jeden Fall dabei."

„Alles klar."

Sam ging zu Gonzo hinüber.

„Ich hätte es nie für möglich gehalten, dass es diesen T-Shirt-Laden wirklich gibt", eröffnete Gonzo das Gespräch. „Das hätte ich aber tun sollen. Das ist beinahe schon brillant. Das völlig legale Geschäft macht ihn praktisch unsichtbar, während er nebenher seinen dreckigen Menschenhandel betreibt."

„Niemand von uns hätte das für möglich gehalten, Gonzo."

Er starrte weiter auf den Laden.

„Komm mit." Sie nahm seinen Arm. Ihr Vater war um diese Uhrzeit vermutlich schon im Bett, doch sie war sicher, er würde trotzdem gerne bereit sein, mit Gonzo zu sprechen.

„Wohin?"

„Steig einfach ein." Sam hielt ihm die Beifahrertür auf und schlug sie zu, nachdem er sich gesetzt hatte. Während sie Richtung Capitol Hill fuhren, regten sich Zweifel in ihr, ob es richtig war, ihm dieses Gespräch aufzuzwingen. Am Kontrollpunkt in der Ninth Street hielt der Secret Service Sam auf, weil sie einen Mitfahrer hatte. „Zeig ihnen deine Dienstmarke."

Gonzo holte sie aus der Tasche und hielt sie dem diensthabenden Beamten hin.

„Danke, Lieutenant. Schönen Abend noch."

„Den wünsche ich Ihnen auch." Sam parkte vor ihrem Haus.

„Warum fahren wir zu dir?"

„Komm mit, dann zeige ich es dir." Sie sah, dass er überrascht war, als sie auf das Haus ihres Vaters zuging.

„Sam, dafür ist es heute Abend schon zu spät. Das können wir ein andermal machen."

Sie legte ihm die Hand zwischen die Schulterblätter und schob ihn die Rampe zur Haustür ihres Vaters hoch, bevor sie leise anklopfte.

Ihre Stiefmutter Celia öffnete in einem flauschigen Bademantel die Tür. „Oh, Sam, du bist es. Und da ist ja auch Tommy." Sie ließ beide ins Haus, in dem es mollig warm war, und umarmte Gonzo. „Wie geht es dir? Wir haben viel an dich gedacht."

„Danke", sagte er.

Sam küsste sie auf die Wange. „Tut mir leid, dass wir euch so spät stören, aber wir müssten dringend mit Dad reden. Wäre das möglich?"

„Ja, klar, er ist noch wach. Wir haben uns gerade in seinem Zimmer einen Film angeschaut. Geht einfach rein."

„Danke, Celia."

„Ja, danke", schloss sich Gonzo an. „Sorry, dass ich einfach so hier hereinplatze."

„Du bist hier jederzeit willkommen."

„Sag ich doch", erwiderte Sam zufrieden und lächelte ihn über die Schulter hinweg an. Sein außergewöhnlich grimmiger Gesichtsausdruck tat ihr in der Seele weh. Es würde lange dauern, bis Tommy Gonzales wieder einen Grund zum Lächeln fand. „Klopf, klopf, Skippy. Ich habe einen Freund mitgebracht."

„Hallo", begrüßte Skip sie. „Ihr seid aber spät noch unterwegs."

Sam beugte sich über das Umrandungsgitter seines Bettes, um ihn auf die Stirn zu küssen, damit er es auch spürte. „Wir haben den ganzen Tag an unserem Fall gearbeitet. Die gute Nachricht lautet, dass wir die College-Studentinnen gefunden haben, die Androzzi entführt hatte. Die schlechte lautet, dass wir keine Spur von ihm haben, doch jede Menge Hinweise, dass er sich hier in der Stadt versteckt hält."

Sam trat beiseite, damit Gonzo zu ihrem Vater konnte.

„Tut mir leid, dass ich Sie so spät noch überfalle, Skip", sagte er. „Sie hat mir keine Wahl gelassen."

„So kenne ich sie."

„Hört zu, ich rede nicht lange um den heißen Brei herum. Ihr Jungs habt etwas gemeinsam: Eure Partner wurden direkt vor euren Augen erschossen."

Gonzo schüttelte den Kopf. „Sam ..."

„Gonzo, er hat praktisch das Gleiche erlebt wie du. Steven Coyne war sein bester Freund. Lass dir von ihm helfen."

„Ich will nicht ..."

„Geh nach Hause, Sam", schaltete Skip sich ein. „Wir machen das schon."

Genau das hatte sie von ihm hören wollen. Sie küsste ihren Vater noch einmal. „Wir sehen uns morgen.“

„Mit allem Tamtam.“

Sie fand es wunderbar, dass er sich so auf seine Teilnahme an der Amtseinführung freute. Nick hatte sich größte Mühe gegeben, um dafür zu sorgen, dass Skip im Rollstuhl an jedem einzelnen Ereignis teilhaben konnte.

Sam überraschte sich selbst genauso sehr wie Gonzo, als sie auch ihn auf die Stirn küsste. „Lass dir von ihm helfen. Er hat das Gleiche hinter sich. Später kannst du dich von einem Streifenwagen nach Hause fahren lassen.“ Sie klopfte ihm auf die Schulter und verließ das Zimmer, hatte die Hoffnung, dass die Erfahrung und die Weisheit ihres Vaters vielleicht einen Teil der Last von Gonzos Schultern nehmen konnten.

„Es war eine gute Idee, ihn zu deinem Vater zu bringen“, sagte Celia sanft. „Wer könnte besser nachvollziehen, was er gerade durchmacht?“

„Genau das habe ich auch gedacht.“

„Der arme Tommy. Der arme, arme Arnold. Ich muss immer an seine Eltern denken und daran, wie stolz sie auf ihn waren.“

„Geht mir genauso. Es ist herzzerreißend.“

Celia umarmte Sam. „Ich weiß nicht, wie du das jeden Tag schaffst, immer wieder aufzustehen, egal was dich umhaut, aber ich bewundere dich enorm dafür.“

„Manchmal möchte ich einfach aufgeben. Wenn mir alles zu viel wird.“

„Das wirst du niemals tun, Sam. Du bist Skip Hollands Tochter.“

„Celia, du hast keine Ahnung, wie gut mir diese Worte gerade tun.“

„Und jetzt schau, dass du zu deinem attraktiven Mann kommst. Wenn du ihn siehst, geht es dir immer gleich besser.“

„Du hast die gleiche Wirkung auf mich.“ Sie küsste Celia ein weiteres Mal auf die Wange. „Danke.“

„Jederzeit. Ich mache Tommy jetzt einen Kaffee.“

„Du bist die Beste. Bis morgen.“

24
___

Sam trat hinaus in die Eiseskälte und ging das kurze Stück zu der Rampe, die zu ihrer eigenen Haustür hochführte, die sich für sie öffnete. Es war gruselig, wie der Secret Service alles im Blick hatte, aber das war kein zu hoher Preis, wenn dafür Nicks und Scottys Sicherheit garantiert war.

Nick lag im Wohnzimmer auf dem Sofa und schaute fern.

„Hi, Süßer, ich bin daheim." Sie warf ihre Jacke über die Sofalehne und trat zu ihm.

Lächelnd hob er die Decke an.

Sie kuschelte sich an ihn und seufzte glücklich, als er die Arme um sie schlang und seine Körperwärme wohlig in sie kroch.

„Wie ist es gelaufen?"

„Wieder eine Sackgasse. Ich kann heute keine Sekunde mehr an Androzzi denken oder über ihn reden, sonst platzt mir der Schädel."

„Dann reden wir nicht über ihn."

Der Personenschützer, der ihr die Haustür geöffnet hatte, schloss sie ab, löschte die Außenbeleuchtung und zog sich lautlos zurück.

„Endlich allein", flüsterte Nick. Sie erschauerte, als seine Lippen dabei ihr Ohr berührten.

„Mmm, das war ein endloser Tag."

„Für mich ist er gerade um tausend Prozent besser geworden."

„Lust, rumzumachen?" Sie wollte sich in ihm verlieren und sich von ihm von den Schmerzen, dem Kummer und den Enttäuschungen dieses Tages ablenken lassen.

„Das fragst du noch?"

Sam lächelte über seine erwartbare Reaktion, drehte sich zu ihm um, schob ihm ein Bein zwischen die Schenkel und legte die Hand auf seine Brust. „Beobachten sie uns?"

Nick schaltete mit der Fernbedienung den Fernseher aus, und plötzlich war es dunkel im Raum. „Wenn, dann werden sie nichts sehen."

„Scotty ..."

„Schläft schon seit Stunden. Lass die Ausflüchte sein, und küss mich."

Sam freute sich, dass er den Fernseher ausgeschaltet hatte. Es war schön, dass er sie so heftig begehrte und es ihm egal war, wer sie möglicherweise beobachtete. Sie liebte es, ihn zu küssen, und seine Reaktion darauf. Sam mochte einfach alles an ihm, vor allem, wie er sie den fürchterlichen Tag vergessen ließ, den sie hinter sich hatte.

Seine warmen Finger tasteten sich unter ihren Pulli. In kürzester Zeit hatte er ihr den BH aufgehakt und umfing eine ihrer Brüste mit einer Hand.

„Das machst du aber nicht zum ersten Mal", flüsterte sie.

„Was?"

„In einem dunklen Wohnzimmer herummachen, obwohl die Chance gar nicht so gering ist, erwischt zu werden."

„Das kannst du nicht beweisen."

Sam lachte und biss ihn in die Unterlippe, sodass er aufkeuchte.

Dafür kniff er sie in die Brustspitze.

Sie stöhnte.

Er hielt ihr den Mund zu und musste sich dann dasselbe von ihr gefallen lassen, als sie durch seine Pyjamahose hindurch seine Erektion mit der Hand umschloss. „Samantha."

„Leise. Meine Eltern könnten uns hören. Ich will nicht, dass sie dich rausschmeißen."

„Du machst mich so scharf. Da kann ich nicht leise sein."

„Versuch es wenigstens." Sie ließ die Hand in seine Hose

gleiten, umfasste seine harte Männlichkeit und streichelte ihn von der Wurzel bis zur Spitze.

„Verflucht", flüsterte er, als sie mit dem Daumen über die Kuppe strich. „Wehe, du machst jetzt noch einen Rückzieher."

„Keine Sorge. Ich lass dich nicht abblitzen. Da kannst du alle anderen Jungs fragen."

Er kniff sie noch fester in die Brustspitze. „Du lässt besser nie wieder einen anderen Jungen anfassen, was mir gehört." Dann schob er ihr den Pulli hoch, nahm eine ihrer Brustspitzen in den Mund und knabberte daran, bis sie vor Lust fast die Besinnung verlor.

„Nick." *Hör endlich mit dem Geplänkel auf*, dachte sie. *Komm zur Sache.* „Lass uns ins Bett gehen."

„Deine Eltern bringen mich um, wenn sie mich in deinem Bett erwischen. Wir machen es genau hier, Baby."

Sie konnte nicht glauben, dass sie das wirklich tun würden, hier, mitten im Wohnzimmer, wo man sie beobachten oder wo gar jemand hereinkommen konnte. Aber es war stockfinster im Zimmer, und ihr kleines Spiel war unglaublich erotisch, also protestierte sie nicht. Stattdessen rieb sie sich an ihm und ließ ihn wissen, dass sie zu allem bereit war.

Er begann, sie langsam und gründlich in den Wahnsinn zu treiben. Mit seinen Lippen widmete er sich jedem Fleckchen Haut, das er erreichen konnte, ohne ihr den Pulli auszuziehen.

Das erinnerte sie sehr an heißes Petting in der Highschoolzeit, nur war es viel besser, weil er sie liebte und sie nicht von irgendwelchen Eltern erwischt werden konnten – bloß von Beamten des Secret Service, die hoffentlich gerade etwas anderes zu tun hatten.

Seine Hand wanderte über ihren Bauch zum Knopf ihrer Jeans, den er ebenso wie den Reißverschluss öffnete. Ohne zu zögern, ging er aufs Ganze und drang mit einem Finger in sie ein. „O Gott, Sam, du bist so heiß."

Die langsamen Bewegungen seines Fingers, bei denen er gelegentlich ihre empfindsamste Stelle berührte, machten sie wahnsinnig.

Sie war so überwältigt von dem, was er da trieb, dass sie kaum bemerkte, wie er ihr die Jeans und ihren Slip bis zu den Knien nach unten schob. Er legte sich auf sie, und seine Lippen eroberten ihre, während er mit der freien Hand weiter ihre Brustspitze liebkoste. „Lass mich rein", flüsterte er ihr ins Ohr, zog seine Finger aus ihr heraus und ersetzte sie durch seine Erektion.

„Er ist *so* groß. Wird es wehtun?"

„O verflucht", murmelte er, und sein großer, muskulöser Körper erschauerte leicht, was sie, wenn das denn überhaupt möglich war, noch mehr erregte. Sie kicherte leise. „Nur ein klein wenig beim ersten Mal, aber ich werde ganz vorsichtig sein."

Mein Gott, dachte Sam. *Wer hätte gedacht, dass Rollenspiel das Schärfste überhaupt sein kann?* „Ja, Nick", flüsterte sie und biss ihm ins Ohrläppchen. „*Ja*. Auf der Stelle. Ich kann nicht mehr warten."

Wie versprochen ließ er sich viel Zeit, so viel, dass sie fast vor Frustration aufgeschrien hätte. Sie wollte ihn ganz, aber er beschränkte sich auf kurze, vorsichtige Stöße, als sei sie wirklich eine Jungfrau und dies ihr erstes Mal.

„Ich kann nicht glauben, dass wir das wirklich tun", flüsterte sie. „Was ist, wenn ich schwanger werde?"

„Das würde mich überglücklich machen."

Das brachte sie zwar zum Lächeln, doch sie blieb in ihrer Rolle. „Mein Vater wird dich umbringen."

„Darauf lasse ich es ankommen." Er zog sich fast komplett aus ihr zurück und stieß sich dann in einer geschmeidigen Bewegung ganz in sie hinein. Sie musste sich auf die Lippen beißen, um nicht aufzuschreien.

Sam bog sich ihm entgegen und wünschte, sie könnte ihn mit den Beinen umklammern. Sie schlüpfte mit einem Bein aus der Hose und schlang es ihm um die Hüfte.

„Ja", flüsterte er erregt. „Sag mir, dass du mich willst."

„Ich will dich so sehr. Du ahnst nicht, wie lange schon."

„Sag mir, was ich mit dir machen soll."

„Zwing mich nicht, es auszusprechen."

Er zog sich aus ihr zurück. „Sag es, oder ich tu's nicht."

„Nimm mich, Nick", flüsterte sie, schockiert von sich selbst. Wenn irgendjemand das dunkle Wohnzimmer beobachtete und mitbekam, was hier unter der Decke passierte …

„Genau das wollte ich hören. Das will ich schon, seit ich dich das erste Mal gesehen habe." Er stieß heftig in sie, und sie explodierte förmlich. Sie konnte sich an keinen so heftigen Orgasmus erinnern.

„Mein Gott", flüsterte er, und seine Finger gruben sich in ihren Hintern, als ihrem Höhepunkt direkt sein eigener folgte. „Heilige Scheiße", keuchte er, als er kam. „Was war das denn eben?"

„Ich glaube", erwiderte Sam schwer atmend, „du hast mir gerade gezeigt, wie du deine missratene Jugend verbracht hast."

„Ich dir?"

Sam lachte und konnte gar nicht mehr aufhören, bis er ihr den Mund mit einem Kuss verschloss.

Nach einer Weile beendete er ihn und hob langsam den Kopf, bis ihre Lippen sich kaum noch berührten. „Wie kommen wir hier unentdeckt weg?"

Sam spannte ihre inneren Muskeln an, was ihm ein weiteres Aufkeuchen entlockte. „Keine Ahnung. Das Ganze war schließlich deine Idee."

„Ich habe hier friedlich gelegen, bis du hereingekommen bist und mich verführt hast."

„Wer hat den Fernseher ausgemacht?"

„Ich war vielleicht nicht völlig unbeteiligt, aber ich bin das unschuldige Opfer einer älteren, erfahreneren Frau, die mich für ihre Zwecke missbraucht hat."

„Oh, können wir das Spiel irgendwann auch mal spielen?"

Er umfasste ihren Hintern und fuhr mit einem Finger zwischen die Pobacken. „Wir können jederzeit jedes Spiel spielen, nach dem dir der Sinn steht."

„Ich glaube, ich möchte auch nach der Highschool noch mit dir zusammen sein."

„Vielleicht darfst du ja für immer mit mir zusammen sein."

„Ja, bitte." Sam küsste ihn erneut und schlang ihm einen Arm um den Nacken, damit er nicht entfliehen konnte. „Ich habe gehört", flüsterte sie viele leidenschaftliche Minuten später, „du hast morgen einen großen Tag. Du solltest also vielleicht besser heimgehen und ein bisschen schlafen."

„Ja, ich kriege mein Seepferdchen. Verführst du mich danach noch mal?"

Sam lachte leise, aber heftig. „Ich verführ dich, wo und wann immer du willst."

„Ich muss der glücklichste Mann auf der Welt sein."

„Stimmt, allerdings hab ich auch ganz schön Glück gehabt."

Nach einem weiteren langen Kuss ließ er schließlich von ihr ab, ehe sie ein zweites Mal vergessen konnten, wo sie sich befanden. „Du nimmst die Decke." Während er sich die Hose hoch- und ihr die Jeans komplett auszog, wickelte sich Sam in die Wolldecke. „Bereit?"

„Ja."

Auf Zehenspitzen schlichen sie die Treppen hoch, was lediglich die Aufmerksamkeit des Secret-Service-Mannes erregte, der vor Scottys Zimmer Wache stand. Er nickte ihnen zu und widmete sich wieder seinem Buch.

In ihrem Zimmer ließen sie sich von innen gegen die Tür sinken.

„Dir ist schon klar, dass eines Tages jemand über all das, was er hier beobachtet hat, einen Bestseller schreiben wird", meinte Nick mit einem Grinsen.

„Mir egal. Was kümmert es uns, wenn die ganze Welt weiß, wie sehr wir uns lieben?"

„Das kümmert uns kein Stück."

Sam ließ die Decke und den Rest ihrer Klamotten einfach zu Boden fallen, schloss ihre Dienstwaffe und ihre Marke in die Nachttischschublade ein und ging duschen. Als sie nach dem Zähneputzen ins Schlafzimmer zurückkam, hatte er die Decke und ihre Kleidung fein säuberlich gefaltet und Letztere auf ihrer Kommode gestapelt. „Du bist pingelig und in der analen Phase stecken geblieben", ließ sie ihn wissen, als sie sich nackt zu ihm ins Bett legte.

„Ich weiß nicht, wovon du redest."

„O doch, das weißt du ganz genau. Das hier ist übrigens viel besser als das damals auf der Highschool, denn wir dürfen nach dem Rummachen auf dem Sofa nebeneinander einschlafen."

„Hast du oft auf dem Sofa rumgemacht?"

„Die Frage beantworte ich nur, wenn du es danach auch tust."

„Ich habe es ziemlich bunt getrieben", gab er offen zu. „Aber Liebe hat zum ersten Mal bei dir eine Rolle gespielt."

„Das war sehr gut pariert. Du solltest Politiker werden, wenn du groß bist."

„Meinst du? Die kommen mir immer so schmierig vor."

„Ich glaube, du kannst alles werden, was du willst. Eines Tages vielleicht sogar Präsident."

Er lächelte sie an. „Du hast meine Frage nach Sex auf dem Sofa noch nicht beantwortet."

„Ich habe da auch so meine Erfahrungen gesammelt, allerdings normalerweise nicht bei mir zu Hause, weil alle immer schreckliche Angst vor meinem Vater und seiner Dienstwaffe hatten." Sie nahm sein Gesicht in beide Hände und sah ihm in die schönen haselnussbraunen Augen. „Aber Liebe war auch für mich erst bei dir dabei."

Nick fuhr ihr mit den Fingern durch die Haare und zog sie für einen weiteren Kuss an sich, bevor er sich in ihre Arme schmiegte, den Kopf auf ihrer Brust. Besser konnte ein Tag nicht enden.

„Erzählst du mir, was mit deiner Hand passiert ist?", fragte er und strich sanft über ihre geschwollenen Knöchel.

„Ich habe Detective Ramsey ins Gesicht geschlagen, woraufhin er rückwärts die Treppe runtergefallen ist. Es heißt, er habe ein gebrochenes Handgelenk und eine Gehirnerschütterung, aber das hat er verdient, denn er hat zu mir gesagt, er hätte eigentlich gehofft, Stahl hätte mir meinen Schneid abgekauft."

„Und wie er das verdient hat. Gut gemacht. Kriegst du deswegen Probleme?"

„Wer weiß? Das ist mir im Augenblick echt herzlich egal. Oh, und es wird dich freuen, zu hören, dass Hill sauer auf mich ist, weil ich vergessen habe, sein Ego zu streicheln."

„Du solltest weder sein Ego noch sonst was an ihm streicheln."

„Ach, sei still", erwiderte sie mit einem Lachen.

„Rate mal, wer heute im Weißen Haus aufgetaucht ist und zu mir vorgelassen werden wollte."

Sofort war Sam in Alarmbereitschaft. „Wer?"

„Nicoletta."

„Machst du Witze? Was wollte sie?"

„Keine Ahnung. Ich habe mich verleugnen lassen."

„O mein Gott, und jetzt hast du Schuldgefühle, weil du sie abgewimmelt hast."

Er zuckte die Achseln ganz leicht, doch Sam spürte es.

Sie richtete sich auf und sah ihm ins Gesicht. „Du wirst keine

Schuldgefühle haben, nur weil du ihr nicht gestattet hast, diesen großen Moment in deinem Leben zu ruinieren. Ist das klar?"

„Ja, Babe, glasklar."

Er sagte, was sie hören wollte, aber der verletzte Ausdruck in seinen Augen machte sie wütend.

„Ich hasse es, wenn sie dir das antut."

„Geht mir genauso."

„Welches Recht hat sie, ausgerechnet im Weißen Haus aufzutauchen, bloß weil sie dich quasi versehentlich geboren hat? Sie war nie deine Mutter. Nie. Laine O'Connor ist deine Mutter."

„Ja."

„Wenn du dich gegenüber Laine hättest verleugnen lassen, hätte ich dich einen herzlosen Mistkerl genannt und dich aufgefordert, das nie wieder zu tun. Aber Nicoletta nicht zu empfangen bedeutet, dass du ausnahmsweise mal getan hast, was *für dich* gut war. Und dafür musst du dich nicht schuldig fühlen, denn sie hat nie auch nur Gedanken an dein Wohlergehen verschwendet."

„Ich weiß."

„Aber du hast trotzdem Schuldgefühle, oder?"

„Ich wünschte, es wäre anders, doch alte Gewohnheiten legt man nicht so einfach ab."

„Morgen rede ich mit Brant und sorge dafür, dass sie nie wieder in deine Nähe kommt. Ich schwöre bei Gott, ich kratze ihr die Augen aus, wenn sie sich morgen blicken lässt."

Nick lachte leise. „Immer mit der Ruhe, Tiger."

„Das ist mein voller Ernst."

„Ich weiß, Baby. Ach ja ... Ich hab heute Twitter kaputtgemacht."

„Du hast was?"

„Nachdem mein Twitter-Account live gegangen ist, hatte ich innerhalb von drei Stunden über zwei Millionen Follower. Damit habe ich offenbar irgendeinen Rekord gebrochen oder so."

„Das ist ja cool! Mein Mann, der Twitter-Star." Sie schob sich über ihn, ihre Lippen waren unmittelbar über seinen. „Tust du mir einen Gefallen?"

„Schon wieder?"

„Hör auf", verlangte sie. „Ich meine es ernst."

Er umfasste ihre Pobacken und drückte zu. „Für dich würde ich alles tun."

„Würdest du dich bitte auf die zwei Millionen Menschen konzentrieren, die dich so lieben, dass sie es kaum erwarten konnten, dir auf Twitter zu folgen, und dieser Frau, die dich nie so geliebt hat, wie du es verdient hättest, keine weitere Sekunde Aufmerksamkeit schenken? Tust du das? Für mich?"

„Ja, Baby. Für dich tue ich das."

„Gut. Dann mach jetzt die Augen zu. Morgen wirst du vereidigt. Da musst du gut aussehen."

Er schloss sie in die Arme, atmete tief aus und entspannte sich. Jetzt würde er hoffentlich schlafen und nicht die ganze Nacht wach liegen und an die Frau denken, die ihm in der Vergangenheit schon zu oft wehgetan hatte.

Doch das würde sie nicht noch einmal tun können. Denn vorher würde Sam sie umbringen.

25

Nach Sams Aufbruch saß Gonzo lange da, starrte auf das Fußende von Skips Krankenbett und wusste nicht, was er sagen sollte.

„Es vergeht kein Tag, ohne dass ich an den Augenblick denke, in dem Steven erschossen wurde", begann Skip nach langem Schweigen. „Weißt du, woran ich mich am genauesten erinnere?"

„Woran?"

„An den Geruch nach Schießpulver und Abgasen. Es ist alles so schnell gegangen. Wir standen da auf dem Bürgersteig, und im nächsten Moment lag er vor mir, und das Auto mit seinem Mörder brauste davon. Zuerst wusste ich nicht, was ich tun sollte – mich um ihn kümmern oder das Auto verfolgen. Ich habe mich für ihn entschieden, und seither frage ich mich, ob das richtig war. Er war schon tot, und der Schütze ist entkommen, weil ich diese Entscheidung getroffen habe."

Gonzo lauschte Skip und rang mit seinen Emotionen.

„Er war ein Zufallsopfer, weil er eine Uniform trug. Das glaube ich wirklich. Im Laufe der Jahre bin ich zu dem Schluss gelangt, dass es ein Initiationsritual einer Bande oder so gewesen sein muss. Denen war egal, wer er war oder was er den Menschen bedeutete, die ihn liebten. Sie sind an diesem Tag aufgebrochen, um einen Bullen zu töten, und das ist ihnen nicht nur gelungen, sie sind auch noch straffrei davongekommen. Aber ich kann nicht einmal ansatzweise beschreiben, wie verheerend das für uns Überlebende war."

„Das müssen Sie auch nicht", murmelte Gonzo.

„Nein, vermutlich nicht. Es tut scheißweh. Anders kann man es nicht ausdrücken. Du fühlst dich verantwortlich, weil er dir unterstand. Steven und ich hatten den gleichen Rang, doch ich habe mich trotzdem verantwortlich gefühlt, weil es direkt neben mir passiert ist und ich es nicht verhindern konnte. Ich habe das Auto erst gesehen, als es wieder davongebraust ist. Zwischen Partnern spielen Rang und Hierarchie keine Rolle. Zwischen ihnen herrscht ein Band, das weit stärker ist als diese bürokratische Scheiße. Auf der Straße ist man einfach zwei gegen alle, da spielt der Rang überhaupt keine Rolle."

„Er hat mich mit seinem Genörgel über die Kälte, die lange Schicht und die Langeweile genervt, also hab ich gesagt, wenn er die Klappe hält, überlasse ich ihm die Gesprächsführung. Er war ganz aufgeregt, weil es das erste Mal war. Davor war ich immer der Auffassung gewesen, er sei noch nicht so weit."

„Wenn du auf der Suche nach irgendeinem tieferen Sinn bist – den gibt es nicht."

Diesen Schluss hatte Gonzo in den schrecklichen Stunden seit dem Ereignis auch schon gezogen.

„Damit wirst du für den Rest deines Lebens klarkommen müssen. Du wirst diese paar Minuten jeden Tag aufs Neue erleben, und sie werden nie Sinn ergeben."

„Wie kommt man damit klar?"

„Man hat keine andere Wahl. Ich war genau wie du: Ich hatte eine junge Familie, die sich auf mich verlassen hat, und konnte es mir nicht leisten, den Job an den Nagel zu hängen, der uns ernährt hat. Mir blieb keine andere Wahl, als mit einem neuen Partner weiterzumachen, der allerdings kein vollwertiger Ersatz für den sein konnte, den ich verloren hatte. Das musste ich tun, für meine Familie. Aber ich wollte es nicht. Ich wollte es nicht."

„Wie lange hat es gedauert, bis Sie darüber hinweg waren?"

„Willst du eine ehrliche Antwort? Bis ich Captain geworden bin und einen Schreibtischjob hatte. Nach Stevens Tod habe ich jede einzelne Sekunde meines Streifendienstes gehasst. Nichts war mehr wie vorher. Das wird es für dich vielleicht auch nicht sein. Doch das bedeutet nicht, dass du nicht sinnvoll weiterarbeiten kannst. Es bedeutet nicht, dass du nicht erfolgreich Berufsanfänger ausbilden kannst. Alles wird nur ... ab jetzt anders sein."

Gonzo hörte sich das alles an, verdaute, was Skip ihm da erzählte, und versuchte, sich eine Meinung dazu zu bilden. Er war einfach so durcheinander von seinen verstörenden Erinnerungen, seinem Zorn und seiner Trauer.

„Das Wichtigste ist jetzt, erst mal keine großen Entscheidungen zu treffen. Konzentrier dich darauf, die nächste Stunde zu überstehen, dann die nächste, dann die danach und dann das Begräbnis. In ein paar Wochen wird sich der Knoten in deiner Brust ein bisschen lösen, und du wirst das Gefühl haben, wieder schmerzfrei atmen zu können. Früher oder später passiert das. Das verspreche ich dir."

Gonzo beugte sich vor, stützte die Arme auf die Knie und senkte den Kopf, um seine Tränen vor dem Mann zu verbergen, den er so bewunderte. „Seine Eltern waren so nett zu mir. Dabei wollte ich sie die ganze Zeit anschreien, sie sollten mich lieber hassen, weil ich zugelassen habe, dass ihm das zustößt."

„Sie werden dich niemals hassen. Vielleicht hassen sie den Mann, der ihren Sohn erschossen hat, doch niemals dich, denn er hat dich gerngehabt, und das wissen sie. Du magst dir die Schuld geben, aber sie werden das nicht tun. Stevens Frau hat mir kein einziges Mal das Gefühl gegeben, es sei meine Schuld. Kein einziges Mal. Ich habe lange gebraucht, um das zu verstehen."

Gonzo presste sich die Handballen gegen die Augen und wünschte, er könnte seine Tränen zurückhalten.

„Eine Sache möchte ich dir noch sagen, und ich hoffe, du hörst mir gut zu. Nach Stevens Tod war ich so mit mir selbst beschäftigt, dass ich die Leute vernachlässigt habe, die mich am meisten liebten. Ich war besessen von der Idee, mich um seine Frau kümmern zu müssen, was auf Kosten meiner eigenen ging. Damit habe ich eine bis dahin gute Ehe irreparabel zerstört. Wenn du diese Sache zum Fokus deines Lebens werden lässt, wachst du vielleicht eines Tages auf und stellst fest, dass du die Menschen verloren hast, die du zuvor geliebt hast. Lass das nicht zu. Das wäre für dich fast so schlimm wie das, was deinem Partner passiert ist. Christina möchte sicher für dich da sein. Lass sie an dich heran. Wenn du sie ausschließt, wirst du das für den Rest deines Lebens bitter bereuen."

Gonzo nickte, denn zu mehr war er im Moment nicht in der Lage.

„Was passiert ist, ist ganz furchtbar und schrecklich, Gonzo. Aber du wirst es überleben, selbst wenn du dir das im Augenblick nicht vorstellen kannst."

„Er war irgendwie selbstverständlich für mich. Das tut mir jetzt furchtbar leid."

„Ja, das verstehe ich. Mir ist nie auch nur für eine Sekunde der Gedanke gekommen, dass ich mal einen anderen Partner haben könnte als Steven. Die, die man am meisten liebt, nimmt man leicht als gegeben hin. Das tun wir alle."

„Er hat mir das Leben gerettet, doch ich konnte ihm verdammt noch mal überhaupt nicht helfen."

„Selbst wenn er in die Zukunft hätte sehen können, glaubst du, er hätte sich an dem Tag, als Springer auf dich geschossen hat, auch nur einen Deut anders verhalten?"

„Nein."

„Natürlich nicht. Er hat für dich dasselbe getan, was du, wenn es möglich gewesen wäre, auch für ihn getan hättest. Er würde dir niemals einen Vorwurf daraus machen, dass du ihn nicht hast retten können."

„Aber sogar nachdem er das für mich getan hatte, habe ich ihn weiter auf den Arm genommen und wie immer behandelt. Ich hätte ... dankbarer sein sollen."

„Hast du ihm denn für das gedankt, was er für dich getan hat?"

„Ja, mehrfach."

„Dann war ihm klar, dass du es zu schätzen gewusst hast. Ich wette, dass er genauso an einer Normalisierung des Verhältnisses zwischen euch beiden interessiert gewesen ist wie du. Er hat sich wahrscheinlich gefreut, dass du ihn wieder auf den Arm nehmen konntest, weil die Alternative undenkbar war. Vermutlich hatte er häufig Albträume von dem Tag, an dem du angeschossen worden bist, und hat in vielen schlaflosen Nächten darüber nachgegrübelt, was alles hätte passieren können. Hast du dir das mal überlegt?"

„Nein, nicht wirklich." Gonzo schämte sich, zuzugeben, dass er kaum darüber nachgedacht hatte, wie traumatisch seine Schussverletzung für seinen jüngeren Partner gewesen sein musste. „Ich verdanke ihm alles. Deshalb denke ich, er hätte etwas Besseres von mir verdient gehabt."

„Von dem Gedanken wirst du dich verabschieden müssen, Gonzo. Du hättest den Ablauf der Ereignisse neulich Nacht schlicht nicht ändern können. Das wirst du irgendwie akzeptieren müssen. Nicht heute, nicht morgen und auch nicht nächsten Monat, aber du wirst einen Weg finden, damit zu leben."

„Ich bin Ihnen echt dankbar, dass Sie dieses Gespräch mit mir führen, vor allem um diese Uhrzeit noch."

„Gonzo, ich bin immer für dich da. Ich hoffe, du weißt das."

Der holte tief Luft und nickte. „Ich verschwinde mal, damit Sie etwas Schlaf kriegen. Morgen ist ein großer Tag für Ihre Familie."

„In der Tat. Ich hab wirklich nicht damit gerechnet, mal einen Schwiegersohn zu haben, der Vizepräsident der Vereinigten Staaten ist."

„Ich glaube, Sam hat auch nicht damit gerechnet, mit dem Vizepräsidenten verheiratet zu sein."

Skip stieß ein Lachen aus. „Das ist wohl wahr!"

Gonzo erhob sich und drückte über die Gitterumrandung des Bettes hinweg Skips rechte Hand. „Danke."

„Pass auf dich auf, Tommy. Du bist ein guter Mann und ein großartiger Polizist. Jeder würde mit Kusshand als dein Partner arbeiten."

„Freut mich zu hören. Aus Ihrem Mund bedeutet mir das viel." Er verließ Skips Zimmer und begab sich ins Wohnzimmer.

Celia sprang vom Sofa auf.

„Tut mir leid, dass ich Sie um Ihren Schlaf bringe", erklärte Gonzo.

„Du musst dich nicht entschuldigen! Ich hoffe, das Gespräch mit Skip hat dir geholfen."

„Hat es."

„Ist es in Ordnung, dass ich das dringende Bedürfnis habe, dich jetzt noch mal zu umarmen?"

Gonzo rang sich ein Lächeln für sie ab. „Dazu würde ich nicht Nein sagen."

Sie umarmte ihn liebevoll. „Wir sind alle für dich da, Tommy. Was immer du brauchst. Wir sind da."

„Danke. Ich gehe jetzt mal, damit Sie ins Bett können. Viel Spaß morgen."

„Den werden wir haben. Du kommst irgendwie nach Hause, ja?"

„Ja, ich verständige einen Streifenwagen."

„Pass auf dich auf, mein Junge."

Gonzo trat hinaus in die Dunkelheit und begab sich zum Kontrollpunkt des Secret Service, wo er erneut seine Marke zeigte. Der Beamte winkte ihn durch. Während er die Richtung nach Capitol Hill einschlug, überlegte er, ob er sich ein Taxi rufen sollte, beschloss dann aber, zu Fuß zu gehen, obwohl es eiskalt war und er bis nach Hause einige Kilometer vor sich hatte.

Das Gespräch mit Skip hatte ein paar Dinge zurechtgerückt. Er sah zwar noch nicht das Licht am Ende des Tunnels, doch es war gut, zu wissen, dass es eines gab. Für den Augenblick gedachte er, Skips sehr guten Rat zu beherzigen und nicht zuzulassen, dass der Rest seines Lebens auch noch zerbrach. Er liebte Christina und Alex zu sehr, um ihnen das anzutun.

Am frühen Morgen des Tages der Amtseinführung war es bitterkalt und sah nach Schnee aus. Nick war früh aufgewacht, er hatte also bereits geduscht und sich rasiert, als er Sam Kaffee ans Bett brachte. Er versuchte, sie wach zu küssen, doch sie regte sich nicht. Also schob er die Hand unter die Decke und begann eine ihrer Brüste zu streicheln.

Sie riss die Augen auf. „Oh, Gott sei Dank. Ich habe gerade gedacht, dass mein Mann ziemlich sauer wäre, wenn das jemand anders wäre."

Damit brachte sie ihn zum Lachen, obwohl ihm der bevorstehende Tag Sorge bereitete und er vom unerwarteten

Auftauchen seiner Mutter am Vortag noch immer aufgewühlt war. Gott sei Dank gab es Samantha. Das dachte er mindestens zehnmal am Tag, und an diesem Morgen war er doppelt dankbar, dass er sie an einem der größten Tage seines Lebens an seiner Seite haben würde.

Nichts würde je den sechsundzwanzigsten März des vergangenen Jahres übertreffen, aber dieser Tag kam sehr knapp dahinter.

Er nahm den Kaffeebecher wieder vom Nachttisch und hielt ihn ihr hin.

„Bedeutet das, ich muss aufstehen und mich fertig machen?"

„Ich fürchte ja. Die Friseurin und die Visagistin müssten gleich da sein."

Stöhnend und ächzend setzte Sam sich im Bett auf und nahm den Becher. Die Decke rutschte ihr bis zur Taille, und der Anblick ihres zerzausten Haars und ihrer wunderschönen Brüste ließ ihn beinahe vergessen, was heute auf sie zukam.

„Hör auf", befahl sie.

„Womit?"

„Damit, deine Frau so anzustarren. Dafür hast du jetzt keine Zeit."

„Aber meine Frau anzustarren gehört zu meinen Lieblingsbeschäftigungen, vor allem, wenn sie morgens nackt, zerzaust, sexy und grummelig ist." Er strich mit dem Finger von ihrem Kinn abwärts und verharrte zwischen ihren Brüsten.

„Hast du geschlafen?"

„Genug."

„Wie viel ist genug?"

„Ein paar Stunden."

Sie streichelte sein frisch rasiertes Gesicht. „Erinnerst du dich noch, als ich solche Magenschmerzen hatte und du mich deswegen zu Harry geschickt hast?"

„Vage."

„Ich möchte, dass du ihn oder sonst jemanden wegen deiner Schlafstörungen konsultierst. Unser Vizepräsident kann nicht dauernd müde sein. Du brauchst Schlaf. Darf ich darüber mit ihm reden, wenn sich die Gelegenheit ergibt?"

Er beugte sich vor und küsste sie. „Klar, solange keine Reporter zuhören und dann einen reißerischen Artikel über den schlaflosen Vizepräsidenten verfassen.“

„Reportern aus dem Weg zu gehen gehört zu *meinen* Lieblingsbeschäftigungen.“

„Apropos Reporter. Terry und ich haben überlegt, einem der großen Sender ein ausführliches Interview zu geben. Natürlich wollen die alle mit uns beiden sprechen. Wärst du dazu bereit?“

„Das klingt nicht gerade wie ‚aus dem Weg gehen‘.“

„Nein. Wenn du nicht möchtest, verstehe ich das.“

„Natürlich mach ich mit. Ich kann doch meinen attraktiven Mann nicht allein vor die Kamera schicken, damit dann allen Frauen Amerikas das Wasser im Mund zusammenläuft.“

Er hob den Blick zum Himmel. „Du übertreibst maßlos.“

„Du hast überhaupt keine Ahnung, wie sexy du bist. Der sexyeste Vizepräsident aller Zeiten.“

„Schaff du jetzt erst mal deinen sexy Hintern aus dem Bett und unter die Dusche. Wir haben einen engen Zeitplan.“

„Runter von mir, dann bin ich schon im Bad.“

Er küsste sich von ihren Lippen zu ihrem Hals vor und murmelte dabei: „Gestern Nacht war unglaublich. Ich kann heute Morgen an gar nichts anderes denken.“

„Mmm, das müssen wir dringend wiederholen.“

„Unbedingt.“ Er knabberte ein wenig an ihrem Hals, bis sie protestierend quiekte.

„Keine Knutschflecke!“ Sie schob ihn weg. „Ich muss heute ins Fernsehen!“ Nachdem sie den leeren Becher auf den Nachttisch gestellt hatte, stand sie auf und ging ins Bad, wobei sie genau so viel mit dem Hintern wackelte, dass er es nicht übersehen konnte. „Denk nicht mal daran“, ermahnte sie ihn.

Die Badezimmertür schlug hinter ihr zu, und sie schloss ab.

Abgeblitzt.

Na gut. Er hatte für später große Pläne, dann konnte sie das wiedergutmachen.

～

SAM HÄTTE ES NIE ZUGEGEBEN, ABER SIE WAR NERVÖS. WENN SIE daran dachte, wie viele Menschen ihr zuschauen und jeden ihrer

Schritte verfolgen würden, wurde ihr übel. Statt also bei diesem unangenehmen Gedanken zu verweilen, versuchte sie, still sitzen zu bleiben, während eine ihr völlig fremde Frau ihr das Haar föhnte und glättete.

Eine andere trug bei Sam beachtliche Mengen Make-up auf, und als die beiden mit dem Aufpolieren fertig waren, kam sie zu dem Schluss, dass sie gar nicht so mies aussah, wie sie sich fühlte, weil es ihnen am Tag zuvor nicht gelungen war, Androzzi zu finden.

Im Bademantel nahm sie das Handy vom Ladegerät und rief, während sie über den Flur in ihren begehbaren Kleiderschrank ging, Captain Malone an.

„Sie haben heute frei", begrüßte er sie.

„Ihnen auch einen guten Morgen. Hat sich über Nacht was Neues ergeben?"

„Nur dass sich der Zustand des zweiten Entführungsopfers verschlechtert hat."

„Ah, verdammt. Wie schlimm steht es?"

„Die Ärzte rücken nicht mit der Sprache heraus, aber ihr Zustand ist kritisch und damit schlechter als gestern."

„Ich will diesen Drecksack so dringend erwischen, das können Sie sich gar nicht vorstellen."

„Damit sind Sie nicht allein. Es ist ein Rundschreiben mit seinem Bild und sämtlichen Informationen, die wir über ihn haben, an alle Polizisten der Stadt gegangen. Außerdem an alle Hilfskräfte. Wir haben heute zehntausend Leute auf der Straße. Wenn er sich noch irgendwo in dieser Stadt aufhält, werden wir ihn finden."

„Das hoffe ich doch."

„Haben Sie nichts Besseres zu tun, als mich anzurufen?"

„Eigentlich schon. Schreiben Sie mir eine SMS, wenn sich etwas ergibt, okay?"

„Mach ich. Viel Glück heute. Nicht stolpern und hinfallen oder so."

„Ihr Vertrauen in mich ist deutlich ausbaufähig."

Das Letzte, was sie hörte, ehe sie die Verbindung unterbrach, war sein Lachen. Er amüsierte sich offenbar prächtig. Sam schloss die Tür zum Gang, streifte den Bademantel ab und zog die sexy schwarze Unterwäsche an, die sie sich als Ergänzung für das rote Wollkleid besorgt hatte, das Marcus für sie geschneidert hatte. Aus der Schmuckschublade nahm sie die Kette mit dem schlüsselförmigen Anhänger, die Nick ihr zur Hochzeit geschenkt hatte, und legte sie sich um. Es folgte der funkelnde Diamant-Verlobungsring, den sie nur zu besonderen Gelegenheiten trug.

Dann klopfte es an der Tür.

„Wer da?"

„Dein Mann."

„Komm rein, wenn du allein bist."

Nick öffnete die Tür gerade weit genug, um sich durch den Spalt zu zwängen, bevor er sie hinter sich wieder schloss. Er trug einen eleganten marineblauen Anzug, dazu die rote Krawatte von Marcus und ein weißes Hemd und sah sehr patriotisch und sehr sexy aus. „Ah, verdammt", stöhnte er beim Anblick der schwarzen Unterwäsche. „Dieses Bild werde ich den ganzen Tag nicht aus dem Kopf kriegen."

„Dabei brauchst du deinen Kopf heute für andere Dinge."

Er zog eine kleine Schachtel in Geschenkverpackung mit Karte hinter dem Rücken hervor. „Für dich."

„Was ist das? Heute ist weder mein Geburtstag noch unser Hochzeitstag noch Valentinstag."

„Nur ein ganz normaler Dienstag", stellte er lächelnd fest.

Sie nahm die Schachtel und las die Karte. *Für meine Samantha,* hatte er geschrieben. *Danke, dass Du mich auf diesem wilden Ritt begleitest. Wenn ich nicht jeden Abend zu Dir und Scotty nach Hause kommen könnte, würde ich das niemals schaffen. Ich liebe Dich auf ewig. Nick.*

„Oh, wie süß."

„Mach's auf."

In der unverwechselbaren blauen Schachtel von Tiffany befand sich ein wunderschönes Platinarmband mit Diamantanhänger. „O mein Gott! Das ist wunderschön!" Sie legte es an und streckte ihm den Arm hin. „Vielen Dank. Wenn ich gewusst hätte, dass man dann mit Diamanten überschüttet wird, hätte ich schon früher versucht, dich zu ermutigen, Vizepräsident zu werden."

„Wirklich?", fragte er mit amüsiert hochgezogener Braue.

„Okay, eigentlich nicht, aber es gefällt mir trotzdem." Sie trat zu ihm, küsste ihn und schlug ihm gleichzeitig auf die Finger. „Nicht jetzt."

„Später. Später definitiv."

Sie konnte es kaum erwarten.

26

Der Tag lief mit militärischer Präzision ab. Sam, Nick und Scotty besuchten mit Familie Nelson den Gottesdienst in der St. John's Episcopal Church, der sogenannten „Kirche der Präsidenten", in der Sam und Nick im März zuvor auch geheiratet hatten. Die Nelsons umarmten sie zur Begrüßung und hießen sie herzlich willkommen, was Nick mit einer gewissen Verbitterung registrierte.

Er hatte David Nelson nie für einen Blender gehalten, bis dieser Nick jüngst eindeutig benutzt hatte, um seine Umfragewerte zu verbessern, nur um seinen beliebten Vizepräsidenten danach auf die Reservebank seiner Verwaltung zu verbannen. Nach seiner Amtseinführung gedachte Nick etwas dagegen zu unternehmen.

Während die Fahrzeugkolonne sie zur offiziellen Zeremonie im Kapitol brachte, erklärte Nick Scotty die Hintergründe, etwa, dass Präsident Franklin Delano Roosevelt die Tradition, diese Kirche vor der Amtseinführung zu besuchen, 1933 begründet hatte.

„Diese Prozession vom Weißen Haus zum Kapitol gibt es seit 1837, als Präsident Van Buren und sein Vizepräsident Jackson diese Strecke in einer Kutsche aus Holz von der USS Constitution zurückgelegt haben."

„Woher weißt du das alles?", fragte Scotty.

„Das würde mich auch interessieren", sagte Sam.

„Ich habe es nachgelesen. Dieser Tag wird noch deutlich komplexer, wenn ein Präsident einem anderen die Macht übergibt, was wir in vier Jahren erleben werden."

„Wenn du Nelson ablöst", ergänzte Scotty.

„Ist das nicht ein bisschen voreilig?", fragte Nick seinen Sohn.

„Ich lese jeden Tag Zeitung und nehme jedes Wort zur Kenntnis, das die Leute online über dich schreiben. Jeder glaubt, dass du in vier Jahren dran bist. Nicht nur ich."

Sam drückte Nicks Hand und lächelte ihn an. Er hatte ihr die Familienbibel der O'Connors anvertraut, die ebenso wie seine Hand auf ihrem Schoß lag. Sie sah in dem roten Kleid und den sexy schwarzen High Heels von Louboutin, die er ihr zu Weihnachten geschenkt hatte, hinreißend aus. Er würde nie vergessen, wie sie ihm für die Schuhe gedankt hatte. Daran durfte er aber im Augenblick nicht denken, sonst würde es ziemlich peinlich werden.

„Ich weiß dein Vertrauensvotum und dein Interesse zwar zu schätzen", bremste er Scotty, „doch in vier Jahren kann viel passieren."

„Wollen wir es ein bisschen spannender machen?", erkundigte sich Scotty, woraufhin Sam lachte.

Nick musterte seinen Sohn interessiert. „Wie stellst du dir das vor?"

„Wir wetten um hundert Dollar, dass wir in vier Jahren auf dem Weg zum Kapitol sind, wo du dann als Präsident vereidigt wirst."

„Wenn ich diese Wette annehme, wette ich praktisch gegen mich selbst, oder?"

Darüber dachte Scotty ein paar Sekunden nach. „Na gut, wie wäre es damit: Wenn ich recht behalte, schuldest du mir hundert Dollar."

„Was ist, wenn du dich irrst?"

„Da du nicht gegen dich selbst wetten willst, schulde ich dir dann gar nichts."

„Er zieht mich gerade über den Tisch, oder?", fragte Nick Sam.

„Für mich klingt das wie ein fairer Deal", antwortete sie, was ihr ein breites Lächeln von Scotty eintrug.

„Hand drauf", forderte Scotty.

Nick schüttelte die ausgestreckte Hand seines Sohns. „Die Wette gilt."

„Ich werde nie wieder im Leben so leicht hundert Dollar verdienen", verkündete Scotty.

„Schauen wir mal."

„Mom ist unsere Zeugin."

„Ich werde dafür sorgen, dass er zahlt", versprach Sam.

„Du glaubst also auch, dass ich recht habe!"

„Ich bin die Schweiz."

„Was soll das denn heißen?", fragte Scotty.

„Die Schweiz ist neutral", erklärte Nick. „Sie schlägt sich niemals auf eine Seite."

„Ich glaube, ich würde gern in der Schweiz leben."

„Es ist sehr friedlich dort", sagte Nick, „und man kann wunderbar Ski laufen."

„Das sehen wir uns nach deiner Amtszeit als Präsident mal an, aber ich schätze, bis dahin wohne ich nicht mehr bei euch."

„Du kannst bei uns wohnen, solange du willst", versicherte Nick. „Dein Mietvertrag hat kein Ablaufdatum."

„Gut zu wissen, denn wenn ihr ins Weiße Haus umzieht, komme ich auf jeden Fall mit", kündigte Scotty an und brachte sie damit erneut zum Lachen. „Warum ist die Amtseinführung eigentlich an einem Dienstag? Das ist irgendwie so überhaupt nicht feierlich."

„Die Amtseinführung fand lange grundsätzlich am vierten März statt, dem letzten Tag der Sitzungsperiode des Kongresses. Durch den zwanzigsten Verfassungszusatz wurde sie auf den zwanzigsten Januar verlegt. Sie ist also nicht immer dienstags."

„Für die Verschiebung musste die Verfassung geändert werden?", fragte Scotty.

„Ja."

„Das klingt nach ziemlich viel Aufwand für eine Terminverlegung."

„Nun ja, es wurde etwas verändert, das Teil des ursprünglichen Verfassungstextes war, und dafür ist immer ein Verfassungszusatz erforderlich."

„Oh. Verstehe."

„Ich sehe deinen Vater schon eines Tages Politik in Harvard unterrichten", warf Sam ein.

„Vielleicht nach seiner Amtszeit als Präsident."

Nick fand es schön, wie sicher sich Scotty seiner Zukunft war. Wenn sein Sohn nur wüsste, was dafür alles nötig sein würde! Allein der Gedanke an die Finanzierung, ganz zu schweigen vom landesweiten Wahlkampf, war erschöpfend, außerdem lag das Jahre in der Zukunft – wenn es denn überhaupt so weit kam. Nick war immer noch erstaunt, dass er überhaupt in der Position war, dieses Gespräch mit seinem Sohn zu führen.

Man geleitete sie rasch ins Kapitol und eskortierte sie auf die westliche Terrasse, die man für die Amtseinführung mit roten, weißen und blauen Wimpeln und Stühlen für Hunderte geladener Gäste ausgestattet hatte, darunter Sams und Nicks Familie und Freunde, die links saßen, während die der Nelsons rechts Platz nahmen.

Zur Musik des Marineorchesters schritten Nick, Sam und Scotty die Treppe hinunter in die erste Reihe. Nick winkte Freunden aus dem Senat zu und schüttelte einigen Mitgliedern des Vereinigten Generalstabs und mehreren Richtern des Obersten Gerichtshofs die Hand. Vor dem Kapitol erstreckte sich ein Menschenmeer, so weit das Auge reichte. Er hatte noch nie im Leben so viele Leute an einem Ort versammelt gesehen. Beim Gedanken an das, was er gleich tun würde, wurde ihm ein bisschen flau im Magen.

Er ließ sich von seinem Vater Leo und dessen neuer Frau Stacy, die nur wenige Jahre älter war als Nick selbst, umarmen, außerdem von Graham und Laine O'Connor, die neben Skip und Celia Holland saßen. Kurz fragte sich Nick, ob Nicoletta wohl irgendwo da draußen war und zusah, wie der Sohn, den sie im Stich gelassen hatte, als zweitmächtigster Mann der Welt vereidigt wurde. Er hoffte es. Hoffentlich wünschte sie sich auch, sie wäre ein besserer Mensch und eine bessere Mutter gewesen, denn dann hätte sie jetzt mit den anderen Personen, die er liebte, auf diesem Podium sitzen können.

Dann stand er vor dem Obersten Bundesrichter Byron Riley, hatte die Hand auf der Familienbibel der O'Connors, und Samantha und Scotty flankierten ihn.

„Herr Vizepräsident, bitte sprechen Sie mir nach", forderte ihn Riley auf. „Ich, Nicholas Domenic Cappuano, schwöre feierlich, dass ich das Amt des Vizepräsidenten der Vereinigten Staaten getreulich ausführen und die Verfassung der Vereinigten Staaten nach besten Kräften wahren, schützen und gegen alle Feinde im In- und Ausland verteidigen und nach ihr handeln werde und dass ich diesen Eid freiwillig sowie ohne Hintergedanken oder Vorbehalte leiste. Ich werde die Pflichten des Amtes, das anzutreten ich im Begriff stehe, nach bestem Wissen und Gewissen ausüben, so wahr mir Gott helfe."

Im zweifellos unwirklichsten Moment in Nicks bisherigem Leben winkten sie danach den Menschen zu, und tosender Applaus brandete von der Menge auf dem Platz auf. Das Klatschen hörte gar nicht mehr auf. Es hielt so lange an, dass es Nick langsam unangenehm wurde. Er spürte fast Nelsons Blicke, die sich in seinen Rücken bohrten, während der Präsident auf seinen Moment im Scheinwerferlicht wartete.

Nick winkte noch einmal und führte Sam und Scotty dann zu ihren Plätzen, damit der Präsident vereidigt werden konnte. Nach Präsident Nelsons Amtseid erhielt dieser deutlich weniger begeisterten Applaus als Nick. Mit seiner anschließenden einstündigen Rede, die einfach kein Ende zu finden schien, steigerte er seine Popularität auch nicht gerade.

Sam saß neben Nick und erschauerte in der Kälte, woraufhin er seinen Mantel auszog und ihr auf den Schoß legte. Ihr war so kalt, dass sie nicht widersprach.

Während seiner Rede tat Nelson mehrfach so, als seien er und der Vizepräsident die besten Freunde. Sollte er das nur weiterhin denken. Wenn Nelson ihn zum ersten Mal zu Repräsentationszwecken an irgendeinen entlegenen Ort schickte, würde Nick die Karten auf den Tisch legen und vom Präsidenten einen Platz am Regierungstisch verlangen.

Darauf freute er sich schon.

Schließlich war Nelson fertig, und es folgte das offizielle Mittagessen, das das JCCIC veranstaltete, das Kongresskomitee zur Planung der Amtseinführungszeremonie. Man servierte Speisen aus den Heimatstaaten des Präsidenten und des Vizepräsidenten – Bison aus South Dakota sowie Hummer und sämige Muschelsuppe nach Neuengland-Art aus Massachusetts. Mehr als zweitausend Personen nahmen an dem Essen teil, das in der Statuary Hall im Kapitol stattfand. Es gab Ansprachen, Geschenke, und Mitglieder des JCCIC brachten Trinksprüche auf die neue Verwaltung aus.

Das Mittagessen war halb vorbei, als Nick bemerkte, wie Sam ein Gähnen unterdrückte, woraufhin er fast laut losgelacht hätte. Ja, es war langweilig, aber es war auch Tradition. Er nahm unter dem Tisch ihre Hand und drückte sie leicht, um sie daran zu erinnern, dass sie immer noch sie beide waren, selbst in einem Raum, in dem sich die mächtigsten Menschen der Erde versammelt hatten.

Sie lächelte ihn an. Botschaft angekommen.

Scotty und der Rest der Familie schienen all den Pomp und das Gepränge zu genießen. Skip Holland trug das mit Abstand breiteste Lächeln zur Schau, das Nick seit Monaten bei ihm gesehen hatte. Schon lange bevor die Ärzte die Kugel entfernt hatten, die fast drei Jahre lang in seinem Rückgrat gesteckt hatte, hatte er sich nicht mehr so fröhlich gezeigt. Es tat gut, zu wissen, dass er nach seiner schwierigen Rekonvaleszenz wieder lächeln konnte.

Auch Leo Cappuano war ganz aufgeregt, und Nicks vier Jahre alte Zwillings-Halbbrüder hielt es kaum auf ihren Sitzen, obgleich sie sich Mühe gaben, sich am großen Tag ihres älteren Halbbruders gut zu benehmen. Von seinem Platz am Kopfende des Tisches aus erblickte Nick Sams Nichte Brooke neben ihrer Mutter, Sams Schwester Tracy. Sie hatten die Köpfe zusammengesteckt und flüsterten miteinander. Er war froh, dass sich Brooke von den schrecklichen Erlebnissen vor Thanksgiving so gut erholt hatte und sich offenbar prächtig mit ihrer Mutter verstand.

Für ihre Familien lief es seit ein paar Monaten wirklich gut. Das Einzige, was Nick zu seinem Glück fehlte, war das Baby, von dem er wusste, dass Sam es sich so sehr wünschte, obgleich sie ihm immer wieder versicherte, dass ihre Familie so, wie sie war, perfekt sei. Er empfand genauso – sie war perfekt, wäre aber noch perfekter, wenn sie ein gemeinsames Kind hätten. Scotty würde einen hervorragenden großen Bruder abgeben, vor allem für eine kleine Schwester.

Sam beugte sich zu ihm herüber. „Woran denkst du?"

„An dich, wie üblich. Außerdem an Brooke. Es freut mich, dass sie hier ist und so gut aussieht." Er hätte ihr niemals verraten, wie oft er an das Baby dachte, das er sich so sehr für sie wünschte.

„Ja."

Nach dem Mittagessen verabschiedeten sie sich von ihren Familien und ließen sich vom Secret Service vom Kapitol zu der Fahrzeugkolonne geleiten, die sie die Pennsylvania Avenue hinunter zu dem Podium bringen würde, von dem aus sie die Parade abnehmen würden.

„Möchten Sie nach wie vor einen Teil des Weges zu Fuß zurücklegen, Mr Vice President?", erkundigte sich Brant.

Nick schaute Sam an, die etwas zögerlich nickte.

„Ja", antwortete er.

„Alles klar. Wir sagen dann Bescheid."

„Das ist so cool", schwärmte Scotty, während er die riesige Menschenmenge betrachtete, die die Straße säumte. „All meine Freunde werden mich im Fernsehen sehen."

„Du wirst richtig berühmt sein", bestätigte Sam.

„Logo, wir sind alle berühmt."

„Ja, Sam", echote Nick. „Logo."

Sie verpasste ihm einen Rippenstoß, was ihn zum Lachen brachte.

Das Auto wurde langsamer und blieb stehen. Brant öffnete die hintere Tür. „Bereit?"

„Na los", drängte Scotty.

Sein Enthusiasmus war ansteckend, als Nick und Sam mit ihm ausstiegen. Die Menge empfing sie mit weiterem ohrenbetäubenden Jubel. Nick hielt Sams Hand fest, während sie den Menschen zuwinkten, die trotz der eisigen Kälte gekommen waren, um einen Blick auf den Präsidenten und den Vizepräsidenten zu werfen.

Nelson und seine Familie gingen vor ihnen her.

Nick hörte Sam etwas murmeln und beugte sich zu ihr hinunter, weil er sie nicht verstanden hatte. „Was?"

„Ich habe gesagt, das ist, als sei man mit einem der Beatles verheiratet."

„Sehr witzig." Er wollte erwidern, dass sie übertrieb, doch die Menge skandierte seinen Namen und rief nach ihnen, wenn sie vorbeikamen, was wohl bewies, dass sie recht hatte. Obgleich sie vom Secret Service umringt waren und die Paradestrecke im Vorfeld gründlich inspiziert worden war, fühlte er sich unwillkürlich verwundbar, als er da mitten auf der gewaltigen Prachtstraße stand, umgeben von hohen Gebäuden und Menschen, wohin er schaute. Es wäre für einen Attentäter so leicht, sie jetzt zu erschießen. So unglaublich leicht.

Er winkte gerade den Menschen auf der linken Straßenseite zu, als Sam sich plötzlich losriss und nach rechts sprintete.

„Mom", schrie Scotty.

„Samantha!"

Sie duckte sich zwischen zwei Beamten des Secret Service hindurch, sprang über die Metallabsperrung und warf sich auf jemanden in der Menschenmenge. Es geschah so schnell, dass Nick kaum erfasst hatte, dass sie irgendwohin rannte, da war sie schon verschwunden.

Was zum Teufel ...?

~

Als sie Androzzi in dem Meer von Menschen entdeckte, das die Paradestrecke säumte, erwachte in Sam das Jagdfieber. Er hatte versucht, sich zu tarnen, indem er sich einen Hut tief ins Gesicht gezogen hatte, aber diese Augen – diese schwarzen Augen – verrieten ihn. Nachdem sie stundenlang Bilder von ihm angestarrt hatte, hätte sie die überall erkannt. Dieser arrogante Mistkerl glaubte offenbar allen Ernstes, er könne wieder einmal unbemerkt mit der Menge verschmelzen. Diesmal nicht. Diesmal würde er ihr nicht entkommen.

Sam landete mit einem dumpfen Aufprall auf ihm und riss ihn um. Die Wucht ihres gemeinsamen Sturzes drängte die Umstehenden zurück. Brennender Schmerz durchzuckte Sams Knie, doch sie ignorierte das und konzentrierte sich darauf, den Mann festzunehmen, der Arnold getötet hatte.

Wegen der dicht gedrängten Menschenmenge ringsum konnte er nicht weg. Beim Landen auf dem Boden war ihm alle Luft aus den Lungen gewichen, was ihr gerade ausreichend Zeit verschaffte, um ihre an den Oberschenkel geschnallte Dienstwaffe zu ziehen.

Sie presste ihm die Pistolenmündung mitten auf die Stirn. „Keine Bewegung, du widerlicher Abklatsch eines menschlichen Wesens." Es kostete sie ihre gesamte Willenskraft, nicht abzudrücken und sein Leben so zu beenden, wie er Arnolds beendet hatte. Aber sie tat es nicht. Stattdessen wartete sie die paar Sekunden, die der Secret Service brauchte, um sie einzuholen.

In diesen paar Sekunden schaute Androzzi mit seinen dunklen, kalten Augen zu ihr auf. „Noch hast du nicht gewonnen, Drecksschlampe."

Sie drückte ihm die Waffe härter gegen die Stirn und rammte ihm das Knie in den Bauch, woraufhin er aufstöhnte. „Meinen Sie nicht? Ein weiteres Mal werden Sie nicht so einfach untertauchen."

„Mrs Cappuano!"

Nein, dachte sie. *Im Augenblick bin ich Lieutenant Holland.*

Beamte des Secret Service und andere Gesetzeshüter umringten sie, schufen etwas mehr Platz und nahmen Androzzi in Gewahrsam. Er leistete Widerstand, bis einer der Streifenpolizisten einen Taser benutzte, was ihn außer Gefecht setzte.

Als Sam das sah, konnte sie endlich aufatmen. Das Ganze hatte etwa dreißig Sekunden gedauert – von dem Moment, in dem sie ihn am Rand der Paradestrecke entdeckt hatte, bis zum Eintreffen der anderen Beamten. Sie war in diesen dreißig Sekunden so ausschließlich auf ihn fixiert gewesen, dass sie die Amtseinführung, die Parade und ihre Rolle als Gattin des Vizepräsidenten komplett vergessen hatte. In dieser kurzen Zeitspanne war sie nur Sam Holland gewesen, die Mordermittlerin, und sie hatte den dreckigen Mörder gefasst, der einen ihrer Leute umgebracht hatte.

Als der Adrenalinschub nachließ, kam Sam wieder zu sich und stellte fest, dass Tausende von Menschen sie erschrocken und möglicherweise auch ehrfürchtig anstarrten. „Tut mir leid, Leute."

„Das war der Hammer", sagte ein Mann.

„*Total* der Hammer", bekräftigte seine Begleiterin.

„Wir haben nach ihm gefahndet", erklärte Sam.

„Ist das der Polizistenmörder?", wollte eine ältere Frau wissen.

„Ja."

„Unser Beileid."

„Danke."

„Mrs Cappuano", sagte Brant angespannt. „Hier entlang, bitte."

Die Secret-Service-Barbie alias Melinda musterte sie schockiert. Sie hatte wahrscheinlich noch nie erlebt, dass eine Vizepräsidentengattin sich kopfüber in die Menge stürzte. Tja, an so etwas musste man sich bei Sam gewöhnen.

Man führte sie durch eine Lücke in der Metallabsperrung zum Wagen, wo Nick und Scotty auf sie warteten.

Letzterer platzte beinahe vor Stolz. „O mein Gott, Mom. Du warst wie Wonder Woman! Das war das Coolste, was ich je gesehen habe. Du hast ihn fertiggemacht."

Von Scottys Lob peinlich berührt wagte sie einen Blick zu Nick, der sie mit versteinerter Miene anstarrte.

„Tut mir leid. Heute sollte sich alles um dich drehen, aber ich hab ihn entdeckt und dann einfach … reagiert."

„Was, wenn er bewaffnet gewesen wäre?", fragte Nick. „Er hätte dich erschießen können, lange bevor du ihn erreicht hättest."

„Er hätte niemals eine Waffe einschmuggeln können. Jeder, der so nah an die Paradestrecke heranwollte, wurde gründlich durchsucht."

„Was ist mit einem Messer?"

„Das gilt für jede Waffe. Ich habe gewusst, dass er nicht bewaffnet sein konnte."

„Ich kann nicht glauben, dass du dich eben einfach so in die Menge gestürzt hast."

„Aber ich konnte ihn doch nicht schon wieder entkommen lassen, Nick! Er hat Arnold umgebracht und geglaubt, er könne mich verhöhnen, indem er da in der ersten Reihe steht, ohne dass ich ihn bemerke und ihn zur Rechenschaft ziehe. Er hat gedacht, das würde oder könnte ich nicht. Tja, da hat er sich geirrt."

„Du blutest", stellte Scotty fest.

„Was?"

„Du blutest an den Knien."

Sam schaute an sich hinab und stellte fest, dass er recht hatte. Ihre Strumpfhose war zerfetzt, ihre Knie waren aufgeschürft. Na toll.

Nick reichte ihr sein Taschentuch mit dem Monogramm, wie in der Nacht ihrer ersten Begegnung, als irgend so ein Vollidiot sein Bier auf sie verschüttet hatte. Wie damals wollte sie das schneeweiße Taschentuch nicht ruinieren. „Nimm schon, Sam." Sie hörte die kalte Wut in seiner Stimme.

In der Hoffnung, einen Streit mit ihrem Mann am bedeutendsten Tag seines Lebens zu vermeiden, nahm sie es und tupfte das Blut ab, das ihr über die Schienbeine lief.

Nick drückte einen Knopf am Fahrzeughimmel. „Hey, Brant? Mrs Cappuano braucht ärztliche Hilfe."

„Nein, brauch ich nicht. Es geht mir gut. Fahren Sie zu diesem Podium."

„Wir scheren ein paar Blocks weiter aus der Parade aus und biegen zur Notaufnahme ab", erwiderte Brant. Offenbar nahm er seine Befehle nur von Nick entgegen.

„Danke", sagte Nick.

„Das ist doch lächerlich", beschwerte sich Sam. „Das sind bloß ein paar Kratzer."

„Du lässt das anschauen. Ende der Diskussion."

„Wow. Du regierst also jetzt nicht nur das Land, sondern auch mich. War das ebenfalls Teil des Amtseids?"

„Er hat recht, Mom. Das sind ziemlich tiefe Schürfwunden, und es muss überprüft werden, ob du dir etwas gebrochen hast."

Sam funkelte Scotty an, aber der grinste.

„Ich erinnere dich daran, wenn du mich das nächste Mal auf deiner Seite brauchst", murrte sie. „Das war's für dich mit der Schweiz, Mister." Ihr Handy klingelte, und sie nahm einen Anruf von Captain Malone entgegen.

„Heilige Scheiße, Lieutenant."

Sam lächelte. „Hallo, Captain."

„In der Kommandozentrale lief der Fernseher, und wir haben

alles live mitverfolgen können. Das war das Abgefahrenste, was ich je gesehen habe."

„Ich habe ihn erwischt."

„Ja. Die Fernsehreporter drehen total durch. Sie sind im Augenblick die prominenteste Frau im ganzen Land."

„Ja, nun ja, äh, okay. Das ist mir egal. Ich habe Arnolds Mörder erwischt. Nur das zählt. Wie konnte er da überhaupt hinkommen?"

„Ich kenne noch nicht alle Details, aber nach dem, was ich bisher gehört habe, unter einem weiteren falschen Namen. Diesmal war er John Davidson."

„Ein ganz normaler Amerikaner, der sich die Parade anschauen wollte."

„So in der Art. Sind Sie verletzt?"

„Aufgeschürfte Knie und ein paar Prellungen. Nick liefert mich gerade gegen meinen Willen in die Notaufnahme ein, dabei geht es mir gut."

„Ausgezeichnete Arbeit, Lieutenant, auch wenn ich sicher bin, dass der Secret Service eine eigene Auffassung von dieser Aktion haben wird."

„Ich stehe nicht unter deren Schutz, die können sich also aufregen, so viel sie wollen." Bei diesen Worten warf sie einen Blick zu Nick, der sie so finster anfunkelte, dass sie rasch wieder wegschaute. Sie bedauerte nichts. Wenn nötig, würde sie alles wieder genauso machen. „Ich melde mich später."

„Nehmen Sie einen halben Tag frei, Lieutenant. Sie haben ihn sich verdient."

Sam grinste, klappte ihr Handy zu und ließ es in ihre Manteltasche gleiten. Dann zog sie diskret den Rock hoch und schob die Dienstwaffe wieder in ihr Oberschenkelholster.

„Wir sollten auch mal darüber reden, warum du am Tag meiner Amtseinführung bewaffnet warst", knurrte Nick.

„Ich bin *immer* bewaffnet. Ohne meine Dienstwaffe verlasse ich das Haus nicht. Das weißt du doch."

Darauf erwiderte er nichts. Tatsächlich schwieg er von da an die ganze Zeit, während ihre Fahrzeugkolonne Richtung Notaufnahme des GW von der Paradestrecke abbog. Sie warteten draußen, während der Secret Service vorausging und für Nick und

Scotty den Weg frei machte. Bis man sie nach drinnen brachte, war Nicks Taschentuch fast mit Blut vollgesogen, und ihre Knie taten weh.

Ihr Telefon klingelte beständig, aber sie ignorierte es. Nicks stille Wut war ihr unheimlich. Warum genau war er so sauer? Weil sie ihm an seinem großen Tag die Schau gestohlen hatte? Das sah ihm gar nicht ähnlich, doch sie hätte ihm andererseits auch keinen Vorwurf daraus machen können. In ihrer Ehe ging es immer um sie und ihren Job. Heute hätte es einmal ausschließlich um ihn gehen sollen, und sie hatte sich wieder in den Vordergrund gedrängt.

Bei der Ergreifung Androzzis hatte sie viel riskiert, aber er hatte sich zuvor schon so häufig der Festnahme entzogen, dass sie die Gelegenheit, ihn zu schnappen, einfach hatte nutzen müssen.

Die Autotür öffnete sich. „Können Sie laufen, Mrs Cappuano?", fragte Brant.

„Ja, problemlos."

„Hier entlang."

„Danke, ich kenne den Weg. Ich bin hier Stammkundin."

Nick und Scotty folgten ihr in ein Wartezimmer voller Leute, die beim Anblick von Sam und ihrer Familie in Applaus ausbrachen.

Sam lächelte die Leute unsicher an und wurde dann direkt in einen Untersuchungsraum geführt, wo ihr alter Bekannter Dr. Anderson bereits auf sie wartete. „Da bin ich wieder", begrüßte sie ihn.

„Ihre Knie bluten stark", informierte Nick den Arzt, „und sie hat irgendwelche Prellungen erwähnt."

„Wir kümmern uns um sie. Sie kennen das ja, Lieutenant." Er warf ein Krankenhausnachthemd auf den Tisch. „Ausziehen."

„Warum? Ich habe mir die Knie aufgeschürft und die Hüfte geprellt. Warum muss ich mich da ganz ausziehen?"

„Wir müssen Sie gründlich untersuchen, um uns zu vergewissern, dass es keine weiteren Verletzungen gibt. Je eher Sie mitspielen, desto schneller kommen Sie hier wieder weg."

„Tu, was man dir sagt, Mom. Wir müssen zur Parade."

Ihr Sohn brachte die Dinge heute wirklich zielgenau auf den Punkt. „Alle raus."

„Ich bleibe", widersprach Nick. „Scotty, geh mit Darcy. Wir sind dann gleich bei dir."

Der für Scotty zuständige Bodyguard wartete vor dem Untersuchungszimmer auf ihn.

Ehe der Junge den Raum verließ, gab er Sam einen Kuss auf die Wange. „Benimm dich, ja?"

„Wer von uns beiden ist noch mal die Mutter?"

„Manchmal fällt diese Rolle mir zu."

Sam lachte über das Grinsen, mit dem er diesen Spruch brachte. Es war schwer, die Wahrheit abzustreiten.

Als sie allein im Zimmer waren, half ihr Nick aus dem Mantel und öffnete den Reißverschluss ihres Kleides. Als es an ihrem Körper nach unten glitt, schimpfte er: „O Mann, Sam. Du hast schon wieder überall blaue Flecken."

Ihre gesamte linke Seite war ein einziges großes Hämatom, entweder von der Absperrung, als sie sich darübergeschwungen hatte, oder vom Aufkommen auf dem Bürgersteig. Sie war nicht sicher, womit sie im Fallen noch kollidiert war. „Mir geht es gut, du kannst jetzt also aufhören, sauer auf mich zu sein."

Er half ihr in das Krankenhaushemd und band es zu. „Ich bin nicht sauer."

„Doch. Tut mir leid, wenn ich dir deinen großen Tag ruiniert und mich in den Vordergrund gespielt habe ..."

„Glaubst du das wirklich? Bist du verrückt? Die öffentliche Aufmerksamkeit ist mir völlig egal. Dieser Typ hätte dich vor meinen Augen töten können, und ich hätte nichts tun können, um dich zu beschützen. Ich hoffe, du lernst dieses Gefühl umgekehrt niemals kennen."

„Entschuldige. Ich wollte nicht, dass du so empfinden musst, aber er stand einfach da und hat mich damit verhöhnt, mich praktisch aufgefordert, ihn festzunehmen."

„Wir waren umringt von Leuten vom Secret Service. Warum hast du denen nicht Bescheid gesagt? Die hätten ihn doch verhaften können."

„Weil das nicht ihre Aufgabe ist! Ihr Job ist es, dich und Scotty zu beschützen. Sie hätten niemals ihren Posten verlassen, um ihn zu verfolgen, und außerdem – wie hätten sie inmitten dieser Menschenmenge wissen sollen, wen sie ergreifen müssen? Bis ich ihnen das erklärt hätte, wäre er längst über alle Berge gewesen. Ich musste ihn mir schnappen, Nick. Für Arnold, für Gonzo, für Arnolds Eltern und für all die Frauen, die er in die Sklaverei verkauft hat. Ich musste dem ein Ende setzen."

„Was du getan hast, war unglaublich tapfer, aber auch unglaublich leichtsinnig."

„Vielleicht, trotzdem würde ich es jederzeit wieder tun."

„Ach, und da fragst du dich, warum ich nachts keinen Schlaf finde?"

Sam knöpfte seinen Mantel auf, schob die Arme unter sein Jackett und drückte ihn. „Es tut mir leid, dass du das miterleben musstest. Ich dachte, ich hätte es nach der Sache mit Stahl nicht mehr drauf."

„Es lässt sich wohl mit Sicherheit sagen, dass das nicht der Fall ist."

„Ist das nicht toll? Hast du nicht gesagt, dass du mir genau das wünschst?"

Er sah sie an, und in seinem Blick rangen Liebe, Frustration und Verärgerung miteinander, aber sie hatte bloß Augen für die Liebe. „Du bist noch mal mein Tod."

„Nein." Sie legte ihm die Hände in den Nacken, zog ihn an sich und küsste ihn. „Ich gestalte dein Leben nur deutlich interessanter, als es ohne mich wäre."

Schließlich verzogen sich seine Lippen zu einem Lächeln, unter dem sich der Knoten der Angst löste, der sich in ihrem Magen gebildet hatte, als sie gemerkt hatte, wie wütend er auf sie war. Nichts hasste sie mehr, als Streit mit ihm zu haben.

„Das kannst du laut sagen."

Zu Sams großer Erleichterung zeigten die Röntgenbilder, dass sie sich nichts gebrochen hatte. Doch ihre Erleichterung war nur von kurzer Dauer, denn dann säuberte der Arzt die Abschürfungen an ihren Beinen. Sie hätte vor Schmerz am liebsten geschrien. „Verdammt, verwenden Sie Batteriesäure, oder fühlt sich das bloß so an?"

„Seien Sie tapfer", forderte Anderson sie auf. „Wir haben's gleich."

Sam klammerte sich an Nicks Hand, während der Arzt sich viel Zeit dabei ließ, ihre Schürfwunden zu desinfizieren.

„Ich habe gute Nachrichten", erklärte Anderson schließlich. „Wir müssen nicht nähen."

Inzwischen schwitzte Sam, atmete schwer, und vor Schmerz war ihr übel.

„Ich verschreibe Ihnen Schmerzmittel."

„Nicht nötig", wehrte Sam mit zusammengebissenen Zähnen ab. „Ich habe vom letzten Mal noch welche."

„Na schön. Halten Sie die Wunden für die nächsten paar Tage sauber und trocken. Verbandswechsel mindestens einmal am Tag. Haben Sie Wundsalbe?"

„Ja."

„Tragen Sie die zweimal täglich auf, und vergessen Sie nicht, auf dem Weg nach draußen Ihre Treuepunkte abzuholen. Ich glaube, Ihr nächster Besuch ist gratis."

„Sehr komisch."

„Ja, der Witz zieht immer. Übrigens, ich habe im Ärztezimmer in den Nachrichten gesehen, was Sie getan haben", erzählte Anderson. „Das war eine krasse Nummer. Ich bin froh, dass Sie diesen Polizistenmörder geschnappt haben. Ich kannte Ihren Kollegen flüchtig aus der Notaufnahme. Ich habe ihn gemocht."

„Ja, stimmt."

Er reichte ihr seine Karte. „Rufen Sie mich an, falls es zu Schwellungen oder Infektionen kommt. Okay?"

„Mach ich. Danke."

Anderson schüttelte Nick die Hand. „Mr Vice President, Ihr Amtsantritt erfüllt mich mit vorsichtigem Optimismus. Enttäuschen Sie uns nicht."

„Ich werde tun, was ich kann. Danke, dass Sie sich um meine Frau gekümmert haben."

„Nun, ich würde ja sagen, es war mir ein Vergnügen, aber ..."

Nick lachte. „Sie ist nicht die einfachste Patientin."

„Nein, doch sie ist eine verdammt gute Polizistin, und wir haben Glück, dass sie auf unserer Seite steht. Passen Sie auf sich auf."

Als Sam mit Nick allein im Untersuchungszimmer war, nahm sie sich eine Minute Zeit, um nach der schmerzhaften Behandlung wieder zu Atem zu kommen. Nach vier Fehlgeburten, invasiven Unfruchtbarkeitsbehandlungen und zahllosen Verletzungen hätte sie sich inzwischen eigentlich an Schmerzen gewöhnt haben müssen, aber beim Anblick von Ärzten, Nadeln und vom typischen Geruch von Krankenhäusern wurde ihr nach wie vor flau im Magen.

„Können wir von hier verschwinden, Babe?"

„Ja." Langsam und unter Schmerzen setzte sie sich auf. Bei solchen Gelegenheiten merkte sie leider, dass sie auch keine zwanzig mehr war.

Nick half ihr, sich anzuziehen, verzichtete allerdings auf die kaputte Strumpfhose.

„Sehe ich schrecklich aus?", fragte sie und dachte an den

Raum voller Menschen, die sie auf dem Weg hier herein erkannt hatten.

„Du kannst gar nicht schrecklich aussehen." Nick richtete ihre Frisur und tupfte den Bereich unter ihren Augen mit einem Taschentuch ab. „So."

„Ich möchte noch etwas loswerden."

„Was denn?"

„Ich bin wirklich, wirklich froh, dass wir Androzzi geschnappt haben, aber es tut mir auch wirklich, wirklich leid, dass ich dir deinen großen Tag ruiniert habe."

„Ich bin auch froh, dass du ihn erwischt hast, und mein großer Tag ist mir scheißegal. Heute war schon ein großartiger Tag, weil ich ihn mit euch allen verbringen konnte. Was mich so aufregt, ist, dass du wieder mal deine eigene Sicherheit ohne Rücksicht auf Verluste aufs Spiel gesetzt hast."

„Ich weiß, und das tut mir leid, aber ..."

Er legte ihr einen Finger auf die Lippen, um sie zu unterbrechen. „Keine Entschuldigungen. Schwamm drüber. Dir geht es gut, also geht es mir auch gut." Er küsste sie zärtlich und fügte hinzu: „Nichts wie weg hier."

„Ich will zur Parade."

„Nichts da."

„Nein, ehrlich! Es geht mir gut. Ich will zur Parade."

„Mag sein, aber ich will dich nach Hause bringen, damit du dich ein wenig ausruhen und heute Abend auf dem Ball atemberaubend aussehen kannst."

„Scotty möchte sich so gern die Parade anschauen."

„Sobald du zu Hause bist, gehe ich mit ihm hin."

Sie wollte erneut widersprechen, doch eine Woge der Übelkeit hielt sie davon ab. „Okay, dann bring mich heim."

Stunden später stand Sam vor dem Ganzkörperspiegel in ihrem Schlafzimmer und musterte sich kritisch in dem nachtblauen Ballkleid, das ihre Kurven betonte. „Das ist zu sexy", erklärte sie.

„Nein", widersprach ihre Schwester Tracy. „Es steht dir hervorragend."

„Finde ich auch", pflichtete ihr Angela bei, die auf dem Bett saß. „Es ist sexy, aber stilvoll. Genau wie du."

„Ja, klar. Ich bin eine von Kopf bis Fuß stilvolle Lady, die über Absperrungen springt und Mörder zu Boden reißt, obwohl sie eigentlich würdevoll neben ihrem Mann herschreiten sollte."

Brooke, die neben Angela auf dem Bett lag, kicherte. „Über diese Aktion redet heute Abend die ganze Welt."

„Na toll", brummte Sam. Doch es war wunderbar, Brooke wieder so mädchenhaft kichern zu hören. Nach der schrecklichen Nacht im Keller der Springers hatten sie eine Weile Grund zu der Befürchtung gehabt, sie würde sich nie davon erholen. „Na ja, vielleicht ist es zu sexy, aber etwas anderes habe ich nicht."

Sie betastete die Kette mit dem Schlüsselanhänger, der mitten in ihrem Dekolleté prangte. Das Armband, das ihr Nick am Morgen geschenkt hatte, umschloss ihr Handgelenk, und die Friseurin war ein weiteres Mal da gewesen und hatte Sam eine sexy Hochsteckfrisur verpasst.

„Klopf, klopf", rief Nick, trat ein und musterte sie eingehend in dem Kleid, das er noch nicht zu Gesicht bekommen hatte. „Wow."

„Sie aber auch, Herr Vizepräsident." Sie würde sich niemals daran gewöhnen, wie unglaublich er im Smoking aussah. An diesem Abend trug er dazu eine weiße Weste und eine ebensolche Fliege.

„Ich würde sagen, das war unser Stichwort, uns aus dem Staub zu machen", verkündete Tracy. „Ihr seht beide großartig aus. Kein Wunder, dass das ganze Land fasziniert von euch ist." Sie gab Sam einen Kuss auf die Wange, und auf dem Weg nach draußen dann auch Nick. „Viel Spaß."

„Danke, dass ihr mir Gesellschaft geleistet habt", meinte Sam und umarmte und küsste Angela und Brooke.

Als sie allein waren, trat Nick zu ihr und begutachtete ihr Dekolleté noch einmal genauer. Marcus würde ihren Busen beim nächsten Mal mehr bedecken müssen.

„Schaut euch meine wunderschöne, sexy Frau an", flüsterte Nick und küsste ihre beiden Brüste. „Bist du sicher, dass du das hinkriegst?"

Sie fühlte sich fürchterlich. Ihr gesamter Körper tat weh, und ihre Knie brannten, aber sie wollte diesen einen Tanz, auf den sie sich geeinigt hatten, und wenn es sie umbrachte. Danach konnte sie heimfahren und zusammenbrechen. „Ja", antwortete sie und richtete seine eigentlich perfekt gebundene weiße Fliege.

Er bot ihr den Arm. „Dann lass uns gehen."

Überrascht stellte Sam fest, dass unten nicht nur Scotty, sondern auch Shelby wartete, um sich von ihnen zu verabschieden.

„Was tust du denn hier?"

„Ich bin gekommen, um meinem Freund Scotty Gesellschaft zu leisten, solange seine Eltern auf dem Ball sind. Ihr seht großartig aus. Beide." Sie tupfte sich die Augen ab. „Verdammte Hormone."

„Demnach geht es dir nach wie vor besser?", erkundigte sich Sam.

„Ja, Gott sei Dank."

„Schön", freute sich Sam.

Nick half ihr in den Mantel, dann umarmte sie Scotty. „Viel Spaß mit Shelby."

„Du weißt doch, wir haben immer Spaß."

„Wir bleiben nicht lange weg", versprach Nick.

„Lasst euch Zeit", sagte Shelby. „Avery arbeitet noch, ich habe also nichts zu tun, außer bei Call of Duty so richtig die Hucke vollzukriegen."

„Sie kann gar nichts", stellte Scotty taktlos fest.

„Pass bloß auf, was du sagst, mein Freund. Ich habe geübt."

„Oh, oh", erwiderte Scotty gespielt ängstlich. „Dann zeig mal, was du draufhast. Bis später."

„Ich bin eine schreckliche Mutter, denn unser Kindermädchen spielt Call of Duty mit ihm, und ich weiß nicht mal, was das ist", meinte Sam, während sie auf das Signal zum Aufbruch vom Secret Service warteten.

„Du bist keine schreckliche Mutter. Heute hast du ihm eine Geschichte beschert, die er für den ganzen Rest seines Lebens erzählen kann."

„Wie seine ach so damenhafte Mutter während der Parade zur Amtseinführung einen Mörder niedergerungen hat?"

„Absolut. Er liebt dich genau so, wie du bist. Neulich hat er mir erzählt, dass er hofft, du gehst bald wieder arbeiten, weil du dann am glücklichsten bist."

„Am glücklichsten bin ich, wenn ich mit euch zusammen bin."

„Das weiß er, Babe, aber er weiß auch, wie sehr du deinen Beruf liebst. Du bist ihm in vielerlei Hinsicht ein großartiges Vorbild."

„Nein, das bist du. Ich liefere nur die Geschichten. Jede Menge Geschichten."

„Du gibst ihm außerdem etwas, was er nicht mehr gehabt hat, seit er sechs war – eine Mutter und ein richtiges Zuhause."

Sam schaute ihn an. „Bringst du mir bei, wie man Call of Duty spielt?"

Lächelnd antwortete er: „Klar. Ich bringe dir alles bei, was du willst."

Als sie im Auto saßen, rief Lilia an. „Was gibt's?", meldete sich Sam.

„Die ganze Welt dreht durch. Seit Ihrer Heldentat heute können wir uns vor Medienanfragen nicht mehr retten. Jeder – und das meine ich wörtlich – will Sie."

Nick blickte sie fragend an.

„Jeder will mich", gab ihm Sam die Kurzfassung. „Interviews."

„Na dann geben wir doch eins."

„Suchen Sie eine Anfrage aus", wies Sam Lilia an, „und machen Sie für nächste Woche einen Termin."

„Damit küren Sie Ihren Gesprächspartner zum Star."

„Dann suchen Sie sich jemanden aus, der jung und hungrig ist", verlangte Sam.

„Wird gemacht. Apropos, Sam, das war unglaublich heute. Wir sind alle so stolz auf Sie."

„Ach, hören Sie auf. Mein Mann findet schon jetzt, ich hätte ein hoffnungslos aufgeblasenes Ego."

Lilia lachte. „Dazu haben Sie auch allen Grund. Ich wünsche Ihnen einen wundervollen Abend. Ich freue mich schon auf die Fotos."

„Bis bald." An Nick gewandt sagte sie: „Sie ist viel cooler, als sie bei unserem ersten Telefongespräch geklungen hat. Da war sie ganz steif und förmlich." Sam runzelte die Stirn. „Ich hasse steife, förmliche Menschen."

„Gut, ich werd's mir merken."

„Wie um alles in der Welt konnte das passieren?"

„Was?"

„Das. Was wir heute, heute Abend, tun. Du bist wirklich Vizepräsident."

„Ist dir das gerade erst aufgegangen?"

„Irgendwie ist es mir tatsächlich erst heute abschließend klar geworden, als wir vor den Augen der gesamten Welt auf dieser Bühne standen."

„Tja, wer es an der Stelle nicht kapiert, der kapiert es nie."

„Ich bin so unglaublich stolz auf dich. Das weißt du hoffentlich."

„Ja, aber schön, dass du es sagst."

Sam beugte sich vor, küsste ihn und wischte ihm dann den Lippenstift weg. „Danke, dass du verstehst, dass ich die Feierlichkeiten heute Nacht auf ein Minimum beschränken muss."

„Das verstehe ich vollkommen, genau wie jeder andere."

Vor dem Washington Convention Center wartete die nächste Menschenmenge und hoffte, einen kurzen Blick auf den Präsidenten und den Vizepräsidenten zu erhaschen. Die Leute drehten durch, als Nick und Sam aus der Limousine stiegen.

Er beugte sich zu ihr und flüsterte ihr ins Ohr: „Das gilt heute Abend mehr dir als mir, Babe."

„Es gilt uns beiden."

Sie hielt sich an seinem Arm fest, während der Secret Service sie rasch nach drinnen geleitete. Jeder Schritt tat weh, doch sie biss die Zähne zusammen, entschlossen, das für Nick durchzuziehen. Er unterstützte so vorbehaltlos ihre Karriere. Heute Abend war seine an der Reihe.

„Habe ich erwähnt, dass ich einige meiner Lieblingsmusiker gebeten habe, heute Abend zu spielen?"

„Nein, ich glaube nicht. Wen denn?"

„Wart's ab."

Sobald sie den Ballsaal betraten, waren sie umgeben von Menschen, die sie begrüßen wollten, wissen wollten, was am

Nachmittag geschehen war, sie fotografieren, kurz, etwas von ihnen haben wollten.

Überwältigt von dem Ansturm klammerte sich Sam noch fester an Nicks Arm.

Nick spürte offenbar, was sie brauchte, und legte den Arm um sie. Sofort fühlte sie sich besser.

„Ich fürchte, ich schulde meiner Frau einen Tanz", sagte er zu den Oberhäuptern des Democratic National Committee. „Wir sprechen uns später." Er nahm Sams Hand und führte sie zur Tanzfläche. „Sieh nur", sagte er und nahm sie in die Arme.

Sie wandte den Kopf Richtung Bühne, und Jon Bon Jovi winkte ihr zu. „O mein Gott! Das hast du nicht wirklich getan!"

„Aber sicher."

Wie bei ihrer Trauung vor fast einem Jahr spielte Bon Jovi eine Akustik-Version ihres Hochzeitsliedes „Thank You for Loving Me".

„Nick", hauchte sie komplett überwältigt, diesmal jedoch von dem unglaublich aufmerksamen Mann, den sie klugerweise geheiratet hatte.

„Ich war nie dankbarer für deine Liebe als in den letzten paar Monaten, in denen ich unser ohnehin verrücktes Leben komplett auf den Kopf gestellt habe."

„Ich liebe dich so sehr, und das wird sich auch nie ändern."

Und dann küsste der neue Vizepräsident der Vereinigten Staaten seine Frau mitten auf der Tanzfläche, vor den Augen der ganzen Welt.

ZWEI STUNDEN NACH IHREM AUFBRUCH WAREN SIE WIEDER ZU Hause, nachdem sie sich unterwegs noch bei zwei weiteren Feierlichkeiten zur Amtseinführung hatten blicken lassen. Shelby sah fern, als sie eintraten, und sprang auf, um sie zu begrüßen.

„Wie war's?"

„Eigentlich sehr schön", antwortete Sam.

Shelby legte sich die Hand aufs Herz. „Ich habe in den Nachrichten Bon Jovi gesehen. Ausgezeichnete Aktion, Herr Vizepräsident."

„Ich kenne den Weg zum Herzen meiner Frau."

„Diesmal hat mich Jon geküsst." Sam deutete auf ihre Wange.
„Hierhin. Da wasche ich mich nie wieder."

Nick bedachte sie mit einem Stirnrunzeln, das Shelby zum
Lachen brachte. „Nicht mal du kannst mit Bon Jovi konkurrieren",
teilte sie ihm mit.

„Glaub mir", seufzte Nick, „das weiß ich. Danke noch mal, dass
du heute Abend hier bei Scotty warst. Er wollte eigentlich mit auf
die Bälle, aber er muss morgen in die Schule."

„Ich verbringe gern Zeit mit ihm, und es wird dich freuen zu
hören, dass ich diesmal bei Call of Duty nicht komplett versagt
habe, obwohl er mich natürlich haushoch besiegt hat."

„Falls es dich tröstet – mir geht es genauso", erwiderte Nick.

„Das tröstet mich in der Tat. Bis morgen." Mit gesenkter
Stimme unterrichtete sie Nick: „Es ist alles vorbereitet."

„Danke für die Hilfe."

„War mir eine Freude."

Sam fragte sich zwar, was die beiden da flüsterten, war
allerdings zu müde, um nachzuhaken, und sagte lediglich: „Gute
Nacht, Shelby." Sie begab sich zur Treppe, denn sie wollte
unbedingt aus ihrem Kleid und den Schuhen heraus, um ihre
schmerzenden Beine ausstrecken zu können.

„Geh ruhig weiter", ließ sich Nick vernehmen und schob sie an
ihrem Schlafzimmer vorbei zu Scottys Zimmer, wo sie Darcy
zunickten und eintraten, um nach ihrem schlafenden Sohn zu
sehen. „Komm mit nach oben", raunte ihr Nick zu, nachdem sie
beide Scotty geküsst hatten.

„Ich bin mir nicht sicher, ob ich dafür heute noch die Kraft
habe, Babe."

„Kommst du trotzdem mit?"

Weil sie ihm überallhin gefolgt wäre, ergriff sie seine Hand
und stieg mit ihm die Treppe hoch. Kerzen erfüllten ihren
speziellen Zufluchtsort mit ihrem warmen, romantischen Licht.
Ein Tisch war für zwei Personen gedeckt, und an beiden Plätzen
standen mit Hauben abgedeckte Teller. Ein köstlicher Duft stieg
Sam in die Nase, und sie merkte, dass sie einen Bärenhunger
hatte.

„Was ist das denn?"

„Unsere eigene, private Feier anlässlich der Amtseinführung und des Abschlusses deines Falls."

„Wie hast du das geschafft? Wann hast du das arrangiert?"

„Ich habe Shelby um Hilfe gebeten, und sie hat einen Gefallen bei ihrem Lieblings-Hochzeitscaterer eingelöst. Ich weiß, dir tut alles weh und du bist müde, also was hältst du von Abendessen im Bett?"

„Das klingt super."

„Hast du große Schmerzen?"

„Momentan geht es. Ich habe vorhin eine Tablette genommen."

Er half ihr, sich auszuziehen, und verzog das Gesicht, als er die schlimmen Blutergüsse an ihrer Seite sah. „Ich finde es immer furchtbar, wenn du Schmerzen hast."

„Ich finde es furchtbar, wie sehr du mitleidest, wenn ich Schmerzen habe."

Ganz behutsam half Nick ihr auf die Doppelliege und schob ihr einen ganzen Kissenstapel in den Rücken. Als sie bequem saß, brachte er ihr das Essen und ein Glas Champagner. „Kannst du den trotz des Schmerzmittels trinken?"

„Ein Gläschen wird schon nicht schaden." Sie schaute ihn an. „Du hast das alles geplant, und ich habe es ruiniert, indem ich mich wieder verletzt habe."

„Du hast gar nichts ruiniert. Wir sind hier, und wir sind zusammen. Das reicht mir."

Sam hob eine Braue. „Du wolltest mir also nicht an die Wäsche?"

„Das habe ich nicht gesagt."

„Ha! Ich wusste es."

Lachend entkleidete er sich bis auf die Boxershorts, und Sam genoss jeden dekadenten Moment dieses Männerstrips. „Hör auf zu gaffen, und iss."

„Ich möchte dich aber lieber ansehen."

„Du kannst doch beides tun." Er holte auch seinen Teller auf die Liege und streckte sich neben ihr aus.

„Das ist so lecker." Das Abendessen bestand aus Hähnchen Teriyaki, Ananas, gegrillter roter Paprika und Reis.

„Ich weiß noch, wie gern du Hähnchen Teriyaki auf unserer Hochzeitsreise gegessen hast."

„Du vergisst nie etwas", seufzte sie. „Deine langweilige Frau kann sich nur mit etwas Glück an den gestrigen Tag erinnern."

„Meine Frau ist nicht langweilig. Sie ist für mich die perfekte Gattin und für unseren Sohn die perfekte Mutter. Wir lieben sie genau so, wie sie ist, und das werden wir ihr so lange sagen, bis sie es endlich glaubt." Er stellte seinen Teller auf den Tisch neben der Liege und nahm sein Champagnerglas. „Mmm, lecker."

„Wir brauchen einen Trinkspruch."

„Du hast absolut recht. Mal sehen ..." Er rieb sich seinen sexy Bartschatten. „Wie wäre es mit ... Auf uns beide, Scotty und die nächsten vier Jahre im Amt. Mögen wir und all die Menschen, die uns am Herzen liegen, mit Gesundheit, Sicherheit, Glück, Wohlstand, Erfolg und Liebe gesegnet sein. Mit jeder Menge Liebe."

„Darauf trinke ich gern." Sie stieß mit ihm an und küsste ihn. Sam freute sich auf all die Jahre, die vor ihr lagen, solange sie sie nur mit ihm verbringen konnte.

EPILOG

Mehr als zehntausend Polizisten aus dem ganzen Land waren nach Washington gekommen, um zusammen mit dem Metropolitan Police Department Detective Arnold John Arnold zu Grabe zu tragen. Die Trauerfeier war anrührend und zugleich humorvoll – ein angemessener Tribut für ein viel zu früh beendetes Leben im Dienst an der Gesellschaft. Sam würde das Meer aus blauen Uniformen, die Dudelsäcke und die Trauerreden seiner von dem Verlust tief getroffenen älteren Schwestern genauso wenig vergessen wie den Anblick ihres gesamten Teams, das den Sarg trug, angeführt von einem stoischen Tommy Gonzales. Arnolds Eltern erhielten die Flagge der Abteilung, und die Nummer seiner Dienstmarke wurde für immer aus dem Verkehr gezogen. Posthum wurde er zum Detective Sergeant befördert.

Sie würde auch nie die Bürger vergessen, die die Straßen säumten, als der Leichenwagen Arnold von der Kirche zu seiner letzten Ruhestätte brachte. Es gab Tränen, Ehrenbezeigungen, Trinksprüche, Lieder und noch mehr Tränen. Im Washington Convention Center, wo Sam und Nick ein paar Tage zuvor auf dem Ball zu seiner Amtseinführung getanzt hatten, fand ein Leichenschmaus statt. Es gab Speisen und Getränke für Arnolds Familie und Freunde sowie für alle Beamten, die zum Kondolieren gekommen waren. Chief Farnsworth persönlich begrüßte jeden Einzelnen und bedankte sich für sein Erscheinen.

Während der Beerdigung stand Androzzi wegen Mord in mehreren Fällen, unter anderem an Detective Arnold, sowie wegen Menschenhandel und Sexualdelikten vor dem Untersuchungsrichter. Bis zu seinem Prozess würde er ohne die Möglichkeit, Kaution zu stellen, in Untersuchungshaft bleiben. Mindy Cahills Gesundheitszustand hatte sich gebessert, sie lag nicht mehr im Koma, und Jennifer Torlino war aus dem Krankenhaus entlassen worden. Die Sondereinheit für Sexualdelikte hatte praktisch rund um die Uhr die Aussagen der anderen Frauen aufgenommen, die sie aus dem Lagerhaus gerettet hatten. Alles, was dabei zutage kam, würde gegen Androzzi verwendet werden.

Unmittelbar nach einem der traurigsten Tage in Sams Leben folgte einer der freudigsten – der Tag, an dem Scott Dunlap Cappuano rechtskräftig und auf Dauer zu ihrem Sohn wurde.

Mit einem Federstrich machte ein Richter Scottys Adoption offiziell. „Mein Junge", erklärte er, „ich hoffe, du weißt, was für ein Glück du hast, von zwei Leuten adoptiert zu werden, die dich für den Rest deines Lebens lieben und unterstützen werden."

„Ja, Euer Ehren." Er blickte zu Sam und Nick, die mit ihren Gefühlen kämpften. „Ich weiß genau, was für ein großes Glück ich habe."

„Wir auch", brummte Nick und ließ Sams Hand los, um seinen Sohn zu umarmen.

Als Sam die beiden zusammen sah, die seit ihrer ersten Begegnung eine so enge Verbindung gehabt hatten, konnte sie die Tränen nicht mehr zurückhalten. Sie würde vielleicht nie ein eigenes Kind haben, doch dieser Junge, dieses Kind ihres Herzens, hatte sie zur Mutter gemacht, und sie würde für immer für die seltsamen Wendungen des Schicksals dankbar sein, die ihn in ihr Leben geführt hatten.

Sie fuhren nach Hause, wo sie mit ihrer gesamten weitläufigen Familie und all ihren Freunden feierten.

„Eine Woche voller extremer Höhen und Tiefen", meinte Freddie zu Sam, als sie einmal zu zweit allein in der Küche standen.

„Das kannst du laut sagen. Wir haben uns gefragt, ob es angemessen ist, so kurz nach Arnolds Beisetzung eine Party anzusetzen, aber Nick fand, es würde uns allen guttun. Außerdem wollten wir Scotty nicht durch eine Verschiebung enttäuschen."

„Das Leben geht weiter", erwiderte Freddie und trank einen Schluck Bier. „Ich wollte dir noch mitteilen, dass ich deinen Nachruf auf Arnold gestern wirklich schön fand. Du hast vollkommen recht – er war wie jedermanns liebster kleiner Bruder. Man konnte aus deinen Worten heraushören, wie viel er dir bedeutet hat. Wie viel wir alle dir bedeuten."

„Da hast du recht. Manchmal *zu* viel."

„Das gibt's gar nicht."

„Also, wann heiratest du jetzt?"

„Wir sind uns noch nicht sicher."

„Wie hat deine Mutter reagiert?"

„Sie freut sich, weil sie weiß, dass ich glücklich bin. Vielleicht wäre Elin als Schwiegertochter nicht ihre erste Wahl gewesen, doch es ist mein Leben und meine Entscheidung."

„Richtig. Du bist ein guter Sohn, Freddie. Sie hat allen Grund, stolz auf dich zu sein."

„Danke. Ich hoffe, sie ist es auch."

„Ist sie, und sie wird bei eurer Hochzeit weinen wie ein Schlosshund."

Gonzo kam in die Küche. „Oh, hey."

„Wie geht es dir?", fragte Sam.

„Ganz gut, und dir?"

„Jetzt, wo mit Scotty alles unter Dach und Fach ist, auf jeden Fall besser."

„Das kann ich mir vorstellen." Gonzo holte sich ein Bier und öffnete es. „Gratuliere, Sam. Er ist ein großartiger Junge."

„Ja, stimmt. Danke, dass du hier bist, um mit uns zu feiern."

„Daheim herumzusitzen und mich selbst zu bemitleiden bringt mir auch nichts, von daher bin ich froh, dass ich einen Grund hatte, rauszugehen."

„Du bist hier immer willkommen – jederzeit. Ich hoffe, du weißt das."

„Bei uns auch", schloss sich Freddie an. „Sitz bloß nicht herum und fühl dich beschissen, wenn du bei Freunden sein könntest."

„Danke, Leute. Ich werde schon wieder. Es wird nur ein Weilchen dauern."

„Egal wie lange es dauert, wir sind hier", versicherte ihm Sam.

Nick streckte den Kopf in die Küche. „Hast du mal kurz Zeit, Sam?"

„Klar." An Freddie und Gonzo gewandt, bemerkte sie: „Die Pflicht ruft. Kommt ihr mit?"

Sie folgten ihr ins Esszimmer, wo Scotty im Mittelpunkt der allgemeinen Aufmerksamkeit stand.

„Es ist Zeit für die eine oder andere Rede", verkündete Skip. „Gestattet mir, den Anfang zu machen. Ich möchte sagen, wie glücklich ich bin, meinen Enkel Scotty offiziell in der Familie willkommen heißen zu können. Scotty, du bist seit unserer ersten Begegnung Teil dieser Familie. Heute ging es bloß noch um Papierkram. Für uns ist die Sache schon seit einer ganzen Weile offiziell. Tatsächlich kann ich mich kaum noch erinnern, wie es hier ohne dich war. Und auf jeden Fall ist es mit dir besser als ohne dich, also danke, dass du dir deine Mutter und deinen Vater als Eltern ausgesucht hast, wodurch ich zu deinem Opa geworden bin. Ich hab dich lieb, Kumpel."

Scotty ging zu Skip und gab ihm einen Kuss auf die Stirn. „Ich dich auch. Danke, dass ihr mich aufgenommen habt."

„Zeit für meinen Trinkspruch", übernahm Tracy. „Auf meinen Neffen Scott. Danke, dass du meine Schwester zur Mutter gemacht hast. Das ist das, was sie immer schon wollte und vor dir nicht haben konnte."

„Ach Mensch, Trace", seufzte Sam und wischte sich die Tränen ab. „Jetzt fährst du aber schwere Geschütze auf!"

Tracy grinste breit und umarmte sie.

„Auf meinen besten Freund Scotty", sagte Shelby. „Ich hoffe, mein Kind wird auch nur halb so großartig wie du – und eines Tages werde ich dich bei Call of Duty schlagen, pass bloß auf. Ich hab dich lieb, Scotty."

„Ich dich auch." Scotty umarmte Shelby, und als er sie wieder losließ, wischte sie sich Tränen aus dem Gesicht.

„Verdammte Hormone", schniefte sie.

„Das sagst du immer", entgegnete Scotty und lachte über ihren komischen Gesichtsausdruck.

„Scotty", war nun Laine an der Reihe, „seit dich dein Vater zum ersten Mal auf die Farm mitgebracht hat, bist du ein O'Connor. Wir haben dich und deine Eltern lieb und freuen uns, dass du jetzt zu uns gehörst."

Alle hatten etwas Gutes über ihren Jungen zu berichten, was Sam erkennen ließ, was für eine große Rolle er inzwischen im Leben aller Anwesenden spielte.

„Scotty, du fehlst mir in Richmond so sehr", kam als Nächstes Mrs Littlefield, seine frühere Betreuerin. „Aber ich bin überglücklich, dass du so eine wunderbare Familie gefunden hast. Wenn jemand das verdient hat, dann du. Danke, dass du deine alte Freundin Mrs L trotz deines aufregenden neuen Lebens nicht vergessen hast. Ich werde dich immer in meinem Herzen tragen."

Scotty umarmte sie stürmisch und flüsterte ihr etwas ins Ohr, wovon der älteren Frau Tränen in die Augen traten.

„Dann bleiben wohl nur noch wir", ergriff Nick das Wort, nachdem alle an der Reihe gewesen waren. Er legte den Arm um Sam. „Niemals werde ich den Tag vergessen, an dem ich dieses Kinderheim in Richmond betreten und mich aufgrund unserer gemeinsamen Begeisterung für die Red Sox mit einem zwölfjährigen Jungen angefreundet habe, der mich so sehr an mich in diesem Alter erinnert hat. Scotty, du sollst wissen, wie dankbar wir sind, dass du beschlossen hast, dich auf uns als deine Eltern einzulassen. Unser Leben ist hektisch und manchmal vollkommen chaotisch, doch du steckst das einfach weg und passt schon allein deshalb perfekt zu uns. Wir lieben dich von ganzem Herzen und werden das auch immer tun." Er warf Sam einen Blick zu, gab ihr damit zu verstehen, dass sie jetzt dran war.

„Ich möchte nur noch hinzufügen, dass ich vielleicht niemals eine typische Mutter sein werde, dass dich aber keine Mutter mehr lieben könnte als ich."

Scotty umarmte beide.

Die versammelte Verwandtschaft beklatschte die frischgebackene dreiköpfige Familie.

„Darf ich auch etwas sagen?", fragte Scotty.

„Was immer du willst", antwortete Nick.

Der Junge sammelte sich einen Moment lang. „Bevor ich Nick, meinen Vater, kennengelernt habe, hätte ich behauptet, ich komme auch ohne Familie aus. Ich hätte gesagt, ich hätte bei Mrs L im Heim alles, was ich brauche. Es war ein gutes Zuhause, und die Leute dort haben mich lieb gehabt. Aber das hier ...", mit Tränen in den Augen wies er auf den Kreis der Umstehenden, „das ist mehr, als ich je zu hoffen gewagt hätte. Ich danke euch allen für die liebevolle Aufnahme in diese großartige Familie."

„Auf Scott Dunlap Cappuano", verkündete Nick und legte den Arm um Scottys Schultern.

„Auf meine Eltern, Vizepräsident Cappuano und Lieutenant Holland", rief Scotty, „die besten Eltern der Welt."

Als Sam den Kopf an Nicks Schulter lehnte, war sie fast sicher, dass sie das bestimmt nicht waren, dass sie aber die besten Eltern werden würden, die sie diesem Jungen, den sie von ganzem Herzen liebten, sein konnten.

DANKSAGUNGEN

Danke, dass Sie „Fatal Frenzy – Liebe mich jetzt" gelesen haben! Ich hoffe, Sie haben die neuesten Entwicklungen in Sams und Nicks gemeinsamem Leben genossen. In der englischsprachigen „Fatal Frenzy"-Leserunde unter Facebook.com/groups/FatalFrenzy können Sie sich mit anderen Leserinnen über die Geschichte austauschen, aber Vorsicht: Hier sind Spoiler nicht nur erlaubt, sondern sogar gern gesehen. Wenn Sie noch kein Mitglied der ebenfalls englischsprachigen Leserunde für die Fatal-Serie sind, finden Sie sie unter Facebook.com/groups/FatalSeries. Tragen Sie sich auch unbedingt in die Mailingliste für meinen Newsletter auf marieforce.com ein!

Bitte schauen Sie zudem regelmäßig auf meinem Blog unter blog.marieforce.com vorbei, damit Sie nie eine Sonderverkaufsaktion oder eine Lesung in Ihrer Nähe versäumen. Das ist ein neuer Bestandteil meiner Website – leider hat es mir Facebook zunehmend erschwert, mit meinen Lesern in Kontakt zu bleiben. Blogleserinnen werde ich gelegentlich auch mit Auszügen aus bisher unveröffentlichten Texten und Geschenkaktionen überraschen, tragen Sie sich also unbedingt auf der Blogliste ein, um daran teilzunehmen.

Besonderer Dank geht wie immer an das HTJB-Team, das mich täglich unterstützt: Julie Cupp, Lisa Cafferty, Holly Sullivan, Isabel Sullivan, Nikki Colquhoun und Cheryl Serra, außerdem unsere Designerinnen Ashley Lopez und Courtney Lopes. Cheryl danke ich zudem dafür, dass sie mir bei der Recherche zu diesem Buch unter die Arme gegriffen hat. Eine unschätzbare Hilfe waren wie immer mein Agent Kevan Lyon, meine Lektorin Alissa Davis und alle bei Carina Press und Harlequin, die die Fatal-Serie stets vorbehaltlos unterstützen.

Captain Russell Hayes vom Newport Police Department liest meine Texte gegen und hilft mir, Sams Erlebnisse als Polizeibeamtin so realistisch wie möglich zu gestalten. Vielen Dank, Russ, dass du immer bereit bist, mir zur Seite zu stehen.

Meinen Testleserinnen Holly Sullivan, Ronlyn Howe, Kara Conrad und Anne Woodall danke ich für den ersten Blick in jedes meiner Bücher, für all ihre Unterstützung und jedes Wort des Zuspruchs.

Zuletzt und vor allem danke ich meinen Leserinnen, die Sams und Nicks Geschichte in den letzten fünf Jahren verfolgt haben. Ihnen verdankt diese Serie ihren Erfolg. Ich habe noch so manches für Sam, Nick und Scotty in petto, also freuen Sie sich schon auf Band 10, „Fatal Identity – Nichts kann uns trennen". Danke fürs Lesen!

xoxo
Marie

WEITERE TITEL VON MARIE FORCE

Die Fatal Serie

One Night With You – Wie alles begann (Fatal Serie Novelle)

Fatal Affair – Nur mit dir (Fatal Serie 1)

Fatal Justice – Wenn du mich liebst (Fatal Serie 2)

Fatal Consequences – Halt mich fest (Fatal Serie 3)

Fatal Destiny – Die Liebe in uns (Fatal Serie 3.5)

Fatal Flaw – Für immer die Deine (Fatal Serie 4)

Fatal Deception – Verlasse mich nicht (Fatal Serie 5)

Fatal Mistake – Dein und mein Herz (Fatal Serie 6)

Fatal Jeopardy – Lass mich nicht los (Fatal Serie 7)

Fatal Scandal – Du an meiner Seite (Fatal Serie 8)

Fatal Frenzy – Liebe mich jetzt (Fatal Serie 9)

Fatal Identity – Nichts kann uns trennen (Fatal Serie 10)

Fatal Threat – Ich glaub an dich (Fatal Serie 11)

Fatal Chaos – Allein unsere Liebe (Fatal Series 12)

Fatal Invasion – Wir gehören zusammen (Fatal Serie 13)

Fatal Reckoning – Solange wir uns lieben (Fatal Serie 14)

Fatal Accusation – Mein Glück bist du (Fatal Serie 15)

Fatal Fraud – Nur in deinen Armen (Fatal Serie 16)

Fatal Serie Bände 1-6

Fatal Serie Bände 7-11

First Family

State of Affairs – Liebe in Gefahr, Band 1

Die McCarthys

Liebe auf Gansett Island (Die McCarthys 1)

Mac & Maddie

Alles was du suchst (Green Mountain Serie 1)

Endlich zu dir (Green Mountain Serie 1/Story 1)

Kein Tag ohne dich (Green Mountain Serie 2)

Ein Picknick zu zweit (Green-Mountain-Serie/Story 2)

Mein Herz gehört dir (Green Mountain Serie 3)

Ein Ausflug ins Glück (Green-Mountain-Serie/Story 3)

Schenk mir deine Träume (Green-Mountain Serie 4)

Der Takt unserer Herzen (Green-Mountain-Serie/Story 4)

Sehnsucht nach dir (Green-Mountain Serie 5)

Ein Fest für alle (Green-Mountain-Serie 5/Story 5)

Öffne mir dein Herz (Green-Mountain-Serie 6/Story 6)

Jede Minute mit dir (Green-Mountain-Serie 7)

Ein Traum für Uns, (Green-Mountain-Serie 8)

Meine Hand in Deiner, (Green-Mountain-Serie 9)

Mein Glück mit dir, (Green-Mountain-Serie 10)

Nur Augen für dich, (Green-Mountain-Serie 11)

Jeder Schritt zu dir, (Green-Mountain-Serie 12)

Die Neuengland-Reihe

Vergiss die Liebe nicht (Neuengland-Reihe 1)

Wohin das Herz mich führt (Neuengland-Reihe 2)

Wenn das Glück uns findet (Neuengland-Reihe 3)

Und wenn es Liebe ist (Neuengland-Reihe 4)

Für immer und ewig du (Neuengland-Reihe 5)

Die Quantum Serie

Tugendhaft (Quantum-Serie 1)

Furchtlos (Quantum-Serie 2)

Vereint (Quantum-Serie 3)

Befreit (Quantum-Serie 4)

Verlockend (Quantum-Serie 5)

Überwältigend (Quantum-Serie 6)

Unfassbar (Quantum-Serie 7)

Berühmt (Quantum-Serie 8)

Gilded Serie

Die getäuschte Herzogin

Eine betörende Braut

ÜBER DIE AUTORIN

Marie Force ist die New-York-Times-Bestseller-Autorin von über fünfzig zeitgenössischen Liebesromanen, unter anderem den beliebten Romanserien »Gansett Island«, »Green Mountain« und der erotischen Quantum-Serie. Sie hat unterdessen weltweit über sechs Millionen  Bücher verkauft. Die Autorin lebt zusammen mit ihrem Mann, zwei fast erwachsenen Kindern und zwei Hunden in Rhode Island.

Tragen Sie sich in Maries Mailingliste ein, um alles Wichtige über neue Bücher und Veranstaltungen zu erfahren. Folgen Sie ihr auf Facebook und auf Instagram.